陕西师范大学中国语言文学"世界一流学科建设"成果

总　序

屈雅君

一　关于使用"性别批评"概念

20世纪60年代诞生于西方新女权运动的女权主义批评，立场鲜明，视角独到，话锋犀利，经过半个多世纪的发展，话语日益丰富，形态更加多样，方法越发成熟。

这套丛书的命名，并未沿用"女权主义文学批评"（或"女性主义文学批评"）等概念，而使用了"性别批评"，旨在强调以下两层含义。

（一）"性别"不是一个中立的概念

"性别"，或者说"社会性别"这个词①，和"阶级""种族"一样，一旦进入社会科学研究领域，就决定了它不可能是一个立场中立的概念。20世纪70年代，美国人类学家盖尔·卢宾首次在她的性别研究中使用这个词时，就试图探索人类历史上女人受压迫的根源。"社会性别是社会强加的两性区分，它是性的社会

---

① 英文gender一词，在中文中有"性别"和"社会性别"两种译法，此概念无论在何种语境中出现，都强调它自身与sex一词（sex也有与gender相对应的两种译法："生理性别"或"性别"）的区别。

关系的产物。"① 美国历史学家琼·W. 斯科特将性别划定为一个"分析域",一种"分析范畴",她在定义"性别"一词时,提出了两大核心命题:"性别是组成以性别差异为基础的社会关系的成分;性别是区分权力关系的基本方式。"② 虽然"性别"这个词在有些人看来,较之那些带有鲜明女性立场的"女权主义""女性""妇女"等词汇,貌似更趋向于客观、中立,然而事实是,它在妇女研究领域的广泛流行、被高频率使用,正是女性主义理论进一步深化的标志。

"性别"之所以成为女权主义理论中的一个关键词,在于它包含着一个清晰的逻辑命题,即:既然有别于"生理性别"的"社会性别"是由社会、历史、文化所形成的,那么,它就有可能随着社会、历史、文化的改变而改变。因此,无论是女权运动,还是女权主义理论,抑或是女权主义批评,都肩负着关注妇女命运、促进两性平等、推动社会进步的天赋使命。

(二)性别分析不可能依靠单一性别,它关乎两性,关乎社会整体结构

20世纪80年代以后,女权主义理论大多用"性别"研究取代以往的"妇女"研究。琼·W. 斯科特在她的论著中引述并认同一种看法:"将'性别'作为'妇女'的代名词,这表明,与妇女相关的信息亦与男子相关,对妇女的研究意味着对男子的研究。这种看法表明,女性世界是男性世界的一部分,它产生于男性世界,由男性世界所创造。""孤立地研究女性,会强化这样的信念,即男性的历史与女性的历史毫不相干。"③

---

① [美]盖尔·卢宾:《女性交易:性的"政治经济学"初探》,载[美]佩吉·麦克拉肯主编《女权主义理论读本》,广西师范大学出版社2007年版,第52页。
② [美]琼·W. 斯科特:《性别:历史分析中的一个有效范畴》,载李银河主编《妇女:最漫长的革命》,生活·读书·新知三联书店1997年版,第168页。
③ 同上书,第156页。

20世纪60年代，在新女权主义运动中产生的女权主义文学批评，其目光从一开始就不仅仅限于女性，女权批评家们最先是从男作家的文学作品入手，将男性中心社会所创造的整个文学世界作为观照对象。她们既剖析男作家笔下的男性形象，也剖析其笔下的女性形象，她们既关注男性批评家对女性形象的分析，也关注他们对男性形象的阐释，简言之，女权批评家们将两性作家、两性批评家、文学中的两性人物形象，以及两性的阅读群体全部纳入了她们的批评视野，从而构成一个宽广宏阔的比较平台。她们从性别入手重新阅读和评论文本，将文学和读者个人生活相联系，激烈地抨击传统文学对女性的刻画以及男性评论家带有性别偏见的评论，从而揭示文学中女性从属地位的历史、社会和文化根源。因此，全社会的男女两性，以及无论何种性别标记的人群（而不是其中任何一种单一的性别），才是妇女研究、女性研究、女性主义理念研究的应有视野。

二 关于"性别批评"研究对象

（一）性别批评作为文学批评

作为性别批评的另一种表述形式，"女性主义文学批评"不是一个仅仅与"女性文学"和"女性主义文学"相呼应的概念。但在中国高等教育中，虽然"女性文学""妇女文学"作为文学课程体系中一个边缘的、细小的分支，受到越来越普遍的关注。但是，在中国知识界以及高校文科学生中，仍然有相当一部分学生甚至学者将"女性主义文学批评"仅仅理解为"对于女作家作品的批评"。因此，这里重申女性主义文学批评的主要研究对象是必要的。

美国女性主义批评家爱莲·肖沃尔特（Elaine Showalter）曾就女性主义文学批评的研究对象或曰范围作了经典概括。她将其分为两大类，其一是女性主义评论（feminist critique）。这种批评是以女性读者的眼光来观照文学,它探究文学现象的种种意识形态的假设,这种研究也被称为"女性阅读"研究。其二是"女性批评家"(gynocritics)。它涉及作为作家的女性,即制造本文意义的女性。这种研究也是"女性写作"的研究。[①]

"女性阅读"研究可以概括为对迄今为止的文学史进行女性主义清理。具体包括:(1)梳理女性主义理论、社会性别理论,以及由这些理论所引申出的文学批评理论,其中包括那些与女性、妇女、性别相关的理论,也包括可为女性研究、性别研究运用和借鉴的理论;(2)阐述女性主义的批评原则,特别是在后现代主义思潮背景下,女性研究、性别研究、女性文学批评所采用的基本理念、研究方法、分析框架和批评策略;(3)对文学文本的主题或曰意指系统的性别研究;(4)文学体裁类别的文化认定及其中心/边缘结构的性别研究;(5)对于隐含在文学题材区分和划定背后的性别权力关系的研究;(6)文学文本的形式主义批评,诸如对文学叙事的诸要素,对文本的表层含义与深层含义,对文本的叙述者、叙述视角、叙述方法的性别分析等。在这些具体研究中,所有关于"本文"与"价值"的分析方法都可以进入女性主义批评家的视野,同时都可供她们有选择、有条件地借鉴。

"女性写作"的研究可以概括为探索和发掘一个被人遗忘的女性文学史,从而使整个人类文学的历史变得更加丰富。具体包括:(1)对于历史上女性文学家及其文学作品的发掘和梳理。文学史上曾有一些男性批评家和男性学者做过类似的工作,因此这种工作既包括了以新的性别眼光对这些已经梳理工作的再梳理,也包括了重新发现、找寻、拾遗、填补新的女作家作品;(2)女性创作能力的心理动力学,特别是与诸如"母爱"等女性独有的经验潜意识对女

---

① [美]埃莲·肖尔瓦特:《走向女性主义诗学》,载[美]埃莲·肖尔瓦特编选《新女性主义批评》(纽约,1985年),转引自康正果《女权主义与文学》,中国社会科学出版社1994年版,第84页。

性创作的影响的研究；（3）通过语言，特别是文学语言的性别研究，去发现、发掘由于各种原因已然形成的女性特有的言说方式；（4）女作家群研究；（5）女作家作品的个案研究；等等。同样，无论是对文学史料的整理，还是在作家作品研究中对"史"与"论"之关系的研究，都不应是任意的、无章可循的。女性主义在批评实践中尊重所有批评理论长期积淀的学术规范，同时以冷静敏锐的眼光审视这些规范中所潜藏的性别偏见，并逐渐尝试一些不同的原则和规范，这些原则和规范的存在使文学批评领域在性别视角的调整过程中逐渐变得更加丰富、多元、立体、深广。

（二）性别批评作为艺术批评

在中国，无论是在学术界、教科书里，还是在人们的日常生活中，一向是"文学"与"艺术"并提。并且在广义的艺术分类上，也一直将文学作为诸多艺术门类之一种——语言艺术。因而从逻辑上讲，"文学"与艺术中的其他门类（如音乐、绘画、舞蹈等）应该具有平等地位。但是，无论是在西方哲学史、文论史界还是在当代中国文艺理论界，"文学中心说"影响深远。已有学者对西方哲学史的相关理论作过详尽的梳理，归结起来主要有以下理论依据：第一，文学是艺术发展的最后阶段（谢林、黑格尔）。第二，文学是艺术最高样式或典型样式，文学是最偏重内容、在思想上最有力度的艺术（黑格尔、别林斯基）。第三，文学是各类艺术的基础。一些综合性艺术样式如戏剧、曲艺、电影、电视等都离不开文学（脚本）基础；各种艺术的思维、构思、创作以及对它们的理解、阐释、评价也离不开文学语言这一基础。第四，文学性或曰诗意精神是所有艺术的共同因素，也是艺术的真正生命和灵魂（马利坦等）。①

---

① 以上"文学中心说"中对西方哲学史相关观点的归纳和梳理详见李心峰《文学：作为一种艺术》，《文艺研究》1997年第4期。

就中国当代社会而言,"文学中心论"体现于学校教育的设置,语文课程(课本内容中绝大多数是文学作品)贯穿了从小学到高中的全过程。就其分量和地位而言,没有任何一门艺术课程(音乐、美术)可以与之相比;在大学教育中,非艺术类专业不再开设艺术课程,但所有专业学生都要学习"大学语文";在中国任何一所综合性大学里,中文专业(语言文字课程占据了绝对比重)一向独立,且地位绝对超过所有艺术专业之总和。也就是说,在一个人一生所接受的全部艺术教育中,"语言艺术"的教育自始至终占据着绝对中心的位置。

必须指出,"文学中心论"与女性主义消解二元对立的基本思维方法在本质上是冲突的。女性主义从诞生那天起,就作为一种边缘力量不断地向各种各样的"中心"发起挑战。就"文学中心论"而言,它的根本问题不是语言艺术与其他艺术门类之间的关系,而是语言的本体论意义。在逻各斯中心主义价值体系中,语言不是工具,不是手段,更不仅仅是艺术的一个分支,语言是目的,是人的存在方式,是人的本质。

上述"文学中心"的事实,是文学批评向艺术批评拓展的基础,也是"女性主义文学批评"向"女性主义艺术批评"拓展的前提。在批评实践中,正如文学批评的许多基本原则都适用于其他艺术一样,女性主义文学批评的一些基本原则和分析框架,如对于影视作品、流行音乐、绘画雕塑等艺术门类,还包括电视综艺、各种网络视频艺术等(甚至包括介于艺术与非艺术之间的各种新型的、另类的制作),无论就其主题的呈现,还是题材的选择、人物的设置等要素的性别分析都具有相当广阔的覆盖面和适应性。即使是偏重于形式材料的分析,女性主义文学批评理论也能够以它无可替代的概括力为其他艺术研究提供某些方法论启示。

(三)性别批评作为文化批评

按杰姆逊的说法:"文化从来就不是哲学性的,文化其实是讲故事。观念性的东西能取得的效果是很弱的,而文化中的叙事却具有很重要的作用和影响。小说是叙事,电影是叙事,甚至广告也是叙事,也含有小故事。"① 如此,叙事就不局限于文学,甚至不局限于各种艺术,而是充斥于全社会整个的文化空间之中。从批评形态上看,女性文学批评是一种对文学艺术的外部研究或曰社会学研究。它所关心的不只是妇女在文艺中的地位,更重要的是通过她们的文学地位来透视她们的社会地位和现实生存状态,并通过文学批评实践与整个女性主义运动相连接。在中国,由于马克思主义的阶级分析和社会解放理论对于女性文学批评的发展和建设起到了不同寻常的影响,这种从文学艺术出发而指向文学艺术以外的倾向更加突出。同时中国传统的"文以载道"观念也格外强调文艺的道德价值和社会功能。在这种现实背景下,中国的女性主义文学批评不仅可以是女性主义理论在文学领域,进而在艺术领域的延伸,同时也是一种对全社会的性别观念施加影响的力量。它的基本原则不仅可以用于其他艺术批评,而且可以用于社会批评和文化批评。比如对既存的流行时尚及公众审美标准的探讨和评判,对于大众传播媒介(如新闻、公益宣传、商业广告,以及从幼儿教育到大学教育中使用的教材,为各个年龄段量身定制的各类畅销读物,以及社会风尚,与大众日常息息相关的各类生活要素的流行趋势,等等)的性别分析和研究等。以广告为例,虽然它只是一种商业现象,但它同时又是一种艺术集成,几乎运用了所有的艺术手段:文学、绘画、摄影、音乐……因此对于商业广告的性别分析离不开最基本的文学批评方法。由于大众传媒内容普遍涉及思想倾向、审美趣味、内容与形式、语言风格、人物、叙述模式等专业问题,因此,对它们的分析不应是情

---

① [美]杰姆逊:《后现代主义与文化理论》,唐小兵译,北京大学出版社1997年版,第66页。

绪化的阅读反应，不应是纯道德的声讨，不应是独断的政治说教，也不应仅仅是一般社会学方法的借用或套用，而需要依据强有力的思想文化理论作为背景资源。女性主义文学批评的产生本身就是对那种拘泥于纯美学思考的形式主义批评理论（如新批评等）的突破和发展。作为后结构主义批评思潮的一个分支，它与西方当代文化思潮特别是后现代主义文化思潮一同生长发育，它借助语言哲学、文化人类学、精神分析学、现代阐释学、符号学等一系列学科作为理论背景。因此，女性主义文学批评有责任也有能力承担女性主义文化批评的使命。

女性文化批评的另一项使命是参与女性文化的建设与发展。比如，对被男性文化所轻视、忽略和埋没的民间妇女文化（织物、绣品和其他手工艺品）的发掘、整理和研究，这种研究不应只是知识的介绍、装饰感的展示与民俗学的说明，而应该是被女性主义文学批评方法论所照亮的，具有一定思想穿透力和理论高度的，充分融入了历史主义和人文主义的，对于世界的新的解释。

上述种种，是本套"性别批评丛书"孜孜以求的目标。它的面世，正是全体参与其间的作者共同努力的结果。

2019 年 5 月于西安

本卷主编　屈雅君

各章作者

第一章	女性文学史的书写立场及策略	闫　华　李东晓
第二章	中国女神"他者"形象研究	李晓军
第三章	"五四"启蒙与文学中的女性主体意识	侯大为
第四章	张爱玲现象批判	郑丽丽
第五章	消费文化语境中的中国当代女性身体写作	鲁　欣
第六章	中国内地网络耽美小说文化研究	李国华
第七章	中国内地网络耽美同人小说文本叙事研究	刘雪平
第八章	语言与革命：玛格丽特·杜拉斯在后1968	马聪敏
第九章	美国现代小说女性复仇书写	马雪宁

目 录

第一章 女性文学史的书写立场及策略 (1)
第一节 寻找传统——中国女性文学史书写的发展历程 (2)
一 命名意识：于混沌处走来 (2)
二 理论自觉下的兼容与颠覆：20世纪90年代的女性文学史书写 (9)
三 多彩的旋律：21世纪初女性文学史书写的蓬勃发展 (11)
第二节 中国女性文学史书写的性别立场 (14)
一 力求客观的中性书写 (14)
二 抒情色彩浓郁的自我解读式书写 (18)
三 立场鲜明的女性主义书写 (19)
第三节 女性文学史书写的性别立场及策略 (23)
一 西方女性主义的认识论 (23)
二 中国女性学者对立场及策略的反思 (26)
三 女性文学史书写的历时性向度与共时性向度 (29)
四 女性文学史书写的人文价值追求 (33)
结 语 (38)

第二章　中国女神"他者"形象研究 (40)

第一节　中国女神的世界 (40)
一　女神前的中国神话表达 (40)
二　中国女神的世界 (43)

第二节　两性同体神话 (47)
一　中国神话对两性同体观念的表述 (47)
二　阴阳同体神话的消退 (54)

第三节　女神"他者"形象 (55)
一　男神神话的涌现 (55)
二　中国女神"他者"形象的形成 (57)

第四节　女神"他者"形象的文化阐释 (63)
一　农耕文明的到来 (63)
二　文字的创造与传承 (67)
三　礼制的兴盛 (70)
四　女神的"他者"形象对后世的影响 (74)

第三章　"五四"启蒙与文学中的女性主体意识 (79)

第一节　启蒙与女性主义的关系 (79)
一　启蒙与中国的启蒙运动 (79)
二　启蒙与女性主义 (81)
三　启蒙与女性文学 (83)

第二节　女性话语权与公共空间 (86)
一　前启蒙时代女性的沉默 (87)
二　"五四"启蒙与女性作为"国民"的声音显现 (88)
三　公共领域女性言说之缺憾 (93)

第三节　女性人的解放与个性的解放 (96)
一　反礼教中"人的觉醒" (97)
二　解除束缚后的自主选择 (103)

第四节　女性的发现与女性性别话语的呈现 …………（106）
　一　社会层面的女性觉醒 ……………………………（107）
　二　女性体验中的主体写作 …………………………（110）
结　语 ………………………………………………………（115）

第四章　张爱玲现象批判 …………………………………（117）
第一节　"爱中的伤逝"与"伤逝中的爱" …………………（118）
　一　她们那一代的"怕"与"爱" ……………………（119）
　二　新语抒"伤逝" ……………………………………（121）
　三　霸王别姬还是姬别霸王 …………………………（126）
第二节　情爱中的"律"与"法" ……………………………（129）
　一　张爱玲的爱情理念 ………………………………（130）
　二　张爱玲的叙事策略 ………………………………（131）
　三　"律"与"法"的冲突 ……………………………（135）
第三节　张爱玲现象的现代性意义 ………………………（137）
　一　中西城市理念的差异性分析 ……………………（137）
　二　张爱玲现象形成的学理依据 ……………………（141）
　三　徘徊在传统与现代之间 …………………………（146）
第四节　张爱玲现象的都市化倾向批判 …………………（149）
　一　张爱玲的精神——体验结构 ……………………（150）
　二　张爱玲现象重构 …………………………………（155）

第五章　消费文化语境中的中国当代女性身体写作 ……（161）
第一节　消费语境下的当代女性作家 ……………………（168）
　一　转型与失落 ………………………………………（169）
　二　不安分的多重身份 ………………………………（172）
　三　网络中的自由身 …………………………………（173）
第二节　消费语境下的女性身体写作文本 ………………（174）

一　女性身体写作的主题之一：都市生活 …………… (176)
　　二　女性身体写作的主题之二：身体欲望 …………… (180)
　第三节　消费语境下女性身体写作的接受 ……………… (186)
　　一　女性身体写作作品的传播 ……………………… (186)
　　二　读者对女性身体写作的影响 …………………… (191)
　结　语 …………………………………………………… (195)

第六章　中国内地网络耽美小说文化研究 ……………… (198)
　第一节　关于耽美 ……………………………………… (198)
　　一　耽美及相关概念 ………………………………… (198)
　　二　耽美现象的研究 ………………………………… (201)
　第二节　日本的耽美文化 ……………………………… (202)
　　一　日本本土文化中的耽美元素 …………………… (202)
　　二　英美颓废主义对日本文化的影响 ……………… (205)
　第三节　耽美文化在中国的兴起 ……………………… (208)
　　一　耽美文化在中国的起源 ………………………… (208)
　　二　中日耽美小说的区别 …………………………… (212)
　　三　亚文化性 ………………………………………… (215)
　　四　亚文化遮蔽下的主流化倾向 …………………… (224)
　第四节　网络耽美小说的持续发展 …………………… (228)
　　一　意识形态收编 …………………………………… (229)
　　二　商业收编 ………………………………………… (232)
　结　语 …………………………………………………… (236)

第七章　中国内地网络耽美同人小说文本叙事研究 …… (238)
　第一节　中国内地网络耽美同人小说的文本重构 …… (238)
　　一　文本类型的重构 ………………………………… (239)
　　二　文本构成方式的重构 …………………………… (245)

  三　文本情节的重构 …………………………………… (249)
第二节　中国内地网络耽美同人小说的性别叙事 ………… (252)
  一　性别权威与叙事声音 ……………………………… (252)
  二　性别认同与叙事视角 ……………………………… (259)
  三　性别主体与叙事交流 ……………………………… (266)
第三节　中国内地网络耽美同人小说意义探寻 ……………… (273)
  一　网络文学背景下的性别意义 ……………………… (273)
  二　中国网络文学空间的意义追寻 …………………… (276)
结　语 …………………………………………………………… (278)

第八章　语言与革命：玛格丽特·杜拉斯在后1968 ………… (280)

第一节　以五月风暴为代表的20世纪60年代
    文化背景描述 ……………………………………… (281)
  一　1968年文化的假亢特征及其亢之为亢 ………… (282)
  二　1968年文化假亢特征及其亢之为假 …………… (284)
  三　杜拉斯在革命的第二天 …………………………… (285)
第二节　文本中的杜拉斯主义——革命性的重复 …………… (290)
  一　1968年文化的民主化倾向与后1968主题上的
    唯自我论 ………………………………………… (290)
  二　1968年的泛欲化倾向与后1968主题上的
    欲望彰显 ………………………………………… (293)
  三　语言表现上的杜拉斯主义 ………………………… (295)
第三节　是电影还是杜拉斯——将革命进行到底 …………… (303)
  一　叙述的可转移性与叙述的不可转移性 …………… (311)
  二　认同与疏远 ………………………………………… (312)
  三　透明性与突出性 …………………………………… (315)
  四　封闭的单个虚构世界与开口的多个虚构世界 …… (317)
  五　虚构与现实 ………………………………………… (318)

结　语 ………………………………………………………（322）

第九章　美国现代小说女性复仇书写 …………………………（324）
　　第一节　复仇母题与美国现代小说 ……………………………（324）
　　　　一　复仇母题溯源 …………………………………………（324）
　　　　二　复仇书写中的女性 ……………………………………（325）
　　　　三　美国现代小说中美狄亚的多重变奏 …………………（327）
　　第二节　阿勒克图之怨——女性复仇书写与
　　　　　　男性统治 ………………………………………………（329）
　　　　一　依托子宫展开的女性复仇情节 ………………………（329）
　　　　二　女性道德神话的解读 …………………………………（331）
　　　　三　对立于男性统治的女性复仇情节 ……………………（335）
　　第三节　墨纪拉之辩——女性复仇书写与
　　　　　　社会性别理论 …………………………………………（338）
　　　　一　"女性特质"与女性复仇情节 ………………………（338）
　　　　二　由"女性特质"到社会性别理论 ……………………（340）
　　　　三　厌女倾向与女性复仇情节 ……………………………（346）
　　第四节　底西福涅之恋——女性复仇书写与情感叙事 ………（349）
　　　　一　完成血亲复仇使命的女性复仇情节 …………………（349）
　　　　二　爱情复仇经典模式中的女性角色和男性角色 ………（352）
　　　　三　借助于姐妹情谊完成的女性复仇情节 ………………（357）
　　结　语 ………………………………………………………（364）

参考文献 ………………………………………………………（366）

第 一 章

女性文学史的书写立场及策略

中国女性文学史相对于中国文学"专题史"的其他门类，其研究和著述开展较早，成绩显著，继承性强，是一个富有学术特色和启示意义的文学史研究分支。当今，文学史研究进入立体化建构时期，总体文学史、断代文学史以及各种各样的文学体裁史、思潮史、流派史的编撰使得文学史研究异彩纷呈。随着女性主义文学创作的发展以及女性主义思潮的兴起，具有女性意识的学者开始撰写女性自己的文学史并对以往的女性文学史书写进行研究，以其独特的文化立场和批评视野跻身文学史研究领域。然而，与被传统称之为"大文学史"书写研究的众声喧哗相比，女性文学史的撰写与研究却相对冷清，这种反差折射出女性主义理论在中国女性文学史书写与研究方面还不尽完善。女性文学史的书写与研究是女性主义者开掘、丰富、发展、完善自己理论的重要场域，探索反思文学史研究的途径、范式、方法，探讨女性文学史的书写立场与方法策略，对于女性主义理论的深化以及女性文学史的修撰都有着积极的理论意义和实践意义。

第一节 寻找传统——中国女性文学史书写的发展历程

一 命名意识：于混沌处走来

（一）20世纪初男性书写的女性文学史

受到社会解放思潮的影响，20世纪初中国出现了一个研究女性文学史的高峰，产生了一批富有建设意义的著作。1916年谢无量撰写了《中国妇女文学史》（上海中华书局，以下简称"谢史"），这是第一部中国妇女文学方面的专史，也是我国妇女文学史的"开山之作"。"谢史"考察的内容从人类社会诞生之初起延续至明朝末年，以时代为顺序排列，文学史线索梳理与作品介绍相结合，勾勒出中国妇女文学"史"的脉络。20世纪前期，中国古代文学研究的科学化进程尚处于起步阶段，国内学者的"文学史"意识、学术理念及其研究实践都相对薄弱，谢无量能够率先注意并提出"妇女文学"概念，第一次从"史"的角度整理和叙述，这本身就体现了著者非同寻常的学术远见和开拓精神。然而，由于诸种原因，该书几乎是著者在无可凭依的空白状况下进行的基础建设，故其更像是一部"资料长编"而非研究专著。著者所取"'妇女文学'，与'妇言'或'妇人文字'几乎等同，将所有出自妇女之手的文字性制作皆视作妇女文学"[①]。因此，"谢史"所谓"妇女文学"，已经大大超越如今通常意义上的文学范畴。

由于"谢史"的推动，20世纪30年代前后的中国兴起了女性文学史书写与研究的热潮。梁乙真的《清代妇女文学史》（中华书局1927年版）是继谢无量先生的《中国妇女文学史》之后，专门论述清代妇女文学的断代史。该书概述了清代妇女文学的盛衰状况，

---

① 陈飞：《二十世纪中国妇女文学史著述论》，《文学评论》2002年第4期。

评价了该时期活跃于文坛的几十位女作家及其代表作品,给清代妇女文学以宏观的展示。该书时间上承接"谢史",在立意、内容上都深受"谢史"的影响,称得上第一部中国妇女文学的断代史。1932年9月,梁乙真的《中国妇女文学史纲》(以下简称"梁史")由上海开明书店出版,这是一部真正的中国妇女文学通史,不仅贯通周代至清朝,而且更表现出"史"的品质。"梁史"上起周代,下至清末,对《清代妇女文学史》进行"补苴阙漏,故所叙诸人诗史,亦不与前书尽同"①。该书风格与"谢史"大致相近,兼具文学史与文学读本的特点,且"侧重于平民的及无名作家之作品"②。"梁史"所独具的现代学术气质与风范、科学的方法与治学精神,为该著带来了极高的学术品位和声誉。

1930年11月,谭正璧的《中国女性的文学生活》(1934年第3版时有增补,易名为《中国女性文学史》,以下简称"谭史")称得上是第一部白话中国妇女文学史。作者在"绪论"中以崭新的视角和观念对女性与文学的关系作了深刻的阐释,以优美流畅的文笔,展现了文学妇女生活的方方面面,是"过去女性努力于文学之总探讨"③。作者有意识地为女性文学著书立传,无疑是一种极大的进步。"谭史"的特点是"不题为'妇女文学史'而称'女性文学史'。虽然在著者当时的意识里,'女性'和'妇女'可能并无严格的分别,书中也未作辨析和界定,但这毕竟是中国第一部以'女性'为书名的文学史"④。

(二) 20世纪初男性书写的成就及地位

20世纪早期女性文学史的研究者已经有意识地运用性别视角来分析文学现象,这些男性学者受到整个社会解放思潮的浸染,尤其

---

① 梁乙真:《中国妇女文学史纲·例言》,中华书局1928年版,第1页。
② 同上。
③ 谭正璧:《中国女性文学史·初稿自序》,百花文艺出版社2001年版。
④ 陈飞:《二十世纪中国妇女文学史著述论》,《文学评论》2002年第4期。

受到西方男女平权思想的影响，意识到女性在社会上受到的不平等待遇以及文学史书写中女性地位的残缺，倡导男女平权思想，把女性放在传统文化语境中进行思考，尝试建构中国女性文学史体系，因此，这几部著作在不同程度上表现出男女平权的性别意识。"女性没有创造力，女性甚至没有灵魂"是男权中心文化对女性的歧视，谢无量在序言中就反对这种观点："天地之间，一阴一阳。生人之道，一男一女。上世男女同等，中世贵男贱女，近世又倡男女平权。上世男女同等者，自然之法也。中世贵男贱女者，势力之所致也。近世复倡男女平权者，公理之日明也……男女终有趋于平等之一日，断可知也。"[1] 并赞赏"美利坚女子，尤为自由"，这些言论具有鲜明的男女平权意识。在《中国妇女文学史纲》中，梁乙真虽然没有明确表达男女平权的语言，但其为妇女的悲惨境遇鸣不平的宗旨是贯穿始终的。譬如，谢无量评《诗经》多援用刘向的观点，没有自己的独特见解，梁乙真则处处以刘向为批驳对象，发表自己的两性平等见解。比起谢无量来，谭正璧尤其强调生活与文学之间的联系，两性平等意识更加鲜明自觉。

早期的文学史著者表现出为女性及女性文学正名的努力。谭正璧在《中国女性文学史·初稿自序》中说："所谓女性文学史，实为过去女性努力于文学之总探讨，兼于此寓过去女性生活之概况，以资研究女性问题者之参考；成绩之良窳不问焉。故女性文学史者，女性生活史之一部分也。但历来人人均知女性生活之殊异于男性，独对于文学乃歧视，颇令人不解其故。"[2] 这段关于女性文学史的定义明确了女性文学史的三方面意义：首先，女性文学史是对女性文学创作的总结。这就意味着女性不仅在审美创造方面做出了自己的努力，而且这努力的成果足够一部文学史的容量。这一断言的价值

---

[1] 谢无量：《中国妇女文学史》，中州古籍出版社、中华书局1916年影印本，第1—2页。

[2] 谭正璧：《中国女性文学史·初稿自序》，百花文艺出版社2001年版，第6页。

就在于它有力地回击了女性没有自己文学史的无知妄说。其次，女性文学寓于女性生活的历史，它是女性生活史和精神成长史。最后，人类文化史的偏见是只承认两性在生活上的殊异性，而对女性文学却视而不见。这种歧视不但轻视女性文学的存在价值，而且抹杀两性文学的差异性、个性。谭正璧等人的研究揭示了深刻的道理，那就是：构筑女性文学史不仅是可能的，而且必须借用性别批评视角才能触及女性诗学的本质；建构女性文学史的意义就是要消除性别歧视，承认女性审美创造的历史，并透过文学这一媒介去探究并解决妇女问题。"谭史"的个性特色甚为鲜明，最令人关注的是不称"妇女文学史"而称"女性文学史"。在回答当时人们常常提到而至今仍经常有人提出的问题即为什么单单为女子编写文学史而不单独为男子编文学史时，他回答道："女性地位之窳弱，自古云然。社会学家知其意，乃有研究女性问题之创，解放之声，亦随之以起。夫女性而成问题，女性之不幸也；为男性者，当本'同为人类，悲乐与共'之旨而扶掖之，赞勉之。今乃不此之务，反从而嗤之；若昔张若谷氏编杂志《女作家》，或讥其何不另编《男作家》而只取悦女性。呜呼，有见本书而讽以何不另编男性文学史者乎！我将以此觇国人对于女性问题所抱之真态度，更以估海内学者知识程度之轩轾如何也！"① 女性的问题成历史的问题，已经不单单是女性之不幸，也是男性之不幸，全人类之不幸。这种"同为人类，悲乐与共"的悲悯意识，"扶掖之，赞勉之"的人文关怀在他的整个文学史书写中表现得异常鲜明。在历史上，即使妇女创作出了文学作品，正如不少女性主义批评家所指出的那样，男性文学史倾向于将妇女的作品诉诸遗忘，"谭史"对此都进行了揭示，譬如在论及唐代女诗人时，作者指出："本来一切的历史是属于男子的，文学史是历史之一，所以难得有几个女性被称引。历史既属于男性，在历史上也很

---

① 谭正璧：《中国女性文学史·初稿自序》，百花文艺出版社2001年版，第5—6页。

少女性可以找见;因此我们在叙述唐代女诗人的时候,除了几个著名的略可考得她们的身世,只凭了一二残剩的作品而保留她们的名字。此外,因遗文全佚而连名姓都不传的,不知尚有多少!男性中心社会的罪恶,于此可见其一斑了。"① 像如此犀利地批判男尊女卑意识,积极为妇女文学唱赞歌的言辞,书中随处可见。

这三本著作将女性作家生活及作品独立于中国文学史这部大书之外,拓宽了妇女文学的研究范围,使得整体的中国妇女文学史初具规模,在该领域的研究具有重要的开拓意义。可贵的是三部文学史的创作都以男女平权的理想为基础,为女性所遭受的不平待遇鸣不平,"男女平权"可以说是他们共同的追求。这些著作提倡的"男女平权"思想已经将女性与文学的关系、女性作家审美经验的独特性、女性文本的审美特质以及女性文学对主流文学的历史贡献等问题都做了富有建设性的阐发,书中所体现的鲜明性别意识即使在今天也有其积极意义。正如林树明总结的,三本著作在以下方面值得重视:一是肯定了妇女在文学产生及发展中的重要作用。二是揭示了妇女创作的艰难性,探讨了女性文学的特点。三是这三本女性文学史,特别是"梁史"与"谭史",对女性作品本身也有不少全新的理解。如对于有名的女作者其评价皆高于前人,对于不十分有名的作者也重新给予高度评价。② 20 世纪前期具有女性文学史性质的著作还有辉群女士编的《女性与文学》(启智书局 1928 年版)、胡云翼先生的《中国妇女与文学》(初版于 20 世纪 30 年代)、黄英的《中国现代女作家》(上海北新书局 1930 年版)、草野的《现代中国女作家》(北平人文书店 1932 年版)、贺玉波的《中国现代女作家》(现代书局 1932 年版)、黄人影所编《当代中国女作家论》(上海光华书局 1933 年版)、陶秋英的《中国妇女与文学》(上海北

---

① 谭正璧:《中国女性文学史·初稿自序》,百花文艺出版社 2001 年版,第 148 页。
② 林树明:《多维视野中的女性主义文学批评》,中国社会科学出版社 2004 年版,第 294—297 页。

新书局1933年版）等著作，这些著作掀开了女性文学史研究新的一页。① 相比之下，西方女性主义者只是在20世纪70年代以后才在文学领域里发起了重建女性文学史的呼声。中国早期女性文学史的书写与研究应该有其世界地位。

（三）20世纪初男性书写的缺陷

性别视角的引入对文学史的书写与研究具有重要意义，书写者的性别观念和立场策略不可避免地影响到文学史文本中的意识形态内涵。在精神生活和文化生产中，两性的差异性以及这种差异导致的文化上的偏见必然会渗透在文本之中。千百年来中国传统文化是以男性文化为中心的，社会上确立了诸如"男尊女卑""男强女弱""男主外、女主内"等性别差异思想观念体系，忽视女性具有非凡的创造力和独特的审美个性。男性书写的文学史不可避免地带有性别偏见，因而难以描述出女性文学发展的真实图景，也难以对女性文学的创作做出较为公正的评判。20世纪初问世的女性文学史都是男性学者所著，对于中国女性文学史的建构具有开创意义，但也表现出其不足，几部著作中男性作者不自觉地表现出对女性的歧视态度。"谢史"虽肯定《诗经》中多有妇女作品，但评诗时却多援用刘向的传统解释，从儒家"女学"的角度解诗，说那些女作者"皆能守礼且有爱国之志"②，对春秋时妇女杂文学的理解也是如此。"谢史"还不加辨析地大量收录了班昭的具有浓厚封建意味的《女诫》。从女性文学史的书写角度看，谢无量可看作宣扬两性平等思想的一位先锋，同时也可视为封建传统文化的顽固守护者，他在1918年出版的《中国大文学史》中不自觉地表现出大男子主义立场，他的"大文学史"其实质是"大男子"之文学史，不但《中国妇女文学史》中

---

① 20世纪中期出现的版本有胡文楷的《历代妇女著作考》（商务印书馆1957年版）、苏之德的《中国妇女文学史话》（上海书局1963年版）等，胡文楷的《历代妇女著作考》多次增订，最新的为2008年版。

② 谢无量：《中国妇女文学史》，中州古籍出版社、中华书局1916年影印本，第22页。

出现的如蔡琰(其父蔡邕则设专节评述)等许多女作者在"大文学史"中销声匿迹,即便是像李清照那样知名的作者在他的文学史中也只是轻描淡写地提了几句,其作品也未引录。

经"五四"后女性主义思想洗礼的"谭史""梁史"虽比"谢史"多了不少男女平等意识,但也有其历史的局限性。譬如,在评述李冶时,两本著作都收录了她五六岁时的诗作,以表明其日后必为"失行妇人"。"五六岁时,作《咏蔷薇》诗,有'经时未架却,心绪乱纵横'时,她的父亲看见了,大恚道:'此女聪黠非常,恐为失行妇人。'后为女道士,与文士交游,性情浪漫,好作雅谑。"① 关于薛涛儿时所作的"枝迎南北鸟,叶送往来风"这句诗,"谭史"也作了相同的处理,这都表现出对女性的歧视以及宿命论思想。批评主体的性别中心主义根深蒂固,导致了女性文学现象被男权中心话语误读、改写、遮蔽,如这些著作对女作者的介绍,大都要提及其容貌,不同程度地把女性作者理想化、物化了,表现出"代妇女言"者的隔膜,这在"谭史"中尤为明显。第二章第二节《卓文君》中一段描写,著者充分运用情节描绘、气氛渲染、虚构想象、语言修饰等手法,绘声绘色:"此时主人的女儿文君正在屏后偷觑贵客。她年才十七,出嫁未久,即丧其夫,回到母家居住。正是灿灼的芳时,眉色如望远山,脸际常若芙蓉,肤肌柔滑如脂,生性放诞风流。好梦初寒,浓情始歇,何况又是春天,怎怪她要牵动情怀,自伤影只呢?"② 这样的叙述,有小说似的情节,散文似的笔致,文情并茂,引人入胜,从而使得该书具有很强的文学性,便于阅读接受,也更易于普及。但在这里,由于时代所限,"谭史"无法摆脱传统父权文化的熏染,卓文君的形象可以说是著者本人的想象,也可以说是"幻象",这种幻象具有一定的理想化的审美意味,这个女性

---

① 谭正璧:《中国女性文学史》,百花文艺出版社2001年版,第132—133页。
② 同上书,第30页。

的代名词,在史家的笔下成了读者(男性和女性,尤其是男性)欲望化的对象,这种把女性物化的文学性描写,正是当今女性主义者所要批判的。

事实证明,这时期以妇女文学为研究对象的论著,在促使人们关注妇女历史地位、生活状况、文学贡献等方面起到了积极作用,在当时的历史条件下是很可贵的。然而,由于各种条件的限制,这些研究不可避免地存在明显的缺陷:由于作者尚未建立起先进、科学的世界观,也缺乏系统、明确的现代文学理论做指导,在认识和评价古代妇女文学作品时,思想意识上不免流露出比较浓厚的封建色彩,缺乏对传统观念的批判精神(如"谢史"对班昭《女诫》的肯定),在对某些文学现象的认识上又表现出思想方法的简单化和片面性(如"谭史"对娼妓文学的简单否定)。从根本上说,其观念上仍未跳出传统的"表彰才女"和士大夫审美趣味的窠臼。再有,这些著作大多是古典文学领域部分女性作家作品的编年史,虽然是用"史"的线索贯穿着作家作品研究,但是以作品的收集整理为主,史论结合、综合为一体的方法运用尚显不足,对于文学史上的文学现象的评判往往带有较鲜明的感性色彩,更未上升为一种清晰而自觉的提出问题并做出理性判断。

二 理论自觉下的兼容与颠覆:20 世纪 90 年代的女性文学史书写

20 世纪 80 年代末期到 90 年代,本土妇女研究以及西方女性主义理论的引入,导致中国女性文学研究出现了一个新的高峰,它是对 30 年代女性文学研究传统的继承,同时也是突破与超越。孟悦、戴锦华的《浮出历史地表——现代妇女文学研究》(河南人民出版社 1989 年版)、乐铄的《迟到的潮流——新时期妇女创作研究》(河南人民出版社 1989 年版)、刘思谦的《"娜拉"言说——中国现代女作家心路纪程》(上海文艺出版社 1993 年版)、徐坤的《双调夜行船——90年代的女性写作》（山西教育出版社1999年版）等著作相继问世，以上著作的作者都把目光放在现代或当代女性作家作品的论述上，梳理出中国现当代女性创作的历史脉络，某种程度上具备文学史的性质，但不能算作完全意义上的文学史，该时期真正具有女性文学史性质的著作要算姚玉光的《中国女性文学史》（山西高校联合出版社1995年版）和盛英主编的《二十世纪中国女性文学史》（天津人民出版社1995年版）。

姚玉光的《中国女性文学史》（以下简称"姚史"）上起先秦，延续到清末，是新时期以来西方女性主义思潮在中国产生强烈影响下产生的中国古代女性文学史。姚玉光在论述创作文学史的目的时说自己"无意于追步女权主义后尘，更不是同现行的文学史对抗，而是对以往忽视女性文学史的现状表示忧虑，希图重新审视男性文化支配下的中国文学史，以便对中国文学发展的历史做出合乎实际的解释，并进而对政治、经济、文化、习俗等方面的男尊女卑观念和行为，进行全面彻底的清算，为妇女真正实现男女平等尽一点绵薄之力"[①]。该书对"谢史""梁史""谭史"都有很多的继承，并且将女性文学的独特性概括为伤感意识、充分的个性化、刻画绵密细致、通俗易懂等四个特征，全书侧重于历史—美学的批评手法，结合女作家的时代背景进行文本分析鉴赏，具有很强的可读性。

由盛英主编的《二十世纪中国女性文学史》（以下简称"盛史"）建立在20世纪整体文学观的宏观视域内，是迄今为止现当代女性文学史时限最长、历史跨度最大的一部巨著。该书收录了从1900年到1994年中国内地和台港地区约150位现当代女作家作品并进行重点论述，是在西方女性主义传入中国、中国女性主义思潮兴起、女性主义理论不断深化的背景下，依据中国女性文学自身的特点，又借鉴西方女性主义理论而书写的具有鲜明政治倾向性的女性

[①] 姚玉光：《中国女性文学史》，山西高校联合出版社1995年版，第4页。

文学史。

上述两部女性文学史把女性文学创作放在中国具体历史文化语境中考察，力图在正宗文学史和传统批评的视野之外找到一条女性文学发展的主线，探索女性创作的特殊性，使得中国女性文学史的整体轮廓显现出来。在方法上，著者持有一种对传统既反抗又兼容的批评立场，对西方女性主义文学批评的理论与方法采取保留的借鉴态度，传统批评特别是社会、历史、美学的批评因被注入新质——性别的立场和角度——而显得更有张力。相对而言，"姚史"还是以传统批评方法为主，对西方女性主义的理论方法吸收很少，而"盛史"坚守鲜明的女性主义的批评立场同时接纳了其社会的、历史的、心理的视角，从而尽可能地避免了价值判断上的偏颇。

三 多彩的旋律：21世纪初女性文学史书写的蓬勃发展

有了20世纪后期女性文学研究的积累，21世纪初女性文学史研究出现了井喷式发展，这一时期成果丰硕，出现了一批厚重之作。邓红梅的《女性词史》（山东教育出版社2000年版）作为21世纪出版的第一部女性文学史著作预示着女性文学史书写的一个新时期的到来。该时期的女性文学史著作以断代史、地域史成就特别突出，断代史以近代、现代女性文学研究为主，这些著作勾勒出了清代以及清以后的中国女性文学发展的轨迹。乔以钢的《多彩的旋律——中国女性文学主题研究》立意于对中国女性文学主题演变轨迹的探索，作者认为"女性文学主题的演变轨迹，某种意义上可以成为认识中国女性文学近百年发展历程的一个中心线索"。该著作有以下特色：第一，对20世纪中国女性意识、女性角色的形成作了富于历史感的梳理。对中国女性文学在"人"与"女人"两个层面的统一和开掘，作了比较准确的描述和阐释。第二，力求破除传统的二元对立的思维模式，尽可能避免对女性文学做出过于狭隘的理解，在重视自觉保持女性视角、表现女性思维方式、情感特征和女性生命体验的女性创作的同时,也不菲薄和贬低一些女作家超越对女性本体问题的揭示,主动面向社会现实进行具有开放色彩的创作,从而包容了女性意识在文学中的不同表现形态。常彬的《中国女性文学话语流变1898—1949》把女性文本、话语形式和女性主义文学批评等几个关键词作为研究的基本切入点,"立足于20世纪中国前五十年女性文学话语的生成与发展和传统中国女子写作历史流脉既相区别又相联系的客观实际,运用女性主义文学批评进行以史为线、以论为主、融汇中西的作家作品和文学现象研究……力图通过'融汇中西'的研究手段,对20世纪前五十年中国女性文学话语流变和女性文学发展作一个既有宏观又有微观探悉的多角度进入,为21世纪的中国女性文学创作和女性文论研究提供有益的启示和探索"①。任一鸣的《中国当代女性文学简史》在"盛史"、乔以钢主编的《女性文学教程》等著作基础上,努力探索自身独特的女性文学史建构方式:以女性文学文本的阐释为主要内容,同时兼顾女性文学思潮与美学风貌嬗变的描述。作者还对女性文学研究的关键词"女性意识""社会性别""女性文学""女性主义文学"等概念进行了辨析,并把自身对这些概念的理解运用到对女性文学相关现象、理论的反思中。作者力求史论结合,实际上是以史勾连,以女性意识为思想贯穿,以论为主,把"文化批评与美学批评相结合,文本、思潮、审美融为一体,尽可能清晰地勾勒出中国当代女性文学史的基本面貌"②。曹新伟等编写的《20世纪中国女性文学史》吸收中外文学理论尤其是女性主义理论成果,注重用女性主义的视角来审视中国内地与海外华文女性文学现象,对女性文学发展的社会原因、艺术风

---

① 常彬:《中国女性文学话语流变1898—1949》,人民出版社2007年版,第399—400页。

② 任一鸣:《中国当代女性文学简史·前言》,广西师范大学出版社2009年版,第5页。

格、审美特征、在文学史上的地位和局限进行了深入的剖析。著作还列出《20世纪中国女性文学年表》以供读者查阅，是一部具有鲜明女性主义特色的女性文学史著作。

地域文学史的书写方面，朱小平的《现代湖南女性文学史》梳理了自"五四"时期至今湖南57位女性作家的文学创作，"旨在弘扬湖湘文化和女性文学，勾勒现代湖南女性文学的发展轨迹，探索其演变和走向"。尤为可贵的是该书在每一章节前都配有湖南女性文学相关的史料照片，力求以图文并茂、通俗易懂的叙述方式展现湖南现代史上女性作家的实绩。宫红英等人编著的《燕赵女性文学史》介绍了从先秦到当代燕赵地区女性作家及其创作成就，力求展现古往今来燕赵女性文化的全貌，对燕赵女性文学作品中的审美理念、性别意识等方面进行剖析，以凸显燕赵女性创作特色。黄玲的《高原女性精神咏叹——云南女性文学史综论》（云南人民出版社2010年版）概括云南女性文学的特征，分析云南女性作家群形成的原因，对云南少数民族及汉族女性作家进行介绍，为少数民族女性文学史的书写增添了厚重一笔。总的来看，这几部地域女性文学史以搜集介绍女性生活与创作为主，理论分析稍显不足。相比之下，宋清秀的《清代江南女性文学史论》（上海古籍出版社2015年版）与林丹娅主编的《台湾女性文学史》（厦门大学出版社2015年版）把地域文学放在整个中华大文化背景下来思考，对地域作家的地域特征、共性特征、历史联系进行深刻分析，显得大气磅礴。《清代江南女性文学史论》主要梳理清代江南女性文学的成就，在此基础上评价清代女作家、女性文学现象及女性文学理论与批评的实绩，给江南女性作家及清代女性作家在文学史上定位，概括清代各个时期的女性文学发展特色，如顺治、康熙、雍正时期是女性文学理论与活动范式建构阶段，乾隆、嘉庆、道光时期是女性文学传统重构与女性诗学理论完善时期，咸丰、同治时期是闺秀才女文学创作中诗史观念凸显时期。著者认为正是不同时期的这些特色构成了独具魅力的清代女性文学史。《台湾女性文学史》是一部展现台湾女性文学发展的通史，全书始终把台湾女性文学的整理与阐释放在中华母体文化之下进行并与母体文化加以比较，发掘被历史尘埃湮没的女性创作。著者借用精神分析、后现代主义、后殖民主义等多维理论视角审视女性文学现象，鉴别其性别文化含义。

总的来说，新世纪的女性文学史书写呈现出蓬勃发展的态势，这些理论成果是女性文学研究的宝贵财富，其中的成败得失，为女性文学研究不断走向深入发展，乃至对中国文学史的书写都具有重要的借鉴意义。

第二节　中国女性文学史书写的性别立场

无论在现实生活中还是在文学创作、文学研究中，性别都不是一种孤立、静止的存在，它与阶级、种族、文化、宗教等方方面面的因素纵横交织、相互联系、相互渗透，在历史与现实中呈现出极为丰富的样态。文学作为人类把握世界的精神生活的重要方式之一，天然地与"性别"联系在一起。文学的创作者、研究者都属于特定的性别，其在各个领域的人生实践无疑会打上性别的烙印，这种烙印会以不同方式、在不同程度上被带入文学创作，成为文本所负载的丰富信息的一部分，对文本的生产、内蕴及其读者的接受产生深刻影响。对中国女性文学史著作进行分析考察，会发现作者所持的三种不同立场的书写方式：力求客观的中性书写、抒情色彩浓郁的自我解读式书写、立场鲜明的女性主义书写。

一　力求客观的中性书写

（一）以中性书写为追求的男性书写

中国早期的学者，大都受到传统历史书写的影响，在书写学术著作过程中采取非常严谨的科学态度，尽量排除自己的主观性,力求达到对历史的真实再现。从资料的编排运用方面看,"梁史"专注于实证,尽量不与文学以外的其他领域发生牵连,看不出有什么鲜明的政治立场。这并不是说作者没有受到当时妇女解放思潮的影响,对中国妇女的不平等地位、对女性文学在文学史上的被湮没无动于衷,但著者只是严格地将研究限定在学术研究的范围之内,尽量以独立、客观态度去安排内容,编排材料,做出评论,尽量避免受到一般社会价值或意识形态的影响。如对蔡琰文学创作的叙述与评述就是很好的例证。"梁史"在简短的叙述完蔡琰的家世后,引用沈德潜《古诗源》中的话给蔡琰的《悲愤诗》以很高的评价:"在东汉人中,力量最大……段落分明,而灭去脱卸转借痕迹。若断若续,不碎不乱,少陵《奉先》《咏怀》《北征》等作往往似之。""梁史"指出"此言非过誉也"。苏轼曾怀疑《悲愤诗》不是蔡琰所作,是后人的伪作,"梁史"引用《蔡宽夫诗话》对苏轼的批驳来证明苏轼的错误。再有关于《胡笳十八拍》是否为蔡文姬所作,"梁史"结合社会文化背景进行探究,得出了相对客观的结论。

十八拍是否全出文姬手,已成疑问,第其慷慨悲歌,声情激越,所叙前后情事,自去胡至归汉宛曲在目,似又非身历其境者不能道也。或谓文姬始制几首,而好事者衍之,遂有十八拍,此说近是……魏晋之时,胡汉杂居内地,于是汉族文化,受胡人之影响更深。迨东晋分裂,黄河流域,皆为鲜卑、匈奴、羯、氐、羌等异族所占据。风俗既变,化亦随之。于是北方文学,乃全带异族色彩矣……胡歌与汉族文学不同之处,即"自然质直"是也……匈奴、鲜卑诸族,文明程度较汉族为低,故其歌亦真实自然……蔡文姬留胡十二年,风俗习惯,受其感化,则文学亦当然受其熏陶浸染。故字句情调间,时常有异族色彩,十八拍即其例也。钟伯敬以十八拍浅俚,疑非文姬所作,不知其已受到异族的洗礼也。①

以上几部文学史以历史朝代分期，基本遵循传统文学史的分期，以资料的搜集整理考证为主，表现出力求真实的表述，但正如前文所述，由于主观与客观的多种因素，这些论著不自觉地流露出男权思维意识。

（二）以中性书写为追求的女性书写

20 世纪早期的几部文学史主要是男性书写的，男性作为书写者在描述女性生活经验时毕竟存在隔膜，女性独特的生命体验和思考在很大程度上被隔绝在男性书写之外，这必然会造成女性主体性的长期缺席。女性文学史的书写由男性言说到女性自己言说是女性主体性逐渐出场的必然过程。以性别为视角，把女性的言说主体、经验主体、思维主体、审美主体引入女性文学批评的文学史书写，是当今许多女性学者的追求。一部分学者受到传统治学方式的影响，同时又受到当代女性主义思潮的浸染，在书写历史时力求真实地再现被历史湮没、遮蔽的女性文学，在"中性"的叙事表达与女性情感经验的表现之间徘徊。邓红梅在创作《女性词史》的过程中就表现出这种困惑。"学者是中性的，学术研究也是中性的。《女性词史》作为学术研究的一种，在学术思想和思维方法上应该也是中性的。所以我的徘徊是自讨苦吃。但是文学研究从来就不是单纯的学术研究，如果缺少了主要表现为情感倾向和价值倾向的人文关怀，对它的研究必然是残缺的；而学者尽管是中性的称谓，它却依存在具体的、富有感情的人身上。所以我的踌躇又是不可避免的。虽然最终我自以为找到了一个比较合适的坐标——切近于女性词史的本相又能体现我的关怀所在的坐标。但它是否能够一以贯之地在本书

---

① 梁乙真：《中国妇女文学史纲》，开明书店 1932 年版，第 78—84 页。

中体现出来,是否倾斜和变形,还有待于读者来检查。"① 这种在书写过程中力求"中性"立场同时又关注女性的言说主体、经验主体、思维主体、审美主体的文学史书写方式,可以称之为"女性书写"。实践上,邓红梅的《女性词史》总体上具有客观中性的效果。刘思谦的《"娜拉"言说——中国现代女作家心路纪程》也是这方面的代表,该著作以女性文学"五四"以来在中国现代文学史上的发展为经,以女性作家的创作活动为纬,重点论述了自冯沅君始至张爱玲止的12位女作家的生活经历、创作活动和创作特色,突出了她们的作品所反映的作家的"心路纪程"。这是一部既有文学史脉络,又有作家论框架,把作家创作与作家"心路纪程"紧密结合起来的著述。严格来说,该书不能算是一部建构中国女性主义文学史框架的著述,但它对中国女性文学史的建构有探索的意义。一方面,作者对西方女性主义的理论有所借鉴;另一方面,作者对中国女性文学的研究又有自己的坐标系,这个坐标系就是中国女性文学发展的实际。作者认为,与西方不同,中国女性文学发生、发展的特点是以轰轰烈烈的社会革命、思想文化革命与历史际遇相碰撞而悄然出现、悄然运行的。在此认识基础上,她的研究从一开始就立足于中国女性文学发展的实际,也正是由于这个原因,她从来不把自己从20世纪80年代开始的这项研究称为"女性主义文学研究",而是定名为"女性文学研究"。宋清秀的《清代江南女性文学史论》也是以追求客观为目的的中性书写立场来勾勒清代女性文学史的发展轨迹。作者主要梳理清代江南女性文学的成就,对历史上的文献资料真伪进行辨析,以史论结合的形式,立体化地展现了清代江南女性文学的轮廓。作者还分析了清代女性文学所具有的家族性、群体性、地域性等特征之间的相互因果、相互依存关系,这种"女性文学内部的复杂性与多样性,文学观念的丰富与多层次性,都说明女性文学已

---

① 邓红梅:《女性词史》,山东教育出版社2000年版,第612—613页。

经成为一个完整的文学生态系统,具有不同于其它文学类型的特殊性,对于文学史的丰富与发展具有重要意义"①。

二 抒情色彩浓郁的自我解读式书写

从历史分期方面来看,"谭史"沿袭"谢史"和"梁史",按朝代分期分章,"谭史"也主要是勾勒出女性文学发展的真实状况。但是,与严肃、冷峻、客观的第三人称的客观叙述相比,"谭史"在叙述过程中,不断地变换叙述人称,叙述者声音的凸显使文学史著作似乎变为一部充满抒情意味的文学作品,表现出鲜明的主观情感性,如介绍作家朱淑真时作者这样描述:"她的丈夫姓氏也难考,从前人只知她所偶非伦,嫁为市井民家妻,都没有说出究竟是怎样一个人。我们从淑真的作品里探找,知道淑真之所以不满意于她的丈夫,倒不是因为他是一个市井细民,而自己是一个宦家的小姐,乃是因为她和他是性格不相投,情感完全迥异的两个人。我们试想:似秋蝉一般雅洁的女词人,嫁给一个孜孜为利为名的禄蠹,那是何等的不幸!她说到银样的月光,而他想起大锭的银子,她说起头上掠过的寒鸦,而他却想起乌纱帽,这焉得不使她哭?"② "我们从淑真的作品里探找""我们试想"……这些叙述声音的脱离叙述内容得以显现出来,使叙述者对叙述对象的态度变得清晰鲜明。叙述者声音的凸显使作者从叙述的幕后走向了前台,在传达意义的同时,使叙述者对事件的情感态度也准确生动地流露出来,叙述者也成为读者关注的对象,努力唤起读者的情绪体验,并和叙述者进行对话交流。看来,著者有意引领读者进入古代女性的生活,融入女性创造的文学世界,和那些女子共悲戚共欢乐,共品文学的佳酿,古代的女性作家、作者以及读者在这里共同构成一种平等的对话关系。但叙述

---

① 宋清秀:《清代江南女性文学史论》,上海古籍出版社2015年版,第340—341页。
② 谭正璧:《中国女性文学史》,百花文艺出版社2001年版,第258页。

声音的过分凸显破坏了叙事本身的连贯性和整体性,使"史"的客观性、逼真性遭到破坏,这也正是这部文学史遭到某些学者指责的原因。"所谓'文胜质则野',太强的'文学性'是否会影响其'史'的客观性、真实性?在'学术性'与'可读性'之间应该掌握怎样的度?文学史著作应采取怎样的表述形式为宜?"①

姚玉光的《中国女性文学史》借鉴"谢史""梁史""谭史"等前人研究成果,注重更加全面地搜集资料并结合社会语境与女性作家的经历进行鉴别、阐述,但总的来看,对女性作家的作品进行鉴赏式评论成为全书的重心及特色,从行文方面看,其受"谭史"影响很大,其抒情议论也带有鲜明的主观色彩。如在介绍朱淑真《自责》这首诗的写作背景时写道:"没有共同的爱好,就没有共同的语言,没有相近的文化修养,就没有沟通两颗异性心灵的理解隧道。你说高天流云,他说下雨没门;你说榆木根雕,他说剁了能烧;你说搞科研、搞创作,创造人类的知识辉煌,他说书呆子,白操心,一斤废纸两毛五,买不了二斤红薯。相婚不谐知音愿,粪土之墙实难雕,你想提高他,他却认为你是欺负他。无数次的试探,得到的是 n+1 次的失望,人到了再不想改变提高对方,不再对对方寄于什么希望的时候,其实就是从思想上真正承认自己失败的时候,也是悲剧向恶性急转直下,人的悲剧意识占据主导,人的前进之舟彻底覆没的时候。"② 这样不断变化叙事人称,联系作者当下现实境遇的天马行空的书写过分地突出了书体主体的想象与立场,与注重实证风格的书写大相径庭。

三 立场鲜明的女性主义书写

中国的"女性主义文学批评"指的是 20 世纪 80 年代以后借鉴

---

① 陈飞:《二十世纪中国妇女文学史著述论》,《文学评论》2002 年第 4 期。
② 姚玉光:《中国女性文学史》,山西高校联合出版社 1995 年版,第 371 页。

西方女性主义批评方法来研究文学的批评实践。以女性主义的立场看女性文学，与女性主义有关的批评应该是建立在理论自觉基础上的、有目的、有宗旨的批评，实质上就是以女性为主体、以女性为立场，具有鲜明政治性、批判性的批评。这种以鲜明的女性主义为理念重构女性文学传统的书写样式，可以称之为"女性主义书写"。"中国女性主义文学批评的历史性出场，是历史的必然；而其作为对男性中心文化反抗与颠覆的力量，它直接参与了对女性写作传统的'历史性追寻'，直接参与了'新的文化格局的建构'。"① 受到女性主义理论浸染，当代学者在构建女性文学史的时候会表现出鲜明的立场意识和学理性，立足于中国的社会文化语境并借用西方女性主义话语来阐释中国女性作家的创作状况。曹新伟、顾玮、张宗蓝的《20世纪中国女性文学史》在评论张爱玲的《倾城之恋》时就用了"性别政治的权力之战"这样具有西方话语特点的标题，在论述的过程中先是阐释了中国传统文化中父权制体系对女性地位、价值的限制与规范，然后再分析作品中"男女两性在经济、性别和权力关系中最尖锐的政治关系"②。"盛史"更是女性主义书写这一类型的典型代表，其鲜明的女性主义立场主要表现在：

（一）重新评价以往的妇女文学，匡正修改男性大师的评论

"盛史"著者认为男性主导文化熏陶下的男性作家存在着性别偏见和性别误解，在某种程度上造成了对女性的丑化或者歪曲，男作家的作品不能激起读者（女性读者）的共鸣和呼应，因而存在着隔膜感。女性作家的创作最能切近女性生活的实情，女性文学总是以相同的女性立场和视角，相似的女性经验和体验为基点不谋而合，不约而同，并同男性作家的创作鲜明地区别开来。"她们对女人的生

---

① 陈志红：《反抗与困境——女性主义文学批评在中国》，中国美术学院出版社2002年版，第16页。

② 曹新伟、顾玮、张宗蓝：《20世纪中国女性文学史》，北京大学出版社2012年版，第93页。

存境遇的创造和心灵世界的观察和体味具有直接性,因而用情是女性本质的优势;她们的创作常常激荡着反传统的情感风暴,呈现女性独立人格的觉醒和对女性解放的不断追求;她们对外在世界的驾驭,确不如男性作家开阔和全景式,但对女人、社会、人生体验的揭示真切而深入;她们对自然生命和性爱的描绘持有母性的伟大和高洁,既富有生命痛苦感又富理想光泽;至于她们的审美形式则更具有情感性、想象性、体验性,独特而多样。"① "盛史"总括20世纪女性文学发展的特征是"以独立品格与新文学共体","在淡化性征与优化性征冲突中生存与发展"②。

性别与文学批评有着不可分割的联系,许多男性在文学批评的实践中存在着认识上的盲区,现当代男性批评家大多以社会革命、民族、阶级斗争的社会观和文学观为基点来要求女性文学,认为女性作家作品题材过于狭窄,如冯雪峰评丁玲、胡风评萧红《生死场》等,都摆脱不了题材决定论与女性风格论的窠臼。针对此现象,"盛史"就以茅盾对萧红的评价来揭示男性批评家的偏见。茅盾对萧红的力作《呼兰河传》加以崇高评价的同时,又指出萧红创作的不足,认为她的作品"人物都缺乏积极性",其间"看不到封建的剥削和压迫,也看不见日本帝国主义那种血腥的侵略",说明她"现实的创作源泉已经枯竭","把握不住时代的脉搏",原因就是萧红当时"和广阔的进行着生死搏斗的大天地完全隔绝了",因而才以含泪的微笑来回忆呼兰这个寂寞的小城。③ "盛史"指出茅盾"对萧红创作的心理动因作了精湛分析,但它也净化了萧红当时复杂的情感态势,尤其忽略了萧红试图揭示国民性的创作追求,多少把她步尘鲁迅反封建的战斗锋芒降低了"。对萧红小说题材方面远离战场的指责,并

---

① 盛英:《二十世纪中国女性文学史》,天津人民出版社1995年版,第12页。
② 盛英:《二十世纪中国女性文学史·导言》,天津人民出版社1995年版,第13—17页。
③ 盛英:《二十世纪中国女性文学史》,天津人民出版社1995年版,第260页。

不切合实际,萧红"是始终遥遥与革命所在的西北圣地延安的大旗所指相呼应,与中国人民有着共同命运和呼吸的"①。

(二) 对女性意识的关注

"盛史"表现出弘扬女性意识的鲜明立场。在该著的《前言》中著者明确指出,研究文学史的目的之一就是为了女性,该书把女性文学定义为"以女性为创造主体呈现女性意识和性别特征的文学"②,并把这种文学作为研究对象。20世纪中国女性文学呈现了鲜明的女性主体意识,女性主体意识及其流变正是构筑"盛史"的思想红线。比如在介绍萧红时,"盛史"力求把萧红的性别意识与人生经历和文学创作实绩结合起来,这一部分的标题"萧红的人生与文学"本身就体现了这种追求。"盛史"认为《生死场》和一般小说的不同之处在于对"北方人民对生的坚强,对死的挣扎"的详尽描述,但在对奴隶的悲剧及其抗争的揭示时把视角集中投射在奴隶的奴隶——农村贫苦妇女身上,因而也更具有社会效应和艺术震撼力。"盛史"专列一段解释萧红的女权思想在《生死场》中的表现,并认为"萧红对男性世界的藐视总是同对女人的同情和尊重联结在一起"③。"盛史"引用萧红的一段话来表达萧红的妇女观,在展现萧红内心矛盾的同时也揭示了她鲜明的自我主体意识:"你知道吗?我是个女性。女性的天空是低的,羽翼是稀薄的,而身边的累赘又是笨重的!而且多么讨厌呵,女性有着过多的牺牲精神。这不是勇敢,倒是怯懦,是在长期的无助的牺牲状态中养成的自甘牺牲的惰性……不错,我要飞,但同时觉得……我会掉下来。"④

(三) 与西方女性主义相互参照

"盛史"在序言中对比了中西方女性文学的某些不同特质,认为

---

① 盛英:《二十世纪中国女性文学史·导言》,天津人民出版社1995年版,第2—8页。
② 盛英:《二十世纪中国女性文学史》,天津人民出版社1995年版,第2页。
③ 同上书,第251页。
④ 同上书,第255—256页。

女作家根据不同文化背景采用了不甚相同的解放途径,但她们彼此又存在着某种永恒的情感动力,如对待女人境遇的看法,提高女性尊严的期待,乃至深入内里寻找自我的探索都是那样的类似和相近。"盛史"的作者相信为了争取妇女的彻底解放,中国女性文学与西方女性文学能彼此沟通,为人类未来携起手来,共同前进。①

总的来说,以"梁史"为代表的力求客观的中性书写,以"谭史""姚史"为代表的抒情色彩浓郁的自我解读式书写,以"盛史"、曹新伟等人的《20世纪中国女性文学史》以及林丹娅主编的《台湾女性文学史》等为代表的立场鲜明的女性主义书写为我们提供了三种不同的女性文学史的书写方式,这些书写方式的划分不是绝对的,其鲜明的共性就是为女性的社会境遇鸣不平,为女性文学重构清晰的发展脉络,唤醒人们的性别平等意识,以期重建整个社会的性别文化。对文学史的书写而言,不同的写作方式为以后的女性文学史书写提供了有价值的参照。

第三节 女性文学史书写的性别立场及策略

一 西方女性主义的认识论

西方思想界的一个传统就是一向认为理性高于感性,客观高于主观,精神高于肉体。在对客观世界的认识方面,通过尽量排除自身经验中的主观成分,人们可以跨越时空认识过去的生活和过去的历史,通过文字重建作者当时的生活,在对事物及现象的解释中努力消除误解以达到对世界进行客观描述,这方面以实证主义为代表。西方女性主义者在对传统的颠覆过程中产生了女性主义经验论、女性主义立场论、后现代女性主义立场论三种认识论。

---

① 盛英:《二十世纪中国女性文学史》,天津人民出版社1995年版,第22页。

(一) 女性主义经验论

女性主义经验论者认为人们普遍推崇的所谓理性和客观性的认知主体是以男性为中心的，因此现有的科学理论和科学研究存在着严重的男性中心主义倾向和性别偏见，所有声称客观的观察研究实质上都是非客观的，总是不可避免地带有主观因素，只是研究者自己没有认知到罢了，现实中所谓的客观性，只不过是男性的主观性而已。"因此在一些人看来，女权批评就是抵制理论，对抗现行规范和判断标准……不少批评家对整一系统持怀疑态度并且对文学研究方法中的科学方法抵制……在科学的批评努力清除主观因素之时，女权主义批评却再次断言经验至高无上。"[1] 女性主义为主观性和非理性正名，认为它们是现实存在的真正状态，非理性和主观性有其存在的价值。斯科特说："我们知道将妇女载入史册意味着要重新定义和扩展占据史学重要地位的传统观念，要包容个人经历、主观经验、公众活动及政治活动。可以说这种方法论尽管艰难，但是这种方法论本身就意味着这不仅是在撰写新的妇女史，也是在撰写人类的全新历史。"[2] 总之，女性主义经验论认为真正的知识是可以获得的，只是原来的知识因为男性中心主义的偏见和虚假信念而被扭曲了，只有那些做得不好的研究者才会带有性别的偏见，在研究中表现出性别歧视。以男性为中心的性别偏见是可以铲除的，铲除的方式是要更加严格地遵守现存的科学方法和规则，女性主义者不是反对科学方法，而是要更加严格精确地运用科学的方法去克服偏见。女性主义经验论实质上沿袭了主流科学认识论的传统，并非明显地、公开地反对传统方法论，而是依赖研究者运用

---

[1] [美] 肖瓦尔特：《荒原中的女权主义批评》，载王逢振等编《最新西方文论选》，漓江出版社 1991 年版，第 257 页。

[2] [美] 琼·斯科特：《性别——一个有效的历史分析范畴》，载李银河主编《妇女：最漫长的革命——当代西方女权主义理论选》，生活·读书·新知三联书店 1997 年版，第 153—154 页。

严格的科学方法对传统的科学研究进行修正,这种认识论被认为是一种保守的理论而受到激进女性主义者和后现代女性主义者的强烈批评。

(二) 女性主义立场论

女性主义立场论者认为常规科学无法逃避政治、利益、价值等因素,科学只是一种历史的进程而并不能真正达到对真理客观性的追求。在对价值中立的客观性神话进行批判的同时,女性主义立场论者认为必须摆脱对男性生活和经验的过分依赖,并且以被忽视和被贬抑的女性生活和经验作为立场,作为知识建构的来源和基础,从而实现最大的客观性。女性主义立场论关注性别差异、男人和女人处境的差异,并把这种差异看成性别研究的资源。"在一个以社会性别为分层标准的社会中,女性境遇与众不同的特征被新的女性主义当作研究资源,正是这些传统的研究者没有利用的、与众不同的资源,使得女性主义比传统的研究作出以经验为主的更准确的描述,提出理论上更为丰富的解释。"[①] 再者,传统认识论中主体与客体、理性与情感、心灵与肉体的两分法也受到立场论者的挑战。立场论者认为传统的笛卡尔式的二元论与男性/女性、男性气质/女性气质的两分法对应,将世界分成两大对立的部分,并赋予前者高于后者的价值等级规定,这就造成了科学知识的男性图式以及对女性的排斥和统治,消除这种非此即彼的二元对立思维模式就成为科学认识论批判的关键。

(三) 后现代女性主义立场论

后现代女性主义否认任何形式的理性、本质等普遍性话语存在的可能性,认为女性主义经验论和立场论以描述更好、更真实的世界图景作为科学认识论追求的目标,实际上正沿袭了传统认识论所

---

① Sandra Harding, "What is Feminist Epistemology?",转引自沈奕斐《被建构的女性——当代社会性别理论》,上海人民出版社 2005 年版,第 129 页。

包含的普遍主义的宏大叙事。后现代女性主义者主张科学知识的合理性存在于具体化的实践中，存在于社会和历史上特殊情境的运用里，因而主张建立支离破碎的主体身份以及他们所创造的政治之间的一致性基础之上的多元认识论。女性主义的经验论是有价值的，它强调了传统的研究方法和女性主义调查研究的连续性；女性主义立场论侧重于社会构成和信仰模式的连贯性；后现代女性主义为处于进退两难中的女性主义认识论展示出一种新的可能性：只有通过对启蒙认识论传统的彻底解构，对特权立场和客观真理主张的放弃，一种真正解放的女性主义思维和实践才能实现。但是，后现代女性主义的彻底批判与解构精神，使得女性主义无论作为一种政治运动和意识形态，还是作为一种知识理论和辩护策略都面临着丧失自身存在基础的威胁。作为知识主体的女性身份以及作为知识背景的女性经验的统一性出现破裂，真理和实在也只是作为统治者话语权力的一种体现，科学只是变成了由社会建构的一种故事讲述方式罢了。因此，后现代女性主义缺乏一种可以立足其上的统一立场，缺乏一种将远离世界中心的受压迫的边缘人群联合在一起的力量。

三种认识论之间存在着相互冲突的趋势，同样也包含着一系列难以解决的问题，但三者不断地相互交流、相互影响、相互渗透使女性主义认识论不断走向发展而趋于成熟，并对女性主义文学研究产生深刻影响。

二　中国女性学者对立场及策略的反思

20世纪80年代末，西方女性主义学者琼·斯科特倡导一种新的历史著述方式，主张在妇女史编著中引入性别分析的视角，将阶级、种族和性别三个因素综合起来考察，她说："我们知道将妇女载入史册意味着要重新定义和扩展占据史学重要地位的传统观念，要包容个人经历、主观经验、公众活动及政治活动。可以说这种方法论尽管艰难,但是这种方法论本身就意味着这不仅是在撰写新的妇女史,也是在撰写人类的全新历史。这种新史学不仅包括了妇女史,而且揭示了妇女的经历,在一定程度上使性别成为一个分析范畴……在编写新史学著作中运用阶级、种族和性别这三个分类尤为重要,首先这意味着学者们对历史的重视,这一历史反映了受压迫的状况、压迫的含义的分析和压迫的本性,其次这意味着从学术的角度来理解以上三个概念为轴心形成的不平等的权力结构关系。"① 当今,社会性别作为一个有效的分析范畴已经成为众多社会科学研究的切入点,被社会学、政治学、历史学、文学等各个学科引入、借鉴和推广,对这些学科的发展起了巨大的推动作用。

中国女性主义者在女性研究的过程中也会遇到许多同样的问题,诸如对历史及现实的认识能否达到客观性的争论,面临民族主义与世界主义的立场选择,怎样确立性别视角与客观性之间的关系等。在中国这样的条件下,能不能做成客观的学问?从女性主义出发,是不是应该追求一种客观的标准?怎样才能做到客观性呢?李小江认为一个从事性别研究的学者都应事先有一个自身定位的问题,对男性中心社会和文化,女性主义者对待科学的态度首先在政治上必须是女性主义的。但是,如果要做科学研究,就不能纯粹以女性的视角看问题,要超越它,尽可能地达到"真"才可能是女性主义的。"任何一个学者从事科学研究必先丧失立场,依附于他的研究的对象,在研究过程中尽可能地化解到他的研究对象中去,化解得越充分,学问就做得越真,这就是研究的客观性问题……这些年,后现代主义和女性主义都在批评客观性,讨论它是否可能,是否应该。这是对既往科学中称作标榜的客观做一次清理,检验哪些是男性中心而偏离了客观,而不是对科学研究

---

① [美]琼·斯科特:《性别——一个有效的历史分析范畴》,载李银河主编《妇女:最漫长的革命——当代西方女权主义理论选》,生活·读书·新知三联书店1997年版,第153页。

中客观原则的否定。"① 李小江也承认历史的书写是一个不断发现、不断总结、不断界定的没有尽头的过程，谁也不能提供终极结论。"历史的真实面目其实是无法还原的，终极目标是无法实现的，但它可以体现在我们的研究过程中，求'真'与其说是一种目标，不如说是一种方法，是一种基本的原则。"② 她主张把"真"作为一种终极的追求，研究者尽力克服自己的主观性，把自己化到研究对象中去，从而达到世界的"真"。

后现代主义是反本质主义的，但并不能取消"本质"这一概念，女性主义文学批评作为一门学科，就必须能够被抽象出来进行研究，并且可以使之具有某种普泛意义，虽然这种普泛意义需要加以限定。但另一方面，女性主义也不能放弃多元立场、边缘意识以及个案研究。面对女性研究是应该强调同一性还是应该强调差异性这样的悖论，在屈雅君看来，女性主义者可以采取一种特殊立场，也就是"把无立场作为一种立场"，从两个不同的向度展开研究，"说男女是应该平等的是女性主义的，说男女是不一样的，也是女性主义的，女性主义者可以在两者之间跳来跳去，跳是两个立场上加力，不是不偏不倚，没有立场的立场是一种主动的姿态，是进攻，不是宽容，不是削弱两极的矛盾，而是增加两个方向上的强度，也不是诡辩术，而应是一种具有方法论意义的自觉采取的方法论研究姿态……在女性主义者看来，人类的历史俨然是一张男权中心的巨网，而女性主义总是不断地从这张网上起跳，徒劳地撞击这张网，而最后又总是无可奈何地重新落入巨网之中，这种尴尬迫使女性主义执著于解构、破坏而似乎永远与建设无缘。但是应该看到，女性主义的每一次起跳和每一次下落都会不可避免地触动这张网，而每一次触动都迫使这张网朝着有益于两性和谐的发展方向进行自我整合（甚至完全可

---

① 李小江：《女性？主义——文化冲突与身份认同》，江苏人民出版社2000年版，第267页。

② 同上书，第276页。

以理解为男性社会的自我完善)"①。

在妇女研究中将策略纳入方法是因为:一方面,妇女研究具有不可重复的个案性,应该关注哪种方法更适用于中国妇女研究,使之更有可能深刻有力地介入当代中国学术界;另一方面,文明史已经造成了两性不平等的事实,先天处于被动地位的性别,不可能通过男性中心认同的方法去扭转这种弱势。妇女研究以何种方式参与世界,发出自己的声音,从而再现"第二性"②的科学和"第二性"的真实,也是妇女研究的策略问题。"弱势人群的立场和政治倾向性,构成了女性主义文学批评的本质特征,是一个不能回避也无需回避的命题。只要社会上、文学文本中还存在着性别偏见与性别歧视,女性主义人文关怀就绝非是可有可无的东西。"③ 因此,有必要开辟和守护"性别研究"这块不可替代的特别领地。

中国女性主义者承认社会科学都是有倾向性的,历史是一个不断发现、不断总结、不断界定的过程,其真实面目是无法还原的,终极目标是无法实现的,但"求真"作为一种方法,可以体现在研究过程中。中国女性主义者在文学史书写与研究领域,以女性主义为基本立场,运用不同的策略与方法,从多个向度对女性文学研究与文学史书写中所表现的男权意识展开批判,初步建构起女性文学史的发展框架。

三 女性文学史书写的历时性向度与共时性向度

从第一部女性文学史著作"谢史"开始,女性文学史著者已经

---

① 屈雅君:《执着与背叛——女性主义文学批评与实践》,中国文联出版社1999年版,第5—7页。
② [法]西蒙娜·德·波伏瓦:《第二性》,陶铁柱译,中国书籍出版社1998年版。波伏娃指出:妇女的所谓"第二性"并非天然,而是文化符码人为造就的产物。在一个男性视自身为正常、规范和标准的价值系统中,女性自然被贬斥为"他者",并因与男性在生理和心理等方面的差异而被降格为"第二性"。
③ 屈雅君:《女性主义文学批评本土化过程中的语境差异》,《妇女研究论丛》2003年第5期。

呈现出文学史分期的自觉意识,如"谢史"在结构上是将整个中国妇女文学史分作三个大的时期和六个相对小的阶段,基本上遵循历史分期。这种办法简便易行,仍是现在文学史分期普遍采用的方法。早期几部女性文学史以历史朝代分期,基本遵循传统文学史的分期,中间很难发现对女性文学史的分期进行特别关注,进而追寻女性文学的独特传统,这种分期本身就是男性传统思维的表现,因为整个文明本身已经深深打上了男权思维的印记。再有,这些文学史侧重于从历时的维度去研究,更有甚者只是作家作品材料的堆砌,很难发现文学发展的内在关联。而"盛史"却不同,它把20世纪中国女性文学史看成一个完整的过程,认为女性文学与新文学共体,女作家与社会之间的互动关系形成了女性文学的创作传统。同时,受西方女性主义尤其是肖瓦尔特的"以女性意识的变化作为划分历史的分期依据"的影响,把女性文学史划分为五个时期。著者认为从表面上看,划分的五个时期和现代文学史相同,但其间包含着两种特殊性,"其一,参照西方女权主义文学分期的依据,突出女性意识的发展与变化;其二,认可二十世纪中国文学的概念,将本世纪范围的近代、现代和当代的女性文学统一在同一的过程中"[①]。"盛史"承认20世纪中国文学的提法,意味着把当代女性文学史同20世纪初以来的近代、现代以及不断发展的当代女性文学放在一起当作统一而完整的过程加以考察,努力发现女性文学发展过程中秉承的精髓、灵魂——女性意识,并把这种灵魂、精髓作为构建一座雄伟的文学史大厦的钢筋铁骨,这种自觉的追求探索,打破了传统文学史以历史朝代分期的单一思路,具有一定的开创意义。

从内容上看,"盛史"把女性意识融入历史的叙述中,但整体上表现出文学史书写的历时性向度,共时性的挖掘仍有欠缺。相反,林丹娅的《当代中国女性文学史论》是当代女性学者对中国妇女生

[①] 盛英:《二十世纪中国女性文学史》,天津人民出版社1995年版,第23页。

命史进行的文化哲学阐释,并不是按照历史时期变换呈现女性文学作品及活动,而是以论为主,"史"的脉络却不甚分明,文学在这里被视为女性生命的表征,批评者的性别立场和性别文化意识是鲜明而强烈的。赵树勤的《找寻夏娃——中国当代女性文学透视》把女性主义文学与西方文化联系起来考察,侧重对女性文学的主题、语言特征作深入分析,在该书着力探讨的"女性文学的主题话语"(上下两章)中,作者归纳为以下六个方面内容:"性爱""死亡""逃离""爱欲""孕育""言说",并对男性中心思想观念提出批判。任一鸣的《中国当代女性文学简史》虽然以史命名,但整体行文仍以女性文学的表达主题、审美特征以及女性文学与现实的关系等为主要内容,历史脉络的呈现反而退居其次,因此,该著更像一部"史论"而非传统文学史观所说的文学史。如果说"盛史"所操持的主要是"社会—历史"的批评,或者说"美学—历史"的批评,总体上侧重于从历时性向度进行叙事从而勾勒中国 20 世纪女性文学发展的轮廓,那么这几部著述则侧重于从共时性的角度,多侧面地挖掘中国女性文学的内在灵魂。

作为文学史的一种书写方式,"盛史"的历时性描述与共时性描述是否有必要相互结合?如果有必要的话,怎样才能做到二者完美的结合?文学理论界许多学者对文学史书写方法提出了许多富有建设性的意见,接受美学的代表人物姚斯的文学史观对文学史的书写就富有启发意义,姚斯反对传统的历史主义—实证主义等文学史书写方式,主张将文学与历史、历史方法和美学方法统一起来建构文学史。姚斯认为,文学作品的存在史才是文学史研究的真正内容。文学作品的存在方式显示为紧密相关的双重历史,其一是作品与作品之间的相关性,其二是作品存在与一般社会历史的相关性。只有将两者结合起来才能够形成文学史研究的方法——接受美学的方法。对读者视而不见的文学研究不可能阐释真正的文学史,因为文学史不是别的,而是作品的接受史。在此基础上,姚斯提出了考察文学史的方案：第一，考察文学作品接受的相互关系的历时性方面，"要求人们将个别作品置于所在的'文学系列'中，从文学经验的语境上去认识历史地位和意义"①。第二，考察同一时期文学参照架构的共时性方面以及这种构建的系列，即"利用文学发展中一个共时性的切面，同等安排同时代作品的一种同构性，反对等级结构，从而发现文学的历史时刻中的主要关系系统"②。姚斯认为只有找到共时性的关系系统，并将之置入历时性的关系系统，在历时和共时的交汇点上，才能解释文学演变的真实状态。第三，考察文学的内在发展与一般历史过程之间的关系，即侧重于考察文学与社会的功能相联系，因为只有当文学接受转化为一种社会事件而影响社会时，文学的存在才最终实现。"只有当文学生产不仅仅在其系统的继承中得到共时性和历时性的表现，而且也在其自身与'一般历史'的独特关系中被视为'类别史'时，文学史的任务方可完成。"③

肖瓦尔特在总结西方女性主义文学批评发展的脉络时指出："女权主义批评的重心已渐渐从修正性的阅读阐释转移到对女子文学的不懈研究，由此过程而产生的女权主义批评第二种样式专门研究女子作家，论题有女子著作的历史、风格、主题、文类和结构，女子创造性的心理动力，女子个人的或集体的创作生涯的轨迹，以及女子文学传统的演变和规律。"④ 要找到女子文学著作的历史、风格、主题、文类和结构，女子创造性的心理动力，女子个人的或集体的创作生涯的轨迹，女子文学传统的演变和规律以及探索女子作为一个独立文学团体的依据、女子文学的特殊性，借鉴姚斯的理论是很有价值的。如果能够像姚斯主张的那样，找到女性文学史的共时性

---

① ［德］姚斯：《文学史作为向文学理论的挑战》，载金元浦、周宁译《接受美学与接受理论》，辽宁出版社1987年版，第40页。

② 同上书，第45页。

③ 同上书，第48页。

④ 转引自［美］肖瓦尔特《荒原中的女权主义批评》，载王逢振等编《最新西方文论选》，漓江出版社1991年版，第261页。

的关系系统并将之置入历时性的关系系统,在历时和共时的交汇点上进行综合考察,女性文学的历史将会呈现出新的景观。新千年的首部女性文学史邓红梅的《女性词史》将中国女性词称为"词苑奇葩",把中国女性千年词文学的发展以"花期"作比分为七个时期:试蕾期(唐五代两宋)、舜萎期(金元至明嘉靖年间)、初放(明万历至明亡期间)、花影迷离(清前期)、万花为春(清中期)、花事将阑(清后期)、花残春去(清末),为女性词的发展勾勒出清晰的发展轨迹。而作者在绪论中的第一节概括女性词的总体特色和主体美感,然后总体上以花为喻勾勒女性词史的发展轨迹,表现出历时性与共时性结合的方法尝试。林丹娅主编的《台湾女性文学史》的书写就体现出历时性与共时性相融合的自觉。从研究原则上看,全书以时间维度作为叙事的基本架构,"但年代作为史构的一个时间维度,并非仅仅只是外在的时间标识,也与人的心理认知发生密切的内在联系;年代不仅是时间的标识,也是一些事件的标识。因此,我们将在事件的纵向节点上,发现事物的节点并对其进行横向的拓展性观照,形成一个历时性与共时性的网点,再对其展开专题性阐释,力图兼有对史实层面上的挖掘与描述和史观层面上的发掘与表述"①。该著作的确实践了其书写理念,如在对台湾"原住民"神话、歌谣叙述以及明郑时期至清治时期的女性文学状况就侧重于从共时性的角度进行性别分析。在对现当代的台湾女作家进行介绍时,也是把多个具有共性特征的女性作家按同一主题特征放到一起集中阐释。该著作单设一章专门梳理台湾现代女性主义文学批评的发展状况,展现台湾女性主义批评的实绩,这种从历时性与共时性双向展开进行叙事,使得台湾女性文学的发展更立体地展现出来。

四 女性文学史书写的人文价值追求

文学史的历史学属性要求书写者必须以一定的事实为基础,但书

---

① 林丹娅:《台湾女性文学史·前言》,厦门大学出版社2015年版,第6页。

写的对象是"文学"的历史,又决定了它的特殊性。面对文学创作者曲折复杂的人生经历,文学作品所蕴含的丰富的审美意蕴,有着不同历史境遇与文化修养的书写者必然会产生不同的阐释。伽达默尔说:"真正的历史对象根本就不是对象,而是自己和他者的统一体,或一种关系,在这种关系中同时存在着历史的实在以及历史理解的实在。一种名副其实的诠释学必须在理解本身中显示历史的实在性。因此我就把所需要的这样一种东西称之为'效果历史',理解按其本性乃是一种效果事件。"① 同样,女性的文学作品、文学创作活动等所有的文学史研究的对象,也是一种效果事件,它存在于交互理解的历史进程之中,任何个体对它的理解都是对这一历史的介入,受此影响并汇入这一历史。任何文学史家对"事实的女性文学史"② 的描述,也必然是一种效果历史,在历史的理解本身中显示实在性。

如上所述,中国女性文学史的书写存在着三种不同的叙事方式:力求客观性的中性书写、抒情色彩浓郁的自我解读式书写、立场鲜明的女性主义书写。文学史书写过程中真正的客观性是达不到的,男性学者在书写女性文学史过程中不可避免地显露出对女性的性别歧视和评判的不公。女性主义理论具有鲜明的政治性,女性主义学者克劳德尼说:"女权主义者所坚持的只是它有同等权利从同样的文本中发掘出(可能是)不同的意义;与此同时,她有权决定文本中哪些特点与论题有关,因为归根结底,她对文学提出了新的不同的问题。"③ 作为对女性文学阐释活动的一种,女性文学史书写的鲜明

---

① [德]伽达默尔:《真理与方法(上卷)》,洪汉鼎译,上海译文出版社1992年版,第384—385页。

② "事实文学史"指历史地存在着的文学活动的发展运行;"书写文学史(或者称作'话语文学史')"则是前者的文字书写表现形式。"书写文学史"必须尊重事实的文学史,以它为基础,绝非任意杜撰。参见李昌集《文学史中的主流、非主流与"文学史"建构——兼论"书写文学史"与"事实文学史"的对应》,《文学遗产》2005年第2期。

③ 转引自[美]肖瓦尔特《荒原中的女权主义批评》,载王逢振等编《最新西方文论选》,漓江出版社1991年版,第258页。

政治性也会表现出来。"盛史"和任一鸣的《中国当代女性文学简史》、林丹娅的《台湾女性文学史》的解读作为一种具有鲜明女性意识、女性主体性的解读，是一种更具有自觉性的解读，在解读过程中，关注女性自身的言说主体、经验主体、思维主体、审美主体，称得上是真正意义上的女性主义性质的阐释方式。

近年来，许多学者就中国文学史的书写发表了一系列富有价值的看法，在此基础上，中国文学史的书写也出现了很多创新性的文学史著作。著名女性文学研究者刘思谦就从陈晓明主持新编的《中国当代文学史教程》中体会到了文学史方法论变革，对这部文学史给予很高的评价，认为该著主要有以下几个特点：其一，整体、多元、开放，既是《教程》一书的文学史观也是思维方式，同时也是方法论。其二，反对政治化的一元化的文学史，努力剥离作品中的政治宣传因素，探索民间话语的魅力。其三，采用"我注六经"而非"六经注我"的态度。在整体文学史框架中始终保持了研究者对方法的选择自由。其四，独立的价值取向与人文主义立场。[①] 以上优点都可以作为女性文学史创作的借鉴，但有一点需要澄清，即"反对政治化的一元化的文学史，努力剥离作品中的政治宣传因素"是指文学史的创作要抛弃单一为政治服务的思维模式，努力摆脱政治对文学的束缚，文学活动要遵循自身的规律。女性主义从产生的那一天起就带有鲜明的政治性，以女性为立场，为了女性，服务于女性，这个总的政治立场是不能放弃的，否则，女性主义也就丧失了它的存在根基。正如葛达·勒那指出的那样，用女子自己的标准检验女子的经验十分重要，她说：

女人留在历史之外，并非因但凡男人、尤其是男子中修史

---

① 刘思谦：《文学研究：理论方法与实践》，河南大学出版社2004年版，第4—12页。

者都诡诈，只因我们向来单以男子中心的标准看待历史。我们疏漏了女人和女人的活动，因为我们寻求历史答案的问题不适用于女人。为纠正此偏向，为照亮历史的暗区，我们必须于一段时间内以女子为中心进行探索，研究一下在男女共同的文化总体中存在女子文化的可能性。历史必须包括对女人历史经验的说明，而且应该将女权主义意识的形成发展作为以往女人历史的基本方面写进历史。这是妇女史的首要任务。它提出了这样的中心问题：女人眼中的历史，以女人定义的价值为原则的历史会是怎样的。①

陶丽·莫依也有类似的看法：

女性主义文学批评最引人注目的特点就是政治上的鲜明性，它毫不隐藏自己的意识形态立场。女权主义批评方法的中心原则之一是叙述的非中性性……女权主义批评的主要对象一直是具有政治意义的：它寻求暴露各种男性化的实践活动而不是使之成为永恒……没有共同的政治立场，也就不能存在任何可辨的女权主义批评。如果女权主义文学批评已经颠覆了传统批评评判，那么则是因为它在性政治上作出了激进的新的强调……批评方法和理论的政治评价，是女权主义批评事业的基本组成部分。②

人文主义价值观不仅是阐释的立足点，同时也是阅读视界。女性主义是一种关怀理论，文学研究必须确立自己的人文主义的价值

---

① 转引自［美］肖瓦尔特《荒原中的女权主义批评》，载王逢振等编《最新西方文论选》，漓江出版社1991年版，第274—275页。

② ［挪威］陶丽·莫依：《性与文本的政治——女性主义文学理论》，林建法等译，时代文艺出版社1992年版，第95、112页。

立场。在书写女性文学史的过程中,价值论尤其是人文主义价值观应有自己的一席之地,因为,只有以人文主义的价值观衡量,才能抵抗以"价值中立""价值虚无"形式出现的相对主义思潮。文学史书写者的性别立场与心理体验会影响文学史书写的效果,女性文学史的书写离不开性别视角的介入,从对以上几部文学史著述的分析中可以看出,文学史书写的主体因为性别或性别意识的差异会使文学史著呈现不同的风貌。男性学者书写的女性文学史文本中经常隐含着传统文化框定的审美理想,大多数男性学者都把女性文学的作者"物化"了,理想化了,仍然逃脱不了男性霸权对女性形象的"天使"或者"妖女"的文化定位,书写主体的性别立场和心理体验的错位,导致男性书写的女性文学史不可避免地存在着对女性文学现象的误读、改写与遮蔽。由于父权制意识形态的根深蒂固,每一个自然性别身为女性的学者未必就先验地具备了以女性主义者身份说话的条件,写出的文学史不一定具有女性主义倾向。某些学者本身就对女性主义的理论存在抵触情绪,更谈不上用女性主义的理论以及视角来书写女性的文学史。如果没有鲜明的性别自省意识,在男权文化无孔不入的氛围里书写,女性书写者也会与"事实"的女性文学史相去甚远。面对这种困境,作为一名女性文学史书写者该如何面对?李小江的"性别自检"不失为一种有利于解决此问题的方法:

> 从事妇女研究的一个重要前提,就是研究者对自身性别身份的自检……不同的性别角度可能产生不同的研究态度,导致不同的结论……无论女性或男性学者,自检的内容可能是双重的:其一,身为研究者;其二,生为女性或男性……针对可能出现的来自研究者自身的偏差,研究之前,在思想上对自己的性别身份做出"交代"(即自检)是非常必要的。对女学者来讲,在"批判男性中心"的立场中需得加入历史判断的客观态

度；而对男性学者来说，客观研究的态度中，更重要的是对自身性别身份乃至历史的"男性中心性质"的警觉和反省。[①]

女性文学史书写的实践也有性别立场，正如邓红梅在书写《女性词史》的过程中以具有情感倾向和价值倾向的人文关怀为坐标来重构女性创作的历史，这种从"自己的文学史"的深切的人文关怀出发，用女性的视角、女性的语言来探究文学传统、追求女性文学史的本相的研究受到了学者们的肯定，"这就是作者探寻到的本书的学术思想坐标。这是全书的灵魂和主脑，是此书有异于已有的各种文学史的一个根本特点"[②]。鉴于每个个体都是在一定的社会性别文化制度中形成自己的学术素养、确立立场、选择方法来思考文学史的，在书写文学史的过程中，性别自检不但是必要的而且是必须的，否则就无法达到对真相的揭示和合理的阐释。

结　语

文学史书写主体因为性别或性别意识的差异会使文学史著作呈现不同的风貌。书写主体的性别立场和心理体验的错位，导致男性书写的女性文学史不可避免地存在着对女性文学现象的误读、改写与遮蔽。当然作为一名生理性别为女性的女性文学史书写者，如果没有鲜明的性别自省意识，在男权文化无孔不入的氛围里书写，也会与"事实"的女性文学史相去甚远。面对这种两难，李小江的"性别自检"不失为一种有利于解决问题的方法。女性文学史的书写应该引入性别视角，借鉴实证的方法，以女性主义为基本立场，充分调动书写者与阅读者的双向互动，在历时与共时的向度上探寻文

---

① 李小江：《女性/性别的学术问题》，山东人民出版社2005年版，第112—114页。
② 刘扬忠：《填补词史空白的力作——评邓红梅〈女性词史〉》，《文学评论》2001年第1期。

学中的女性形象、女性叙事的特点、女性话语的表现方式，解构男权话语霸权对女性文学的歧视，努力凸显女性文学的表现风格及诸方面的美学特性，张扬文本中所蕴含的人文价值。女性主义是一种关怀理论，文学研究必须确立自己的人文主义的价值立场，以女性为立场，为了女性，服务于女性，女性文学史的书写必将重建女性文学自身的体系，使其呈现出更加多姿多彩的风貌。

第二章

中国女神"他者"形象研究

第一节 中国女神的世界

一 女神前的中国神话表达

（一）前万物有灵论神话

神话是原始社会特有的产物，马克思说："古代各族是在幻想中，神话中经历了自己的史前时期。"① 在漫长的原始社会，人类的原始思维是逐渐发展的。有的学者认为："原始社会前期的神话多把动物、植物以及自然现象看作是活物，从而产生许多类似童话或寓言的天真烂漫的故事。"② 早期的神话并没有出现后世神的概念，正如柯斯文所说，"在宗教发生的开头阶段，人们还没有特殊的关于灵魂的概念；早期宗教意识实质上不过是人与自然浑然一体，自然具有活力，这样一个一般的并且是颇不明晰的概念"③。我国著名神话学家袁珂就提出了"前万物有灵论"神话的概念，认为"最早的一批神话，实际上是一批动物、植物故事，而描写禽言兽语的动物故

---

① 《马克思恩格斯选集》第1卷，人民出版社1972年版，第6页。
② 袁珂：《中国神话史》，重庆出版社2007年版，第14页。
③ ［苏］柯斯文：《原始文化史纲》，张锡彤译，人民出版社1955年版，第170—171页。

事则是神话的核心"①。然而这些神话有的失传了，有的流传到后代就变成寓言、童话之类的东西，已经很难追本溯源。即便如此，在我国文化的因子里还是能感受到动物神话的影子，比如《山海经·海内南经》说："狌狌知人名，其为兽如豕而人面。在舜葬西。"②《礼记·曲礼上》说："猩猩能言，不离禽兽。"③"猩猩"就是"狌狌"。这种动物与人类互通语言、不相隔阂的记录，就是前万物有灵论时期的神话。

我国神话总集《山海经》所记的诸神虽然是从自然崇拜时期奉祀的神演化而来，但已经蕴含万物有灵的思想。

(二) 万物有灵论神话

万物有灵论是与人类的灵魂观念相联系的，而灵魂的观念与人的梦境有关。在梦境里，人们感觉到有一个不受时空限制的自我存在，人们特别向往这种不受身体限制而特别自由的存在物，远古人类的灵魂观念就此产生，并且推己及人、由人及物，这样就出现了万物有灵的观念。在生活的过程中，远古人类感到大自然的神秘与威力，并对充满灵魂的大自然由衷地崇拜，原始宗教逐渐形成。那些环绕在人类周围的自然神灵无不受到人类的膜拜，反映在神话里，就是出现威力无穷的自然神。

在神话时代，人类的大脑里不存在神与人的区分，而是生活在"人神混杂"的时代。人类与周围世界的关系充满诗意，神就在他们的身边，就如同人就在他们的身边一样。人类既是神话的制造者，也是神的制造者，同时也是神的崇拜者，这样对人类来说，神的生活世界和他们的现实世界就没有太多隔阂。这就是人类所处的万物有灵阶段。在神话中出现的图腾制，有关动物、植物图腾的论述，不仅是人类对万物的崇敬，也是对世界的认识。那么通过考察宝贵

---

① 袁珂：《中国神话史》，重庆出版社2007年版，第8页。
② 袁珂校注：《山海经校注》，上海古籍出版社1980年版，第325页。
③ 杨天宇：《礼记译注》，上海古籍出版社2004年版，第3页。

的神话资源来探索远古人类的精神生活便是一条捷径。

袁珂先生在《中国神话史》中认为,在原始社会前期,即蒙昧期的中级阶段已有萌芽状态的神话产生。神话是原始先民从蒙昧、混沌走向文明的过程中,凭借自己的智力对世界所做的解释,是古代人智慧的最高表达。

屈原在《天问》里提出很多疑惑,文章开始就问:"遂古之初,谁传道之?上下未形,何由考之?冥昭瞢闇,谁能极之?冯翼惟像,何以识之?"① 《淮南子·精神训》亦云:"古未有天地之时,惟像无形,窈窈冥冥,芒芠漠闵,澒濛鸿洞,莫知其门。"② 这是古代人对世界之初的追问与把握。

中国神话就是以混沌神话开始。"天地混沌如鸡子"这不仅说明此时人们对世界的认识,也不能确定自身的意识。紧接着性别神话出现了,它是原始人社会性别的建构,并在言说中得到进一步强化,此时"男女杂游,不谋不聘"③ 的时代已经过去。

费尔巴哈说:"动物是人不可缺少、必要的东西,对于人来说就是神。"④ 当人把动物当作神时,就出现了图腾崇拜,它是原始先民首先创造出来的神,比"万物有灵"的精灵进了一步。⑤ 图腾崇拜"相信群体起源于图腾,相信图腾群体成员能够化身为图腾或者相反,相信全体成员与动物、植物等图腾之间存在血缘亲属关系,并由此而尊敬图腾"⑥,此时人类的自主意识还比较差,古代人通过超越图腾时代而直接面对自身,中国女神的时代拉开帷幕。

---

① (宋)朱熹:《楚辞集注》,上海古籍出版社2001年版,第49页。
② 《诸子集成》(八),(汉)高诱注:《淮南子注》,岳麓书社1996年版,第104页。
③ 《诸子集成》(八),(晋)张湛注:《列子注》,岳麓书社1996年版,第50页。
④ 《费尔巴哈哲学著作选集》(下卷),三联书店1959年版,第438—439页。
⑤ 龚维英:《原始崇拜纲要——中华图腾文化与生殖文化》,中国民间文艺出版社1989年版,第6页。
⑥ [苏联] Д. Е. 海通:《图腾崇拜》,何星亮译,广西师范大学出版社2004年版,第47页。

二　中国女神的世界

（一）女性生殖崇拜神话

中国女神的时代始于女性生殖崇拜。女性生殖崇拜不仅是原始先民对生殖繁衍的渴求，也是对女性生殖近乎痴迷般的膜拜与神化，生殖的女性被提升为女神。老子曰："有物混成，先天地生，寂兮寥兮，独立不改，周行而不殆，可以为天下母。"① 这句话向人们揭示出女性在人类社会中的初始性地位和母性功能。在原始社会，崇拜母性以及信仰女性神灵本是自然之事。人类学家和宗教史家们都认为"原母神"是后代一切女神的终极原型，甚至还可能是一切神的起源。人的生产与食物的生产是原始先民关心的头等大事，这两件事都被证明与女性关系紧密。原始先民对女性的月经和经血产生莫名的畏惧，认为这是由某种神秘的力量在控制，并因畏惧而产生了对初夜权的信仰。日本学者二阶堂招久对此有详尽论述："母体在怀孕时身体的变化和生产后的复原也让原始人感到不可思议，那时，人们还没有认识到男性在生殖中的作用，以为生殖是由女性独立完成的，因之女性在部落中受到特别的崇拜，地母是原始人信仰的女神的终极原型，地与母两个单位的融合也体现了原始人的生殖观念，正如小孩是由女性产生出来的一样，植物，动物也是由土地生出来的。"②

原始人凭借其自然本性进行两性交合而实现人类的生殖，这是人性的自然实现，但是原始人对生殖的理解却需要漫长的过程。有的人认为这是女性特有的功劳，有的说是女人与非人神物的感应与交合，有的归之于氏族的图腾等。无论对人类生殖给予怎样的理解，原始先民所见的最为直观、最为具体的证据就是生命是从女性生殖

---

① 《诸子集成》（三），（魏）王弼注：《老子道德经》（第25章），岳麓书社1996年版，第11页。
② ［日］二阶堂招久：《初夜权》，汪馥泉译，上海文艺出版社1989年影印本。

器中诞生的。于是对女性的阴部产生神秘和崇敬之感,乃至顶礼膜拜,"生殖之事,造化生生不已的大德",是原始文明所崇拜的最大原则。在红山文化及其附近出土的玉制"猪龙"和猪的雕像,雕像以其丰厚的脂肪代表原始人心目中生命力最强盛、生育力最兴旺的动物,它同人类中执行生养功能的女性有着神话思维的认同关系。原始先民将自己最初的信仰定位于体现生殖功能的女性身上,并且突出地夸大女性生殖器官,并用它的肥硕来祈求人类旺盛地繁殖。

女阴崇拜发展到母系氏族后期逐渐演化为抽象的形式,即鱼纹、蛙纹或鱼蛙纹。20世纪50年代,在西安半坡母系社会遗址出土了大量绘有鱼纹的彩陶,有写实的单体鱼纹、双体鱼纹、三体鱼纹、四体鱼纹等。① 特别是半坡和临潼姜寨人面鱼纹图的出现,鱼纹和人面鱼纹揭示了半坡母系氏族公社处在以渔猎为生时期,而鱼具有旺盛的繁殖能力,故而以鱼象征女性生殖器。鱼纹自然成为陶器上的主要纹饰,并产生了一系列巫术仪式——鱼祭。"当时的彩陶之所以有这么多的鱼纹,就是原始初民在母系氏族社会时期,盛行着对女性生殖器的崇拜,并以鱼象征女阴,从而在彩陶上产生了多种多样的鱼纹,进而衍变为多种人面鱼纹,实质上是宣扬女性在繁殖人口中的功绩。"② 蛙纹是继鱼纹之后出现的代表女阴的生殖崇拜物,因蛙的肚腹与孕妇肚腹的形状相似,加以蛙的繁殖能力很强,产子繁多,所以原始先民即以蛙象征女性生殖器官——怀胎的子宫。某些彩陶蛙纹的下部特意描摹出圆圈以象征阴户。"人蛙一体纹的出现,表明在母系氏族社会的晚期,蛙不仅具有象征女性生殖器的意义,而且发展出了象征女性的意义。"③ 近代考古证明,西安半坡先民以鱼象征女阴施以生殖崇拜,而甘肃、青海地区的远古先民则以蛙为女性子宫的象征实行生殖崇拜。这说明母系氏族社会时期对女性生殖器

---

① 参见中国科学院考古研究所编《西安半坡》,文物出版社1963年版。
② 赵国华:《生殖崇拜文化论》,中国社会科学出版社1991年版,第176—177页。
③ 同上书,第191页。

崇拜是生活在不同地区的氏族人群普遍存在的认识。由人面鱼纹发展为人面蛙纹是母系氏族社会时期对女性生殖崇拜文化的必然进程。对女性的生殖崇拜不仅表现对女性生育器官——阴部的膜拜,而且对女性生育过程所呈现的整体特征和表现——巨腹、丰乳、肥臀予以崇拜。这样,女性孕妇的雕像成为原始先民对女性生殖崇拜的又一个偶像,具有这种女性特征的雕像在世界各地均有发现。1991年,在陕西扶风案板发现的距今五千多年的陶塑裸体女坐像,是仰韶文化首次发现的女性裸体像,该人像的头部及四肢残缺,上身保存完整,体态丰满,乳房饱满,腹部隆起,女性特征鲜明。[①]

(二) 女神的世界

1983年,考古学家在辽宁发现了距今两万多年前的女性雕像,这与欧洲大陆发现的史前维纳斯女像不谋而合。学者们普遍认为这些史前维纳斯就是人类最早崇拜的始祖神,是起源于父系社会以前的最大神灵。这些神像均为裸像,其身体的造型虽然各异,但引人注意的是她们都有明显的凸起的腹部和着力刻画的阴部,许多神像还有丰乳、肥臀。[②] 学者多认为这些夸张的人体描写是象征一种生殖崇拜,认为这些裸体女像是丰产女神,这恰好证明了女性在远古社会中所充任的两项重要职责:生殖与生产。肥硕的人体表明女性强大的生殖本领,而生殖正是女性在社会中受到尊敬的根本原因,也是她的基本职责。在崇拜女性生殖的社会中,妇女不仅是血缘关系的纽带,也是社会经济生活的主导和中心,更是氏族繁衍的决定者,因此妇女享有比男子更高的地位,特别是女氏族长和生育了众多子孙的女性祖先,生前备受爱戴和尊敬,死后灵魂则成为整个氏族祈求福佑的对象,她们逐渐被神化,获得了氏族保护神的意义,形成

[①] 苑胜龙、张乐珍:《"大汶口"社会女神崇拜刍议》,《丽江师范专科学报》1999年第1期。

[②] 辽宁省文物考古研究所:《辽宁牛河梁红山文化女神庙与积石冢群发掘简报》,《文物》1986年第8期。

了女性祖先崇拜。女始祖则是原始图腾观念与女性祖先观念的混合物,女始祖神话则表现为某个女性吞食图腾之物或与某种神物相互感触,乃至交合,从而孕育生殖了子孙后代,繁衍出人类。氏族起源神话比较多见,碧江怒族的氏族起源神话中,始祖茂英充是天上飞来的一群蜂变成的女人;维吾尔族的创始神话《女天神创世》中,说宇宙万物及人全为女天神所造;普米族一则神话说女始祖是塔娜,生于大石,与牦牛山神婚配,生儿育女,才有了普米人;基诺族的创世女神叫尧白;瑶族的创世女神是密洛陀;黎族的始祖女神叫黎母。

中国女神的世界是庞杂的,学者过伟在《中国女神》里所提到的女神有四千多位,[1] 本书显然不能一一述及,但她们庞大的群体共同形成姿态万千的中国女神的世界。

女娲是中国女神世界里最出众的主神,她的主要神格是创世神。许慎《说文解字》所述"娲,古之神圣女,化万物者也"[2],王逸注《楚辞·天问》曰"传言女娲人头蛇身,一日七十化"[3]。女娲开天辟地,在未有人民的情况下,用黄土抟制了最初的人类,甚至化生了万物,又独立地修补了残破的天体,恢复了宇宙间正常的秩序。她独立的原母神神格形象鲜明。

中国有名的始祖神还有很多。比如:"简狄在台,喾何宜?玄鸟致贻,女何喜?"[4] "殷契,母曰简狄,有娀氏之女,为帝喾次妃。三人行浴,见玄鸟堕其卵,简狄取吞之,因孕生契。"[5] "黄帝轩辕氏母曰附宝,见大电绕北斗枢星,光照郊野,感而孕。"[6] "周后稷,名弃。其母有邰氏女,曰姜原。姜原为帝喾元妃。姜原出野,见巨

---

[1] 过伟:《中国女神》,广西教育出版社2000年版。
[2] (汉)许慎:《说文解字》,中华书局影印1963年版,第260页。
[3] (宋)朱熹:《楚辞集注》,上海古籍出版社2001年版,第61页。
[4] 同上书,第63页。
[5] (汉)司马迁:《史记》,中华书局2006年版,第12页。
[6] 《竹书纪年》,《二十二子详注全译》,黑龙江人民出版社2003年版,第92页。

人迹,心忻然说,欲践之,践之而身动如孕者。居期而生子,以为不祥,弃之隘巷,马车过者皆辟不践。徙置之林中,适会山林多人,迁之;而弃渠中冰上,飞鸟以其翼覆荐之。姜原以为神,遂收养长之,初欲弃之,因名曰弃。"① "厥初生民,时维姜嫄。生民如何?克禋克祀,以弗无子。履帝武敏歆……诞置之隘巷,牛羊腓字之。诞置之平林,会伐平林。诞置之寒冰,鸟覆翼之。鸟乃去矣,后稷呱矣。"②

在我国云南永宁纳西族摩梭人那里,现在还保留有传统节日"女神节"。纳西族农历七月二十五日,人们聚集在狮子山麓祭祀女神,并歌舞欢宴。方圆百里的纳西族群众身着节日盛装,几家或数十家人共烧起一堆松毛,人们不断往火中扔糌粑、鲜花、蜂蜜、酥油和奶渣等祭品,祭祀众神之主"干木"女神。祭毕,阖家团坐,共进野餐。而后唱歌、赛马、荡秋千、跳锅庄等。民间传说狮子山是女神"干木"的化身。"干木"是众山神之首。她不仅管辖着周围大大小小的男山神,过着"阿注"婚姻生活,同时还主管着这一地区人口的兴衰,农业的丰歉,牲畜的增减以及妇女的长相、婚姻和生育等事务。③ 这也从侧面透露出女神昔日的权威。

第二节 两性同体神话

一 中国神话对两性同体观念的表述

(一) 两性同体神话的提出

弗吉尼亚·伍尔夫在《一间自己的屋子》中提到了双性同体的思想。她认为,双性同体是艺术创作的一种最佳状态。埃莱娜·西

---

① (汉)司马迁:《史记》,中华书局2006年版,第17页。
② 《十三经注疏》(标点本),毛亨传,郑玄笺,孔颖达疏:《毛诗正义》,北京大学出版社1999年版,第1055—1065页。
③ 何本方等主编:《中国古代生活辞典》,沈阳出版社2003年版,第273—274页。

苏在这一观点的基础上认为,双性同体是女性创作的理想状态,是一个解构两性对立的概念;双性同体既是对立的消除,又是差异的高扬。① 总之,在性别理论中,双性同体已经是人们用来分析问题的一个工具,其中也有对神话的分析,我国学者李传龙在研究两性同体神话时指出,"两性同体,是指阴阳二性同时存在于一个生命形体之中"②。有的学者指出"双头蛇身的延维,可能是男女同体之神",由女阴崇拜而"两性同体"③。这种男女合体的神话形象是初民对人类性别来历的一种构想。

《史记·五帝本纪》等典籍中记载炎、黄二帝分别"嫁"到姜姓和姬姓的母系氏族,因建立了"功业"而得到妻族的姓氏。在这种以女性传承、生产和生活,以母系纽带维系的社会组织里,氏族成员不分性别一律"平等",既尊女崇母又尊崇男性。在这样的心理基础上,就产生了"两性同体神话"④。

(二) 中国的两性同体神话

神话专家何新先生为我们提供了一个女娲神话中两性同体观念的阐释,何先生认为,在中国古代文化中,绳具有隐而不彰的交媾象征意义,女娲所引之绳的文化意蕴应是对男根交媾生殖这种原型事物的形象模仿和行为拟态,因此,女娲引绳为人,伏羲虽未露面,但蕴含的却是男女阴阳交合之意,用象征的手法从侧面反映由祖母神女娲操纵下的交媾生殖情形。女娲伏羲神话的合流蕴含男女交合生殖崇拜,人类已从单性的生殖崇拜发展到了两性交合的生殖崇拜。女娲伏羲神话的合流将女性是阴的符号,男性是阳的符号,鲜明地表明出来,且男女交合产生了阴阳交合的观念,男女交合生殖崇拜

---

① 柏棣主编:《西方女性主义文学理论》,广西师范大学出版社2007年版,第205—206页。
② 李传龙:《性爱神话美学》,社会科学文献出版社2006年版,第350页。
③ 同上书,第223页。
④ 同上书,第42页。

的产生奠定了阴阳观念的基础。

女娲伏羲神话的合流派生了阴阳并重的哲学观念,阴阳哲学观念与女娲伏羲神话的内涵有重要的源流关系。在《易经·系辞下传》中记载:"乾,阳物也;坤,阴物也。阴阳合德而刚柔有体,以体天地之撰,以通神明之德。"① 八卦中有乾、坤二卦,这将阴阳与男女联系了起来。《易经·系辞下传》说:"古者包犧氏之王天下也,仰则观象于天,俯则观法于地,观鸟兽之文,与地之宜,近取诸身,远取诸物,于是始作八卦,以通神明之德,以类万物之情。"② 极隐晦地指出,整个宇宙万物都是两种相反相成的原始生殖力量共同作用的结果。万物的化生即是伏羲作八卦的结果,在该书中还说"天地絪缊,万物化醇;男女构精,万物化生"③,更明确地表明了男女交媾化生了万物的观点。《说文解字》中说:"娲,古之神圣女,化万物也。"从典籍中我们可知,女娲伏羲化生了万物。《老子》第四十二章说:"道生一,一生二,二生三,三生万物。万物负阴而抱阳,冲气以为和。"④ 这里的阴阳旨在说明万物都有阴阳两方面的对立性质,揭示阴、阳二气相交产生万物的普遍规律。《易经·序卦传》云:"有天地然后有万物,有万物然后有男女,有男女然后有夫妇,有夫妇然后有父子,有父子然后有君臣,有君臣然后有上下,有上下然后有礼仪又有所错。"⑤ 这样出自男女的阴阳之意,延伸到了自然和社会两极,男女之间的关系被上溯到天地之间的关系,推演到君臣之间的关系。道、儒两大系的阴阳哲学观表明,阴阳出自男女,阴阳二气相交化生万物,这正与女娲伏羲化生万物的观念相契合。这也就是说女娲造人的神话具有两性同体的性质。

---

① 黄寿祺、张善文:《周易译注》,上海古籍出版社1989年版,第589页。
② 同上书,第572页。
③ 同上书,第582页。
④ 《诸子集成》(三),(魏)王弼注:《老子道德经》(第42章),岳麓书社1996年版,第20页。
⑤ 黄寿祺、张善文:《周易译注》,上海古籍出版社1989年版,第647页。

若我们将"女为阴的符号,男为阳的符号"的观念应用于生殖文化中,便可得出,女性生殖崇拜、男性生殖崇拜萌芽了阴、阳二元观念,男女交合化生万物产生了阴、阳二气相交化生万物的观念。

伏羲女娲神话作为一种原始先民的想象产物,是生殖崇拜文化现象的传承者和负载者,而后派生出了阴阳哲学观。这和两性同体产生万物的原理是一致的,或者用生殖崇拜来解释,就是出现了阴阳双性崇拜。

两性同体神话的其他表现方式为蛇蛙组合纹、两性同体人。蛇象征男根,蛙则象征女阴的生殖崇拜,在中国春秋战国时期的青铜器上,发现了许多蛇蛙组合的纹样。如战国早期的青铜豆盖上,有蛇蛙纹;战国中期的青铜豆圈足上,有蛙蟾蜍蛇纹。蛇蛙组合的纹样,也见于中国南方的出土文物中。如新中国成立后在广西恭城发掘的春秋晚期墓和在广州发掘的西汉赵眛墓中,均出土有蛇蛙互斗的器物图像。在母权制向父权制过渡时期,女性是不甘退出历史的尊贵地位的,两性人崇拜足以证明这一过程。两性同体人像也是母权制社会向父权制社会过渡时期男女势均力敌状况在文化上的表现。如四川巫山大溪文化第 64 号墓出土一件双面石雕人像,以阴刻人面状,但两面各雕一头像,一侧脸颊丰腴,一侧面部瘦削。两人鼻梁挺直,双眼睁开,嘴张开,表现紧张而恐惧状。顶部左右各穿一孔。[①] 河南安阳殷墟出土过一件男女裸体玉雕像,"淡灰色,裸体,作站立状。一面为男性,另一面为女性。男性有椭圆脸,双目微突,大耳,长宽眉。头上梳两个角状发髻,耸肩,双手放胯间,膝部略内屈,以不同线条表示肌肉。女性的形象与男性近似,惟眉较弯,小口,双手置腹部"[②]。内蒙古赤峰市宁城南山根夏家店出土一件两

---

① 四川长江流域文物保护委员会文物考古队:《四川巫山大溪新石器时代遗址发掘记略》,《文物》1961 年第 11 期。

② 中国社会科学院考古研究所:《殷墟妇好墓》,文物出版社 1980 年版,第 153—154 页。

第二章 中国女神"他者"形象研究 51

侧曲刃青铜短剑，在剑柄上铸有裸体立像，一面为男，双手抚腹，一面为女，双手上抬交叉于胸前，两性器突出。① 在青海乐都柳湾出土过一个两性人陶壶。该人像面部粗犷，耳、目、口等器官较大，胸前有一对小的乳房，体肥魁梧，在上肢肘关节还涂以黑色，表示强健有力，显然是一个男子形象。但其生殖器既似男根，又有女阴特征，因此有人称为"一人两性别的形象"，或称为阴阳人、两性人。类似形象不是孤立的，河南禹州民瓷窑贴有一种抓髻娃娃，头为双髻，具女性特征，但长有男根，可见是男女两性同体。在陇东有三面人"三面娃"，也与阴阳人有关。② 中国民族学、民俗学和民族宗教建筑也有丰富多样的两性同体崇拜物。云南宁蒗县叭儿桥的南山上有一石笋，一面似男，一面似女，当地人称"公母石"。当地村民为求生育常来叩拜那尊"公母石"，天旱求雨时也来祭祀这尊"公母石"，据说这尊"公母石"是当地村民的保护神，不仅主宰生育，还能保佑当地风调雨顺，谷物丰产。③ 在阴阳双性生殖崇拜中，男性最初不过是生命缔造的参与者、协同者而已，以后逐渐与女性平分秋色，古彩西域岩画就反映了这种变迁。在今新疆发现的岩画中凡属于母系氏族社会时期的洞窟彩绘岩画，最突出的是对女性生殖器的崇拜。在父权巩固后的岩画中突出的是对男性生殖器的崇拜，在这两者过渡期间则在岩画中同时凿刻了男女生殖器。富蕴县徐云恰耳一幅放牧岩画上平行绘制了男女各一个生殖器。这表明父权日益壮大，已与母权势均力敌。四川省木里县俄亚乡纳西族同样存在阴阳双性崇拜。俄亚乡西南方有一座大山，山腰有一岩穴，内有一眼泉水，旁边有一天然的钟乳石柱，其状如男根。该乡纳西族称此石柱为"汝鲁"，意为"男儿石"，称此泉水为"木基"，意为"女

---

① 宁城县文化馆等：《宁城县新发现的夏家店上层文化墓葬及其相关遗物的研究》，《文物资料丛刊》第9辑，文物出版社1985年版。
② 宋兆麟：《生育神与性巫术研究》，文物出版社1990年版，第77页。
③ 杨学政：《衍生的秘律——生殖崇拜论》，云南人民出版社1992年版，第148页。

儿水"。该乡纳西族青年男女结婚时，都要到此举行求子仪式。巫师率领新婚夫妇先叩拜男根石柱，后祭祀女阴泉水，巫师喃喃念祝祷词。祭祀完毕，新娘用一麦秸秆吮吸几口泉水，他们相信这泉水能洗涤妇女的污秽，舒筋活血，产生旺盛的生育力，早怀孕，多生育。① 四川普米族中也流行阴阳双性崇拜。四川省木里县卡瓦村前有一石洞，洞内有一天然圆锥状钟乳石，柱高80厘米，根脚外移至直径90厘米，顶端有一凹坑，不断有水滴入，该村摩梭人奉岩洞内的天然石柱为生殖神。求育妇女由达巴率领向石祖跪叩念经，求育妇女将细竹管插入凹坑水里吮吸几口，而且当夜夫妻必须同床。在这里，圆锥状钟乳石象征着男根，而凹坑则象征着女阴。② 尽管四川的纳西族和普米族都是阴阳双性崇拜，但是在这里，阴阳双性崇拜的位置发生了易位变换：人们先是拜男根，然后才拜女阴，原先居于首位的女阴被男根所取代，男女的社会地位发生了颠倒，男性地位上升，成为在生殖领域乃至整个社会的主导，女性地位则下降，在生殖崇拜领域乃至其他社会领域位居次属的地位。在彝族图腾中，我们甚至可以清楚地看到女性生殖器象征物向男性生殖器象征物的转化。彝族先民中有一个人上山耕作，在岩脚边避雨时发现有几筒竹子从山洪中飘来，取一筒划开，竹筒中出现了五个孩子，他便把他们收养为儿子。其中一个儿子长大后编竹器，又因竹子从水中取出时是青色的，所以后来的子孙便称青彝。由于彝族从竹而生，所以死后要装菩萨兜，以让死者再变成竹子。彝族妇女快要分娩时，她的丈夫和兄弟要砍好一根兰竹筒，将胎衣胎血放进竹筒，再掺进一些芭蕉叶，挂在兰竹竹枝上，表示他们是兰竹的后代。从上述图腾神话和民俗传说中可知，竹子是女性生殖器的象征，将死者装进竹子做成的菩萨兜和

---

① 杨学政：《衍生的秘律——生殖崇拜论》，云南人民出版社1992年版，第57页。
② 同上书，第58页。

将胎衣胎血装进兰竹筒是一种回归子宫的仪式,意味着在子宫中获得新生。可是这种女阴象征物在后来的一些民俗活动中却变成了男根象征物。比如云南澄江松子园的彝族就把"金竹"当作祖神,不育妇女必须到竹山求子,向金竹祷告,到了晚上便住在附近的庙里。这个风俗中的金竹,显然成了男根的象征。

满族的神话作品《天宫大战》据说是满族先民女真人的女萨满流传下来的。其中最大的是天神、地神与星神,彼此并没有从属关系。由她们衍生出无数女神,约300个以上。其中有女神世界的叛逆者,原名叫教钦女神。此神集所有动物的智慧和力量,不甘心于当地神的看守者,反叛后,被地神用两块石头打出了一支角,且多了一个男性生殖器,变成了一角九头八臂的两性合体神,可自生自育。此神为夺女神大权,继续反抗,逐渐变为男性恶魔神耶鲁里,男女神之间的斗争持续不断。[①] 从这则神话里也能看出两性合体神阶段的存在。

在我国的古典哲学中阴阳同体神话也得到了充分的反映。《淮南子·精神训》中说:"古未有天之时,惟象无形……窈窈冥冥,有二神混生,经天营地……于是乃别为阴阳,离为八极,刚柔相成,万物乃形。"高诱注:"二神,阴阳之神也。"[②] 这个故事中,"混生"的两位大神分阴阳,辟天地,形万物,具有无穷的创生伟力。

宋罗泌所撰的《绎史》收录了徐整的《五运历年纪》,此书写道:"元气蒙鸿,萌芽兹始,遂分天地,肇立乾坤,启阴感阳,分布元气,乃孕中和,是为人也。"这里已明确指出天为乾为阳,地为坤为阴,他们交感而化生万物。这些都可以说是对两性同体观念的表述。

---

① 潜明兹:《潜明兹自选集》,上海人民出版社2007年版,第137页。
② 《诸子集成》(八),(汉)高诱注:《淮南子注》,岳麓书社1996年版,第104页。

二　阴阳同体神话的消退

（一）生殖观念的变迁

女始祖图腾感生的神话是原始人知母不知父的反映，那么两性合体神话则是反映了古朴的两性生殖的观念，此时对两性的认识无疑有了较明显的进步。但是，在社会的不断发展中，男性自觉在生殖中起到了关键性的作用，所以男根崇拜也成为生殖崇拜的一种。正如神界是人界的反映一样，人界也能影响到神界的一些变化，当私有制出现的时候，男神的崇拜显然超过了女神的崇拜，当然，这个过程是漫长的、充满斗争的。

（二）两性同体神话的消退

男神、女神共同创造世界的时代一旦过去，阴阳同体神话随之消失，代之而起的是男神的一统天下。"神"的概念首先从女神开始，在女神经过长期分化、繁衍之后才出现了男神。丁山先生认为姜嫄就是中国的地母神，俄国学者杨申娜也认为姜嫄的儿子后稷原型为一粒谷"母亲"。"谷粒"正是地母崇拜的原始意义。正是如此，我们才看到了女神神话流变的特殊之处，即先以女神崇拜为主，渐渐转变为两性同体神崇拜，最后变成了男神的天下。

随着母系社会向父系社会的过渡，男根崇拜逐步取代了女阴崇拜。男根崇拜的出现意味着女性地位的动摇。男性生殖器官开始被当作家庭创造者父亲的权威和力量的象征，最终被当作造物主本人的象征。男性生殖器的崇拜是对男性生育能力的肯定，这种肯定把女人的生育功能降低到"孵育器"的地位，从而使女人的地位发生动摇。由于女性话语权的丧失，女阴的地位一落千丈，女阴沦落为生育的工具，并遭到诋毁。在汉代画像砖里，伏羲就已经以配偶的身份与女娲共同出现。画像中的女娲和伏羲有四种形式单独的人首蛇身像，它反映的是独立的生育特征伏羲女娲并立而未交尾，伏羲、女娲交尾图则是以后的事，唐李冗《独异志》明确地为女娲配上了一个亦兄亦父的配偶神:伏羲。"昔宇宙初开之时,只有女娲兄妹二人在昆仑,而天下未有人民,议以为夫妇,又自羞耻,兄即与其妹上昆仑山。咒曰:'天若遣我兄妹二人为夫妻而烟悉合,若不使,烟散。'于是烟即和,其妹即来就兄,乃结草为扇以障其面。令时人娶妇执扇,象其事也。"① 唐代卢仝的《与马异结交诗》也写道"女娲本是伏羲妇"②。在这里,女娲已由独立的神向对偶神转化,伏羲成了造人神话的主要角色,而女娲则成为配角。女娲作为独立的生育神地位逐渐下降,而伏羲作为生育大神的地位逐渐上升,最终女娲独立造人神话被两性生殖神话取代。当父系制取代母系制时,一方面是妇女嫁到外氏族以后,丧失了原有的优裕地位,成为被奴役的对象,自然引起妇女的抵制和反抗,以维护她们在家庭中的崇高地位,但多为家庭、婚姻关系所掩饰。另一方面,这场斗争又得到传统观念和习惯势力的支持。母系制与父系制的斗争,实际上是新与旧、先进与落后的两种思想、两种习俗的斗争,反映在神话世界里,就是男神女神地位相当的两性同体神崇拜。其中柳湾遗址所发现的两性人陶壶,既不是女阴崇拜,也不是男根崇拜,而是出于两种崇拜之间的一种过渡性产物,是母系制向父权制过渡在生殖信仰上的反映。随着男根崇拜的兴盛,两性同体神话也就迅速消退。

第三节 女神"他者"形象

一 男神神话的涌现

(一)"帝"观念的出现

汉族有关"帝"的神话,实质上是男权社会的投影。从夏

---

① (唐)李冗:《独异志》,张永钦、侯志明点校:《古小说丛刊》,中华书局1983年版,第79页。
② (唐)卢仝:《与马异结交诗》,《全唐诗》(增订本第六册),中华书局1999年版,第4396页。

代开始，对血缘世袭制加以肯定，这为祖先神升华为上帝创造了条件。①在甲骨卜辞中，只有"帝"或"上帝"之称。郭沫若指出："帝之兴必在渔猎畜牧已进展于农业种植以后。盖其所崇祀之生殖已由人身或动物性之物转化为植物。古人固不知有所谓雌雄蕊，然观花落蒂存，蒂熟而为果，果多硕大无朋，人畜多赖之以为生，果复含子，子之一粒复可化而为亿万无穷之子孙，所谓'韡韡鄂不'，所谓'绵绵瓜瓞'，天下之神奇更无过于此者矣，此必至神者所寄。故宇宙之真谛，即以帝为尊号也。人王乃天帝之替代，而帝号遂通摄天人矣。"②可见汉族上帝观念的形成是由游牧到农耕定居以后。对上帝的崇拜实际脱胎于原来的生殖崇拜与祖先崇拜，并保留了若干自然信仰的影响。"帝"观念的出现明显地带有父权制的影响。

（二）男神的世界

神话中两性观念的强化是随着人类对自身生殖的认识而得到强化的，当人们知道男人在生殖中起到了不可小视的作用时，男神的数量就明显增多，男神的地位得到确立，如《山海经》中称帝的神有女娲、炎帝、黄帝、颛顼、帝俊、帝尧、帝禹等，男神所占的席位大大增多了。

黄帝、伏羲，都是中国神话中神通广大的神明。关于他们的各种故事表明，与其说他们是创造宇宙和自然的至上神，不如说他们只是创造人类和人类文明的祖先神。在所有的传说中，都强调他们有父母，有妻子，有世家和血缘谱系。他们不是西方神话中那种创造宇宙、开辟天地的全能神。这显然是父权制意识下的产物。在神话历史化的过程中，大多数丰功伟绩都归属于男神。在神话人物的谱系中，男神出尽了风头，其中最典型的是中国的创世神盘古。

---

① 潜明兹：《潜明兹自选集》，上海人民出版社2007年版，第85页。
② 郭沫若：《甲骨文字研究》，《郭沫若全集》（考古编第一卷），科学出版社1982年版，第54页。

神话专家何新说:"中国古代神话中关于盘古创造宇宙万物的故事,既决非作出结论如夏曾佑所说,源自《后汉书》所记盘瓠故事;亦非如杨宽、吕思勉等所说,演变自中国神话中的'浊龙'故事,其原型实是来自古印度创世神话中的梵摹神创生宇宙的故事。"① 因为佛教传入中国正是在父权制兴盛的汉代。盘古作为创世神,唯一令人奇怪的是这位盘古的名号和事迹,却不见于今日所见先秦的一切典籍著述,甚至不见于《山海经》《穆天子传》《天问》《帝王世纪》这种专门搜集"古今上下非常可怪之事"的神话书。屈原在《天问》中问:"邃古之初,谁传道之?上下未形,何由考之?"他所提问的内容是关于宇宙天地起源的。如果当时已有盘古开天辟地神话的话,屈原显然是不会以这种方式来提问题的。

盘古事迹在文献中的始出,以三国时吴人徐整所著《三五历记》为最早,其次是在南北朝时梁任昉所著《述异记》中。盘古神话在华夏的出现地,确如梁代任昉所指出的,是在"吴楚""南海、桂林"一带华南地区,其时间则不会早于东汉末。这两点极为重要。它是我们解决"盘古"来源之谜的一个重要线索。因为恰恰是在这个时期,中国文化史中发生了一件大事,这就是印度的佛教和文化开始大规模地传入中国。而此时中国已进入男权制社会的兴盛期,引入这样的神话也是合情合理的。当创世之功归于男神之时,其他的相关发明创造也大部分归于男性神,如黄帝、炎帝、仓颉等。

二 中国女神"他者"形象的形成

(一)被重新叙述了的女神

有学者经过论证得出如下结论:"应该说明的是,黄帝族生存于母系氏族社会,作为黄帝族杰出大酋长黄帝,也是位伟大的女性。故《史记·天官书》一言'轩辕,黄龙体。前大星,女主象',再

---

① 何新:《诸神的起源》,时事出版社2002年版,第239页。

言'黄帝，主德，女主象也'。《晋书·天文志》亦有相类之语。随着历史的前进脚步声，黄帝由女而男。这样，后人必为之觅配偶了。"①

同时，"颛顼是太古的一位宗教家，一个大巫。在母权制社会，妇女掌握着宗教大权。颛顼是女性"②。其实，"鲧当为禹母，由《天问》'伯鲧（鲧）腹禹，夫何以变化'等资料上，我们作出这样的判断。《山海经·海内经》亦言'鲧复（腹）生禹'"。随着历史的发展，鲧由女而男，由禹母而禹父。从禹系图腾感生来说，本来没有能够辨认的父亲。③

在《世本·作篇》中，宋均曰："女娲，黄帝臣也。"④ 这种规训呈现出明显的符号暴力，而正是这种重新书写使女神的事迹湮没无闻。

闻一多《五帝为女性说》指出，"帝"或"后"应该有先女后男的演变过程，在演变过程中，或男或女、亦男亦女的性别未定型阶段，肯定是存在的。⑤

在重新叙述女神的过程中，社会思潮也在发生着变化，比如儒家对女性的观点和以前是不同的。《论语》说："唯女子与小人为难养也。近之则不逊，远之则怨。"⑥ 这样就表现了女性比男性劣等，对女子而言最重要的事情是照顾丈夫和公婆，照顾家庭，生下健康的儿子。他们在父权制的规范内塑造出女性的典型形象，这时女性自身的生理功能则成了被男性压制的借口。这样，以前是备受崇拜的女性生殖功能，现在反而成为女性被男性压迫的借口。女神的地位降低了，隐没了，而彰显的却是男神的威力。母权制的时代即将

---

① 龚维英：《原始崇拜纲要》，中国民间文艺出版社1989年版，第25页。
② 同上书，第30页。
③ 同上书，第37页。
④ 《世本八种》，王谟辑本，商务印书馆1957年版，第3页。
⑤ 龚维英：《原始崇拜纲要》，中国民间文艺出版社1989年版，第221页。
⑥ 《诸子集成》（一），（清）刘宝楠：《论语正义》，岳麓书社1996年版，第463页。

结束。

(二) 中国女神"他者"形象的形成

对"他者"内涵的探讨,① 较早见于1949年出版的《第二性》。作者波伏娃从女性主义立场出发,认为他是主体,是绝对;而她则是他者。在这部被称为"女性主义的圣经"的名著中,波伏娃论及的他者即为女性,主要含义有几层:男人是自主的人,女人是不能自主的人,定义和区分女人的参照物是男人,而定义和区分男人的参照物却不是女人,女人对男人主要是作为性存在的,对他来说她就是性;女人是附属的人,是与主要者相对立的次要者。在本书中,女神的"他者"形象其实就是针对以上几个层面来说的,② 男神是自主的神,女神是不能自主的神,定义和区分女神的参照物是男神,而定义和区分男神的参照物却不是女神,女神对男神主要是作为性存在的,对他来说她就是性;女神是附属的神,是与主要者相对立的次要者。"他者"形象就是在当代语境下,带着当代的意义追寻,也就是在否定元叙事的当代语境下来审视对"女神的言说"。神话中那么多形象丰富,地位卓著的女神,怎么在流传中就成了"他者"?或者干脆就被遗忘了呢?为什么说女神的地位,乃是关于妇女以前更自由和更有实力的地位的回忆?无疑,对中国女神"他者"形象的探讨,是有其现实针对性的。

从学术史来讲,"他者"或"他者"形象的研究也比较晚,它是从人类学学科借来的一个概念,女性学用以表示女性地位的附属性,而女性主义神话学则用以表现女神地位的附属性。"他者"形象的分析是在知其所以然的基础上对现实生活予以

---

① "他者"研究在中国出现得比较迟,它是一种新起的文化批评话语和实践。在国外,"他者"研究所涉范围广泛,涉及人类学、社会学、哲学等多门学科。在后现代主义思潮兴起之后更成为学术的热门,西方现代思想大师拉康、列维纳斯在这方面有精彩的论述。

② "他者"形象是处于弱势的形象,必须通过依附强势形象而存在。它处在局外,又被当局者利用,以进一步强化他们的存在。

改进。

中国神话人物盘古成为创世神,那么紧随而来的便是其他男神。以黄帝为首的男神集团是其集中表现。许多创造发明都归于他的名下,至此女神被遗忘,昔日花团锦簇的女神世界就此凋零,月亮神们隐退了,太阳神们光芒四射地升起来了,女神们有的被改造成了男神,有的被湮没不提,有的通过改造成了男神的附属物,如他们的配偶、姐妹、女儿等。虽然有的女神还隐约地透露出她们的神威,但对比昔日的辉煌,真是江河日下。正如柯斯文所说:"随着向父权制的过渡,妇女在宗教中的主导作用被男子排挤掉了,女性的精灵变为男性的精灵。"①

在母权制社会,神话中的主体是女神,她独立地操控着世界,而进入父权制社会后,女神丧失了至尊地位和独立性,成为男神的依附者,男神则成为神话的主体。女娲作为创世补天女神的意义在迈入父权制社会后,其神格发生了严重的倾斜,丧失了"抟土造人"的独立神格,沦为伏羲之妻,她的孕育功能被人们淡忘,但以生育神为中心的神格得到了极大程度的夸大,与伏羲一同完成生命,创世神格却被人忘记。在中原民间,女娲的"为媒"和"送子",至今仍然是其信仰中的主要功能之一,女娲庙会上来"求子孙生育之蕃"者络绎不绝,而与女娲补天有密切联系的"补天穿"习俗在现代却不为人知。女娲作为生育神的职能所以被保留下来,恰恰是为了迎合男权社会对血缘继承的要求及对女性社会角色的规定,而补天为苍生祈福表现的是主动创世的行为,违背了男权社会对女性从属地位的定位。女神在神界的地位日渐下降,而男神的地位则与日俱增。女神从拥有独立神格的大神而沦为男神的附庸,其神格也随自身权力向男神的交接而逐步丧失,女神如果想得到光耀,就一定得依附于男神,许多本身有独立神格和故事的女神也被硬性地与某

---

① [苏]柯斯文:《原始文化史纲》,张锡彤译,人民出版社1955年版,第181页。

位男神扯上关系,仿佛非得这样才能为其抬高身价。如元末明初摩梭人从母系社会开始进入封建领主社会时,封建领主为突出男性在政治、经济和家庭中的主要地位,竭力鼓吹男神的威风和男神的力量;如永宁土司及贵族于每年春节隆重祭祀阿沙大男山,祭祀时敲锣打鼓,鸣放枪炮,大张男神、男山的威风,而贬低女神、女山的地位及淡化其影响。同时,当地还出现了许多男山、男神。而每个男山、男神又都有一个女山、女神作配偶。有意思的是,这些女山、女神失去了历史上女山、女神的其他功能,单纯成为服侍男山、男神和专为其丈夫生育子女的女神;如永宁巴措古村有一高一低两座山冈,高的山冈名"阿汝瓦"男山,低的山冈名"郁青瓦"女山,当地摩梭人认为郁青瓦女神是阿汝瓦男神的妻子,阿如瓦男神按住了郁青瓦女神,而后者一抬头,永宁坝就会发生旱、涝、雹、虫灾、人畜患病、谷物歉收。①

"神女"和"女神"都是对神话中女性的称谓,在此称谓中,也能反映出中国神话中女神地位的变化。"神女"称谓中"女"为主题,而"神"则是对"女"的修饰,意为"神之女",重点强调的是"女",而"女神"则是强调了"神",在我国古籍《山海经》中被冠名"神之女"的,如娥皇、女英是尧之女,女娃是炎帝之女,龙女是龙王之女,而古籍神话中亦有女性作为男神的母亲出现而被冠以"神之母"的称号,如女节是少昊之母、女狄氏是禹之母、女登是神农氏之母、华胥是伏羲之母、姜嫄是后稷之母等,不管是男神的女儿,还是男神的母亲,她们依附的仍然是男性,虽然她们贵为神女或神母,却不能与男神平起平坐,"神女"神格的核心是对男神的依附。②

有着同样遭遇的还有西王母,西王母是上古神话中的大神,她

---

① 杨学政:《衍生的秘律——生殖崇拜论》,云南人民出版社1992年版,第247页。
② 雷华:《"神女"与"女神"——从上古神话看中西女性意识的差异》,《四川师范学院学报》1996年第1期。

的神话流变是从一个大神、尊神演变为依附男神的著名女神。《山海经·西次三经》称："又西三百五十里，曰玉山，是西王母所居也，西王母其状如人，豹尾虎齿而善啸，蓬发戴胜，是司天之厉及五残。"① 《博物志·杂说上》载老子云："万民皆付西王母，唯王者、圣人、真人、仙人、道人之命上属九天君耳。"从上面的记载可知，西王母是掌管人间生死大权的女神，她所居住的地方是"非乘龙不至"的昆仑弱水，这足见其尊贵性。后来东王公的出现给西王母找了一个配偶，这也显示出了西王母的权力在父权社会中动摇了。托名晋代葛洪的《枕中书》编造了一个西王母与东王公诞生的故事："太元母天皇十三头，治三万六千岁，书为扶桑大帝东王公，号曰元阳父。又生九光玄女，号曰太真西王母，是西汉夫人。西汉九光夫人始阴之气治西方，故曰木公金母，天地之尊神。"在《枕中书》中，东王公为天皇、扶桑大帝，其地位已跃居西王母之上。西王母本为具有独立神格的大神，但随着父权中心社会的建立，给她添上一个来历不明的丈夫，成为东王公之妻，最终被他取代。这一演变的过程是女神神话最常见的命运。西王母这样的大神也沦为男神附庸，女神神话在流变中所受待遇可见一斑。女神沦落的过程，恰恰也是男神地位日隆的历程，男神的崛起，正是通过压迫贬低女神来实现的，男尊是建立在女卑基础上的。"正如马克思所指出，神话中的女神的地位表明，在更早的时期妇女还享有比较自由和比较受尊敬的地位，但是到了英雄时代，我们就看到妇女已经由于男子的统治和女奴隶的竞争而降低了。"② 女神的"他者"形象得以定型。

---

① 袁珂校注：《山海经校注》，上海古籍出版社1980年版，第59页。
② ［德］恩格斯：《家庭、私有制和国家的起源》，人民出版社1954年版，第57—58页。

第四节 女神"他者"形象的文化阐释

一 农耕文明的到来

（一）妇女发明农业说

通过文化史我们知道，远古的人类主要以渔猎和采集为生，妇女和儿童采集果实、根茎、软体动物等，如苏联学者海通所说："最初的祖先也许是妇女，因为妇女在这一时期起着显著的作用，她们主要从事当时具有较大意义的采集生产。而且，在当时实行的群婚条件下，子女不能确认父亲，只能识别自己的母亲。"① 但是，随着人口的增加，采集已经不足于保存种族的生存，远古人类不得不以狩猎为主要生计，而狩猎要求根据性别进行分工，因此促进了"人化"的过程。而根据性别进行的人类第一次分工却决定了两性所扮演的角色。

人类的"人化"过程逐渐催生的第一个社会组织是母系氏族社会。它是建立在母系血缘关系之上的一种比较稳固、持久的社会组织，正如马克思所说："氏族是由一个假定的女性祖先和她的子女及根据女系永远传递下去的她的女性子孙的子女所组成。"② 妇女在采集野生植物的过程中，逐渐掌握了这些可食用的野生植物的生长规律，开始尝试种植，逐渐将野生植物变为栽培作物，农业出生了。"它标志着一个新时代的诞生，这就是考古学上的新石器时代。"③

由于植物的栽培促成了不同的分工，从此以后，确保生计的主要责任就落在妇女的身上，妇女掌控了生计大权，她们的地位加强

---

① ［苏联］Д. Е. 海通：《图腾崇拜》，何星亮译，广西师范大学出版社2004年版，第217页。

② ［德］马克思：《摩尔根〈古代社会〉一书摘要》，张锡彤等译，人民出版社1978年版，第78页。

③ 陈文华：《农业考古》，文物出版社2002年版，第36—37页。

了。用马克思主义原理来说,谁掌控了经济,谁就有领导权。真正的母系氏族社会得到建立。

母系氏族实行群婚制,这掩盖了男性在人类生育繁殖中的作用,并深信生育是女性的独有功能,由此也就造成了子女只知有母而不知有父,正如《庄子·盗跖》所载:"神农之世,卧则居居,起则于于,民知其母,不知其父,与麋鹿共处,耕而食,织而衣,无有相害之心,此至德之隆也。"① 《商君书·开塞》也载有:"天地设而民生之,当此之时也,民知其母而不知其父。"② 《吕氏春秋·恃君览》也说:"昔太古尝无君矣,其民聚生群处,知母不知父,无亲戚兄弟夫妻男女之别,无上下长幼之道……"③ 妇女在生育和社会生产中占有的突出地位,决定了妇女在社会生活中所处的崇高地位,正如恩格斯所讲的,"妇女不仅居于自由的地位,而且居于受到高度的尊敬的地位"④。母系社会是母权制社会,其文化是围绕着女性的风采展开的,是完完全全地对女性的张扬和书写。

农业的发明对于文明史的重要性自不待言。通过成为自己食物的生产者,人类不得不改变其祖先的行为模式。尤其是不得不将旧石器时代发明的计算时间的技艺进一步加以完善。因为仅靠太阳历不能准确地测量时间。所以很早人们已经出于实用的目的,开始分析、记录并利用月亮的阴晴圆缺了。这使得我们更加能够理解月亮在远古神话中所扮演的重要角色,尤其是更加能够理解这样一个事实,那就是月亮的象征被整合进了一个由妇女、水、植物、蛇、繁殖、死亡和"再生"等不同的实体所构成的独特体系之中。

中国古代的历法就变成了太阳年与太阴月相配合、较为科学的

---

① 《诸子集成》(四),(清)王先谦注:《庄子集解》,岳麓书社1996年版,第236页。
② 《诸子集成》(六),(清)严可均校:《商君书》,岳麓书社1996年版,第11页。
③ 《诸子集成》(八),(汉)高诱注,(清)毕沅补注:《吕氏春秋》,岳麓书社1996年版,第272页。
④ [德]恩格斯:《家庭、私有制和国家的起源》,人民出版社1954年版,第2页。

历法。它不仅要计算日月的位置，还要计算五个行星相互间的位置，又以五个行星的位置来计算地球在整个太阳系中的相对位置。这样的历法与农业很和谐地配合在了一起。

殷、周迭兴，黄河流域的古老居民首祀月亮，反映了原始农业之取代畜牧业，奠定了我国几千年以农立国的基础。正如马克思所说，经济基础决定上层建筑，妇女们最初在农业中的主导地位也决定了她们在部落政治中的地位，由于男耕女织社会传沿得太久，人们早已忘却了在此之前很长一段历史时期内女性在农业中的主导地位，然而古籍中的某些记载却透露出了这一信息。《周礼·天官·内宰》记载："上春，诏王后帅六宫之人而生穜稑之种，而献之于王。"郑玄笺："古者使后宫藏种，以其有传类蓄孽之祥。必生而献之，乃示能育之，使不伤败。"孔颖达疏："云'必生而献之，示能育之，使不伤败'者，生此种乃献之，非直道此种不伤败，示于宫内怀孕者，亦不伤也。"[①] 这段记载向我们道出了中国古代让后宫女子收藏谷种的传统，郑玄、孔颖达认为产生这一习俗的原因在于"以其有传类蓄孽之祥"。

我国少数民族珞巴族的创世神话"斯金金巴巴娜达明和金尼麦包"就记述了姐姐达明在采集中发明农业的故事。珞巴族农耕祭祀中的对歌也向人们唱出了这一事实，男女对唱的内容是关于农业的起源及男女在农业生产中的作用。如名叫《虾依·亚李波》的歌中唱道："我们男子不帮忙开辟天地，你们女子到哪里去找地种庄稼，我们女子不育成种子，学会种庄稼，你们男子怎么能喝上这样甜蜜的美酒，没有花蜜蜜蜂自然不会甜，没有我们女子育成种子，人类也不会有像今天这样多的粮食吃。"[②]

[①] 《十三经注疏》（标点本），（汉）郑玄注，（唐）贾公彦疏：《周礼注疏》，北京大学出版社1999年版，186页。

[②] 刘芳贤、李坚尚：《珞巴族的原始宗教》，载宋恩常编《中国少数民族宗教初编》，云南人民出版社1985年版，第126页。

农业的起源,是人类历史上的巨大进步,以农耕畜牧为基础的定居聚落的出现,是人类通向文明社会的共同起点。①

(二) 男女在农业生产中的地位变化

随着农业收成的增加和生产的稳定,男人才被吸引加入,并逐渐取代女人成为农业劳动的主力,但前期女性在农业中的地位是毋庸置疑的,而这正是决定女性在部落中地位的关键因素。

但是,自男性始祖弃(后稷)开始,周族便是从事原始农耕的氏族。《史记·周本纪》说弃孩提之时,即"好种树麻、菽、麦。及为成人,遂好耕农,相地之宜,宜谷者稼穑焉"②;《山海经·海内经》则言:"后稷是播百谷。稷之孙曰叔均,是始作牛耕。"③后稷是田祖、农神,周人赞颂他:"思文后稷,克配彼天。立我烝民,莫匪尔极。"④

在此时,婚姻的形式也发生了变化,由群婚制变成了对偶婚制,并且出现由对偶婚向个体婚制的初步转化。

中国土地神的性别变化,和男性与女性在农业中的地位有一定的关系。有学者指出,最初的土地神是女性,只是到了后来,土地神的性别才转化成男性。在祭祀中,"华夏族团到了周族登上了历史舞台,由于发展了原始农业压根儿不再大规模从事畜牧,故改崇日为祀月。这是历史的巨大进步"⑤。"久而久之,游牧民族便会感觉到畜牧经济的利益远逊于农业经济。同样的一方土地,若用于耕种,而不是畜牧,会得到更多的收入,于是经济的大转变开始了。"⑥经济基础的改变必将对上层建筑带来冲击,人们传述神话时也会发生

---

① 王震中:《中国文明起源的比较研究》,陕西人民出版社1994年版,第53页。
② (汉)司马迁:《史记》,中华书局2006年版,第12页。
③ 袁珂校注:《山海经校注》,上海古籍出版社1980年版,第532页。
④ 《十三经注疏》(标点本),(汉)毛亨传,(汉)郑玄笺,(唐)孔颖达疏:《毛诗正义》,北京大学出版社1999年版,第1309页。
⑤ 龚维英:《原始崇拜纲要》,中国民间文艺出版社1989年版,第36页。
⑥ 瞿同祖:《中国封建社会》,上海人民出版社1931年版,第4页。

潜移默化的改变。

(三) 农业生产的兴盛

男性渐渐地参与到农业生产中时,农业的生产结构也在发生变化。正如学者林惠祥所言:"原始的农业通常也是在妇女手中,这种重要的工作转入男人的手是在利用家畜于耕种以后。"① 在用牲畜耕作后,男性就在农业中占尽了风光,农业生产的兴盛时期就到来了。

在中国历史上,"周便是完全转入了农业经济的一个民族。到了文王以后,才讲求田功,使庶人劳于黍稷之稼穑"②。随着周代农业的兴盛,社会上的各种文化制度普遍地建立了起来,表现在婚姻制度上,就是一夫一妻制的确立,并在此基础上形成了中国封建社会的妻妾制度。

父权制社会得到了进一步的强化,表现在中国神话里,就是女神地位的下降,女神的数量迅速减少。

二 文字的创造与传承

(一) 女性参与了造字

人们在认识世界时,首先是采用以语言构成的理解方式进入理解的过程当中,语言所固有的"中性"面貌,使人们不易察觉其中所内含的观念作用,并在长期的使用中与其他符码形式结合在一起,会以人们认同的方式形成理解和观察的"常识"。而这种语言和符码所隐含的观念形态在长期的隐性强化中实际上形成了社会时段中人们观察、理解性别自我和他者的人为等级,例如,将一些符合人们理解框架的性别特征和行为视为正常,反之则视为反常。而当多数人在观念框架中进行观察、思考和活动时,社会的等级制和现存秩序也自然得到维系。所以,当人们意识到自己的社会境遇与观念系

---

① 林惠祥:《文化人类学》,商务印书馆1991年版,第190页。
② 瞿同祖:《中国封建社会》,上海人民出版社1931年版,第4—5页。

统相关时，首先对语言本身以及相关符码进行清理，这一点也是性属（社会性别）研究领域的逻辑支点。

在以母系为主的社会里，妇女在氏族里掌握着话语权，对经济也有支配权，这在中国古代的姓氏制度里有清楚的表达。比如"姓"的本义就是女性所生，中国上古的姓多属女字部，如姬、姜、嬴、妫、姒、姞、嫘等，这也反映出此时社会的一些特点。可见，妇女参与了文字的创造，男性只是拾起妇女在创造文字时的积极成果，进行系统化、整合化而已。在男性掌控了文字的创造与使用权后，他们才通过改造文字而达到控制女性的目的。比如不管是中文还是英文都可以看出，凡是代指人类的一些词，代表男性的词就可以代表全人类，"他"是一种最普遍最有代表性的；凡是女性的词，则要专门地标明是一个女性。语言是人类思维的反映，是文化最深刻的表现形式，在语言当中对女性的忽视、歧视甚至是明显侮辱的词汇时有出现，这种思想是通过我们日常的交往而进行的意识形态灌输造成的结果。

（二）苍颉造字说的阐释

据汉代《淮南子》记载，在仓颉制造文字的时候，"天雨粟，鬼夜哭"①。真是"惊天地，泣鬼神"的壮举！这说明我们古人，已经很清楚地认识到文字在人类历史上的重要意义。仓颉造字说是男性掌控命名权的反映，这时以文字为主要场域的文化传承已逐渐由男性来掌握。女人没有过问现实重大事务的权力，只有秉承男人的命名。"从中国古代汉字创制的繁复性看，汉字绝非是一人一时可以创造出来的，文献传说的'仓颉'概念事实上应是一个虚拟的包含了所有在中国早期历史上从事过创造汉字工作的群体。"② 那么为什么这个"群体"就变成了一个男性贤人仓颉了呢？我们知道，人类文明的历史也是男性的历史遮蔽女性的历史的过程，仓颉造字概

---

① 《诸子集成》（八），（汉）高诱注：《淮南子注》，岳麓书社1996年版，第123页。
② 郑若葵：《解字说文——中国文字的起源》，四川人民出版社2004年版，第39页。

念下的汉字，已完全超越了结绳、八卦和刻契等纪事阶段的不确定性，属于真正的有系统且发展得较成熟的文字。就目前中国的考古发现而言，商代晚期的甲骨文字是仓颉造字概念下所见最早的且确凿无疑的成系统的古文字。而此时已是父权制完全巩固的时期，造字这么重大的文化事件，怎么可能指认给此时无命名权的妇女呢？

（三）文字的传承

史前文字是原始艺术家呕心沥血的精神创造，是他们心智的艺术表征。史前时代的原始艺术家应该是具有很高技能的"专业人才"，他们能写会画，技能代代相传。他们是一群固定的以制作精神产品（岩画、彩陶及其文饰）为业的知识群体。这样的知识群体就是我们通常所说的"巫觋"。随着游牧经济的形成和农耕经济的出现，氏族集体需要表达自己的集体意识，并且随着技术的进步，这些集体意识也越来越复杂化，表达手段也随之改进，兼职的巫觋逐渐不能胜任繁杂的表达需要，于是出现了专门的以恰当表达集体意识为业的巫觋，而且在他们的内部逐步形成了职司明确的分工，巫觋的职能也随之分化：充当"巫祝"者，专门负责沟通神与人；主掌卜筮者，代表神预报吉凶。他们经常以舞蹈取悦神灵。所谓"巫者，祝也。女能事无形，以舞降神者也"①。而从巫中分离出来的史官则由职掌祭礼到职掌礼仪，进而成为文化典籍的掌握者。历史遂斩断了史官与巫祝的联系。可以说，周代是史官文化得到充分发展和取得成就的时期，《五经》大都成书于周代。

卜人、筮人均为占卜之人，与史官同属巫祝系列，他们的称谓虽然不同，却担负着同样的职责。《礼记·礼运》云："王前巫后史，卜、筮、瞽、侑皆在左右。"② 史与巫祝同为神职人员，当国家

---

① 黄亚平、孟华：《汉字符号学》，上海古籍出版社2001年版，第133—134页。
② 杨天宇：《礼记译注》，上海古籍出版社2004年版，第279页。

发生大事时,承担占卜或祭祀的责任。

史官从巫祝序列中提升或分离出来是从记事和记言开始的。这样,文化及整个教育都已由男性来承担,女人则成为男性规训的对象。

"史官成为专门的职官最晚是在殷商时期。"[1] 在礼官从史官之职中分离出来之前,从事礼乐文化建设的是史官。进入春秋时期,士阶层加入修史行列,使原有的史官文化发生了很大的变化。士阶层强烈的古史意识迎来了史官文化的新时期。在史官文化阶段,男子独揽了文化的解释权,也就是说他们掌握了教育系统,这样男性就拥有了文化特权,并把这种特权转化为他们的文化特长,从而认为他们天生就比女性的能力强,这样就加深了女性与男性的区隔,[2] 这对中国女性地位的影响是举足轻重的。同时也影响了人们对神话的传播,其中一个体现就是中国女神的神迹被男神的神迹掩盖了,女神的地位自然也就"他者"化了。

三 礼制的兴盛

(一) 母系氏族社会"文明"的蠡测

在神话时代,神话"不仅具有超现实理论的力量,而且具有礼仪规范和价值规范的效力,他们没有法律,发生诉讼即由神判来决定曲直。他们没有自我意识的道德价值系统,以神的名义命誓,就是行为的最高约束力量"[3]。神话就是一套"礼仪系统"。远古氏族正是通过这种原始礼仪活动,将其群体组织起来,按着一定的社会秩序和规范进行生产和生活,以维持整个社会的生存和活动。在母系氏族社会,由来已久的风俗就是重要的生活规范。礼制是仿风俗而来的,即因俗制礼,充分利用原来的风俗的合理内核、形式,进

---

[1] 张强:《司马迁学术思想探源》,人民出版社2004年版,第85页。
[2] 朱国华:《权力的文化逻辑》,上海三联书店2004年版,第87页。
[3] 何新:《诸神的起源》,时代出版社2002年版,第303页。

行整理、提高，注入新的精神，形成礼，包括道德标准、行为规范和后来的制度。俗先于礼，礼来自俗，礼中有俗，俗又受制于礼，从俗到礼。原始社会的风俗指当时居民的生产、生活、娱乐、心理、信仰等风俗习惯，包括社会生活的方方面面。当时的居民应该是平等的，其风俗也应是全民的，尚无上层与下层的风俗的区分。这是中国社会发展的一大飞跃，它奠定了中国古代文明的根基，拉开了文明时代的序幕。

(二) 礼制的初创

母系氏族社会由神话系统及风俗来约束人们的行为，已经不能满足社会的需求，到了父系氏族社会的夏、商时期，礼制初步形成。西周礼制的全面建制，奠定了华夏族父权制的基本原则和内容，标志着华夏性别制度的形成。[①]

"中国的'礼'发展甚早，传说中的'五帝'时代，礼的型制即已初具端绪。"[②] 夏是三代礼制的初始形态。主要有吉礼、凶礼、军礼、宾礼、嘉礼。夏代"五礼"的内涵，尚不及殷商的广大，更不比西周的完备，但它毕竟奠定了三代礼制的基本范式，显示了礼的基本价值取向。比如礼的等级性，它表现在社会关系上，便是礼以村社血缘关系为基础，建构了以血缘别亲疏、贵贱、尊卑的社会结构体系，人的社会地位亦主要根据血缘关系排定的等级序列得到确认。

商朝是奴隶制已经成熟的历史阶段，因此与奴隶社会相适应的社会规范也比较完善地建立起来，用以调节人与人、人神之间、人与社会之间复杂关系的道德体系已经比较健全，"礼"的概念开始频繁地出现于文字资料中间。

中国以礼制著称于世，但是礼制的确立是以损害女性的利益为

---

① 郑新蓉：《社会性别与妇女发展》，陕西人民教育出版社2000年版，第40页。
② 张广志、李学功：《三代社会形态》，陕西师范大学出版社2001年版，第139页。

代价的。

（三）礼制的完备

经过周公制礼，周礼比之前代的礼更具有公众性、社会性、伦理性。周礼内容恢弘、细密，除表现为吉、凶、军、宾、嘉这些基本礼项构成的五礼外，还反映在典章制度和人们的日常行为规范中。所以周礼成为西周一种居于支配地位的统治工具。它要求按照礼的规定，规范国家的全部政治、经济和文化活动，使礼成为衡量社会一切行为，区分人群上下尊卑的最高准则。如《左传·隐公十一年》所言："礼，经国家，定社稷，序民人，利后嗣也。"①

以周礼为代表的性别制度的最大特点是等级制——男女间的等级表现为男尊女卑和妇女间的等级体现在随父、夫、子和本人的性别角色的等级位置而定；这些等级体现在亲疏、尊卑、贵贱、主次等人伦、人格和分工的差别上。男女有别，亲疏有辨，尊卑有等，贵贱有位，长幼有序，内外有分……并由等级位置决定对妇女的教化和道德规范，如要求妇女具有贞孝柔顺的美德、卑弱寡欲的心理气质……这种性别制度规范一直持续了三千多年，这一制度得到国家政权和意识形态的支持，也不断地影响着历代的男男女女；但随着时代的推进，也在发生一些变化。

孔子继承文王、周公明德爱民的精神，发展出仁的精神，为人道建立了一个普遍而永恒的原则。尤其是孔子以仁为礼的精神。仁对阶级的突破，即礼对阶级的突破。孟子则从中特别抽出辞让与恭敬的原则。荀子则以礼来定政治、社会上各尽所能、各取所需的"分"。这都是把礼作为了突破性的大回转。②

《易·序卦传》云："有天地然后有万物，有万物然后有男女，有男女然后有夫妇，有夫妇然后有父子，有父子然后有君臣，有君

---

① 《十三经注疏》（标点本），（春秋）左丘明传，（晋）杜预注，（唐）孔颖达疏：《春秋左传正义》，北京大学出版社1999年版，第126页。

② 徐复观：《两汉思想史》第1卷，华东师范大学出版社2001年版，第59页。

臣然后有上下，有上下然后礼仪有所错。夫妇之道不可以不久也，故受之以《恒》。"① 这段议论把国家社会和礼仪道德的本源追溯到男女之间的两性结合，实际上是一种唯生殖崇拜的自然观，显然发源于天父地母神话的古老原型。在儒家关于"天地之大德曰生"的观念和原始生殖崇拜之间，确实有着某种一脉相承的思想联系。单个男男女女只要将自己作为效法天地——宇宙之道——的社会成员，按照"礼"的要求完成再造生命的现世使命，便可望达到"与天地同德"的境界，实现自己生命的价值与意义。

宗法观念以及由此观念而产生的礼学内容，是周代儒家礼学体系的重要组成部分。宗法制度的出现，事实上就是"大同"时代解体和"小康"时代确立的一个最显著的标志。所谓"天下为公"，所谓"不独亲其亲，不独子其子"，就是不以宗法作为社会组织的基本形态的历史时期。所谓"各亲其亲，各子其子"，说的就是宗法制度。

"如果说夏朝是宗法制度和宗法观念初步建立的社会，商朝则是这种制度和观念进行巩固和成熟的历史时期。"② "礼"早在夏商之际就已经出现并成为调节复杂的人际关系的有力工具，同时成为"著其义""考其信""著有过"和"示民有常"的重要社会规范。《礼记》一切在维护社会等级制度从而能在稳定社会秩序方面产生积极意义的社会形态，都被纳入了礼的范畴。从这个意义上说，礼、乐、政、刑都是礼的内核的不同外在表现。考其实质，儒家礼法的纲纪就是一个"伦"字。《礼记·大传》有曰："亲亲也，尊尊也，长长也，男女有别，此其不可得与民变革者也。"③ 到了"大道之行也，天下为公，选贤与能，讲信修睦。故人不独亲其亲，不独子其子，使老有所终，壮有所用，幼有所长，矜寡孤独废疾者，皆有所

---

① 杨天宇：《礼记译注》，上海古籍出版社2004年版，第647页。
② 勾承益：《先秦礼学》，巴蜀书社2002年版，第25页。
③ 杨天宇：《礼记译注》，上海古籍出版社2004年版，第428页。

养；男有分，女有归；货恶其弃于地也，不必藏于己；力恶其不出于身也，不必为己。是故谋闭而不兴，盗窃乱贼而不作，故户外而不闭，是谓大同。今大道既隐，天下为家，各亲其亲，各子其子，货力为己，大人世及以为礼，城郭沟池以为固，礼义以为纪，以正君臣，以笃父子，以睦兄弟，以和夫妇，以设制度……"①《礼记》中的这些话，就更深刻地体现了礼制对社会人生的全面规范，尤其是对妇女的控制。"礼"的功能空前扩大。

而对于女性来说，她们总是倾向于贬低自己，以否定的态度来看待自己，她们的欲望是男人统治自己的欲望，是色情化的服从，她们在心里承认自己生来注定是低等的、柔顺的、渺小的、琐碎的、无关紧要的。② 中国历史上的女学传统，尤其是女人自己写的女性教科书，是其集中的表现。

以男性为主建立起来的礼法制度与女性对自己的自我规训两方面相结合，在现实社会中就形成了对妇女的贬低，而表现在神话的创造上，就是女神形象的"他者"化。

四 女神的"他者"形象对后世的影响

（一）男尊女卑

男尊女卑是中国传统思想的主流，翻开有关中国思想史的相关论述，就可知道，早在夏商时期，已经存在明显的男尊女卑的观念和现象。③ 先秦以来的礼法一直保证男性的绝对权威。汉景帝时董仲舒对先秦儒家伦理思想进行理论概括和神学改造，形成了以"三纲五常"为核心、以天人感应和阴阳五行说为理论基础的伦理思想体

---

① 杨天宇：《礼记译注》，上海古籍出版社2004年版，第265—266页。
② ［法］皮埃尔·布尔迪厄：《男性统治》，刘晖译，海天出版社2002年版，第8页。
③ 闵家胤主编：《阳刚与阴柔的变奏——两性关系与社会模式》，中国社会科学出版社1995年版，第120—131页。

系，男尊女卑的思想得到强化。在中国历史上，有一部分女性也在为此说教，如汉代班昭的《女诫》，主要记述了男尊女卑及三从四德等妇人之道以及妇女日常行为规范。

"任何一种精神产品都是一定时代的产物，影响精神产品的因素除了它产生的时代因素之外，还与这个民族久远的历史文化在民族记忆宝库中打下的烙印有关。"[①] "一个民族在神话阶段初步形成的精神结构，因为它的原生性和本原性而成为民族文化心理结构中最稳固最恒定的部分，成为了民族一脉相承的文化基因。神话作为这一阶段的精神文化形态，它以其质朴的形式，在本原意义上凝定了民族精神结构的基型。"[②] 一个民族在神话阶段形成民族文化心理的基本特征，神话中的女神形象所体现出来的由主神而变为附属神必然会影响中国人的思想。

女性学研究者指出，世界上并不存在什么抽象的、一成不变的女性形象，它也不是单指女性先天有的生理素质或自然属性，从其性质来说，它是人类社会实践的产物，并随着人类社会的发展而不断变化，不断丰富起来的。比如在周代，不论是礼制还是哲学，也不论是庙堂文化还是民间文化，都对女性的行为进行规范，确立了男女有别、男尊女卑的思想，要求女性具备"贤良"品德。刘向在《列女传》中所记载的太姜、太任、太姒"周室三母"端庄贞顺、仁明勤劳，被视为贤良的典范。秦汉时代对女性强化"贞"的意识，特别是汉代的《礼记》对男女之礼、女性行为作了明确规定，一时成为衡量女性美的理论依据；唐宋明清对女性的母仪、节义等作了细致的规范，当时的女教书主要有《女孝经》《女论语》《女则》《女训》《女鉴》《女学》《教女遗规》《女学言行录》《女范捷录》等。这些女教书，基本是就女性的品德、行为等进行规范。中国传

---

① 吴秀华：《明末清初小说戏曲中的女性形象研究》，江苏古籍出版社1994年版，第172页。
② 程茜：《试论神话与民族精神结构之关系》，《徐州师范大学学报》1999年第1期。

统思想强调的首先是女性的内涵价值,而不是女性的外形美价值。何新在《诸神的起源》一书中指出,上古神话是一个礼仪系统,即神话在远古先民那里,不仅具有超现实理论的力量,而且具有礼仪规范和价值规范的效力。这样一套"礼仪系统",不但对上古社会的远古先民具有礼仪规范和价值规范的效力,而且一直影响着中国传统文化的发展。女性形象的这种内涵美也通过神话的传播影响人们道德观念中的集体无意识的心理积淀。这种心理积淀从根本上决定着中国传统的对女性形象的看法。通过分析可看出,神话中的女神形象所体现出来的内涵美,早在神话时代就初见端倪,"女娲之肠,化为神,处栗广之野,横道而处"早已形象地说明原始的女性道德审美观。其后形成了女性可以貌不惊人但绝不可以违背"三从四德"的"重德轻色"的女性形象。当然,这个"德"在不同的时代具有不同的内容,有的甚至是腐朽、落后的,如"女子无才便是德""饿死事极小,失节事极大""夫为妻纲""在家从父、出嫁从夫、夫死从子"等教条,使女性迷失了本性,成了女性思想行为的桎梏。从中国文学的源头神话到现当代小说,从文人作品到民间文学作品,从诗歌到戏曲电影等艺术作品中,对女性形象的塑造一直以传统道德观念为核心,同时也体现了男尊女卑的思想。

(二) 对女神辉煌地位的回忆——崇女贬男

中国远古神话主角的女神形象在后世的意识形态书写过程中留下了辉煌的身影,人们对她们光辉身影的记忆最终还是没有完全被抹杀,她们已成为人们深层心理的原型,烙印在人们的脑海里。这就形成了与"男尊女卑"相反的崇女贬男心理,这种逆流在历史中一直在涌动。如李贽、李汝珍、戴震、俞樾、曹雪芹等。叶舒宪等说中国思想有阴柔的倾向,其中以《老子》最为典型。

老子曾说:"牝常以静胜牡","柔弱胜刚强"。也就是说,守静、柔弱的女性比冲动、刚强的男性高明。老子也许是世界历史上最早的女性主义者,他一贯旗帜鲜明地歌颂女性,最典型的是这句话:"谷神不死,是谓玄牝。玄牝之门,是谓天地根。"注家一致认为,老子是在用女性比喻"道"即世界的永恒本体。那么,在老子看来,女性与道在性质上是最为接近的。

老子说:"天下之交,天下之牝也,牝常以静胜牡,以静为下。"① 他的意思就是说柔弱之物能够胜过刚强的。老子思想为张扬女人性别意识,提高女人在社会家庭中之地位,起了理论上的先导作用。也可以这么说,是老子这位古代伟大的先哲将具有性别特征的"女人话语"带进中国哲学的语境、语义之中,"女人"(阴、坤)遂成为思想的本体、本原,而不是供男人"把玩""摩挲"的对象。具有褒义色彩的"柔""谷神""慈""玄牝""水""不争"等词语以及所表达的思想,相对制衡了儒教"刚强""阳盛""男尊女卑"思想霸主地位的无限扩张,同时也相应制约了儒教"三纲五常"作为意识形态的独霸地位。他提醒男权社会的男主人,应像女性那样用柔韧、虚静、耐心和谦卑奉献的"大爱"精神来操持劳作国家事务。所谓"处无为之事,行不言之教"②,则是启发芸芸众生顺应自然而为,小到保全个人生命,料理家政,以做到"家和万事兴",大而推广到治理国家,应尽力避免因刚硬、横直而激化矛盾,要保持天下之和谐、清静,乃苍生之福、女人之福。

文学方面典型的体现崇女贬男思想的要数《红楼梦》了。"女儿是水做的骨肉,男人是泥做的骨肉,我见了女儿便清爽,见了男子便觉臭浊逼人。"③ 这一句贾宝玉的话道出了其中的真谛。

甄宝玉也说:"这女儿两个字是极尊贵极清静的,比那瑞兽珍禽、奇花异草更觉希罕尊贵呢。"④ 是对贾宝玉思想的又一诠释。

---

① 《诸子集成》(三),(魏)王弼注:《老子道德经》(第61章),岳麓书社1996年版,第28页。
② 《诸子集成》(三),(魏)王弼注:《老子道德经》(第2章),岳麓书社1996年版,第1页。
③ 《红楼梦》(三家评本),上海古籍出版社1988年版,第27页。
④ 同上书,第29页。

整个大观园的一个大象征就是沁芳园，花落水流红。周汝昌先生作过一些阐释，沁芳，就是众女儿悲剧命运的象征。曹雪芹在那样一个时代，能够对妇女问题有这样深刻的感受和观察，实在令人感到惊讶。

　　曹雪芹用娥皇、女英的典故比喻黛玉和湘云，这表明曹雪芹是要把贾宝玉塑造成中国文化的一个新的价值观的体现者，一个新的圣人，就是情圣。大家都应该像贾宝玉那样为人处世，对人间的一草一木，每一个人都应该贡献无限的同情，要为对方着想。所以周汝昌先生说红学是救治我们文化价值缺失的一个非常好的精神宝库。

　　《红楼梦》就是反对当时整个封建社会的重男轻女、男尊女卑的这种心理，它反过来认为女尊男卑。贾宝玉说他见了女儿便清爽，见了男子便觉臭浊逼人，这是对男权社会的抨击和控诉。但是，在男尊女卑占绝对优势的社会里，崇女贬男只是对远古神话时代的回忆与对未来社会的一种向往。

　　或许，龙凤呈祥距离我们并不遥远。

第 三 章

"五四"启蒙与文学中的女性主体意识

第一节 启蒙与女性主义的关系

讨论女性主义,必须涉及现代社会以及各种现代思想,因为女性主义话语并不存在于古代,而是一种现代话语。主义的论争是现代知识体系的产物,而女权主义的产生和发展与现代社会的建立是紧密关联的。西方的女权主义诞生在19世纪初,很明显是启蒙运动后的现代产物。从最早的女权主义代表玛丽·沃尔斯通克拉夫特的各种女权观点来看,其理论的基点都是启蒙运动中出现的。中国的女性主义的诞生也应该是一种启蒙后的话语。正是启蒙带来了现代知识体系,而现代知识体系又孕育了女性主义。而这就需确定中国是否也存在一个类似于西方的"启蒙运动"以及由此带来的启蒙后的现代知识体系和现代话语。

一 启蒙与中国的启蒙运动

从现代化的历史来看,各个国家从传统社会向现代社会的过渡,几乎都要经历思想启蒙的阶段。在西方,从15世纪的文艺复兴到18世纪的思想启蒙运动,经过三百多年的积蓄、动员和发展,由追求人间幸福、享受生活到确立科学、民主、理性的信念。历经宗教改革、工业革命、限制君权法案,直到法国大革命形成高潮。从一开始的意大利、英国、法国到后来的德国、俄国,再到欧洲各地掀起了声势浩大的反传统运动;从感性觉醒到理性启蒙,层层推进。有关启蒙主义的理论,如洛克的自然权利说、卢梭的天赋人权、孟德斯鸠的三权分立,作为社会思潮,深入人心。西方的启蒙运动思想上的主要体现是反对宗教蒙昧主义,反对封建专制制度的思潮。启蒙运动中的思想家认为,社会之所以不进步,人民之所以愚昧,主要是因为宗教势力对人民精神的统治与束缚,为了改变这种状况,必须树立理性和科学的权威。他们认为,人的理性是衡量一切的尺度,不合乎人的理性的东西就没有存在的权利。他们主张传播科学知识以启迪人们的头脑,破除宗教迷信,从而增强人类的福利。他们反对封建专制制度,宣扬自由、平等和民主。在他们看来,封建专制制度扼杀自由思想,造成社会上的不平等和文化经济上的落后。因此,大力宣扬"天赋人权",主张人民参与政治,法律面前人人平等。同时,从思想史的角度来看,启蒙是现代与古代的分界线:"启蒙运动是欧洲文化和历史的现代时期的开端和基础,它与迄至当时占支配地位的教会式和神学式文化截然对立。启蒙运动绝非一个纯粹的科学运动或主要是科学运动,而是对一切文化领域中的文化的全面颠覆,带来了世界关系的根本性移位和欧洲政治的完全更改。'启蒙运动'的基础在十七世纪以及更往前的文艺复兴,其繁盛期在十八世纪,衰落于十九世纪。"① 从这样一个意义来看,中国也存在这样一个启蒙过程,这个时期大致在 19 世纪末到 20 世纪初,从甲午战争的失败到"五四"运动,这是一个与中国古代历史断裂的时期。可以这样认为,甲午战败所引起的民族危机,使社会精英知识分子产生了一种与传统决裂的冲动。联系西方,其启蒙运动主要是与占支配地位的教会与神学文化的对立,而中国的启蒙就是与以儒

---

① 刘小枫:《现代性社会主义绪论》,上海三联书店 1998 年版,第 175 页。

教为中心的传统文化形态的对立。而依据的新文化形态是引进的西方各种现代思想。具体的事件包括严复《天演论》的翻译、维新派新政的提出、辛亥革命的爆发,以及作为高潮的"五四"新文化运动,等等。那么这次启蒙运动带来的是什么呢?是现代思想、现代知识和现代制度。这次启蒙就是中国从古代到现代的一次转折。人们透过北洋水师的坚船利炮灰飞烟灭的现实,看到的是整个传统文化体系的无用。此时的思想界已经从"中体西用"走向了"全面西化"的道路。

需要强调的是,这种变化与其说是中西文化的对抗,毋宁说是古代文化体系与现代知识体系的对立。"二十世纪初,以种种'主义'为标识的'科学的'社会知识,取代了传统的汉语社会思想的理念,以'平等论'、'自由论'、'民族论'为政治诉求的社会思想,在社会学、人类学、政治学等新兴的知识学科中找寻社会制度正当性的论证资源……'科学的'社会知识是欧洲启蒙运动以来的产物,它替换了欧洲原有的社会知识,对欧洲知识界而言,同样是一种新型的——现代型的社会知识。十八世纪是欧洲知识界的转型期,直到十七世纪,西欧知识人的知识资源仍是圣经和古典文学这两大权威,以后,新知识对经验的新反省逐渐替换了传统的知识资源。"[①] 这就是中国的启蒙背景,不同于西方社会的自主发展和知识分子的逻辑思考,我们的启蒙完全是建立在深重的民族危机之上的。从晚清时代的批荀子、批韩愈到五四时期的批孔家店,都是这样一种体现。统治了中国千年的儒学体系被现代知识体系所取代,借助康德的话——"这是一个启蒙的时代"。

二 启蒙与女性主义

启蒙的直接后果就是对传统的批判以及与之相关联的现代知识

---

① 刘小枫:《现代性社会主义绪论》,上海三联书店1998年版,第175页。

体系的建立。正是因为与传统的断裂，才有了各种主义的论争，启蒙的一个显著后果就是人类主体性的提升，建立在自然权利前提下的平等与自由观念深入人心使各种主义泛滥。而女权主义毫无疑问也是种种主义中的一种。另外，最初的女权主义是西方传统的自由主义女权主义，代表人物有玛丽·沃尔斯通克拉夫特和穆勒等。自由主义的政治思潮坚持人性的概念，认为我们作为人的独特性在于理性能力。理性把我们与其他动物中区别开来。"在《女权辩护》中，她（沃尔斯通克拉夫特）采用的观点与康德在《道德形而上学基础》一书中的观点相似，即除非人的行动是自主的，否则他或她都不是作为充分的人在行动。"[1] 启蒙时期的女权主义的观点集中在这样几点上：一是信仰理性；二是坚信女人拥有与男人一样的灵魂和理智，换句话说，在本体论上，女人和男人是完全相同的；三是相信教育，特别是在批判思维方面的训练，是影响社会变迁乃至改造社会最有效的工具；四是认为每个人都是孤立的个体，他独自寻找真理，他是一位理智、独立的行动者，他的尊严取决于这种独立性；五是赞同天赋人权说。可以看出，这些观点都没有超出启蒙中的各种思想的范畴。

从思想史的角度看，所谓的现代性就是人的主体自觉，即最初的理性启蒙。现代社会的出现按哈贝马斯的观点就是在18世纪末19世纪初，这正是西方启蒙时期。而甲午战争之后的民族危机也促成了这样一个启蒙的时代。正是这样一个启蒙的时代，给予中国女性主义诞生和发展的土壤。从具体的事实来看，维新派是最早作为一个社会群体提出男女平等的，康有为、梁启超以"天赋人权"的观念为武器提出了男女平等的思想，并直接促成了中国女性的觉醒。在戊戌变法的1898年，中国第一份由妇女创办的报纸《女学报》诞

---

[1] ［美］罗斯玛丽·帕特男·童：《女性主义思潮导论》，艾晓明等译，江苏人民出版社2003版，第16页。

生了。在《女学报》上觉醒的中国妇女勇敢地提出了男女平等的口号,论证了男女应该平等的理由。"她们以'天赋人权'和自然法则为武器,把男女看成是和自然界的许多矛盾现象一样,是自然之理,是阴阳之道……西方国家男女平等,中国为什么重男轻女、男子有权而女子无权?追根求源,是封建礼教对妇女的极大破坏。"① 此后革命派更是大张旗鼓地宣传妇女解放。"资产阶级革命高潮的重要标志,是孙中山提出的民族、民权、民生的三民主义,被大多数革命党人接受。民权主义是天赋人权在中国发展的最高体现。为了实现完整的民权,女权也被提到重要的地位。"② 以秋瑾为代表的职业革命者的出现就是最具代表性的事件之一。从上面的论述中可以得出中国女权是舶来品,是在西方现代思潮大量进入中国的大潮下的衍生品,也可以说是在国人寻求民族自强道路中的副产品。中国女性主义的诞生是依附于中国的现代化之路的,并不是一场独立的运动。

三 启蒙与女性文学

什么是启蒙了的意识,这是个很复杂的问题,简而言之,启蒙了的意识就是一种现代意识。"启蒙运动表达的现代性原则是什么?概而言之:是从根本上清除基督教的二元论之超自然形态,力求建立内在的理性的世界解释,使所有生活领域变成一个自在的有机组织。启蒙精神所推崇的理念是抽象的个人主义和主体主义,乐于不断改进的功利主义以及无限制的乐观主义。"③ 而启蒙意识下的文学也是区别于古代文学的。现代文学与古代文学无论在内容还是形式方面都有着很大的不同。古代与现代的文学理念也有很大的不同。我们是在论述启蒙意识下的女性文学,这就意味着我们讨论的是具

---

① 张连波:《中国近代女性解放历程》,河南大学出版社2006年版,第95—96页。
② 同上书,第111页。
③ 刘小枫:《现代性社会主义绪论》,上海三联书店1998年版,第176页。

有现代意识的女性文学,并且着重点是女性文学中的女性主体意识。在这些女性作家作品中包含着一种启蒙后的现代女性意识,从而排除了传统观念下的作家与作品以及缺少女性主体意识的作家作品。这些现代主体意识大致包含三个方面。

首先,是一种明确的理性主体意识。"启蒙了的思想已经在下面这个事实中发现了一个标准来评判自己的成熟:他不允许自己之外的任何权威来决定它或规定它的准则。它自己为自己提出标准。"①这个意义可以从康德对启蒙的定义来看。康德在《答复一个问题——什么是启蒙》中这样说,"启蒙就是人类摆脱自己的不成熟状态"。思想自身成为评判的标准,理性成为评判一切的标准。要摆脱偏见运用自己的理性。由此引申出一个非常重要的问题——自由,理性主体的自由问题。这是西方启蒙中的核心问题,也是中国"五四"新文化运动中的核心问题。涉及女性主义文学则主要是女性作为具有理性的个体"人"摆脱传统的束缚,以自己的理性来探索自己的自由,并且对自由选择的责任的承担。

其次,启蒙了的世界是一个世俗世界体系,或者说是一个"世俗国家政治体系"。是摆脱了彼岸世界的控制,"启蒙思想首先体现在政治哲学方面:以自然状态论为基础,提出了国家主权至上论,国家建构不再是上帝授权的行为,而是人的自然理性的成品,社会秩序摆脱了此岸与彼岸的关联"②。从西方启蒙的早期论述中,启蒙者启蒙的依托和目的主要是社会的进步,建立在人的理性对历史的把握下主动地对世界加以改造。人们相信历史是进步的,而人类可以通过对真理的掌握改造这个世界。启蒙的一个直接后果就是历史理性的抬头,从西方的启蒙运动中,我们可以发现,启蒙其实就是把原来的神权约束下的社会转化为一个人为的社会,即一个世俗世

---

① [美]詹姆斯·施密特编:《启蒙运动与现代性》,徐向东、卢华萍译,上海人民出版社2005年版,第492页。

② 刘小枫:《现代性社会主义绪论》,上海三联书店1998年版,第176页。

界的出现。人们开始相信人类社会的进步与否与彼岸世界无关,而是通过自己的理性设置的结果,只要人类通过自己的理性去改造,社会的进步是必然的。社会总是进步的,历史走出了前现代的循环怪圈,被纳入了人的理性之中。在这里发展与进步成为社会历史的关键词。中国的启蒙来源于民族的危机,那么中国的启蒙的最终目的就是改变现存的国家状态,建立一个现代意义上的民族国家。"19世纪末晚清启蒙运动对西方'进化'历史观念的引入,是中国知识分子'现代意识'觉醒的重要方面。在进化论的历史哲学中,'民族国家'取代王朝,成为构成历史的唯一主体。于是,怎样使中国成为'适者生存'现代演进中的民族主体,以免被世界历史淘汰('亡国灭种'),成为启蒙论述的焦点;启蒙运动一切有关'新民'或'立人'、'国民'或'个人'的理论阐述,都是围绕建造现代中国民族主体这个根本目的的。"① 因此,20世纪中国的启蒙历史,注定与这个世纪发生的一系列创造民族主体即现代民族国家的政治工程密不可分。建立现代民族主体,或者说建立以"民族"为主体的现代民主国家,成为中国启蒙主义者与政治革命家追求的共同目标。一种对现实社会的介入,主要是批判的态度,就作为一种现代主体意识与启蒙相联系。

最后,启蒙带来了个体欲望的膨胀。"二十世纪社会思潮的无政府状态中,有三个词显得最富有持久性地激发社会思潮的酵母:社会的公义、自由的秩序、欲望的个体。"② 这正是启蒙后的现代人的三种追求。其中,欲望的个体直指启蒙后世俗文化下人的基本欲望的实现问题。在实现理性主体的同时,欲望主体的诉求也是主体意识的重要方面。而且,对于长期受到宗法礼教束缚的中国女性来说这一点尤为重要。对于女性来说,前两者基本上是一个女性基本

---

① 杨联芬:《启蒙革命与民族主义》,《山东社会科学》2009年第6期。
② 刘小枫:《现代性社会主义绪论》,上海三联书店1998年版,第59页。

"人权的问题",而"欲望的个体"则对于女性主义有着更大的影响。因为女性言语权利丧失,从根本上说就是从自己身体欲望的丧失开始的。而女性自觉的标志之一就是女性肉体的觉醒。

第二节　女性话语权与公共空间

启蒙运动是现代的开端,从启蒙运动开始社会公共领域成为一个重要的概念。从德国启蒙运动中的议题"什么是启蒙"来看,指向的一个重要方面就是德国的书报检查制度的兴废问题。也就是一个公民是否可以凭借自己的理性进行对国家和社会的批判,中心就是一个社会公共空间的问题。我国19世纪末20世纪初的启蒙也是从各种报纸和杂志开始的,而作为高潮的"五四"新文化运动也是从《新青年》杂志对社会的批判开始的。启蒙开启了人们对社会批判的热情。不同于西方,在中国的这场启蒙运动中,女性作为独立的群体登上了历史舞台,开始了中国女性言说的历史。法国女权主义者埃莱娜·西苏就曾大声呼吁:"妇女必须参加写作,必须写自己,必须写妇女。就如同被驱离她们自己的身体那样,妇女一直被暴虐地驱逐出写作领域,这是由于同样的原因,依据同样的法律,出于同样致命的目的。妇女必须把自己写进文本——就像通过自己的奋斗嵌入世界和历史一样。"①"五四"正是给予女性言说的权利,让她们可以去言说自己、言说妇女。

当然,她们不是第一批进入公共领域的女性,但无疑,"五四"女知识分子是第一批作为一个群体进入资产阶级公共领域的女性群体。在五四新文化运动中,出现了一大批女作家,她们对当时的社会各个方面进行了批判与探索,从此以后,中国文坛上有了女性的声音。

---

① 刘传霞:《被建构的女性》,齐鲁书社2007年版,第12页。

第三章 "五四"启蒙与文学中的女性主体意识

作为中国第一个具有现代意义的女性作家群,就诞生在一个"发现人"——"和你一样的人"(娜拉语),"发现女人"——"我是我自己的"(子君语)的思想启蒙的伟大时代,时代的强大冲击波震撼了沉默千年的历史地心,终于有了女性浮出历史地表的现象,产生了中国历史上从未有过的文化现象:"五四"女作家的大量涌现。从此以后,女性作为一个性别群体,不再沉默失声,而是第一次开始寻找自己的位置,第一次发出自己的声音。"五四"思想启蒙的一个重要成果就是女性言说权利的获得。

一 前启蒙时代女性的沉默

在以男权为中心的传统社会里,女性一直被剥夺言说社会的权利。这就意味着公共事务是与女性无关的,女性被限制在狭小的家庭空间中。长期以来,女性都是被当作男性财产的一部分束缚于私人领域的。大部分卓有才华的女性,只能在诗词中感叹身世的不幸,抒发心中的愁闷。"作为一个性别群体的陷落,两千多年的妇女生活,早被宗法制社会排挤到社会之外。妇女总是零畸者!妇女总是被忘却的人。女性被父权社会压制、驯化乃至沉入地心,活在有躯体而无灵魂、有生命而无历史的边缘化中,她们在书写中被父权一直掠夺,被父权意识重塑,成为承载男性欲望与想象投射的沉默他者,因而女人从未构成过一个独立的等级,作为一个性别,实际上也从未扮演过一个历史角色。是历史境遇中的'空白之页'。"[①] 不仅仅是古代,即使是近现代,这样一种状况依然存在,"小家庭式市民社会私人领域的核心,同时也是自我制社的主体性所居有的心理经验的源泉。其间成长起来的女性注意研究文献使我们更清楚地认识到公共领域本身就带有父权特征。公共领域很快超出了女性参与建构的阅读公众获得的政治功能。问题在于,女性从资产阶级公共

[①] 常彬:《中国女性文学话语流变》,人民出版社2007年版,第11页。

领域中被摒除出去,与工人、农民和暴民,也就是说'没有独立地位'的男性从资产阶级公共领域中被摒除出去,其方式是否相同。"① 毫无疑问,这并不相同,女性是作为一个性别群体被整体排除在外的,而启蒙运动中的康德也有相似的观点。"康德断言,与男人的性格相比,女人的性格完全是由自然的需要来决定的。他写道:'自然关心维护胎儿,将恐惧植入妇女的性格中,这种恐惧植入妇女的性格中,这种恐惧是对物理伤害的恐惧,是对类似危险的胆怯,因为这种软弱,女人要求男人的保护就变得很合法了。'"② 康德在这里暗示了当时的一种观点,女性天生是缺乏理性的。而联系"五四"之前的中国社会,虽然有秋瑾等女性作家呼唤革命、批判社会,但"女性解放"这样的口号主要是男性的声音。在"女性解放"的口号中女性其实是作为被动者而出现的,是男性在解放女性,而解放的目标当然是男性所建构的目标。话语权始终掌握在男性手中。女性作为被启蒙者意味着不成熟,男性作为监护人一直在其背后操纵着女性。

二 "五四"启蒙与女性作为"国民"的声音显现

康德在《对这个问题的一个回答——什么是启蒙》中曾经论述过两种自由的问题——公开的自由和私下的自由。"我所理解的对自己理性的公开使用,即任何人作为学者在全部听众面前所能的那种运用。一个人在其所受任的一定公职岗位或者职务上所能运用的自己的理性,我就称之为私下的运用……这里不允许批判,而只能听从。但是如果这个部分的机器把自己看作是一个国家乃至整个世界的一部分,因而通过作品而对真正理智公众学者的品性,那么他就

---

① [德]哈贝马斯:《公共领域的结构转型》,曹卫东译,学林出版社2004年版,第7页。

② [美]詹姆斯·施密特编:《启蒙运动与现代性》,徐向东、卢华萍译,上海人民出版社2005年版,第244页。

第三章 "五四"启蒙与文学中的女性主体意识

可以从事理性批判。由此形成了公共性的前提：必须永远有公开运用自己理性的自由，并且唯有他才能带来人类的启蒙。而理性的私下运用通常有严格的限制但并不会因此而对启蒙的进步产生特别的阻碍。"[1] 显然这里讲的是一个公众舆论的问题。理性的公开使用是启蒙的一个关键问题，或者说理性的公开使用是实现启蒙的手段。

尽管在康德的描述中并没有涉及女性，而且把女性排斥在外，但客观上"任何一个人要从几乎成为自己天性的不成熟状态中奋斗出来，都是很艰难的……然而公众要启蒙自己，却是可能的；只要允许他们自由，这还确定是不可避免的"[2]。所以女性可以走向成熟，也可以进入社会公共的空间。

而"五四"时期对于中国的知识女性来说，恰恰给予了她们公开使用理性的自由。经历了19世纪末20世纪初的改革与革命，不同于西方女性主义的兴起，中国的女性已经作为一个群体被认识和关注。作为女性解放的口号"男女平等"已经进入精英们的话语，缺少的只是女性自己的声音。"五四"时期女作家的大量涌现恰恰是女性声音进入社会的开始，从此女性真正走出了过去狭小的私人空间，走入了社会公共空间，进入了现代意义上的社会"公共领域"。通过对比西方，我们会发现，启蒙的概念是知识阶层提出的，这样一个知识阶层作为知识的掌握者，是把自己作为真理的拥有者来看待的。启蒙知识分子是作为启蒙者而存在的，毫无疑问，大众在这里是作为被启蒙者而存在着。所以作为真理的把握者的启蒙者是启蒙运动中的一个重要角色。在我国19世纪末20世纪初也存在这样一个群体，而在一系列的运动中这样的启蒙者占据着重要的位置。从维新派的梁启超，到革命派的陈天华，再到鲁迅，都是这样的启蒙者。正像法国的启蒙运动一样，这样一批知识分子倡导理性，崇

---

[1] [美] 詹姆斯·施密特编：《启蒙运动与现代性》，徐向东、卢华萍译，上海人民出版社2005年版，第62页。

[2] 同上。

尚科学，反对迷信和盲从，反对专制，宣扬自由、平等、博爱等启蒙精神。所以，作为主动者的姿态的启蒙者意识或者说责任意识是启蒙的关键点。对于女性来说，作为启蒙者的意识更是重要，因为女性作为一直以来的"失语者"，是处于被动的状态的。成为主动的启蒙者则意味着巨大的进步。女性在最初的启蒙中是作为被启蒙者的，但在新文化运动中一大批女性进入社会，尤其是一大批女性开始了对社会的批判，则意味着女性不再是过去被动的启蒙对象了。"五四"的大批女作家就是这样的启蒙者，她们的批判矛头指向了整个中国社会。

女性开始言说并不单指女性开始进入文学领域，女性作家进入文学领域是早已存在的事实。关键的问题是，"五四"女作家们作为一个创作群体明显地带有"公共性"，是以理性的主体、真理的掌握者和民国的"国民"的身份写作的。从"五四"开始，刚刚从礼教统治下解放出来的女作家，运用刚刚争得的话语权，以女性的视角，第一次像男性作家一样平等地关注现实、关注社会，在创作中言说现实、言说社会。

启蒙的一个隐含之义就是批判。"我们的时代在特殊的程度上就是一个批判的时代，一切都必须受到批判。宗教想通过她的圣洁、立法想通过它的最高权威，企图避免受到批判。但是，这样一来，他们只是唤起正当的怀疑，不可能要求得到真诚的尊重，因为只有那些已经能够经受自由和公开审视检查的东西，理性才能予以尊重。"① 而"五四"时期的文学创作中批判是无所不在的，从传统纲常礼教到当下的时局都充斥着批判的声音。作为第一次获得言语权利的女性知识者的批判更是突出。

最早出现的女作家是陈衡哲，她在《新青年》上发表了多篇小

---

① ［德］伊曼纽尔·康德：《纯粹理性批判》，邓晓芒译，人民出版社2004年版，第3页。

说，其中有六篇写妇女问题。小说《洛伊斯的问题》提出了知识女性面对事业与爱情、婚姻与家庭的艰难选择，触及了女性解放中的深层次问题，但因当时国情，大多数中国妇女还在为冲破封建家庭牢笼而艰难奋斗，解决这一问题过于前卫。作者也没有提出什么理想的解决方式，只好让女主人公选择独立。

继陈衡哲之后，一大批优秀的女作家——冰心、凌叔华、陆晶、沉樱、袁昌英、石评梅、丁玲、冯沅君等先后走上了文学创作的道路，在中国文学史上第一次形成了言说女性话语的作家群。一直以来，中国的妇女运动都与西方女权运动的历史不同，也从来不是一场自下而上的反夫权反主流的文化运动，而是伴随着近代以来中华民族亡国灭种的民族危机感的沉重旋律而迸发的一个时代音符。中国第一批接受现代西方观念的知识女性也背负着这样的"强国保种"的思想。而"五四"启蒙也是在这样一种背景下产生的。所以这一批女作家大都是以刚刚获得的"女国民"身份写作的，是在文学公共领域中对社会性公共事务的介入。

冰心的《斯人独憔悴》表现的是青年男女为了抗议政府卖国行径而到政府抗议最后喋血政府门前的故事。《去国》写了一个留美7年，作为名列前茅的高材生含笑归国，所见却是军阀混战、百业不兴、官场社会风气污浊，他报国无门，只得含恨离去。这样的"民国"，辛亥志士抛头颅、洒热血换来的只是"一个匾额"，因此，主人公最后喊出了："祖国啊！不是我英士抛弃了你，乃是你弃绝了我英士啊！"与此同时，中国的内忧外患、军阀混战的社会现实在这些女作家的笔下也有突出的体现。庐隐的《两个小学生》《王阿大之死》，冰心的《一个军官的笔记》《一个兵丁》等都表现了作家对当时的军阀混战带给国家和人民的巨大灾难的强烈谴责。而石评梅的《红鬃马》《白云庵》《余辉》等作品则及时反映了北伐战争和刚刚过去的对中国产生了巨大影响的辛亥革命。另外值得注意的是，"五四"时期的女作家们还把目光投向下层社会，尤其是对劳动妇女有一种特殊的敏感与关注。冰心的《六一姊》反映了封建思想对下层妇女的精神戕害，庐隐的《灵魂可以出卖么？》反映了资本家对女工的残酷经济剥削和精神掠夺，这些作品本着人道主义的关怀对那个时代进行了有力的批判，成为那个时代争取妇女解放、控诉历史罪恶的有力武器。

对社会现实的关注和揭露，是"五四"女性作家们进入"公共领域"的一种体现，但女作家们的创作并不止于此，她们也在其作品中表达了她们的解决方案。虽然这些方案大都很空泛甚至有些幼稚，但毕竟是女性第一次以自己的话语构造自己理想的世界。冰心就是一个很好的例子。冰心认为，母爱、童心、自然美是改造社会、美化心灵的最好良方，所以在《超人》中，母爱和童心的温暖将一个憎恨世界的青年转变成了一个热爱世界的天使。而在《悟》里，一位坚信"人生只有痛苦，只有眼泪"，世界充满剑林刀雨，而且虚伪残忍的青年，秉着"不求利益人群，不求造福社会、只求混一碗饭吃"的沉沦心态无所作为，但在朋友"爱的哲学"的感召下，改变了自己的人生观，并积极投入到了改造社会，改变世道人心的运动中去。陈衡哲的小说也有相似的探索。在《小雨点》中，小雨点被拟人化为一个既天真可爱又富有同情心的小孩子，无论他走到什么地方，就把爱撒播到那里。而在《西风》中陈衡哲以相同的拟人化手法塑造了"西风"这一形象。主人公西风从开始的一个厌世者，在与一个红枫少女的交往中转变了自己的思想，变成了一个"悯世者"，最终决心用爱去感化人类，做了一个幸福的贡献者。虽然把这样一种抽象遥远的"爱"作为改造社会的手段有些理想化，甚至有点可笑。在那个哀鸿遍野、满目疮痍、有着亡国灭种危机的时代，人们需要的不是这种道德说教，而是切实的改革甚至革命。但这种"爱的哲学"并非传统意义上的爱，而是启蒙带来的现代人道主义的博爱。"五四"精神中的重要一方面就是"人道主义"，这是与"五四"所倡导的个性主义相关联的。这里的爱摆脱了传统意义上"亲

第三章 "五四"启蒙与文学中的女性主体意识　93

亲"之爱,是一种资产阶级的"博爱"的体现,这种爱渗透着一种普世情怀。虽然难免理想化,但女性毕竟是在探索社会改造的方案,这也是中国女性发展史上从未有过的,同时这也是中国女性性别意识的觉醒的体现。在"五四"以后的女性文学创作中,这样一种道德说教依然存在,但不再是主体了,取而代之的是一种阶级话语,女性走向革命,女性文学走向了对革命的描写。女性对社会改造的探索也找到了切实的落脚点。虽然与之相伴随的是个性的丧失。

三 公共领域女性言说之缺憾

"五四"的女性创作使女性作为"女国民"在文学中开始显现,其意义无疑是巨大的。但是由于种种原因,女性的第一次获得的话语权有着很多的缺陷和不足。

首先,现代民族危机下启蒙历史情境的限制。源于殖民化危机的救亡式现代化诉求,使救亡成为中国近现代启蒙的特定历史语境。与西方的启蒙运动背景不同,这种救亡式的现代化进程是被迫的,而不是社会发展内在逻辑的自然结果。西方列强的入侵引发了民族生死存亡的深重危机,面对民族耻辱,抱着"天下兴亡,匹夫有责"抱负的知识分子肩负起挽救国家危亡、挽救处于水深火热之中的民众的重大历史使命。这样一种语境,使"五四"启蒙很不彻底。虽然启蒙运动中的三种现代理念"科学、民主、人道主义"都在"五四"时期有所体现,但由于时代的危机,这些理念都没有成为以后社会的主流意识。同时也使中国的妇女运动并非是一场像西方一样的自下而上的女性主体运动,而是在这样的"救国图存"民族危机感下的伴生品。因此,从一开始就缺少女性的主体意识。女性解放的口号唤醒了中国的很多女性,但在这一口号中女性作为一个整体是处于被解放的客体地位的,而且这样一种解放的目的也并不是指向女性群体,妇女解放并不是最终目的,而是一种民族复兴的手段。而在"五四"的启蒙背景下,妇女也是作为被启蒙的对象而存在的,虽然出现了丁玲、冰心等作为启蒙者的女性，但总体上来说，女性并不存在真正的话语权，或者说，女性的言说只是男性"儿子"们反对父权的补充。所以"五四"启蒙中刚刚开始的言说，虽然使女性以女国民的身份开始进入社会各个领域，但却没有触及男女不平等的根本问题。可以说，近现代的民族危机，使我们的"五四"启蒙很不彻底，同时启蒙的不彻底带来的女性主体意识的薄弱，使中国女性长期以来不能作为一支独立的力量。这也间接地造成了以后女性文学创作中女性的雄性化。

其次，从历史上说，启蒙运动本身就具有男权/父权的特征。在西方的启蒙运动中，很明显地把妇女群体排除在启蒙之外。"看看法国启蒙运动的时代，克莱尔·莫泽斯论证说，18世纪时以压制而告终的，统一的法制把卢梭的男女差别概念奉为神明。公民准则承认一切公民的权利，但却把妇女排除在公民资格之外。"[①] 而康德关于妇女的观点也远不是按照平等主义的理由来挑战那种将妇女从教育中排除出去的做法和观点，相反康德嘲笑妇女进行任何严肃的哲学和科学工作的企图。"康德断言，与男人的性格相逼，女人的性格完全是按照自然的需求来决定的，他写到'自然关心维护胎儿，将恐惧植入妇女的性格中，这种恐惧是对物理伤害的恐惧，是对类似的危险的胆怯。因为这种软弱，女人要求男人的保护就是合法的了'。"[②] 这相当于是在说女性先天是缺乏理性的。虽然在一百多年后的"五四"启蒙中，中国的知识阶层在引进西方启蒙精神的同时也引进了西方的女权主义思想，"妇女解放""男女平等"成为"五四"时期的重要口号，"五四"的女性不必像西方女权先驱们一样呼吁争取各种与男性相同的权利。女性启蒙者可以说在外在的社会性解放上达到了相当高的起点，但是主要由男性启蒙者所倡导的启

---

① [美]詹姆斯·施密特编：《启蒙运动与现代性》，徐向东、卢华萍译，上海人民出版社2005年版，第477页。

② 同上。

蒙运动明显的是把女性作为一个建构对象的,同时由于女性主体意识的缺失,女性的言说大体摆脱不了男性建构的樊篱。女作家们获得言说的权利也只是获得了女人作为人的基本权利,或者说获得与男人相似的权利。启蒙中抽象的人本来就是男性知识分子对男性的抽象,而女性按照这样一种理论获得权利意味着作为女性特征的丧失。这为以后的"半边天"话语埋下了伏笔。虽然中国女性经过了近百年艰难的跋涉和卓绝的斗争,但仍然居于男性的从属地位,根本原因在于启蒙话语中的男性霸权。在男权至上的框架中,致力于男女平等而不是女性自主的女性启蒙终究是镜中花、水中月。

最后,资产阶级的公共领域本身带有男权特征。"小家庭具有父权特征,这一点毋庸置疑,小家庭是市民社会私人领域的核心,同时也是自我指涉的主体性所具有的新型心理经验的源泉。其间成长起来的女性主义研究文献使我们更加清楚地认识到,公共领域本身就带有父权特征。"① "即使是在20世纪,女性主义终于获得了公民平等权,从而有机会改善自己的社会地位;政治平等也使女性有权享受社会福利国家的待遇,但是凡此种种并没有自然而然地改变性别差异导致的歧视。"② 毫无疑问,女性进入公共领域、获得发言权并不意味着女性主导这个公共领域。"佩特曼对女性能平等地进入政治公共领域持怀疑态度,他认为,从结构来看,政治公共领域至今仍缺乏公共主题的私人领域的父权特征:既然女性赢得了几乎所有正式公民平等权,此时所凸现出来的就是,依照男性形象塑造而成的平等与女性作为女性所应有的真正社会地位之间的对立。"③ 从"五四"女作家的创作来看,虽然进入社会公共空间进行了自己的言说,但其言说的范围没有超越各种启蒙理论范畴,即西方近现代的

---

① [德]哈贝马斯:《公共领域的结构转型》,曹卫东译,学林出版社2004年版,第7页。
② 同上。
③ 同上书,第8页。

各种思想。其妇女解放的要求基本上与西方早期的自由主义女权主义相类似，仍停留在一个女人作为一个人的角度上，特别是从作为一个"国民"的角度上。而这样的一个"女国民"身份毫无疑问是中国男性知识分子的建构，追求的是男女现实上的平等，但深层次的不平等却很少论及。无论是反礼教、反传统、反纲常，都很少展现女性性别特征。女性在这里只是获得了一个表达自己思想的阵地，但同时还必须受到公共领域各种规则和潜规则的限制和阻碍。

第三节　女性人的解放与个性的解放

中国社会启蒙的高潮在"五四"，其中一个重要的原因就是"五四"的精神实质。"五四"新文化运动是彻底的反抗封建传统文化、追求现代性在中国确立的深刻思想启蒙运动，是发生在整个文化领域、观念领域，具有象征性弑父行为的另一场规模大、效果显著的"辛亥革命"。"五四"的两大口号之中，"民主"是反抗封建专制和伦理纲常，"科学"是反对封建迷信和愚昧保守。"科学"和"民主"都是工具，目的是追求人的解放。新文化运动战将之一的郁达夫这样评价"五四"新文化运动发现"人"的历史功绩，"'五四'运动的最大成功，第一算'个人'的发现，从前的人是为君存在，为道而存在，为父母而存在，现在的人才晓得为自己而存在"[①]。"自由"的问题在"五四"时期被放到了台前，或者说，启蒙的核心问题"自由"在"五四"时期成了中国知识分子们的核心问题。"个人"的发现其实是一个主体性的问题，在其背后是西方各种现代人权观念。在"五四"，个人的自由成为至高无上和天经地义，独立的人格和自由的思想成为一代人的共同信念，其他的一切活动都因为从属于人的解放而获得意义。

---

① 常彬：《中国女性文学话语流变》，人民出版社2007年版，第46—47页。

第三章 "五四"启蒙与文学中的女性主体意识

从康德的启蒙观念来看,是否启蒙在于一个人能否从未成年状态走向成熟状态,关键是运用自己的理性。这意味着要从自己的理性来做出自己的判断和抉择,打破原有的各种既成的观念,尤其是各种偏见。理性作为"天赋"的能力是具有真理性的,有违于理性的则意味着是错误的。无论是反对神权、君权还是父权,"五四"的这些反封建要求都是对人自身的启蒙。这时,大批女知识分子登上了历史舞台,受到了"五四"这种自由思想的熏陶,她们创作的中心也集中到这一点上——与反叛的男性们"儿子"联盟以争取做"人"的基本权利。"五四"时期被称为"人的发现"的时代。女性解放由晚清附着于"强国保种"民族解放工程而归于新文化"个性解放"思潮。"五四"时期开展的大学男女同校、传统贞操观念批判,乃至恋爱、离婚自由讨论,使晚清以来的男女平权得到前所未有的推进。易卜生《娜拉》一剧的风行,使"出走"的文学想象,成为"五四"以降中国新女性摆脱传统束缚、追求自我实现的精神膜拜与现实选择。胡适戏仿易卜生而写的《终身大事》,作为现代中国女性"出走"叙述的始作俑者,极富象征性地体现了"五四"文学个性解放话语的特征,也体现了个人主义的盲点。鲁迅的《伤逝》,接续胡适的叙述,表现女性"出走之后"的困境。《伤逝》以质疑的声音,揭示了"五四"个人主义价值论中隐含的性别权力,使新文化"个人主义"或"女性解放"叙述中隐含的父权意识,在性别关系的维度得到呈现,从而深化了"五四"女性解放叙述的思想层面。[①] 几乎与男性作家的创作同时,女性也开始思考自己的自由与个性问题,并在文学创作中展示出来。

一 反礼教中"人的觉醒"

"自由"的争取最关键的是主体性的自觉,在康德看来:"自主

---

① 杨联芬:《个人主义与性别权力——胡适、鲁迅与五四女性解放叙述的两个维度》,《中山大学学报》2009 年第 4 期。

意味着一种按自己选择的条件来评价自己的权利,这种权利也许意味着与其他群体相联合或整合,也可能相反,而平等意味着按照某个给定标准来衡量。平等对应着两个(或更多的)条件,其中之一就是不加质疑地接受已有的规范或模式,而自主意味着有权利根据这类规范或模式是否适合自我意向而接受或拒绝它们。争取平等……意味着接受给定的标准和遵从这些标准的期望和要求,而争取自主意味着有权利拒绝旧标准和创造新标准。所以是否有独立的主体性就是是否获得自由中心。"[1] 主体性一个最基本的要求就是自主选择、自主判断,"一个人遵循什么准则已经不再重要,最重要的是,选择必须是真正这个人自己的,他必须不是因为操纵、恐吓、洗脑或限制才做出的"[2]。"五四"女性中的"娜拉"们和"子君"们都是这样一种抱着主体性的女性。无论是"娜拉"的出走还是"子君"的抉择都是个体做出的自由选择。"娜拉"不再囿于家庭,选择出走;子君也不顾封建礼教毅然选择自由婚恋,她们的选择都是自己做出的。现代性的一个重要原则就是个体主义,"五四"的女性们则是这一原则的重要实践者。

"五四"的女作家群大都有着这样一种社会实践和文学实践。闭锁闺门潜在不出的中国女性第一次思考"我是谁""我要走向哪里"的问题。在发现自己也是"人"之后,勇敢地开始了她们的激情出走——寻找自我、确定自我、解放自我的精神旅程。"五四"大批女作家的写作就是一种主体性选择的结果。无论是冰心、冯沅君、凌叔华还是丁玲进入文学创作的领域都是一种自由选择,她们首先是与"五四"儿子们一起反抗父权走出"家庭"自主选择;其次是打破社会既成观念走向社会的自主选择。

这里主要是一个人权的问题,即作为个体的人的基本权利的问

---

[1] [德]康德:《实用人类学》,邓晓芒译,上海人民出版社2002年版,第193页。
[2] [美]詹姆斯·施密特编:《启蒙运动与现代性》,徐向东、卢华萍译,上海人民出版社2005年版,第492页。

题，而不同于以往传统中个体在群体中的地位。背后的理论是现代西方的人权观念。"五四"着重的是人作为个体的权利问题，所以"五四"是一个追求个体解放的时代、追求自由的时代。联系女性主义，"五四"女性追求的是每一个个体女性与男性相似的现代权利。这种权利的追求在思想上主要还是追求主体自由。启蒙从理论上说就是一个追求主体性的问题。一个人如果是启蒙了的那就是成熟的，成熟的关键是能运用自己的理性。而在这里会遇到两个障碍：一是监护人的存在；二是"别人的理性"即偏见的存在。在中国这两个问题主要集中在"父权"与"礼教"上。所以"五四"女性们争取自由的重要途径就是反父权和反礼教。

"五四"时期整体上是一个儿子联合女儿反对父权的时代，是子夺父权的时代。父亲，作为父权社会的象征一直以监护人的身份存在。父亲象征着宗法社会的权力塔尖。父亲可以支配家庭中的一切，而女儿作为家庭的一员，从根本上丧失了任何自主选择的权利，当然也是父亲支配的对象。尤其是在恋爱和婚姻上。"父母之命、媒妁之言"代表着父亲作为监护人的角色代替女儿们做出的选择。可以说几千年的中国社会中，女性们总是在这样的监护人的控制下被动地接受命运的安排。所以打破监护人的监护，成为"五四"时代的一个强音。虽然打破父权是一个儿子与女儿共同的目标，但子弑父式的取消父权，以弗洛伊德的观点来看，是子夺父权的体现，是一种俄狄浦斯情结的体现，而女儿们的"弑父"则没有这样一种目的预设。所以女性的"弑父"意识更具有现代意义上摆脱监护人的意义。从"五四"的文学创作来看，女作家们的反父权意识是很具有普遍性的。

作为几千年宗法制社会的代表的父权制在这个个性解放的时代成为众矢之的。当然，这里并不单单指向"父亲"这样一个道德代表，而是指向"父权"所代表的整个宗法礼教体系。所以反"父权"是与反礼教结合在一起的，对比西方的启蒙运动我们会发现中国缺少一个像西方一样的"神权制度",而多了一个宗法制的礼教体系。美国学者微拉·施瓦支对此有精辟的论述:"18 世纪欧洲启蒙者渴求从宗教的思想禁锢中解放出来,中国的知识分子则为改造自己身上的奴性而斗争,这种差异源于家庭权威而不是神权专制,历史条件的差异使得启蒙具有不同的内涵:在康德那个时代,启蒙意味着一种觉醒,从自然天国中发现真理,用真理取代宗教迷信;在20 世纪的中国,启蒙则意味着一种背叛,要求砸碎几千年以来的'君为臣纲、父为子纲、夫为妻纲'的封建纲常伦理的枷锁。"① 在这场反对封建文化的中国式的思想启蒙运动中,刚刚觉醒的中国女性和男性并肩战斗,将妇女解放融入了反对父权统治、声讨礼教罪恶、争取婚恋自由、重估一切价值的"五四"话语中。这些女性们首先以"人"的身份,以叛逆女儿的身份,与叛逆的儿子们结成了反抗父权统治的精神联盟,投入了一场千年未曾有过的精神弑父行动之中。这场变革把她们作为女儿的个体体验转变为叛逆父权的性别体验,和她们的同盟者——同样是反对父权的叛逆儿子们一起对罪恶的宗法制度进行了种种的批判,从而强化和扩大了这份女性体验,并使它成为一代青年所共有的、最具青春光彩的并有着划时代意义的女性成长证明。于是,"五四"女性写作的自我形象定位就是——新文化的精神之女、父亲的叛逆之女。

在这一点上,庐隐在反封建父权、揭露父权罪恶上有着很强的自觉意识,非常能体现"五四"反叛传统的时代精神。她是第一位真正严厉地审判父权,把父权钉在历史耻辱柱上并进行无情批驳的"五四"女作家。在她笔下"父亲"浓缩了父权社会男性家长的所有丑恶面。在小说《父亲》里,他塑造了一个荒淫无耻的父亲形象。"父亲十六七岁的时候就不成器,专喜欢做不正当的事情,什么嫖

---

① 刘曙辉:《启蒙与被启蒙:妇女杂志中的女性》,博士学位论文,清华大学哲学系,2007 年。

呀、赌呀。"他气死了"我的母亲，娶了暗娼。通过花言巧语骗去了富有的良家独生女。"他专横跋扈、虚荣下流、吸食鸦片。作者站在子辈立场，审判了父辈的罪恶，在是非判断上，一反传统地把母亲当作父辈的性财产、子辈不可有非分之想的封建纲常，以父子平等的道德尺度衡量父辈的婚姻，以真挚的爱情为庶母和"我"的恋爱确立合法性，完成了对父亲的道德批判和精神弑父历程。虽然这篇小说艺术成就不高，像是对"五四"反父权思想的演绎，但毕竟打破了"子不言父之过"的封建纲常伦理。对父权作了深刻的批判。

鲁迅在《狂人日记》中，描写了中国历史上的礼教吃人现象，这种对礼教的批判是"五四"文学创作的主题之一。纲常礼教是中国两千多年来稳定社会结构的基础，也是造成民众蒙昧、盲从的根源。一方面，它规范着君臣、父子、夫妇、兄弟、朋友之间的关系，为中国传统社会的基本伦理要求；另一方面，它也成为封建政治制度的基础。纲常是一种政治与伦理同一的意识形态：一方面，它确立了严格的长幼尊卑秩序，世俗权威例如君主、家长等被神圣化，这使得个人进一步丧失了独立人格；另一方面，它强调主体心性的改造，压抑人的自然情欲，使人依赖和盲从于"圣贤之教"，丧失独立思考的能力，这样做的结果是滋生出了禁欲主义与蒙昧主义。所以，反抗专制主义权威，批判纲常礼教还个人以独立人格，成为中国启蒙的主要内容。相对于男性，女性受到封建纲常的迫害更为严重。鲁迅对中国女性受沉重压迫的女奴处境深感悲愤，他说中国古代社会把人分成十等，上至君王下至仆台"王臣公，公臣大夫，大夫臣士，士臣皂，皂臣舆，舆臣隶，隶臣僚，僚臣仆，仆臣台"的压迫阶序一级一级地"臣"下去构成了金字塔式贵贱尊卑阶序压迫的等级制度。"台"在这个阶序中地位最低，是被压迫在最底层的奴隶。"但是'台'没有臣，不是太辛苦了么？无需担心的，有比他更低的妻，更弱的子在。而且其子也很有希望，他日长大，升而为台,便有更卑弱的妻子供他驱使了。"① 鲁迅的这一段漫笔,道尽了女性是中国两千年宗法社会制度中是"奴隶的奴隶",是受压迫最深被迫害最苦的人群。"五四"的女作家们幸运地处在了一个反叛传统的时代,对于这些刚刚获得了言语权利的女性,在个性解放和妇女解放的影响下,她们把批判的锋芒直指造成两千年妇女痛苦和不幸的根源——封建纲常和礼教。冰心的《秋风秋雨愁煞人》《最后的安息》,石评梅的《董二嫂》,凌叔华的《小英》《女儿身世太凄凉》等作品,从不同角度揭露和批判了封建礼教和包办婚姻扼杀女性身心的罪恶。在冰心的《秋风秋雨愁煞人》中,女学生英云怀着毕业后牺牲自己服务社会的美好理想,设计着自己的未来,却被母亲强迫嫁到了姨母家做媳妇,不仅无法实现理想,还丧失了人身自由,成为夫家的摆设和玩物,最后只能在秋风秋雨中无奈憔悴。石评梅的《董二嫂》描写了一个小媳妇的悲剧。董二嫂的婆婆总是教唆儿子拼命打媳妇,最终董二嫂被活活打死,董二嫂生命的无足轻重,毫无做人的权利,就像人们在无意中踩死的一只蚂蚁。作者借人物之口,对女人非人的悲惨际遇提出了愤怒的质问——"什么时候才认识女人是人呢?"董二嫂就是旧婚姻制度和封建纲常下的中国妇女命运和奴隶身份的真实写照。而凌叔华的《小英》则是以孩子的视角反映了一场包办婚姻给孩子心灵留下的阴影。小英的三姑嫁给了一个在小英眼中比街口那个宰猪的人还凶的老太婆家里做媳妇。三姑哭诉了自己在婆家的遭遇:"三天都是站着,他们打牌到一两点都不睡觉,我也伺候到那时分,吃饭的时候也不允许坐到桌上吃,女婿同他母亲坐着吃,叫我在一旁伺候……"② 而在《女儿身世太凄凉》中,凌叔华反映了一个大家族为了维护家族声誉而葬送了女儿一生幸福的悲剧。虽然知道未来的姑爷是个纨绔子弟,但为了维护

---

① 吴中杰:《吴中杰评点鲁迅杂文》,复旦大学出版社 2005 年版,第 184 页。
② 常彬:《中国女性文学话语流变》,人民出版社 2007 年版,第 63 页。

家族的声誉，依然强逼女儿出嫁。家族声誉得到了维护，但嫁到婆家的新媳妇终日以泪洗面、病体奄奄。

无论是"弑父"还是反礼教反包办婚姻，都体现了女作家们顺应时代的反传统意识。在这样的批判中女性的主体意识初步地建立起来。为女性性别意识的觉醒作了一个很好的铺垫。

二 解除束缚后的自主选择

对父权和礼教的反抗和批判是作为女性争取自由的一个方面，在这种反抗与批判的同时，女性也在思考和建构着她们理想的生存方式和人生追求，但这种思考与建构大多数也是存在于启蒙思想的范畴之中的。

启蒙，在中国一直存在着两种思路。一种是客观人本主义思路，这个思路相信理性，坚持科学和理性在人类生活中的核心作用，相信人类可以整体地运用自己的理性来认识世界、把握自身，通过把握世界发展的客观规律来获得自由，主张人类通过总体革命获得解放，将人类的自由与对客观世界的规律的发现和遵循联系起来。"五四"文学中的"现实主义派"以及 20 世纪 80 年代初期的启蒙思潮基本上坚持了这一思路。而另一种思路，我们可以称之为主观人本主义思潮，它反对客观人本主义者忽略个体价值、感性存在，反对将人的本质定义为理性，而对人的官能化、非理性化加以肯定，将思想基点从国家、民族、集团的解放转化到真正个体生命的解放上来，将人的本质归结为生命本体欲望和激情。在中国，五四时期的"浪漫主义派"以及 20 世纪 80 年代后期特别是新生代作家走上历史舞台以来的写作思潮都可以归结为这一思路。对于"五四"时期的女作家来说，这两种选择都存在，但并不是泾渭分明的。因为在"五四"新文化运动中社会进步与人性解放是联系在一起的。对封建礼教的审视批判，同时也是对个性自由的追求。转折是在"五四"的退潮阶段。在 20 世纪 20 年代末，这两种启蒙思路才逐渐划清了界限。这种分裂可以从"革命加恋爱"这种特殊题材的小说中看出。在这种题材中,爱情描写由写恋爱与礼教的冲突演变为写恋爱与革命的冲突,是为革命而恋爱,而不以恋爱牺牲革命。革命与恋爱的对立正是这两种启蒙思路的对立。自由恋爱不再是社会进步的推动力,而成为阻碍革命的绊脚石。

从启蒙的第一种思路来看,启蒙的重心在于社会的发展,"五四"时期所提倡的"科学"与"民主"从根本上来说是与政治上改造社会相联系的。启蒙作为一种精神诉求在政治上要求的是民主,在法律上要求的是平等,在社会上要求的是自由,在人性上要求的是个性。康德把启蒙的概念理解为历史哲学中的一个概念。"按照康德的说法,一场思想方式的革命在自然科学中开始于培根,并由《纯粹理性批判》在形而上学中推向了顶峰;这场革命在启蒙进程中延伸到了政治领域,并且——按照18世纪的预想——将在这里结束摸索曲折的时期。就理性开始意识到自己并开始塑造人类关系中发挥影响而言,就人类因此有能力成为自己历史的主体而言,人类历史作为一个整体(按照康德的说法)获得了只有个别科学在过去所获得的东西:一种方向感,以及此后被描述为'进步'的那种可靠的前进过程。相反,人类在不成熟的状态下的历史仿佛只是没有方向或目标的史前时期。"① 很明显,启蒙是人们处于一种对未来的无限期望中,人们相信理性可以把握社会的发展,"牛顿创建了一重心的综合学说,他的《自然科学的数学原理》制定了启蒙时代的基本样式:整个宇宙决定于几条简单的、永恒的数学规律。实际上,这些规律本身可以简化为一条基本原理,其万有引力定律,牛顿学说模式——即自然界的运行遵循着几条简单的、合理的规律——逐渐成为那个时代的主要隐喻。如果自然界的运行规律受制于几条基本

---

① [美]詹姆斯·施密特编:《启蒙运动与现代性》,徐向东、卢华萍译,上海人民出版社2005年版,第378页。

规律,而人类凭借理性可以认识这些规律,那么人类也可以认识支配道德领域、政治领域以及美学领域的规律"①。"五四"启蒙确实激起了知识分子改造社会的激情,他们相信,自己掌握了西方的现代知识体系,也就是掌握了真理,凭借这些真理,他们可以改造社会。这种趋势在"五四"后期马克思主义的传入之后很是突出。可以说,这才是中国启蒙的根本目的体现。前文说过,中国的启蒙是在巨大的民族危机之下的产物。那么把文学作为改造社会的工具的思路成为启蒙文学的重要内容。"或许20世纪中国其实并没有真正形成一个与'革命'对立或并列的启蒙历史;启蒙或革命,都共同指向民族主义的'最终'目标:即中国要成为一个独立、自强、有尊严的民族国家。因此,面对西方文化,'西化'与'反帝'两种极端,才会出现在同一主体——五四青年——身上;现代史上独立、自由、建构性的启蒙思想讨论,始终难以为继。这也是李泽厚'救亡'压倒'启蒙'历史概括的现实依据。"② 女性在摆脱监护人和偏见的束缚后,她们的最重要的选择就是投入到社会改造或改良中。这样的文学创作并不是"五四"时期的主体创作,而是在"五四"退潮后的20世纪20年代末成为主流的,丁玲的转型就是这样一种体现。另外具有代表性的作家还有胡也频、冯铿等。我们可以说这种转变是中国民族危机的产物或者说阶级斗争的原因,但启蒙的思想内部确实也有这样一种倾向。欧洲的启蒙运动就是法国大革命的思想动因,中国的启蒙运动导向革命也不仅是民族危机的原因,也是启蒙的本质所决定的。

从启蒙的第二种思路来看,启蒙的本质含义是人的主体性的觉醒。西方的文艺复兴是以恢复古希腊的人文精神为旗号,抗拒教会把人生视为苦难的赎罪,反对以神权压抑人们的生活欲望,重新肯

---

① [美]约瑟芬·多诺万:《女权主义的知识分子传统》,赵育春译,江苏人民出版社2003年版,第9页。
② 杨联芬:《启蒙革命与民族主义》,《山东社会科学》2009年第6期。

定人性和人生的价值,要求恢复人之为人的权利,鼓动人们追求人世欢乐,把人从禁欲的枷锁中解放出来,成为自己的主人和幸福生活的创造者。长期被压抑的情欲,由此得到释放,催动人们摆脱教会的禁锢,尽情享受生活,在文学、艺术、思想领域大肆张扬情感的觉醒,由于这一思潮具有冲决网罗、追求个性解放的内容,从而又成为思想启蒙的先导。因此,充分展现人的本能欲望,是启蒙的动力和标志。在"五四"新文化运动中,这样的个性与欲望的觉醒也是启蒙的重要动力。整个"五四"时期都是一个激情澎湃的时期,解放人、解放个性成为一个时代的精神价值标准,而解放人与个性的一个重点就是对人欲望的解放。

第四节 女性的发现与女性性别话语的呈现

毫无疑问,启蒙运动对女性解放有着巨大的作用,而中国"五四"前后的启蒙中,女性作为一个群体获得了从未有过的各种权利,男女平等的观念深入人心,但女性作为人的权利的获得并不意味着女性作为女人的权利的获得。无论从理论上还是从社会实践以及社会潮流来看,在启蒙中,女性的自身权利问题都是处于边缘状态的。"五四"前期的基本问题是反传统、反礼教,"五四"后期的马克思主义的引进,基本问题是阶级斗争,而这两大主题的根本目标是中国的现代化——现代民族国家的建立问题。这两种话语都没有从根本上涉及女权问题。在男权社会中处于社会主导地位的男性,利用话语霸权建立了"男性化主体"再现系统,自我证明、自我肯定,通过言说男性的主体地位、阳物中心主义、阳物统治制度得以产生和繁衍,并且在再现过程中借助所谓客观、普适性的话语机制将其意图隐藏起来,从而使女性沉默不语,接受男性的再现系统强加给自己的角色、价值、形象。女性要改变被压迫和支配的处境,改变他者的地位,建立女性自我主体,就必须打破"男性化主体"的再现系统,拥有再现自己的权利和能力,改变被书写、被再现的历史。

"女性意识包括三个方面:一是社会层面从社会结构看女性所受的压迫以及反抗压迫的觉醒;二是自然层面,从女性生理特点研究女性自我,如周期、生育、受孕经验;三是文化层面,以男性为参考,了解女性在精神文化方面的独特处境,以男性为参照,了解女性在精神文化方面,的独特处境,以女性角度探讨以男性为中心的主流文化之外的女性创造的'边缘文化'及其所包含的非主流的世界观、感受方式和叙事方式。"① "五四"启蒙中女作家的写作对这三个方面都有涉及,但并不深入,而且大部分都集中于第一个层面。这种状况既基于启蒙的精神实质,也是时代的要求。在康德看来,启蒙的同义词就是批判,而"五四"时期提出的两大口号是"民主"与"科学"。民主用来取代专制,科学用来取代封建迷信,总的目标是反传统。与之相关的时代特点是人们更多地关注整体上国家民族的独立与发展,忽视个性精神问题,至于女性性别特征问题则更是处于社会问题的边缘。

一 社会层面的女性觉醒

在"五四"反传统的大潮中,女性对传统宗法制度封建礼教和婚姻制度的批判达到了一个很深的层次。虽然这种批判既体现了妇女的觉醒也体现了妇女运动的进步,但是作为与当时男性"儿子"们的联盟的批判行为,女性虽然争取到了初步的人格自由和言说权利,勇敢地走出闺门,走上街头,与男子并肩共赴国难,寻求民族解放,但与其说这是女性争取的权利,还不如说是男性启蒙者给予的权利,或者说是男性启蒙者对女性建构的结果。"当民族存亡这柄利剑高悬在头上,尚未落下,当知识分子在王纲解纽的时代逐渐获得了自己的话语权的时候,当他们将自己定位在最先掌握了西方先

---

① 常彬:《中国女性文学话语流变》,人民出版社2007年版,第79页。

进的理性化文明的阶层群体。作为开启民智,建立现代民族国家的主题的时候,他们在文学叙述中激昂的呐喊,一方面把中国底层的女性描画成一群无知无识的'奴之奴',把她们作为民族愚昧落后的象征,从她们的死亡、发疯宣告旧文化、旧意识形态、旧制度的衰落与死亡;另一方面把她们塑造成男性先驱者的追随者、同盟军,不仅巡视现实,从现实中寻觅新女性,而且翻检历史,挖掘历史中的叛逆女性,为现实女性树立楷模。"[①] 可以说,大多数知识女性在摆脱了封建礼教的压迫之后,又陷入了另一种男性设置的圈套,女性的自觉在这层含义上根本谈不到。大多数女性作家的创作都摆脱不了男性启蒙者建构的这种"樊篱",但也有一些女性虽然没有明确地把矛头指向根源的男权制度,但也隐隐地把握住了这一点。

在"五四"时期大力提倡的恋爱自由、婚姻自主的大潮下,一些女性开始对女性的现存状态进行了深刻的反思。在"五四"女性创作中,出现了一种区别于男性创作的"弃妇"题材。"弃妇"现象在当时是一种普遍存在的现象。作为启蒙者的男性在呼唤婚恋自由、人性解放并获得个体解放的同时,却将父母为其娶回家、受到礼教熏陶的旧式女子置入了巨大的不幸中。虽然封建包办婚姻使当时的青年男女都成为受害者,但是毫无疑问,受害最深最大的是那些在精神上与肉体上都无法走出旧家庭而获得自立的旧式女性。那些秉着西方自由观念的男性启蒙者在自己获得自由婚姻解放的同时,却违背了《人权宣言》中对自由的阐释——在"行使他的权利和自由时,只受法律所确定的限制,确定此种限制的唯一目的确在于保证对旁人的权利和自由给予应有的承认和尊重,并在一个民主的社会中适应道德、公共秩序和普遍福利的正当需要"。

---

① 刘传霞:《被建构的女性——中国现代文学社会性别研究》,《齐鲁书社》2007 年第 19 期。

第三章 "五四"启蒙与文学中的女性主体意识

最早描写这一现象的女作家是石评梅,她的《弃妇》是第一部在自由恋爱、自由离婚的"五四"思想中反映弃妇的小说。在这部小说中,石评梅从女性的立场斥责现代男性在自由恋爱的幌子下的喜新厌旧,对弃妇的命运寄予了深切的同情。这些弃妇不仅是旧礼教的牺牲品,也是新思潮的受害者。"多少男人都是放弃了自己家里的妻子,向外边恶鸭似地猎捉女性。自由恋爱的招牌底,有多少可怜的怨女弃妇被践踏者!同时受骗当妾的女士们也因之增加了不少!"① 而在《林楠的日记》中,石评梅描写了一个叫林楠的传统的贤妻良母被无辜遗弃的故事。庐隐的《时代的牺牲者》则描写了一个归国留学生以简单而轻率的理由遗弃自己结发妻子的故事。"吾辈留学生,原应有一漂亮善于交际之内助,是可实现理想之家庭,方称的妻新任务。昔之黄脸婆,则偶实不类"②,被遗弃的原配妻子最终成为"婚恋自由"牺牲品。

鲁迅的《伤逝》描写了新女性的悲剧,女作家也对新女性的命运问题十分关注。女作家们敏锐地观察到了从自由恋爱走入现实婚姻的现代女性,并没有获得美满结果走向幸福生活,而是又遇到了过去未曾有的种种问题,女性在获得自由的同时付出了她们未曾想到的沉重的代价。石评梅的《晚宴》反映了社会上女性就业发展的机会极少,女性的独立谋生遇到了巨大的困难,出嫁几乎成为唯一的出路。小说反映了新女性虽然有服务社会、获得独立人生的愿望理想,但整个社会却无法为女性提供基本的发展空间。另外,沉樱的《旧雨》《中秋日》,陈衡哲的《洛绮丝的爱情》,庐隐的《补袜子》等,也从不同的角度表现了新女性在事业与婚姻矛盾中的两难选择和平衡。

可以说,表现"婚恋自由"的个性解放,是"五四"启蒙者们的共同追求,但男作家更关心青年男女争取婚恋自由这个大前提本

---

① 常彬:《中国女性文学话语流变》,人民出版社2007年版,第68页。
② 同上。

身，而忽略了"自由"这个抽象概念下男女两性的实际差异和处境与启蒙话语潜在的男权特征。而女作家则凭借刚刚获得的主体意识和女性独特体验去考察启蒙下的"自由婚恋"带给女性的真实处境，并在无意识中揭露出社会的男权意识。

二 女性体验中的主体写作

在几千年的父权社会的制度和文化观念的钳制下的女性，其人生体验是被遮蔽的。由于长期形成的男性话语主导，使许多女作家自觉不自觉地认同男性的审美标准，模仿他们的表达方式，并内化为创作心理的一部分，在文本之中也表现出这种内化。但是，当社会给予女性以做人的基本权利后，拿起笔来的女作家以女性的视角和立场进行创作时，虽然不能实现作为女性个体的全部心灵自由，也会使她们把自我与群体区别开来，通过真实的方式有意无意地发现自身，将自己与男性不同的体验、感知和期望表现出来。与此同时，女性群体之间"存在着可以共同分享的经验，共同的感知方式，自我表达的共同模式，以及揭示她们共同处境的创造力，等等"[①]，与男性文学相比较，女性的那些加入自己女性体验的作品有着独特的价值。

首先是表现女性自我，对女性自我体验的倾诉。在女性主义理论中，强调表达女性声音是其中重要的内容。"妇女必须参加写作，必须写自己。"这是法国女性主义者埃莱娜·西苏传播广泛的一条基本主张。在长期的中国宗法制度下，不仅妇女人身被囿于家庭中，而且由于受教育权的被剥夺，也丧失了在文学天地里展现女性自我人生和丰富内心世界的能力。"古往今来，女性始终处于被凝视、被定义、被规范的地位。男性作家以女性的代言人自诩，代替女性表达自身与心灵经验的文本司空见惯。"[②] 在"五四"时期，冰心的创

---

① 王喜绒：《20世纪中国女性文学批评》，中国社会科学出版社2006年版，第1页。
② 同上书，第133页。

作就是女性自我体验倾诉的代表。无论是小说还是诗歌、散文,冰心都尽情倾诉了一代女知识分子对现实世界的真实感受,让女性自我的真实心灵体验、意识和无意识喷涌而出。冰心一直本着"爱的哲学",用自己的人生体验执着再现爱和美的生存境遇和感受。无论在前期的问题小说《超人》《两个家庭》中,还是在之后的诗集《繁星》《春水》中,冰心一直讴歌着爱和美的三块"圣地"——母爱、童真和大自然,这使冰心的作品有着浓厚的理想主义色彩。冰心认为:"能表现自己的文学,是创造的、个性的、自然的,是未经人道的,是充满了特别感情和趣味的,是心灵的笑语与泪珠……总而言之,这其中只有一个字——真。"① 所以在其作品中总是包含着她自身的主体体验,也包含着她的真情实感。在《第一次宴会》中,初为人妇者亲手操办第一次宴会的紧张、不安、忙乱和成功后的喜悦,以及慈母那无私而又细腻的爱在她心灵中留下的永久震撼和绵绵不尽的思念之情,体现着作者自我的浓重投影。作品中体现出的满含着温柔、微带着忧愁的独特审美情调,也是作家特殊的女性感性心理和敏锐的作家气质的体现。

相对于冰心的理想化排除性的"爱的哲学",对作为生理本能"性"的描写与诉说更能体现女性的真实体验。女性丧失自我首先是从丧失对自我身体的欲望的感觉开始的,她的觉醒也应从身体的觉醒开始,女性找回了自己性的意识和对性的追求意味着女性找到了反对男权的支撑,特别是女性对性欲的主动追求最能体现女性的觉醒。在"五四"启蒙者大力弘扬人性的大背景下,"五四"女作家们也直闯正统文化"性"的禁区。"五四"新女性在发现自己做人的尊严权利的同时,也发现了自己作为女人的"性"的要求。女性不仅追求主体人格,而且追求作为主体的情欲需求。"五四"新女性

---

① 王喜绒:《20世纪中国女性文学批评》,中国社会科学出版社2006年版,第136页。

在争取婚恋自由的同时,也在追求自己身体欲望的满足,而女作家们也或多或少描写了性。冯沅君的《隔绝》《隔绝之后》,丁玲的《莎菲女士的日记》《自杀日记》《梦珂》,凌叔华的《酒后》《花之寺》等都表现了女性对自身欲望的追求与渴望。冯沅君的《旅行》《隔绝》《隔绝之后》讲述了青年女性隽华借着在外求学的机会,和自己的爱人一起旅行。在旅行中与自己的爱人同床共枕,相拥而眠。虽无性的接触,却饱尝肌肤相亲之乐。这样的爱情是一种纯粹的精神与情感行为,它并不排斥肉体,但却超越肉体。而丁玲笔下的莎菲则更是实现了主动的欲望。莎菲对凌吉士充满男性魅力的峻拔身体、性感的嘴唇充满性欲的渴求。她不仅饱览了美男子的姿色,还在意识中想象着"让我吻遍他全身"感受"把肉体融化了的快乐"。这在传统文学中绝对是淫妇的形象却在丁玲的笔下成为现代女性主体意识觉醒的典型人物,可亲可爱。凌叔华《酒后》中的采苕则是在与熟睡中的子仪的"吻不吻"中表达了女性的欲望。体现了她对异性美的冲动、爱慕、追求。在这里,采苕是一个欲望主体,而子仪则成为她情欲的对象。

"女性自觉的两个成长标志,一是对女性肉体的觉醒、女性欲望的觉醒;二是对以男性为中心的世界的深刻怀疑、对异性婚恋以及自由婚恋结局婚姻品质的重新审视。"[①] 如果说大部分的"五四"女作家是在"人"的解放下的主体言说,在无意识中体现出对男权的批判,那么丁玲就是第一个以自觉的女性身份进行言说的女作家。"丁玲登上文坛的最重要意义,恐怕不在于她如何长于表现'五四'女性觉醒的抗风雨失落的苦闷,而在于她是新文学史上第一位向男权传统全面挑战、力度最大、突进最深的女性作家,是她第一次向世人敞开了觉醒女性成熟的内心世界,赤裸裸的性欲,灵与肉的纠缠,观察男人的视角,白马王子的幻想,对新式家庭的幸福感与失

[①] 常彬:《中国女性文学话语流变》,人民出版社2007年版,第185页。

落感。"① 如果说，现代女性对自己作为人的价值理想的群体性觉醒体现在"五四"前期出现的中国第一批女作家作品中，那么与这些作家不同的是，丁玲则是以现代女性独立的自我意识，执着地追求灵肉一体的爱。她以独立鲜明的女性自我立场尽力表现对以男性为中心的社会的看法；并揭穿了以男性为中心的社会的虚幻性。"她构成了人与现实的想象关系，即一种意识形态；表现出强烈女权主义色彩的政治意味，要求重构女性自我的社会生活方式及其所包括的权力关系，亦即对一种合理的，包含着个人自由、全面发展的人类完形文化的追求。"② 丁玲对中国女性主义的意义不仅在于对女性主体性的表现和女性欲望的展示，更重要的是，相对于同时代女作家的反封建反礼教，对妇女个性解放问题的关注，丁玲的作品直指整个男性社会。在"五四"女性文学中，丁玲的女性意识是最强烈的，其对男权的批判也是最深刻的。

在启蒙思潮下，"爱"是丁玲与其他女作家共同的话题，但与其他女作家偏向于"浪漫爱"这一主题下的精神恋爱不同，丁玲更执着于追求真实浪漫、灵肉一体的爱。在中国宗法社会的漫长岁月中，传统女性的自身生命是极度贬值的，她们人身地位从属于某一个男子，或是父亲或是夫君，而不从属于国家社稷。或者说女性的身份只限制于家庭的空间之中，这就造成了女性对"家"的依恋不舍，而缺少男性作家那样的纵深历史感和恢宏的宇宙意识。女性在传统社会中，相对于男性，是被压抑的"他者"，是物化的对象。女人只有"肉的形体的可爱"，而不具有"人"的自我。男女之间的"爱情"对女性来说大都只有精神的而缺少"肉身"的介入。对女性欲望的描写，尤其是肉体感官欲望的描写对女性来说属于禁区。"五四"时期大多数女作家的恋爱描写大都集中在"浪漫的"精神之

---

① 王喜绒：《20 世纪中国女性文学批评》，中国社会科学出版社 2006 年版，第 204 页。

② 同上。

爱，纯洁而又理想化，而丁玲对"爱"的描写则强调灵与肉的结合，虽然在追求精神之爱上与同时期的作家相似，但更重视肉身的感觉。

小说《梦珂》以主人公梦珂在都市中的悲剧，宣示了女性肉体的觉醒。梦珂带着理想的憧憬，进入了梦想中能够实现自己个性、实现自己所追求的艺术一样的美丽人生的都市文明环境，但没多久，梦珂就经历了都市女性的悲剧，而这些悲剧都与女性身体成为男性欲望的焦点相关。在男性中心的社会结构里，女性作为"他者"，成为物化的对象，这一点在都市文明中尤为明显。在男性的视角下，女性只有肉体的可爱，而不具有"人"的自我。晓淞眼中的梦珂之所以可爱，不是因为梦珂作为一个完整的人的可爱，而是因为他把梦珂当作物化的可猎取和占有的欲望对象。环绕在梦珂周围的是充满男性色欲冲动的欲望凝视。正如波伏娃所说的，"她在男人面前不是主体，而是荒谬地带有主观性的客体"①。梦珂的悲剧是都市生活中男性准则下的女性悲剧。在都市社会男性欲望凝视下的市场中，女性的身体还有她们的爱情都沦为商品，成为异性蹂躏的对象。"1930年'左联'初期女作家冯铿把都市文化所异化和欲望化的女人身体，形象地称之为'一团肉'——封建制度把她们制造成奴隶，而资本主义把她们当成美丽的商品，这个比喻形象地反映了现代都市女性真实的生存际遇。"②但是，都市文化在异化女性身体的同时也触发了叛逆女性的肉体觉醒。梦珂终于在男性世界的欲望凝视中发现了自己的女性之躯，从而迈出肉体觉醒的历史起步，虽然这种发现是建立在自己肉身的异化与商品化基础之上的。

如果说梦珂对自己的肉身发现是建立在女性无法抵抗的商品化之中，那么莎菲这个桀骜不驯的女学生却有着自觉的肉体觉醒意识。她拒绝异化，拒绝成为男性欲望的他者，莎菲自始至终都是坚持着

---

① [法]西蒙娜·德·波伏娃：《第二性》，陶铁柱译，中国书籍出版社1998年版，第813页。

② 常彬：《中国女性文学话语流变》，人民出版社2007年版，第187—188页。

"我使我快乐",我成为我的主体的爱情立场和情欲主体原则。无论是面对着爱哭的苇弟还是后来诱惑着她的凌吉士,她的立场都没有改变。尽管苇弟对她既痴情又顺从,但莎菲却根本不爱他,这个爱哭的家伙走不进莎菲的感情世界,因为他不是莎菲要找的那种能够让她动情与痴迷的"骑士般的人儿"。莎菲只把他当作小弟弟而从来没想到给予男女的爱情。而当莎菲遇到海外归来的凌吉士时,这位外表极其俊美的男性激起了她强烈的欲望冲动。这是女人欲望的觉醒,也是女性肉体的觉醒,莎菲在这种觉醒中体会到作为一个欲望主体的女人的性幻想与性冲动。而且莎菲并没有停留在这种渴望与幻想中,而是主动地用尽各种办法接近她的欲望对象。甚至是主动去猎取她的欲望对象。直到最后战胜了这个男人,控制了欲望的主动权:"这样一个可鄙的人,吻了我……我胜利了!我胜利了!"但是这个欲望对象——凌吉士在其俊秀的外表下却是一个极其卑劣的灵魂。在莎菲战胜这个人的同时就打算抛弃这个金玉其外败絮其中的可鄙男人了。在这一过程中,莎菲既沉溺于肉体的欲望但又没有屈服于欲望的驱使。毫无疑问,这种拒绝并不是拒绝欲望,而是拒绝灵与肉的分离。这与丁玲的理想爱情追求相关,莎菲的行动是丁玲"爱"的理想的演绎,丁玲追求的是灵与肉一体的两性之爱,无论是缺少灵魂还是缺少欲望的爱都是她无法接受的。比起鲁迅笔下子君的"我是我自己的"的宣言,莎菲的"我要享有我生的一切"更具现实反叛性和自我表现的女性主观色彩;莎菲不是传统观念下以理节情,也不是只有欲望而对男人进行玩弄。莎菲的"我看故我在""我舞故我生"的生命体验和感受,所蕴含的对灵肉一致的真爱的大胆追求,女性人格尊严、生命地位的重新确立,是当时"五四"新文化运动中女性主体意识觉醒的最高体现。

结 语

讨论中国的女性主义就必须回到中国的启蒙运动,而19世纪末

20世纪初是中国的启蒙时期,为中国带来了现代社会的各种思想与观念,决定了中国女性主义的诞生。从一开始的男性呼吁下的男女平等到"五四"时期女性声音的显现,中国的女性主义终于浮出水面。现代意义上的女性文学也在这一背景下产生。"五四"启蒙对女性文学的影响是全方位的。从文体形式到思想内容,诞生之初的女性文学都可以看到启蒙的影响。无论是旧制度对女性压迫的揭露和反抗,还是女性对自由的追求以及女性主体性的发现,都可以在启蒙思想的内部找到理论支撑。与此同时,由于启蒙的不彻底,也使中国女性主义的发展很不完善。中国的这场启蒙运动主要集中在"客观人本主义"思潮方面而忽略"主观人本主义",这就决定了中国女性主义文学更多地是集中在社会现实方面而缺少对女性个性和主体性的关注,在对平等关注的同时忽略了对个体自由的追求。这种缺陷直接导致了新中国成立后的"半边天"话语,而真正的女性主体意识的关注直到20世纪80年代的"二次启蒙"后才被社会所重视。总之,启蒙作为现代历史的开端,是各种现代思想存在与发展的根基,而要厘清女性主义,也必须回到启蒙运动。

第 四 章

张爱玲现象批判

出现在现代文学作品中的都市,多以上海为蓝本;作为都市象征——"上海"的文学中不可或缺的张爱玲现象,只有纳入都市化进程中并以都市化作为考察框架,才能凸显此一现象的现代性意涵。反之,理解作为都市象征的上海,经由分析其文化蕴藉而解读张爱玲现象,不失为一种有意义的尝试。

以张爱玲现象为个案分析的对象,自然并不在于其艺术分析或思想挖掘,而是试图复现、重构其艺术世界内蕴的历史文化积淀和时代意识形态内容,从而为进一步考释反映在中国现代化进程中的城市理念诸问题,建立一个基本的描述意向和追索坐标。

傅雷对张爱玲作品的评论在"张爱玲研究"史上有着举足轻重的地位,时至今日仍有不少研究者在引用甚至重复傅雷的观点。理性而又不失热情与敏锐的傅雷,不仅仅出于对张爱玲的所谓文字、技巧的偏嗜,更主要的是认为优秀的作品要"有深刻的人生观,真实的生活体验,迅速而犀利的观察"[1]。极具艺术鉴赏眼光的傅雷,无论怎样以"结构、节奏、色彩""有了最幸运的成就"来褒扬

---

[1] 傅雷:《论张爱玲的小说》,载金宏达、于青编《张爱玲文集》(第四卷),安徽文艺出版社1992年版,第404—405页。以下均以《文集》某卷某页注出。

《金锁记》，也只是对张爱玲小说类乎印象派式的美术画面感的一种直觉判断而已，而绝非什么作为以语言为直接材料的文学所追求的人物形象的丰满。

傅雷就《倾城之恋》与《连环套》所做的分析与诟病，尽管是逻辑的必然，不过没有理由因此而为张爱玲遗憾——一位作家的体验结构与其生存论的意义感本然是同一的。这其实是将张爱玲现象批判的题旨与张爱玲创作分析的论域于此划界——换言之，沉湎于《红楼梦》的张爱玲能写出的只能是《石头记》木石之盟的所谓聚散两依依，只能是"白茫茫一片大地真干净"的人生空漠感。

一个直接而峻急的问题意识在此成形：有别于张爱玲创作分析的张爱玲现象批判，将现代性—农民性—女人性—民族性勾连扭结成如下追问：发端并涵养于农耕文明这一主要精神资源的传统性（定数），将如何应对都市化进程中的"变数"？这是张爱玲无力面对的，尽管沐浴过欧风美雨然而甚乏上述问题意识的傅雷们也无力面对。都市人格以其中国传统所不曾有过的面目真切地在张爱玲现象中得以传达。

第一节 "爱中的伤逝"与"伤逝中的爱"

对于作为偶在个体的人在那个时代处境的洞察，张爱玲的思想方式和表达方式的独特，超出了时代意识形态的囿限。张爱玲现象隐晦的寓意在于：在貌似琐碎、零乱的日常生活重叙中，呈现出了相对完整的时代（社会性）与个体体验（私人性）的内在真实图景。

在张爱玲身上，融合着一个传统贵族女性和一个现代都市女郎的双重质素。这构成了张爱玲现象的基本倾向，即一方面有着对中国传统手法的继承和发扬，另一方面又带着西方文化的特征，这一切无论是情调趣味还是技巧手法都在其创作中被有效地调动起来，通俗与典雅、传统与现代相互渗透，并在具体而自然的呈露中贯通为一。因此，张爱玲现象最大限度地超越了文本作品本身。当然，张爱玲也并没有逃逸出时代加之于一个偶在个体的种种矛盾和困扰。张爱玲的思考无不带有鲜活的经验色彩，更为可贵也更令人振奋的是她充满了一个清醒的现代人的怀疑精神，从而有别于大量的"主题先行""意识形态化的话语方式"，并且在一种逃避与直面的姿态中与时代不可分割地联系在一起。

张爱玲现象的寓意有如一把灵巧的刀，准确而又不动声色地将传统剖开，以切片抽样的方式，将中国封建传统文化沉积而成的肌瘤展示了出来。这种从内部击破的方式远比单纯地拒斥更为彻底而且有效。她直指集摩登与封建于一体的畸形文化对人的价值的戕害。人不能也无法掌握自己的命运成了张爱玲现象的潜在主题，其笔下的小人物上演的英雄传奇是一份份失败记录。这种融合和杂糅着个体心性意绪的"时代档案"，毋宁说是"个性英雄"的失足与失败者的省思皆有的、不可多得的"文本记录"。因而，其伤逝—爱的关系性结构与功能，作为就张爱玲现象的内在本质进行分析的基本框架，即使在今天也成为我们审理现代性—都市人格的重要理论资源。

一 她们那一代的"怕"与"爱"

婚恋是张爱玲重估人生及其价值的突破口。在一个个没有爱情的爱情故事里，暗藏着张爱玲关于人性及世事"苍凉"的解读——"长的是磨难，短的是人生"。

张爱玲特别关注的是现代人尤其是女人的生存困境。这些在新旧交替的"乱世"讨生活的女人，生活的唯一出路在于一份可靠的婚姻，可"现代人多是疲倦的，现代婚姻制度又是不合理的"[①]，在

[①] 《自己的文章》，《文集》（第四卷），第176页。

对婚姻有一定自主权的时代,旧的婚姻方式已经不合时宜,出去交际又被认为是有损身份,于是嫁不出去成了她们的一个噩梦,嫁出去又怎样呢?则是"银幕上最后映出的雪白耀眼的'完'字"[1]。

张爱玲小说把关注的焦点投射到了家庭内部的情感领域,关心的是人性在现代社会里的迷失、人情在金钱诱惑下的冷漠。"在这个不可靠的世界里,要想抓住一点熟悉可靠的东西"[2],好像什么都是假的,只有钱是真的。张爱玲笔下的婚恋,大多以金钱为支点,如果没有明显的财产追求目的,也一定受着某种利害关系的支配,虽然生活在现代社会中,却没有半点现代人的追求,婚恋成了权衡利弊的交易,谋爱实为谋生。将婚恋视为换取安稳生活的必经之途,走进后才发现同期待的距离,正如《留情》中敦凤所说:"我还不都是为了钱?我照应他,也是为我自己打算——反正我们大家心里明白。"[3] 再借用《心经》中绫卿的话:"任何人……当然这'人'字是代表某一阶级与年龄范围内的未婚者……在这范围内,我是'人尽可夫'的!"[4]"人尽可夫"通常的解释当是毫无道德操守可言,即无所谓情感的共振和谐,而且专指女性轻浮。张爱玲笔下的人物却似乎翻出了一层新意,表面上看起来抽去了道德评价的合法性,实际上谈的却是渴望爱,然而事实上却无从相信爱情。在一个个现代"爱情"故事里,看不到现代自由恋爱的天真、纯情。

张爱玲认为:"我们这个时代本来不是罗曼蒂克的。"[5] 问题在于,如果说没落世家的旧式女子如紫微甚至不知 Romantic 为何物,尚可理解,而和男子一般受过高等教育的女子同样令人失望,又当如何解释呢?

---

[1] 《鸿鸾禧》,《文集》(第一卷),第 214 页。
[2] 《我看苏青》,《文集》(第四卷),第 233 页。
[3] 《留情》,《文集》(第一卷),第 211 页。
[4] 《心经》,《文集》(第一卷),第 76 页。
[5] 《我看苏青》,《文集》(第四卷),第 228 页。

《五四遗事》中言行举止都看似"时髦"的所谓现代人,其实不过一身洋装而已。密斯范不但"新式文人的自由她也要,旧式女人的权利她也要"①,最终和罗的结合并非是将爱进行到底,实出于嫁不出去的恐慌,最终不仅失去了新式女性的外部特征,甚至"像她的祖母一样地多心,闹别扭"②。罗呢?既向往新式浪漫的婚姻,又软弱无主见,他的反抗是那么苍白无力,不但未冲破牢笼,反而自己给自己又套上枷锁,以致筋疲力尽,结果还是妥协、屈服,好像什么都得到了,其实最终又什么都失去了。个性解放的内涵远非仅止于婚姻自主权的获得,"五四"精神对古老中国的触动是相当有限的。范、罗从初识的高谈阔论、意气风发、指点江山,到结尾的那无奈的笑声,所谓起点即是终点。

通常给人留下的印象似乎是张爱玲极擅悲剧。需要在此澄清的是也仅仅是近乎无事的悲剧,"主体在既定现实的结构秩序中磨灭了个性和创造力,从而丧失了人的本质"③。用鲁迅的话就是"软刀子割头不觉死"。

张爱玲的艺术世界无论是对昔日辉煌的怀恋,还是《茉莉香片》式的所谓现代的反叛,都是一种缺乏生命力的思想的结撰,都只能是取巧于时代大潮的侧影,人格冲突的缱绻浩叹而已。张爱玲的"伤逝"绝无可能达到鲁迅"伤逝"的高度。如果说后者是带有切肤之痛的泪与笑,那么张爱玲则在精心结撰的精美文字中不断抒写着红楼梦散之后那些痴男怨女们的怅然若失与永远化解不开的痛悔——曲尽犹作续弦人。

二 新语抒"伤逝"

《伤逝》中的子君,走出(反抗)后又返回故家(投降)了;

---

① 《我看苏青》,《文集》(第四卷),第234页。
② 《谈女人》,《文集》(第四卷),第68页。
③ 尤西林:《人文学科及其现代意义》,陕西人民教育出版社1996年版,第117页。

张爱玲的女主人公们，走出去便意味着决绝。白流苏明确表示，"她决定用她的前途来下注"①。同子君喊出"我是我自己的"，追求浪漫情爱却在现实的铁壁面前几近粉身碎骨不同，生活在动荡乱世中的张爱玲笔下的女性从来不是情爱理想主义者，尽管她们的身心，也常常浸在莫名的苍凉与无奈中，却表现得更为毅然决然，更为理性，成了"有美的身体，以身体悦人；有美的思想，以思想悦人"②的"女结婚员"。

苍凉而不悲壮，因而无所谓崇高，无所谓牺牲——"主义"对都市人格似成赘余；无奈却无法让人获得"美好的感动"，因而在无以释怀的阅读活动中，无从寻取关乎意义的启迪。

不同于鲁迅"伤逝"的感伤，对于苍凉与无奈的把握和理解，使得张爱玲以一种新颖的姿态抒写着"伤逝"——一种都市人格所天然秉有的感伤主义。这种感伤主义与虚无主义在张爱玲现象中彼此纠结，因而对于张爱玲现象与意义感的分析成为题中之义。如果说"主义"是一种系统性的主张和论说，这里所指涉的意义感，则是都市人格的现代性结构及其功能在心理层面的反映。对于这种"反映"的抒写，非张爱玲莫属——因她的经验、阅历、家世以及文字功夫等，在当时中国对大都市的日常生活常态及其游戏规则的谙熟，无人能与之比肩。

白流苏、葛薇龙这些世家女子的传奇读来让人感到触目惊心，金钱令她们沦为商品，又令她们成为有意识的商品推销者。白流苏这个除了"美的身体"一无所有的旧式女子，在自己家里也永远有着异乡人的凄楚。钱被两个哥哥哄光，又没有谋生技能，母亲不管不问，哥嫂冷言恶语，这个离过婚但还算年轻的女子，除了找个人嫁了已无路可走，圣洁的爱及精神生活对她而言是可望不可即的奢

---

① 《倾城之恋》，《文集》（第二卷），第60页。
② 《谈女人》，《文集》（第四卷），第72页。

侈品。她勇敢又无奈地走出了家门，用尽全身心的小智小慧同范柳原周旋，她那富于现代感的调情背后隐藏着的是生存的焦灼与无奈。成全她的决定因素却是战争，战争使一切"浮文"去掉，剩下素朴的一男一女，"在这兵荒马乱的时代，个人主义者是无处容身的，可是总有地方容得下一对平凡的夫妻"①，"因之柳原与流苏的结局，虽然多少是健康的，仍旧庸俗；就事论事，他们也只能如此"②。《倾城之恋》是她唯一以大团圆收场的小说，但充溢其中的，却是更为浓重的悲剧情调，这桩貌似美满的姻缘，反倒证明了个体的人不能掌握自己的命运，而是命运对人随意摆布，在命运面前，个人的努力是那么苍白而又可怜。

"金钱婚姻似乎是一种慢性的卖淫行为，绝大部分女人在这种两性关系中奉献出自己全部的兴趣和精力。"③ 同白流苏相比，葛薇龙则是个自甘沉沦的羔羊。这个在香港南英中学受过现代教育的普通上海女孩，本来有自立的可能，自己也对未来有所规划，可在都市光怪陆离的生活诱惑下，却自愿又清醒地钻进姑母为她设下的圈套，成为交际花，并与自己爱然而却不值得去爱的花花公子乔琪结婚，整天忙着为梁太太弄人，为乔琪弄钱，可以说葛薇龙是梁太太前半生的复现，梁太太预演着葛薇龙的未来。

无论白流苏、葛薇龙还是梁太太，都把心智用在获得想获得的男人上，"改变她们处境的唯一途径，就是有朝一日能够诉诸自己的魅力获得某位男人的性的惠顾，并从而获得社会的和经济的地位，很少有动力去通过奋斗获得自身的完善或解放"④。她们从未考虑过自立，更未追问过活着的意义。

---

① 《倾城之恋》，《文集》（第二卷），第 82 页。
② 《自己的文章》，《文集》（第四卷），第 173 页。
③ ［德］西美尔：《金钱、性别、现代生活风格》，顾仁明译，学林出版社 2000 年版，第 89 页。
④ ［美］凯特·米利特：《性的政治》，钟良明译，社会科学文献出版社 1999 年版，第 109 页。

如果说白流苏、葛薇龙、梁太太对自己的婚姻还有一定的自主权,曹七巧则完全是封建婚姻的牺牲品。《金锁记》讲的就是各色男人如何联手从各方面利用然后毁灭一个女人的故事。曹七巧年轻的时候也有过对未来生活的美好幻想,是个充满活力甚至有点野性的麻油店老板的女儿,被兄嫂"卖"到姜家,做了有"骨痨"的活死尸姜二爷的妻子,在肉体上正常欲望得不到满足,精神上苦闷无人诉说的双重折磨下,曹七巧由一个正常人逐步走向异化与变态,"走进没有光的所在"[①]。曹七巧对自己的婚姻是无奈的,但又不能不认可,"正是父权家庭中女性的处境导致了她们的疯狂"[②]。本来对正常性爱的渴望与为生存争取正当利益都是无可厚非的,可在以男权为中心的社会里,并无女人作为"人"的生存空间,她不得不融入男性社会并为男性意识所支配和控制,以致变成一个丧失正常人性人情的自私的疯女人,她产生了对世界疯狂的报复心理,甚至连自己的一双儿女都不放过。同样,也没有一个人设身处地去理解曹七巧内心的苦楚,曹七巧是孤独的,连和她有着相似境遇的妯娌也只知旁观她喜剧性的表演,她真正体验到人与人之间的隔膜与冷酷,在一个没有爱的世界里,她不去爱也不懂爱。

曹七巧这个"玻璃匣子里的蝴蝶标本,鲜艳而凄怆"[③]的弃妇,还有着为自己争取权益的意识与行动,在她身上还有一种传统女性少有的独立意识,《茉莉香片》中的冯碧落则连一点点反抗意识都没有,"她不是笼子里的鸟。笼子里的鸟,开了笼,还会飞出来。她是绣在屏风上的鸟——悒郁的紫色缎子屏风上,织金云朵里的一只白鸟。年深月久了,羽毛暗了,霉了,给虫蛀了,死也还死在屏风

---

① 《金锁记》,《文集》(第二卷),第 123 页。
② [美]艾莱恩·肖瓦尔特:《妇女·疯狂·英国文化》,陈晓兰、杨剑锋译,兰州大学出版社 1998 年版,第 6 页。
③ 《金锁记》,《文集》(第二卷),第 94 页。

上"①。她也曾昙花一现，18岁时曾与大学生言子夜私订终身，却被祖父丢下的老姨娘三言两语就把她的"美好前程"断送了，这朵含苞的花骨朵还没开放便枯萎了。

"生在这世上，没有一样感情不是千疮百孔的"②，《花凋》中川嫦一家，即使姐妹之间也明争暗斗，弱肉强食。作为姊妹中最老实的小女儿川嫦，在家里受委屈是难免的，连她的婚事，父母也不为她考虑，甚至得了病父亲都不肯花钱给她治，最终因发烧未得到及时有效的治疗而死。"一座没有点灯的灯塔"③ 正好象征了川嫦的一生。如果说川嫦的悲剧还较短，郑夫人"则是一出冗长单调的悲剧"。母女两代相互映照的例子还有《创世纪》中潆珠母女，《金锁记》中七巧和长安母女甚至包括《沉香屑 第一炉香》中的梁太太和葛薇龙姑侄。"谁都像我们一样，然而我们每个人都是孤独的"④，从"到十六岁为止没出过大门一步"⑤ 的紫微到受过教育、出来做事的现代女子虞家茵、潆珠概莫能外，都是在缺少母爱的环境中长大的，更不用说情爱了，安全感的匮乏使她们即使在最平常的日子里都感到惶惶然，"死人、痛苦不一定是悲剧，而不死人，甚至表面上毫无矛盾冲突，却不一定不是悲剧"⑥。张爱玲笔下的女性世界，充满依赖、俗气、紊乱，"生命是一件华美的袍，爬满了蚤子"⑦。

我们是否可以说，"无奈—苍凉"正是张爱玲现象的情绪背景？这一背景是张爱玲的心性使然，还是类似于荣格所谓集体无意识的历史性话语方式使然？

---

① 《茉莉香片》，《文集》（第一卷），第54页。
② 《留情》，《文集》（第一卷），第212页。
③ 《花凋》，《文集》（第一卷），第135页。
④ 《烬余录》，《文集》（第四卷），第63页。
⑤ 《创世纪》，《文集》（第二卷），第256页。
⑥ 周长鼎、尤西林：《审美学》，陕西人民教育出版社1991年版，第179页。
⑦ 《天才梦》，《文集》（第四卷），第18页。

三 霸王别姬还是姬别霸王

"霸王别姬"就其语式构成而言是作为主语的霸王主动地与虞姬相别。虞姬深慕并且矢志不渝地追随楚霸王项羽,在项羽的独白"虞兮虞兮奈若何"中毅然决然地有了从容赴死的抉择——期望项羽走出英雄气短的樊篱,重整旗鼓。至于项羽,他似乎极为英雄地揖别了船夫,又是何等豪迈地拔剑自刎。项羽那或许深沉博大的精神痛苦的呻吟,提示了虞姬——纵不能驰骋疆场,与夫君杀出垓下之围,又不能如夫君的坐骑乌骓马一般驰骋疆场,以助项羽东山再起之一臂,尚能以自我的牺牲换来霸王的猛醒……虞姬的慷慨赴死是伟大的,相形之下,项羽以其临死的虚荣与文饰成功地欺瞒了文人墨客。

此一误读模式即男性权力—话语的解读模式,掩盖了项羽之流的怯懦、卑怯、虚伪、自私。"无颜见江东父老"这是借口,难道带兵出来时不知打仗意味着死亡?与其说他辜负了虞姬、江东父老,不如说他是被传统文化与男权话语联手打造出的"霸王"。"霸王别姬"的语式,传达出的"割爱""忍痛"之类的信息,极具典型地让我们发现了女性(主义)立场缺席所造成的欺骗与虚伪。

张爱玲如何解读这一史实——她将选择"姬别霸王"还是"霸王别姬"呢?对这一史实给出"爱"—"伤逝"正面回答的张爱玲年仅16岁。

少作《霸王别姬》表现出了张爱玲早熟的女性意识。张爱玲虽仍沿用"霸王别姬"这一传统语式,但她已然对这一男性话语模式进行了颠覆,把叙事重心转向了虞姬。不但把抒情主人公由传统的项羽变成虞姬,还把弱女子虞姬刻画成项羽的"守护神"。这个"苍白、微笑的女人"一直像影子一般地跟随着项羽,"十余年来,她以他的壮志为她的壮志,她以他的胜利为她的胜利,他的痛苦为她的痛苦"①,项羽是太阳,她便是月亮"反射着他的光和力"。当这一"为了他而活着的生命"独处的时候,就"开始想起她个人的事来了。她怀疑她这样生存在世界上的目标究竟是什么"②。即使项羽成功了,这样的颠簸结束了,她也不可能为自己而活着,虽然"她又厌恶又惧怕她自己的思想"③。依照张爱玲的诠释,有着更为深刻的自杀动因——趁着所依傍的男性尚未厌弃自己,尽管项羽已事实上跃入人生的最低处,绚烂至极归于平淡也好,或如女主人公"我比较喜欢那样的收梢"也罢,张爱玲以其令人惊叹的早熟表达了——如果说虞姬从来没有为自己活过,那么她却是为自己而死的,从而也结束了虞姬作为项羽(男性)附属的地位。

当然早熟未必成熟。

因为希望,所以才有面对现实那苍凉无奈氤氲而生的失望乃至绝望。当这一误读模式被张爱玲以其冷色——冷静的理性、凄冷的笔触——打上解读的私人烙印,因而不难理解——在张爱玲的文本中,她一直通过父亲的缺席与男性的去势对父权(男权)进行着破坏和颠覆。在她笔下出现的那些丑陋的男性形象,不是肢体残缺(如姜二爷),就是精神无能(如匡氏父子),这些猥琐无能、狂嫖滥赌、充满了阉割焦虑的男性,唯一的"本事"就是想方设法弄女人(母、妻、女)的钱。"五四"以来的许多女作家还要在相当程度上自觉地采取模拟男性的形式来对抗男权社会,却"往往由于过度渴望以父亲形象和男性并驾齐驱进入象征秩序,反而使她们对于男性角色的鞭笞显得苍白无力"④,张爱玲却丝毫没有维护父亲权威和男性传统形象的迹象。

《创世纪》中的遗老匡霆谷,作者在起首便借孙女之口道出了他

---

① 《霸王别姬》,《文集》(第一卷),第8页。
② 同上。
③ 同上书,第9页。
④ 林幸谦:《反父权体制的祭典——张爱玲小说论》,《文学评论》1998年第4期。

的昏聩无能,"祖父不肯出来做官,就肯也未见得有的做。大小十来口子人,全靠祖母拿出钱来维持着,祖母万分不情愿,然而已是维持了这些年了"①。在这个只有空架子,到处透露着寒酸的家里,他不但在吃喝上穷讲究,还做出一副了解国家大事、关心世界大局的样子,其实除了看看报纸,打听点小道消息,什么也干不了。在不得不靠妻子紫微卖陪嫁的皮衣维持生计的时候,他却给买皮衣的商人帮腔,在那段戏剧化的精彩对白中他强词夺理的所谓"大气",恰恰透露出阉割的焦虑;他们的儿子匡仰彝空有一副书生的外表,其实除了看戏、看电影、看闲书,什么也不懂,还不分场合地向母亲要钱。而父子俩之所以是冤家对头,只是因为"仰彝恨他父亲用了他母亲的钱,父亲又疑心母亲背地里给儿子钱花"②。他们完全丧失了父权精神人格。不妨说,男性人性化取向的终结,意味着男性自身的堕落;男性自身的堕落,宣告了传统文化自身的沉沦;这一沉沦的表征即是面对都市人格的崛起而束手无策,甚或以人心不古、今不如昔之类的自欺,来搪塞新的文明素质的挑战。

《花凋》中被概括为"酒精缸里泡着的孩尸"③的郑先生,这个昏庸懦弱的遗少,"有钱的时候在外面生孩子,没钱的时候在家里生孩子。没钱的时候居多,因此家里的儿女生之不已"④,他这一生"是连演四十年的一出闹剧"⑤,这个貌似脾气好,甚至带点"名士派"的庸俗男人,事实上是个只管生不管养,连亲生骨肉的生死都置之度外的既没有感情又不负责任的冷血空心人。

《茉莉香片》中脑子乱了套的时代弃儿聂传庆,"他跟着他父亲二十年,已经给制造成了一个精神上的残废,即使给了他自由,他

---

① 《创世纪》,《文集》(第二卷),第222页。
② 同上书,第239页。
③ 《花凋》,《文集》(第一卷),第135页。
④ 同上。
⑤ 同上。

也跑不了"①。没落的旧文化、旧生活方式,不仅毁了聂传庆的父辈,更可怕的是毁了有所觉醒却无力逃脱的聂传庆们,以及还来不及觉醒或永远睡下去的姜长白们。传庆、长白这些时代弃儿,根本没有掌握自己命运的能力,甚至连以死来反抗命运的勇气都没有,生命对他们来说,只是无奈地活着,没有任何意义可言。

张爱玲无情地揭露了没落阶级的道德堕落与精神颓废,成功颠覆了男权话语霸权,并以此来宣泄自己的反叛与绝望。这些失落于时代也失落于自己的旧文化的殉葬品,生活在阴冷、潮湿、古墓一般的大宅院中,传统的生活方式早已被彻底打碎了,可他们还为旧的生活方式封闭着,"他们的十点钟是人家的十一点。他们唱歌唱走了板,跟不上生命的胡琴"②。现代生活的冲击已不能使他们鲜活起来,"新旧之交时期,新的还不够发达,旧的还没有完全腐朽,特别是它在精神上还真诚地保持着过去的光荣、自豪的信心与气概"③,这不能不说是一场悲剧。对于这些男性,张爱玲表达的是一种深刻的失望。

第二节 情爱中的"律"与"法"

张爱玲喜谈旧事,也热衷于她熟悉的旧生活方式。谙晓旧式人物的习性,擅长描写没落的文化背景下的人物的悲喜剧,这本身就说明了张爱玲与传统文化之间深刻的联系。或取出一件旧事,在不同的场景中叙说,或者是一帧发黄的老照片,或许是不经意间被定格的飞鸿流影,然而却模糊了叙事的真实性。或许张爱玲的想象过于丰富,她竟然能使那个时代的都市恶之花被渲染烘托文饰得淋漓尽致;她可能不关注劳动妇女的悲苦,因而没有写出妇女劳动的喜

---

① 《茉莉香片》,《文集》(第一卷),第55页。
② 《倾城之恋》,《文集》(第二卷),第48页。
③ 周长鼎、尤西林:《审美学》,陕西人民教育出版社1991年版,第175页。

乐,为人母的欢愉,这不能简单归咎于题材的狭隘,或经历所限,准确地说,其实非不能也,乃不为也(如《牛》)。

张爱玲现象几可概括为都市生活中的情爱故事,她所自谦的"男女小事情",若非有着情爱中的"律"与"法"之深广的人生体验,若非有着敏锐而细腻的大手笔,实在说是根本不可能的。张爱玲把人物活动的背景置于新旧交替时代的大城市中,恰好使人性表现得更加淋漓尽致。没落的农耕文化在都市环境中加速了其灭亡的必然性,在都市女性张爱玲冷静而又挑剔的眼光透视下,人物言行背后隐秘的心态和动机暴露得格外真切。情爱—都市只能是张爱玲的题材而已。

一 张爱玲的爱情理念

张爱玲对胡兰成的爱情在很大程度上是一相情愿的,她爱的是爱情而不是爱人,这难道便是浪漫的代价?以短文《爱》为例:

> 于千万人之中遇见你所要遇见的人,于千万年之中,时间的无涯的荒野里,没有早一步,也没有晚一步,刚巧赶上了,那也没有别的话可说,惟有轻轻地问一声:"噢,你也在这里吗?"①

这种出于偶然的爱,是爱吗?"碰",即撞大运,根本没有建基于自由人格的爱情观可言,更不是要求平等的爱,这与同时期西方的竞争型地争取爱情的观念扞格不入,实际上表达了爱的空寂与人生的空漠感,这是她激情浪漫的必然归宿。"就因为对一切都怀疑,中国文学里弥漫着大的悲哀"②,张爱玲的悲剧不是她自身的悲剧,

---

① 《爱》,《文集》(第四卷),第78页。
② 《中国人的宗教》,《文集》(第四卷),第111页。

而是中国文化的悲剧。

徘徊于传统与现代之间的张爱玲受到双重挤压——既不是相夫教子的传统妇女,也不是资产阶级女性。于是,在张爱玲笔下演变出的就是大大小小的张爱玲。她笔下的人物越来越病态,成了阳光下的一株株细草。

张爱玲本人是有着病态倾向的,她的叙事所传达的伦理观也是病态的,也许中国传统文化本身就带着不健康的质素。陀思妥耶夫斯基、卡夫卡甚至茨威格也都是有着病态倾向的作家,写作之于他们"是与自己灵魂的困惑搏斗,是自己与自己斗争的方式"[1],他们冷静乃至冷酷的笔触却恰恰透露着自我拯救的努力。而张爱玲似乎只是永远重复她的主旋律——挽歌,不是沉溺其中不能自拔又作何解释呢?如果说丁玲、萧红们约略还透露着一种毅然决然的反抗与决绝的话,张爱玲则沉迷于这种挽歌,其病态倾向则是在把玩这种绝望。于是,张爱玲笔下的生命,没有辉煌,没有飞扬,也没有悲壮,有的只是无奈与苍凉。

二 张爱玲的叙事策略

小说家讲故事,多是用第一或第三人称方式,第一人称方式中,作者常常作为一个角色,哪怕是个线索人物体验、感受;用第三人称方式,作者则常常跳将出来议论、抒情,读者能隐约感到作者的存在。张爱玲是一个很善于讲故事的人,可在她的故事正文中,却找不见她的踪影,虽然在故事开讲前她常常以叙述者的身份给出一段告白。张爱玲与她小说的关系,用她自己的话说即"用洋人看京戏的眼光来看看中国的一切,也不失为一桩有意味的事"[2]。张爱玲对其小说中的人物在精神上有着俯视的超然态度,好像是在描画与

---

[1] 刘小枫:《拯救与逍遥》,上海三联书店2001年版,第240页。
[2] 《洋人看京戏及其他》,《文集》(第四卷),第21页。

自己毫不相干的众生相,不直接表现自己的观点倾向,而是"让故事自身去说明"①。当然,眼光是西洋的,观察对象到底还是中国的,在她的小说中,普通的与传奇的、熟悉的与陌生的、现代的与传统的巧妙地调和在一起,形成了一种崭新的叙事方式。张爱玲就这样以她自己的方式在"日常生活"和"时代梦魇"之间建立起了有机的现实联系。

张爱玲的女性意识于是就在她的叙事中表现出来。传统的女性写作,几乎是一种女性匍匐在男权阴影中的写作,所以传统的女性叙事本质上是男性叙事。但在张爱玲的小说中,作家对于女性主题的书写则表现了她同父权(男权)的抗衡。女性意识并不仅仅是"男女平等""女人也是人",女性意识的现代性也包括女性立场的、女性视角的对宇宙人生、社会历史、文化道德的体认和评判。表现在女性写作中,就是女性话语通过女性叙事得以呈现。

且看张爱玲是如何运用其叙事策略来解读男权的。她不但在男性形象塑造中表达了她的女性观,而且在女性形象塑造中进一步剖析了她对于中国男权(父权)社会的认识。

一座座让人窒息的大宅院乃是传统父权意识的象征,这压抑感并不来源于房子本身的结构与环境,而是来自父权制的高压。传统的父权意识毁了女人,也同样毁了男人,张爱玲并不仅仅把矛头指向父亲,也指向了深受父权社会影响的母亲及家中其他父权意识的承载者和传播者。

张爱玲作品中的母亲形象,已被置换成了父亲,从中见不着半点传统文化所颂扬的伟大母爱,新时代带给她们的仅仅是生活形式上的变革,她们的意识仍被男性所支配和控制,正是男权社会造成了女性本质的异化与失落。在一个个悲凉的故事中,不但有着对民族文化心理的痛切反思,也蕴含着对生活在现代都市中的女性思想

---

① 《自己的文章》,《文集》(第四卷),第175页。

第四章　张爱玲现象批判　133

中却依然沉积着传统封建意识的深刻批判。父亲的缺席与母亲的在场成了张爱玲作品中反复出现的叙事模式，而女性家长实乃变异了的男性家长。即使在张爱玲笔下，也充满了对温柔女性的爱怜、同情与蔑视、厌恶所形成的悖论。女性的独立难道就意味着女子男性化？当然这种男性化不是就性征而言的，而是男性的思维模式及其支配心态。

张爱玲是以反抗者的姿态出现的，即反抗作为阴影存在的传统，反男性文化；而她所塑造的形象如七巧，其阴冷与残酷恰是中国男性所拥有的，与中国女性三从四德的温良形象是格格不入的。当然不是说传统文化决定了张爱玲的必然存在，只是一旦把张爱玲现象置于历史框架中去考察，她所塑造的形象恰恰是与其初衷相悖的。这种张爱玲现象悖论，亦即张爱玲式的人格分裂。一方面，生活于传统的阴影之中而有着冲决的躁动；另一方面，因着这一巨大的心理惯性而恬然自适于这种荫庇之内。张爱玲的叙事策略之于张爱玲现象，便以这种充满了张力的模式化倾向，再一次明确了书写行为的内在本质，亦即一切灵魂的探索，最终都指向意义感。

再一次返回《金锁记》中的"儒家疯女"曹七巧。七巧由充满生机与活力的麻油店老板的女儿变成传统大家庭中"阁楼上的疯女人"的过程，也即女性在男权社会中丧失女性本质而变成父权社会中的"男性"的经过。"疯狂本身是一种策略，是一种交流形式，是妇女对在父权社会所面临的关于女性气之矛盾观念和要求做出的反应。"① 虽然分家后季泽上门"吐情"，七巧也曾"回光返照"地被唤醒被埋没了十几年的情欲，"七巧低着头，沐浴在光辉里，细细的音乐，细细的喜悦……"② 但一旦意识到季泽此行的目的不过是

---

① ［美］艾莱恩·肖瓦尔特：《妇女·疯狂·英国文化》，陈晓兰、杨剑锋译，兰州大学出版社1998年版，第213页。

② 《金锁记》，《文集》（第二卷），第103页。

骗钱，便"突然地把脸一沉，跳起身来"[1]。七巧这最后一点希望的破灭，她也由人变成了一个厉鬼疯狂地报复这个世界。

在张爱玲的文本中，即使七巧这个唯一"彻底的人物"身上，也表现出了女性自我的矛盾：女性主体是隐性的，凸显出的则是"他者"男人形象。女性家长的确立，事实上从更深一层意义上表明了女性的缺席，表面上缺席的父亲才是真正的在场者。当然，女性家长的确立，也表明了张爱玲拒绝把女性角色永远安置在从属地位上。

再看一个个案。《沉香屑 第二炉香》一反张爱玲所熟悉的故家旧事叙事模式，不但把叙述地点放在了充满异国情调的香港这个"华美的但是悲哀的城"[2]中，人物也摇身一变成了外国人。张爱玲在罗杰安白登由婚前的春风得意、婚后满城风雨的难堪到最后受不了这种压抑而自杀的冷静叙述中，充满了反讽，男人落入父权社会原本为女人所设的陷阱之中。本来是男人对女人的性压抑及形成的所谓"女人气"反过来转嫁到男人身上，男权社会不但造成了女性本质的异化也造成了男性本质的失落，所谓的男子汉气概也许本来就是一种虚幻。张爱玲在此文本中所塑造的愫细、摩丽笙、密秋儿太太们，可以说是中国化了的外国女性，本来在中国也存在这样的现象，张爱玲为什么要把这些人变成外国人？正是具有了这样一种相当的间距使然的观照，最大限度保证了理性，因而这一文本极大地丰富了张爱玲世界的理性精神。"洋人看戏"的眼光所产生的陌生化效果即是理性化，张爱玲在此观照视角下的叙事，也即张爱玲的叙事策略。

《金锁记》和《第二炉香》不过是较典型地体现了张爱玲的叙事策略的文本。这一叙事策略的一贯性与其对于女性生存

---

[1] 《金锁记》，《文集》（第二卷），第104页。
[2] 《茉莉香片》，《文集》（第一卷），第46页。

的意义感追求的矛盾心理，是同一种现象的不同侧面的折光而已。一方面，她有意地回避了关于人生意义的理性追问，另一方面，因其感同身受的直觉洞察与高妙的写作技巧相与为一所形成的问题意识，暧昧甚至出现了某种程度的写作失控。她既不强调一波三折的情节性，也不执着于人物心理的无意识与潜意识，所给出的不过是充满了时尚、时髦，并以此作为点缀的——"都市田园"。

三 "律"与"法"的冲突

"律"即规律性，是一种"无目的的合目的性"，情爱中的"律"是千百年来那些数不清的男女关于爱情的共同理想，是一种理想态的现实反映。而男女两性的相悦相慕只不过是这一理想的天然造化结晶而已，是此一美好的理想态的现实对象化产物。基于此，应该清醒地意识到张爱玲作品中虽无所谓积极、乐观、向上、明丽、持续性的爱的抒写，但依然能够从中感受到对爱的焦渴，而这恰好从反面使笔者的论点得以坐实，爱是一种能力。

"法"突出的是社会性，即世俗习惯法，而在中国这个语境中则进一步勾销了私人性和个体性而凸显着它的宗法性，带来了中国这样一个传统国家现代化进程中不可避免的经济内容，于是，张爱玲的作品中才有了"以爱为职业"的女人。

作为理想态的"律"与作为"律"的实践性品格的"法"在张爱玲这里便有了不可避免的冲突。作家往往把自己的情感投射到作品中去，几乎所有作家笔下都有所谓正面人物，并在其身上寄寓着理想。张爱玲未塑造理想中的女性，但恰恰是通过她的批判所凭借的东西表达着她的理想，这可从散见于她作品中所透析出的市民理念、文化理念、教育观、职业观，更主要的是婚恋观中见出。当然，她从未把她的理想投射到某个具体人物身上，她笔下的人物都是些有着小奸小坏的"不彻底的"人物，在这个世界上，"极端病态与极端觉悟的人究竟不多"①，之所以这样塑造人物是因为"我以为这样写是更真实的"②，"他们虽然不彻底，但究竟是认真的"③，她笔下这些软弱的凡夫俗子给予周围的现实是一种"苍凉"的"启示"，而不是"悲壮"的完成。

张爱玲现象的批判性，指涉着这样一个约定：作为张爱玲创作本身，其真实性即在于它终止于张爱玲创作之中；作为其真正的、关于都市人格及其意义感的把握，则是一个并非自明的，亦即处于开放性的话题。就"律"与"法"的关系而言，势必要纳入一种类似于否定之否定的辩证理解的运动中，才能使张爱玲现象所透析出的律与法关系问题，具有现代阐释的意味。

"律"与"法"的冲突体现在张爱玲作品中的人物身上，也是她个人的矛盾所在。她笔下的人物"没有一样感情不是千疮百孔的"④，同样她的婚恋也未有过精神与肉体的和谐，作为一个偶在个体，也不能说不是一种悲剧。

张爱玲把叙事当作她的存在方式。"当人们感觉自己的生命若有若无时，当一个人觉得自己的生活变得破碎不堪时，当我们的生活想象遭到挫伤时，叙事让人重新找回自己的生命感觉，重返自己的生活想象的空间，甚至重新拾回被生活中的无常抹去的自我"⑤，叙事的虚构是更高的生活真实。张爱玲的叙事真实地表达了她本人及其笔下的人物的爱的缺失与匮乏，无论亲情、友情、爱情对他们来说都很缥缈，"谁都像我们一样，然而我们每一个人都是孤独的"⑥。

有理由认定："都市情爱"中的"律""法"冲突，成为张爱玲现象中自我认同危机的主要表现形式。

---

① 《自己的文章》，《文集》（第四卷），第173页。
② 同上。
③ 同上。
④ 《留情》，《文集》（第一卷），第212页。
⑤ 刘小枫：《沉重的肉身》，上海人民出版社1999年版，第3页。
⑥ 《烬余录》，《文集》（第四卷），第63页。

第三节　张爱玲现象的现代性意义

就张爱玲文本的分析——无论这种分析所运用的理论模式及其分析手段是怎样的"先进",事实上注定了这样一种结局,要么是以语境置换处境,即以高蹈的所谓文学性覆盖其历史性内涵,要么因抽象的结构—功能而将张爱玲现象的现代性内涵忽略不计。依照题旨的要求,这里着重进行都市人格之于张爱玲现象的分析,即以新的视角、视点将张爱玲现象放置在一个新的题域。这一题域便是由城市学与农民学构造出的上海都市性的考察。

一　中西城市理念的差异性分析

上海这一都市的象征意涵必须经由中西城市理念的差异性分析,才能将其作为确立张爱玲现象的总体框架的逻辑起点。

关于西方城市起源及其演变,笔者深以刘易斯·芒福德的观点为是。他认为古代城市兴起于一些神圣地点,原是一种纪念性的仪典中心。

> 在这些礼仪活动中心,人类逐渐形成一种更丰富的生活联系:不仅食物有所增加,尤其是表现为人们广泛参加的各种形象化的精神活动和艺术活动、社会享受也有所增加;它表达了人们对一种更有意义、更美好生活的共同向往。[1]

同以血缘或通婚关系取得成员资格的乡村较为固定的、内向和敌视外来者的村庄形成完全相反,城市从最初建立,就对每一个外

---

[1] ［美］刘易斯·芒福德:《城市发展史——起源、演变和前景》,倪文彦、宋峻岭译,中国建筑工业出版社1989年版,第5页。

来者和陌生人开放着，极大地增加了心理冲击和刺激机会，也增加了不同类型人群之间的交流、对话机会，在这种复杂多变的局面中，个人的进取精神显得极为重要，促使个人将其能力和潜力充分发挥出来。

城市作为宗教（超越性）象征，源于某种族类人群或信仰人口的定期祭祀。虽然城市的许多质素隐伏于村庄之中，然而城市的兴起却伴随着极力突破乡村的自我陶醉式的封闭、极度节俭的自给自足以及循规蹈矩的生活方式，而去追求一种比饮食和生育为宗旨的生存更高的目的，而一旦人们把生活理解为圣事，理解为对神界的模仿，古代城市就变成了天堂的复制品。

> 所谓城市，系指一种新型的具有象征意义的世界，它不仅代表了当地的人民，还代表了城市的守护神祇，以及整个儿井然有序的空间。①

在宗教性和社会性的协同作用之下，人类才最终形成了城市，而其中占支配地位的则是作为功能化社会性组织原则的宗教，这与有无势力范围标志的城墙并无建构性关系。作为一种象征，城墙并非城市的本质性特征，有些城市起源时并没有城墙，建城墙的城市也并非出于军事的考虑，虽然后世战事的确曾使城墙成为城市的一大特征。城墙还在城市和乡村之间形成一道明确的分界，但"若没有城市的宗教性功能，光凭城墙是不足以塑造城市居民的性格特征的，更不足以控制他们的活动。若没有宗教，没有随宗教而来的各种社会礼仪和经济利益，那么城墙就会使城市变成一座监狱"②。据此，正是现代性的迷乱，才导致了有如福柯论证的文明—监控机制

---

① ［美］刘易斯·芒福德：《城市发展史——起源、演变和前景》，倪文彦、宋峻岭译，中国建筑工业出版社1989年版，第27页。

② 同上书，第38页。

的塑造。

西方城市是以宗教信仰为内核的文化—文明的发祥地。

> 村庄向城市的过渡决不仅仅是规模大小的变化,虽然包括规模变化在内;相反,这种过渡首先是方向和目的上的变化,体现在一种新型组织之中。①

城市作为人类文明的一个综合储藏器,它通过专门化、职业化、集体化的形式解决人类的各种需要,"如果这种分工很细的城市人,或称作 Teilmensch,丧失了简朴村庄环境中不自觉的整体观念,他至少可以相应地获得一种独立人格的新观念"②,"在城市中,连最卑微的人也能假想参与重要事务,并声言这是他的权利,城市里有公众均可参加盛大庆典和自治市所属的各种新机构操办的嬉戏活动"③。城市与市民合而为一。

城市同那些墨守成规旧俗、不愿采纳甚至拒斥新的生活方式的乡村社会不同,不断创造着新型的人、新的生活方式、新的价值观念。市民容易对新生事物认同并融入其中,而一旦某种思想表现为某种人格形式时,并不仅仅依赖于直接交流和模仿,更需要社会和环境的支持,这显然是处于狭窄环境中的乡村生活所不具备的。城市不但带来了行为规范、道德标准、服装、饮食、娱乐甚至建筑等各方面的变化,同时这些变化反过来把城市转变为一个活的整体。城市在一定程度上代表着当地的以及更大范围内的良好生活条件,当然这里的"好"并不仅仅指物质生活及精神娱乐方面的丰富性、多样性,城市更像一个大舞台,为每个成员或外来者提供了表演的

---

① [美]刘易斯·芒福德:《城市发展史——起源、演变和前景》,倪文彦、宋峻岭译,中国建筑工业出版社 1989 年版,第 44 页。
② 同上书,第 83 页。
③ 同上书,第 53 页。

环境和机会，虽然也存在着暴力、堕落。

总之，西方城市（City）作为宗教（超越性）象征，起先是以"磁体功能"把某种族类人群或信仰人口定期吸引过来或使其永久居住下去，而在以后的历史发展中，则以其容器（Container）功能最大限度地扩大了人类交往的可能性，同时成为文明（Civilization）的贮藏库、保管者，将文明的各种内容流传后世并传播出去。因此，一个城市保持活动的原因，不再仅仅是宗教上的，更是因为市民（Citizen）积极参与到超出一己范围之外的公共事务中去。这就不难理解：西语中 City（城市）、Citizen（公民—市民）、Civilization（文明）从词源学上说是同源的。

返观中国文化当中的城市理念。

事实上，关于中国城市起源的论述相当贫弱。因城市发展史资料欠缺，在此仅作词源学追溯。查《辞海》《辞源》《中国大百科全书》，关于"城""市""城市"的解释除词条中引申义有些许多寡的差别外，其基本义并无太大出入。

在中国古代，"城"与"市"是两个不同的概念，"城"指的是在一定地域上用于防卫而筑起的城墙，所谓"城成也，一成而不可毁也"。《古今注》中说："筑城以卫君，造郭以守民"，"郭"即是"外城"，城郭并提，而与所谓的"乡村"对应。由此出发，城既然作为政治中心，天然地要依靠军事力量保护，如长城就是防御性的军事设施。城是围绕宫殿建成的，指的是内城，实际上就是政治中心的意思，这里的政治中心，指的就是国家行政中枢，即政治策源地。而宗庙在古代，不仅是统治者供奉祖宗的地方，而且是重要的行政统治场所，但其宗教内涵被弱化。"市"的本义是买卖。一种定期的集市贸易活动所在，被称为市（动词转变为名词），亦即商贸活动中心。城、市并提，即是政治、经济中心，因而它并不具备前述的 City 所具有的精神性品质。中西城市的理念判然有别。

事实上，传统的中国社会从来就没有那种西方意义上独立的市民社会,也就没有充分完整的市民意识,六大古都都是政治中心,都是"官本位"的产物,西方市民意识中突出的政治权利观念,在中国城市市民中付诸阙如。在中国,"小市民"几乎是作为一个贬义词而存在的,在实际政治生活中并没有什么太大的作为,而只是享乐主义、庸俗主义的代名词。市民社会无论是作为一种社会存在还是作为一种观念,都是欧洲或西方文明的产物。

如果想要对由张爱玲现象所揭橥的城市人格有一把握,就必须对上海的都市性形成采取超出张爱玲现象本身的宏观分析;而这一宏观分析的开展,必须将上海的都市性置于中国农民性分析的框架之内。否则,张爱玲现象的分析将永远只能停留于人云亦云的所谓文学史论,而对此一现象背后所隐藏的更为深广的内涵的揭示,形同缘木求鱼。

二 张爱玲现象形成的学理依据

既然中国都市化进程的解析不可避免地要与中国文化自身的品质相勾联,那么,张爱玲现象的学理依据也成为必须面对的一个逻辑环节。对于张爱玲都市写作的成就与偏颇,只有通过都市性与农民性的辨析及其关系的厘清,才能真正确立考察张爱玲现象的总体框架。

> 中国不但人口绝大多数是农民,而且城市居民也多是农民的亲属,中国的城市没有独立的市民文化传统,而是长期处在城乡一体的农民文化氛围中,"城里人"包括其中的精华——知识分子,其精神深处都多少具有"农民心态"……中国文化实质上就是农民文化,我国的现代化进程归根结底是个农民社会改造过程……更重要的是改造农民文化、农民心态与农民人格。[①]

[①] 秦晖、苏文:《田园诗与狂想曲——关中模式与前近代社会的再认识》,中央编译出版社1996年版,第2页。

无论在中国还是在世界上,"农民"(Peasant)定义都是模糊而歧见纷出的,"因为无论是在研究中还是在日常生活的语境中,人们谈到'农民'的时候,他们想到的都并不仅仅是一种职业,而且也是一种社会等级,一种身份或准身份,一种生存状态,一种社会乃至社会的组织方式,一种文化模式乃至心理结构"①。为了便于分析,在此以秦晖的定义为准,"农民""应当是农业社会(前工业社会)中最庞大的一个身份性群体,他们是习俗—指令经济(前市场经济)中的劳动者,一般从事农业(但也不尽然)"②。在前现代社会中,"农民"都是作为一种身份象征而存在的,在西语中,Peasant 常与 Lord 对举,首先是一种卑贱的社会地位,中国的"农民"也主要是个身份概念,传统中国农民所受的身份性束缚还不像西方那样严厉。然而近现代以来,不但西方发达国家甚至大多发展中国家,传统的 Peasant 已转变为现代的 Farmer(农业者)。Farmer 主要是个职业概念,与 Fisher、Merchant 等职业并列,一旦改了业便不再是 Farmer,只是选择了务农职业的人,已不是 Peasant,而是 Citizen(公民或市民)。

身份制的社会必然是个人权利极不发达的社会,农民社会与现代社会的根本区别在于是"权力—依附型社会还是个性—契约型社会"③,传统社会向现代社会的转变在很大意义上是从"农民"到"农业者"的演变,"不仅是一个心理倾向的变革,而且涉及一个人们依以作出自己的选择的制度范围内的重大转折"④。"城市人"并不仅仅指居住在城市的人,更要有发达自由个性,充分行使自己的权利、履行自己的义务的能力。长期以来,中国农民事实上是一个无组织的庞大阶级,个性发育极不健全,也基本上不主动参与政治。

---

① 秦晖:《天平集》,新华出版社1997年版,第179页。
② 同上。
③ 同上书,第187页。
④ 同上书,第188页。

第四章 张爱玲现象批判

都市意味着一种新的人格、新的文化的温床，意味着对超出生存之外的更有意义的生活的追寻。以"身份"为标志的城里人在心理素质上不过是"城市居民"，而城市也成了"都市里的村庄"。

无疑，作为非民俗的、非历史文化的或非政治的都市，作为资本主义文明与中国传统相结合的标本，上海自然而然地成为一种象征。那么，上海之于张爱玲现象及其都市人格意味着什么？

上海本是黄浦江边一个由荒凉的渔村发展而成的海滨小城。在漫长的封建社会中，一直是大一统帝国中的一个"海隅蛮荒"之地，在中国政治格局中只有边缘化的地位。长期以来，北方一直战事不断，上海社会生活环境较为稳定，尤其是明清以降，上海即便是与同处南方的城市苏州、杭州、南京甚至宁波相比，其政治环境也相当宽松，不仅北方人甚至上述地区的人也纷纷移民上海。虽然直至上海开埠时，这些地区的地位仍远在上海之上，但这时的上海除了财物、人力的聚集，加上优越的地理位置，已具备很大的发展潜力。迅速引起上海发生质变的是外国势力叩开了中国的大门：1843年上海正式开埠，外国商品倾销、资本输入及西方近代工业、金融业及交通技术等的引进及其所引发的思想观念、价值取向的转变，使上海从此走上了一条与传统中国城市全然迥异的都市化道路，迅速由一个传统市镇变成一个国际性大都市。

与北京、南京、西安等古老城市不同，上海作为一个移民城市，没有深厚的文化积累，完全是靠急剧的经济发展形成的。上海从建县到开埠以至现在，其都市化过程实际上就是开放的过程，是多元文化撞击、并存、重建的过程。就是在上海这样一个城市，它以其胜于其他任何中国城市的理性的、重法规的、科学的、效率高的、扩张主义的西方和世袭传统的、凭靠直觉的、效率低的、闭关自守的中国走到一起了。两者接触的结果和中国的反应，首先在上海开始出现，现代意义的中国也就在上海诞生、成形。

上海在近现代中国历史中的实际作用，不但是远东经济重镇、金融中心,同时也是文化重镇、思想高地,甚至是政治策源地。作为一个新时代的中心,一个新生活和新观念的发源地,上海对其周边地区甚而整个中国的影响是毋庸置疑的。

作为中国民族资本主义产生和发展的聚集地,上海的工业化造成了一种完全不同于传统社会的文化氛围,它在对传统生产方式全面革新的同时,创造了崭新的现代生产方式、生活方式和社会组织方式,促进了"传统人"价值观念和心理倾向的转型。

就近现代中国历史而言,大批文化人云集上海,方方面面的精英打造出了极富现代性的中国文化的样板,加之大量移民的涌入,上海城市中逐渐形成了一个代表新兴都市生产方式与生活方式的社会群体——市民阶层,在价值观念、文化心态、人格品性方面与传统中国以农民为主体的社会人群都有很大的差异,日益显示出一种完全不同于封建传统文化性质的新兴都市文化个性,中西文化就在这里碰撞、冲突,并逐渐走向融会。"严格地讲,中国的城市只有一个上海,北京是一个大的中国式的有文化的乡村。"[①] 现代都会产生了新的生活节奏、生活方式,以及新的世界观,不仅产生了新的审美体验方式,而且生成了一种新的道德模式。现代性在中国的特殊语境中的发展,使得现代性与传统性的疏离与紧张被突出和强化了。这正回应了前述刘易斯·芒福德的理论,都市是现代社会生活的重心,在其形成过程中,不仅仅是人口的增加、规模的扩大,更是居民生活方式的变化、思想观念的转变。无疑,"上海"因此具有了标本性的解读意涵。

上海是现代中国的引擎,同时也是中国现代文学的中心。半部现代文学史几乎就是上海文学发展史,不但作家、文人、社团云集上海,大部分杂志也集中在上海出版。在很大程度上,正是通过杂志把"现代"和"时尚"生产出来,把高深的思想和知识以通俗的

[①] 李欧梵:《徘徊在现代和后现代之间》,上海三联书店2000年版,第118页。

形式传播出去，为大众提供了前所未有的文化接触机会，以致杂志越来越直接地引导和支配着现代文学的发展方向。创造社、现代派、普罗文学和现代主义文学作为一种共生现象，是典型的现代城市文学，都是以城市现代性和工业现代主义作为基本的价值取向。事实上，不少"乡土"作家都住在上海，左翼文学活动也正是在上海展开的。

上海似乎不是政治的中心，但却奇迹般地成为经济和文化中心，并一次又一次影响了中国的政治。思想传播途径有二，一是出版，二是教育。教育作为实践性极强的方式，恰与政治联系在一起，在中国，其最佳选地乃是北平，而出版却非上海莫属。几乎可以这么认为，谁占领了上海这块高地，似乎便葆有了对于中国问题的发言权。

"上海人"这一城市群体概念，在某种程度上已失去了传统上的籍贯意义，更主要的是文化上的认同与约定。"上海人"似乎代表了一种文化，似乎代表着文明人或者说是最先进的城市文明。上海人自身的确有一种优越感，在口语表达中，"上海人"是精明的代名词，与此相应的价值判断所隐含的是不以为然甚至嫉妒。本书所谓"上海人"，即是有中国特色的都市人或新市民形象。

以传统乡民为主体的古代上海人口结构，决定了古代上海人较多地体现了中国传统农民的特点，较多地存在着一种与农业文明相适应的价值观念、人格品性。近代以来，随着大量移民的涌入，上海城市中逐渐形成了一个代表新兴都市生产方式与生活方式的社会人群——市民阶层，虽然仍有许多传统中国人的特点，但在价值观念、文化心态方面与传统农民已有了很大的差异，"检查上海人的意识，其中有来自江南和全国的小市民意识、士大夫意识和农民意识，也有从上海租界里学来的西方市民意识"[①]。上海人的市民意识可谓

---

① 李天纲：《文化上海》，上海教育出版社1998年版，第49页。

中西合璧、土洋杂糅,其兼容并蓄的风格充分反映了上海都市人开放的人格个性和宽广的文化眼界。由于长期生活在与西方文化有着较多接触的环境中,上海人对西方文化有着相当的认同感,表现了他们对于源自西方的现代化生活观念的一种认同,对于现代化生活方式的一种积极性追求。

上海人在相当程度上剔除了中国的农民性而呈示出现代性特征。在中国,只有香港市民社会的发育与上海相近。上海的"轻逸"与踏实,不是"轻浮"和俗艳;上海人——作为文化理念,表现出来的是强烈的市民意识、对超越性的感悟和对有意义的生活方式的追寻。

不难理解,作为问题的张爱玲现象的由来,在于中西城市理念的差异性分析;也因此,农民性与都市性的辨析,成为张爱玲现象形成的学理依据。

三 徘徊在传统与现代之间

张爱玲的创作是对中国当时生活形态富于现代感的表达,是从一个女性的立场重新思考上海都市生活。在张爱玲的创作中,她是以一种都市的个人主义,来反抗"五四",甚至回溯近代以来作为主导的"现代化意识形态"叙事方式。张爱玲"饱受西方现代思想影响,但又根据一个中国人的立场对'现代'作出了成熟的反思与回应"[1]。反思现代文学,绝不能忽视那些像张爱玲一样独具个性化地思考中国现代性的作家—作品。

"五四"以来的知识分子和作家,大都极为关心农民,虽然他们中的绝大部分生活在城市。支撑他们从事乡村研究的是这样一种道德基础,即认为城市是腐败的,农民生活是悲惨的,关心农民、体味乡村是他们的天职,"五四以降中国现代文学的基调是乡村的,乡

---

[1] 韩毓海:《从"红玫瑰"到"红旗"》,上海远东出版社1998年版,第85页。

村的世界体现了作家内心感时忧国的精神;而城市文学却不能算作主流"[①]。张爱玲的作品却表现出了一种不同于"五四"—左翼文学的想象:对都市文化的描摹传神到位,写男女之情远在"鸳鸯蝴蝶派"之上,同时也继承了"五四"新文学对现代性的形而上思索;她写城市生活有别于"新感觉派"醉心于纸醉金迷的生活样态的铺陈、着力于令人眼花缭乱的形象渲染,张爱玲更关注时间快速的变迁、人生世事的无常。张爱玲创作与中国现代性有着深刻联系。

就张爱玲现象的复杂性而言,这一现象的现代性意涵主要集中在对于都市人格的解读。通过都市女性写作以及对都市女性人格的剖析,从而达到对现代性—都市性富于个性化的理解的目的。

女人与农民的处境有着异构同质性特征——这实际上也就是现代性框架中的中国女性问题的复杂性。甚至可以这样认为,不了解农民性便无法真正理解中国的女性问题;反之,对于女性问题的复杂性缺乏问题意识,事实上也就意味着缺乏对于作为支援意识的农民性问题的敏感与热情。

生为女人,绝不仅是一个性别,更是一个角色,一种命运,"农业文化是一种彻头彻尾的男权文化;农村社会是一个绝对的男权社会"[②]。随着工业文明的到来,人类日益摆脱对体力的依赖,女人作为男人附庸地位才真正发生改变。女性主义思潮这一最深刻地改变着两性历史的文化现象,首先诞生于工业化国家也印证了这一点。对农民性的改造及现代都市文化建设是同女性问题纠缠在一起的。

以张爱玲现象作为标本,其特殊性就在于:一是张爱玲的女性写作,二是作为传统与现代接榫个案之一的张爱玲现象,必须从中国的农民性对比西方的农民性来探讨中国的女人性。

中国没有西方文化意义上的女权运动、女权理论,中国女性的

[①] 李欧梵:《现代性的追求》,生活·读书·新知三联书店2000年版,第111页。
[②] 李洁非:《城市像框》,山西教育出版社1999年版,第125页。

写作与源自西方的女权主义的重大区别在于，西方的女权主义是政治性的，是反体制的，而中国的女性问题意识既未"深深根植于国家的社会/政治生活中"①，也不是所谓原欲冲动正当性的论证。中国的女性主义的问题意识纠结于两个层面所展示的复杂性：第一个层面，女性本身同男性一道同样存在着个性意识的启蒙，也即人的自由个性的张扬，使每个人都有维护自己的尊严，证明自己的价值的权力与能力，反抗宗法制社会对个体的压抑与宰制。第二个层面，是中西文化冲突的衍生物，是弱势群体构成的弱势文化对未经审理的优势文化的渴慕与想象，不但羡慕西方女性的生存质量，也羡慕她们追求浪漫的自由权利，这是对西方女性地位、西方文明的认同感同中国传统三从四德冲突的结果。

张爱玲以及张爱玲现象的研究价值并不完全在于她是否有意识去表现上述矛盾与张力，而是其文本所呈现出来的这些问题意识。归结起来，这些问题意识便是都市性—女人性。张爱玲现象的深刻性正在于：在缤纷甚或混乱的都市生活中，女性生存的意义感如何可能？换句话说，徘徊于传统与现代之间的张爱玲，所给出的现代性解决方案是怎样的，又是如何可能的。

现代性同后现代呈连带关系。在启蒙运动以来的理性主义和科学主义联手围攻之中，所谓"古典性"呈衰落破败之势。精密的计算，细密的社会分工，知识谱系的混乱，伦理原则与道德感的疏离，意志（Will）与意愿（Willingness）的相悖，使得统一性原则出现了前所未有的溃散，在这一意义下现代性即不确定性。

中国现代性问题不仅仅是不确定性一面，也不仅仅是工业化过程所带来的都市文明病问题一面，对于中国这样一个农业文明而言，又衍生出本土化的问题即现今所谓的"转型"。传统农耕社会自给自

---

① ［法］朱莉亚·克里斯多娃：《妇女时间》，载张京媛主编《当代女性主义文学批评》，北京大学出版社1992年版，第352页。

足的自然经济为大一统—家天下—家长制的金字塔式的权力话语结构,提供了相当稳靠的经济基础和精神资源,这如同马克思所说的亚细亚的生产方式——"袋装马铃薯结构",其个体的人身依附与现代化国家所要求的组织形态是格格不入的,面对强势国家与社会的同一性,个体无力保持自身的独立性即选择的有效性。个体无法为自己负责——因而其道德生活的状态是愚钝的、蒙昧的。

转型的艰难与都市化的繁难恰恰构成了张爱玲写作必须面对的现代性纠缠。任何意义,必然地要被植入某种结构性的框架或系统当中,张爱玲书写的现代意义乃是相对于传统而言的,因而问题被置换为如下学理性的表达:在传统社会业已崩解而意识形态的无限制扩张被予以扼制的二重性氛围中——即惯常所谓的半殖民地半封建社会,张爱玲一方面继承了中国古代女性书写的敏感、多思的传统,另一方面又在其独有的西化心性支配下呈现为一道现代文学别致而奇特的人文景观,此一人文景观可概括为"都市化写作"。

上海作为20世纪远东资本主义的典范,其令人炫目的辉煌成就已进入了历史并且继续塑造着历史本身,正是在此一意义——广义现代性的反思中所谓张爱玲的意义被凸显为传统与现代,中国与西方,男性与女性,甚或阴与阳,健康与腐朽,超越与沉沦,落后与文明,野蛮与先进等一系列不同层级、层面的价值冲突的对话场。张爱玲现象的现代性意义,首先指向着中国自19世纪末20世纪初开始的现代转型,其次才是指文学经验层面诸如技巧、艺术特征等要素,因而与目前的现代—后现代的书写方式于此划界。

第四节 张爱玲现象的都市化倾向批判

人生是有限的,因其生命的一次性;生命是壮美的,抑或是优美的,因其不可重复的偶在性。的确,生命充满了爱意与感激,感时伤怀的笔触因而显得神妙;而一旦失落的魂魄被宿命般地追逐着,其体验结构也势必有如佛家所云的"轮回"——或者醉意迷离,或者清醒地歌哭……

当张爱玲现象显得有点突兀地出现于20世纪40年代的中国文坛,并且仿佛考古新发现一般重现于中国的文化界,一个不争的事实是,这一现象所包孕的都市化倾向,使得人们再一次将诸如"人生的意义"的问题亦即意义感,与都市人格的定位勾连起来。

一　张爱玲的精神——体验结构

作为没落贵族的时代后裔,旧式家庭的氛围和生活习性,传统式的教育和传统文化的熏陶深深影响着张爱玲,使她具有深厚的文化底蕴和浓重的传统情结;她又在学校接受现代化的西式教育,成长于"五四"新文化发展到高峰的20世纪30年代,因而不可能回避新文学对她的巨大影响。张爱玲作为传统贵族女性和作为一个现代人之间有着不可调和的矛盾,在她身上无时无刻不体现出传统和现代两种品质,这独特的性格和情绪又贯注于其作品中,形成独特的艺术观和创作方式。

张爱玲的确是20世纪40年代文坛上的"异数"。

"五四"以来的知识精英,几乎不站在"时代的浪尖"上,充满了英雄主义色彩,表现"乡土"几乎成了新文学家忧国忧民的"标识",几乎没有人不对上海十里洋场的畸形文化深怀厌恶,并极力抨击小市民心态。出于反封建的政治与文化目的,还以决绝的心态拒斥传统文化而迎接西方文化。张爱玲则是反英雄主义的,她自觉回视传统,以入世近俗的态度观照都市庸凡的人生。同20世纪30年代以来占绝对优势的、把笔触伸向战争与政治的文学创作倾向不同,张爱玲一出道便"遁入故家旧事",战争、政治虚化成背景,她所关注的不是战争与政治本身,而是其所造成的结果——世态炎凉。张爱玲不但开拓了文学领域的私人生活空间,也迎合了市民有意回避政治的心理。

相形之下,"新感觉派"则完全把注意力放在了城市,极力营造舞厅酒吧浮光掠影的气氛、纸醉金迷的生活,充斥着浪漫主义和享乐主义的气息。张爱玲世界中的都市生活则是琐碎平凡的日常人生悲欢,她以现代市民一分子的态度来对待都市的现代化。正是对现代意识的认同,使她的小说接近了现代派,从洋场文化、都市人的生存状态和情爱角度,揭示了以上海为代表的中国都市中西交汇的文化形态,对复杂的人性进行了深刻的挖掘。

执着于真实的生活,对人情风俗加以客观冷静的描写及对情节的重视,是传统世情小说的精髓,也是张爱玲之所长,这对于从小深受中国古典小说浸润的张爱玲来说并不难做到。她既有独特的现代意识又能以理性的眼光对人性进行深切的体察和关注,对时代变动中的道德精神有着准确的把握,而非流于表面描摹或醉心于情节安排,也非融入与玩味。她直言不讳自己对都市通俗小说的喜欢及对现代都市世俗文化的热爱,这是她不同于"五四"一代大多数知识分子的地方。她有意识地夸张自己贵族血统的一面,对陈旧的生活方式和传统生活有着浓厚的兴趣,但另一方面,在追求独立、自食其力的现实生活中,又深深体会到女性在宗法社会中追求经济独立的困境,与她那理想主义者的母亲不同,作为现代都市人的张爱玲从来不避讳自己是爱钱的,并刻画了现代都市经济支配下的人生观。

张爱玲的小说是通俗的但不落俗套,既有传统小说通俗品性又着上了现代派的艺术色彩,她以自己风格独特的小说参与了中国文学的现代化进程。

张爱玲生于上海,就读于上海,文学生涯始于上海,成名于上海,并且终生念之写之。"张爱玲对上海显然情有独钟,嘈杂的市声,昏黄的弄堂,阴湿的宅邸,庸俗的人情,无碍她的'中国梦';是在这样一个华洋杂处、新旧并陈的十里洋场里,张爱玲暂且找一席安身所在，并编织一则又一则璀璨又荒凉的传奇。"① 每个作家都有以特定的人文空间作为结撰文本的下意识冲动或想象性构造的显意识，但并不绝对意味着作者有着寻常所谓的心向往之一类的"情结"，如北京之于老舍，巴黎之于波德莱尔，湘西之于沈从文，张爱玲则选择了上海。作为上海"小市民"一员的张爱玲，熟悉上海人的生活和心理，加之其深厚而多面的人文修养，她不仅有资格而且有能力把上海及上海人——这一"都市性格"表现得淋漓尽致。

当时活跃在上海文坛上的既有旧派的"鸳鸯蝴蝶派"，又有"五四"浪漫文人的"创造社"，有"新感觉派"的现代主义写作，也有政治倾向明确的左翼文学，甚至不少"乡土"作家也住在上海……

各色文化现象为何交汇上海？上海不仅具有前文所述的政治、经济、文化上无可替代的地位，作为动乱不已的中国里面一个繁荣的孤岛，作为文学杂志和出版业的中心，不但为文化人提供了读书、写书、买书、藏书的环境，也为大众提供了前所未有的文化接触机会。李欧梵对上海都市文化的"现代性"作了以下描述：

> 一般人往往视上海为十里洋场的罪恶之渊，却不知上海也是书籍杂志充斥的市场，全世界的书几乎都可以买到，而买不到的可以订购，书到后才付款。②

报纸杂志甚至引导和支配着文学的发展方向，也使文学创作带有明显的商业化色彩，上海文人的生活也明显受金钱的支配。

> 文人在上海，上海社会的支持生活的困难自然不得不影响

---

① 王德威：《想象中国的方法》，生活·读书·新知三联书店1998年版，第179页。
② 李欧梵：《上海摩登——一种新都市文化在中国》，毛尖译，北京大学出版社2001年版，第53页。

到文人，于是在上海的文人，也像其他各种人一样，要钱。再一层，在上海的文人也不容易找副业（也许应当说"正业"），不但教授没份，甚至再起码的事情都不容易找，于是在上海的文人更急迫的要钱。①

作为上海人的张爱玲当然更懂得充分利用杂志报纸等媒体来"推销自己"，正是《紫罗兰》《杂志》《万象》等刊物把张爱玲推向了社会化的公共空间，其广泛的读者群使张爱玲迅速成名成为可能。

在张爱玲的眼中，20世纪40年代的上海是烽火连天杀戮遍野的中国——"地狱里的天堂"。也正是这个华洋杂处的孤岛，成为那种新旧交替时代的没落文化形成的历史舞台，有上海这个大都市作背景，张爱玲才能把普通人的传奇、荒凉与颓废写得有声有色。在初版《传奇》上，有一段张爱玲的卷首题词："书名叫传奇，目的是在传奇里面寻找普通人，在普通人里寻找传奇。"

张爱玲心目中的普通人即现代都市大众，具体地说即上海人，"上海人是传统的中国人加上近代高压生活的磨练，新旧文化畸形产物的交流，结果也许是不甚健康的，但是这里有一种奇异的智慧"②。她笔下普通人的人生是无奈的，但也是真实的，张爱玲写人，就是在写一种生活。

>升斗小民的日子并不好过，但是只要电车的叮当声仍然不辍，暖烘烘的太阳独有余晖，挽着篮子上市场买小菜就是每日的功课。这是张爱玲的上海了。大难下的从容，荒凉里的喧哗，一辈上海人怎样既天真又世故地过日子，是张写之不尽的题材。③

---

① 转引自倪文尖《欲望的辩证法》，上海远东出版社1998年版，第18页。
② 《到底是上海人》，《文集》（第四卷），第20页。
③ 王德威：《想象中国的方法》，生活·读书·新知三联书店1998年版，第183页。

作为一种象征,张爱玲所谓的这些"时代列车"里的乘客,上得来却不下去,"人生活在一个时代里,可是这时代却在影子似地沉没下去,人觉得自己是被抛弃了"①。生活方式已经改变了,原有的传统价值观却没有变,身处乱世的张爱玲已然清醒地意识到了传统文明的脆弱、处身时代的悲凉、现世人生的残缺,她把处身现世的时代置于与现实严重脱节的背景,将挣扎于传统与现代之间的普通人焦灼又无奈的心理困境,通过"传奇"故事揭示出来。

张爱玲从日常生活的幽微处逼真地写出了现代转型过程中都市里的传统道德式微和都市市民面对社会文化发展巨大变化而生出的虚无和恐慌,"他们不是英雄,他们可是这时代的广大负荷者。因为他们虽然不彻底,但究竟是认真的"②。

张爱玲的小说,没有一篇不是关乎婚恋—情爱的。这也许有题材狭隘之嫌,但作家成就的高低不能以题材的广泛度来衡量,题材只是表达作者意图的质料而已。的确,张爱玲对政治兴趣不浓,亦少关心社会,她把心力都用在咀嚼人生上,"我甚至只是写些男女间的小事情,我的作品里没有战争,也没有革命。我以为人在恋爱的时候,是比在战争或革命的时候更素朴,也更放恣的"③。正是这些感情纠葛让我们体会了整个时代的苍凉,也正是这种"苍凉"为透视张爱玲现象提供了可能。

张爱玲是以上海为背景展开她的故事的,"如果说上海是张爱玲自身(self)的话,香港就是她的'她者',没有这个异国情调的'她者',就不会显示出张爱玲如何才是上海人"④。在上海的现实中不可能发生的事,特别是关于性和欲望的叙事,都可以发生在香港。

---

① 《自己的文章》,《文集》(第四卷),第 174 页。
② 同上书,第 173 页。
③ 同上书,第 174 页。
④ 李欧梵:《上海摩登——一种新都市文化在中国》,毛尖译,北京大学出版社 2001 年版,第 344 页。

作为孤岛的上海虽然华洋杂处,却无论如何摆脱不了传统规范,上海人到底是上海的中国人。相反,香港作为英国殖民地则完全是中西文化杂交的场所,文化形态是混乱的,甚至是冲突的,不可能称其为真正的中国。香港充满了异国情调,"没有上海有涵养"①,却更具强烈的现代色彩。在张爱玲的文本中,作为"他者"出现的香港,成了上海"自我"的"倒影","我为上海人写了一本香港传奇……写它的时候,无时无刻不想到上海人,因为我是试着用上海人的观点来察看香港的,只有上海人能够懂得我的文不达意的地方"②。张爱玲所喜欢的这些"坏得有分寸"的上海人,他们"有处世艺术",但"演得不过火",他们都是些不彻底的人,所以张爱玲写的故事里没有一个主角是"完人"。

这种都市趣味也揭示了张爱玲在日常生活世界里的审美趣味与价值取向。在张爱玲的艺术世界中,是一个地道的女人也是一个世俗的张爱玲,同时又是一个浸透着怀疑精神的清醒的现代人。文学创作对她来说,既是心灵的解脱与独白,也是宣泄自己的反叛与绝望。

有理由说张爱玲的精神—体验结构充满了张力。事实上,这一张力结构成为张爱玲现象历久而常新的内在原因——它实质上表征着都市人格的灿烂向上,同时也隐含着自我认同的危机。

张爱玲以其貌似不经意间的闲笔一抹,似乎在向忙碌着的都市人提醒着些什么,也似乎以女巫式的做派预言着些什么——可以说,20世纪中国文坛对于都市人格,尤其是女性的描摹无出其右。

二 张爱玲现象重构

张爱玲那种直面人的一切欲望,尤其是把那些不大上得了

---

① 《烬余录》,《文集》(第四卷),第58页。
② 《到底是上海人》,《文集》(第四卷),第20页。

台面的世俗欲望、物质欲望，明晃晃地端在国人面前的气度，显然呼应了当下里无数凡夫俗子被遮蔽了太久而又蠢蠢欲动的声音，她正面肯定、张扬了做人的基本权利和人本身具有的基本欲望。①

这也许正是20世纪80年代尤其是90年代以来形成"张爱玲热"的原因。但是，"张迷"们能否真正懂得张爱玲式的"苍凉"——"虚无"扭结在一起的意绪所由产生的"田园诗"——"交响曲"的混成音效？能否明白张爱玲现象背后潜隐的种种深刻的历史与文化成因？能否理解重构张爱玲现象的必要？如若不能，"当我们自以为张爱玲为我们的'醉生梦死'提供依据的时候，张爱玲却离我们越来越远了"②。

好在张爱玲现象的重构者，使得我们对张爱玲现象的诠释在现代或后现代的今天成为可能。大陆这一重构的实践者，便是王安忆。

虽然就所涉猎的题材的广度而言，王安忆要比张爱玲视野开阔得多，但就王安忆的都市文学创作而言，无论就文字意向还是写作姿态而言，都显露着张爱玲对她的影响。继张爱玲之后，王安忆进一步深化了对都市与都市人格（尤其是女性）之间的互渗互补的思索。在王安忆的笔下，上海同样不只是作为舞台—背景—道具功能而存在，更是作为角色存在着。王安忆对平凡人生充满了关怀和同情，尤其是关注都市女性的现实命运。承续张爱玲，王安忆书写着大都市里小人物的传奇。

王安忆与上海之间，也有着千丝万缕的精神联系，她不但对上海市民生活和深层心理有着长期的观察和体验，更重要的是，在王安忆的精神向度里，同样有着浓厚的悲剧意识。当然，同张爱玲一

---

① 倪文尖：《不能失去张爱玲》，《读书》1996年第4期。
② 同上。

样，王安忆笔下的人物虽然是在特定时代演绎自己的故事，然而她们的悲剧意识从根本上说都与时代无关，而是一种对人生根本境况所做的既清醒又迷惘的认识：我对世界，对人生的看法其实已不再出于我个人的经验，而是出于一种审美的选择。

同张爱玲笔下的上海市民一样，王安忆都市写作里出现的人物，也是政治观念淡漠、生活态度扎扎实实的世俗人等。这不仅证明了两人之间的承传性，而且进一步验证了这一观点，即中国城市居民的怯懦苟安心理具有巨大惰性。张、王二人远离自己时代的宏大叙事，政治氛围只是作为大背景，而不在她们的叙事之中，反在她们的叙事之外，像碎影流花般地洒在人物的命运流程中。而且张爱玲和王安忆都相当自觉地从女性的立场，体味着都市上海的感觉，并表达着自己对上海、对人生独到的体悟。限于题旨，笔者不再展开王安忆文本分析，而仅就典型个案《长恨歌》作点对比说明。

王安忆的都市小说也几乎都是由女性来担任主角，"女性和本能与精神都有直接关系的，她们往往会成为本能实现的载体，同时她们又具有精神化的虚无的特质"①。王安忆对张爱玲现象的重述与重构，真正赋予了都市化写作以理论自觉。

《长恨歌》从生活细微处入手，不厌其烦、淋漓尽致地写出了一个女人"谋爱"同时也"谋生"的艰难和委屈，以及由此升华出的强健的人格。仅以王琦瑶遭遇过的那些男人来说，无论他们曾经怎样影响过王琦瑶的生活，日子还是靠她自己，靠这个上海女人的精打细算，一天天地过下去。王琦瑶已不再是类似于张爱玲创作中的那些人物，单纯地追求物质意义上的活着，而是使尽浑身解数——活下去。前者若是动物性生存本能的写照，后者便是生存意志的表达。王琦瑶所求的，无非是在现实面前抓住一点实在，免得坠入虚空（无意义感），但她自己很清楚，"人都只有一生，谁是该为谁垫

---

① 王安忆：《心灵世界》，复旦大学出版社1997年版，第203页。

底呢?"①王安忆在《长恨歌》中对男性的失望中表现出的恰是对现代女性精打细算地谋生过日子的赞同,这又不同于张爱玲失望于男性而又不认同女性"谋爱"实为"谋生"的生活态度。

"长得好其实是骗人的"②,外婆画龙点睛地戳穿了现代都市文化对女人的性角色弘扬。《长恨歌》当然不是单纯写交际花命运的通俗读物,而是从史的角度,以纵向、横向对比的幅度来探讨现代都市女性的命运问题,亦即都市女性的生存意义感问题。王琦瑶像个时代的弃儿,"人随着时代走,心却留给了那个时代,人便成了空心人"③,王琦瑶爱的不是男人,而是上海,具体地说是上海"作为都市灵氛的情调",这一情调因为有王安忆的悲剧意识及对上海市民生活真切细密的描写作底蕴,同20世纪90年代都市化写作中的另类书写有着本质的区别。

如果说张爱玲现象所膨胀出来的物质主义对以另类小说为代表的书写方式带来的是负面影响,那么张爱玲对女性神话的解构,让女性恢复"凡俗"的品质,则是张爱玲现象的正面影响。"凡俗"不是庸俗,"凡俗表明个性和社会的生存根据的根本转变"④。王安忆正是张爱玲"凡俗"品质的提炼者。张爱玲并没给出可以坐实的沉重人生的信仰或终极关怀,其客观的阅读效果是反现代性的,恰恰是遗老遗少们的挽歌;相反,在王安忆笔下,却印证了西美尔在《金钱、性别、现代生活风格》中提出的观点,性交易本身透着一种生命力,尽管这样的平等根本上是不道德的,但远比张爱玲笔下连平等交易的自由选择都没有的惋惜、伤感更有价值。

张爱玲现象无疑有着现代性的启示意义。当张爱玲现象以其都

---

① 王安忆:《长恨歌》,作家出版社1995年版,第195页。
② 同上书,第128页。
③ 同上书,第327页。
④ 刘小枫:《现代性社会理论绪论——现代性与现代中国》,上海三联书店1998年版,第300页。

市人格与意义感的疏离,日益显露这一现象所必然生发出的混乱,搅扰着人们的意志品格、道德品质的坚定……张爱玲现象的都市化倾向批判或反思,显得尤为峻急而直捷。

在张爱玲的精神—体验结构里,深隐着一种悠长而幽深的忧郁;张爱玲艺术世界以白描写实为基础的、弥漫性的、颓废荒凉的恐怖感;张爱玲现象中的都市人格永远背负着光阴易逝、青春不再的滞重感……所有这些,说明了她对人的生存样态的留意远过于对生存者的人性化程度的留心。一方面是富于质感的都市品味、格调,另一方面则是苍凉与虚无,张爱玲现象中的都市灵魂既是飘漫无着的,又是轻逸成尘的。

张爱玲现象里对于物质世界、凡俗生活的追慕与依恋,是建立在对虚无的生命感悟之上的。偶在个体的自我认同危机与焦灼,被抒写至极处,其实便是"无意义生活之痛苦"。换言之,这一无意义感的消解,正面回答即是要人"活出意义来"。"活着",就只是活着本身。

> 中国人与众不同的地方是:这"虚空的空虚,一切都是虚空"的感觉总像是个新发现,并且停留在这阶段。①

这是引人深思的关于"宿命"的真实含义的揭示。张爱玲以其敏锐而深刻的洞察力,至此发现了那以为新见其实不过老调重弹的文化底色,竟是以空虚(无意义感)为内核而作为中国化的精致的虚无主义,正是审美主义生存论。

> 细节往往是和美畅快,引人入胜的,而主题永远悲观。一切对人生的笼统观察都指向虚无。②

---

① 《中国人的宗教》,《文集》(第四卷),第111页。
② 同上。

主体性的人,从而被淹没在日常庸俗忙碌的"细节"中。张爱玲现象的复杂性正在于此——这使得经由都市性—农民性的理论辨析,始能明确都市文明与农耕文明的交汇是一种多么令人尴尬的冲突;张爱玲现象的深刻性则在于——如果没有强健的理性主义和理想主义支撑,那么个体的敏感/敏锐,归宿便是自我伤害与戕害他人。这种审美主义的生存论的失败,正是张爱玲现象的痼疾顽症。

"都市人格"作为一个过渡性概念,本身是对一种现象的描述,并不提供意义感。具体说来,张爱玲现象中的都市人格,其明显的情绪表达,便是"怀旧"。

与中国传统的甚至西方的悲剧有所区别,张爱玲现象并无所谓与命运抗争所体现的意义感的崇高,根本无从提供所谓"本质力量的对象化"这一经典描述的学理证明,也无法为人昭示出今之王安忆出于理论自觉的期盼——

> 看见情感的比较原初的面目,以及情感经历了理性的磨炼,最后锻造出了一个怎么样的哲学的果实。①

笔者问题意识的最终旨归在于女性的现在及未来。谨以本雅明的话语在此作结:每个时代不仅梦想着下一代,而且还在梦想时推动了它的觉醒。②

---

① 王安忆:《心灵世界——王安忆小说讲稿》,复旦大学出版社1997年版,第371页。

② [德] 本雅明:《发达资本主义时代的抒情诗人》,张旭东等译,生活·读书·新知三联书店1989年版,第195页。

第 五 章

消费文化语境中的中国当代
女性身体写作

"时运交移,质文代变"①,"文变染乎世情,兴废系乎时序"②,文学随着时代的变化发展而变化发展。在20世纪初,中国现代文学的初始期,"审美化"文学(以周作人等为代表)、"意识形态化"文学(以梁启超等为代表)、"消费化"文学(以鸳鸯蝴蝶派为代表)三足鼎立。二三十年代在民族救亡的大背景下,"经'五四'新文学家的激烈批判,鸳鸯蝴蝶派消费化文学退出中国社会主导的文学价值体制,但在资本、商业化的支撑、推动下继续发展"③。40年代,作为"意识形态化"的革命文艺迅速崛起,经文艺大众化运动的反复批判,审美化文学日趋式微。50年代至70年代末,由于高度单一化的计划经济体制的建立,革命文学取得文化领导权,文学高度意识形态化、历史化,宏大叙事几乎成为唯一的叙事话语。随着资本在中国社会(内地)的退出,消费化文学也暂时告别了历史

---

① (南朝梁)刘勰:《文心雕龙》,范文澜注,人民文学出版社1978年版,第671页。
② 同上书,第675页。
③ 钱中文等:《自律与他律——中国当代文学论争中的一些理论问题》,北京大学出版社2005年版,第116页。

舞台。由于阶级斗争、革命生产的需要，审美化文学也被作为"毒草"拔掉。80年代，中国走向改革开放，权威意识形态从严整变得相对宽松，面对全球化和城市化的来临，西方资本技术和各种思潮的输入，宏大叙事无法整合多元分化的文学格局。宏大叙事解体之后，中国当代文学进行着"小叙事"。政治化的削弱，历史感的退去，文学不再着力表现时代翻天覆地的变化，去引导人们为着某个伟大的目标前进。文学消费娱乐的功能得到凸显，"消费化文学"又开始登上历史舞台。文学开始变成生活的抚慰剂，变成填补闲暇的精神消费品。到90年代文学日趋表象化、感性化、消费主义化。艺术与日常生活之间的界限被消解，高雅文化与大众通俗文化之间的明确分野被抹开，戏谑式反讽手法的大量运用，总体性风格含混不清，身体、性意识受到前所未有的关注，身体写作成为一种热点文化现象。文学被大批量地复制、生产、畅销、流行然后被遗忘，是这个时代文学的主要存在方式。那么我们怎样来指称这个时代？许多学者用"消费社会"来定义当代中国社会。所谓消费社会，就是"消费成为社会生活和生产的主导动力和目标"[1]的社会，也就是消费成为其最主要活动的社会。这种说法确实抓住了中国当代社会的特征。但当代的中国社会包含有太多的内容，区域差别，城乡差异，政治、经济与文化之间的不平衡，使它呈现出复杂的内涵。相对落后的西部农村，许多农民仍处在一个前现代社会，还挣扎在温饱线上，而一些发达的城市地区，已经接近后工业化社会，迈过小康，正在走向富裕。贫困、短缺与过剩、浪费在中国当代并存。考虑到"消费社会"这一定义的泛化，所以笔者在标题中用"消费文化语境"来指称中国当代文学所处的新的时代背景。"当代"在本章中特指从20世纪90年代至今这一时间段。下文中的"消费社会"也

---

[1] 陈晓明：《表意的焦虑——历史祛魅与当代文学变革》，中央编译出版社2003年版，第25页。

第五章 消费文化语境中的中国当代女性身体写作

并非是中国当代社会全貌的概括,而是一种特殊的文化语境。

"身体写作"最早是由法国女权主义理论家——埃莱娜·西苏提出的。埃莱娜·西苏说:"我从未敢在小说中创造一个真正的男性形象。为什么?因为我以躯体写作。"① 法国女权主义者认为,造成女性长期处于"沉默"或"失语"境地的是她们的语言与自己的身体相分离、与自己的欲望相分离。在强大的父权制文化中,女性的欲望一直被男性书写,使女性成为男性欲望的象征,而女性的身体与欲望一直被强大的菲勒斯中心主义所控制,被剥夺了自由书写的权利。女性长期承受着失语之痛。女性如何才能发出自己的声音?"写你自己,必须让人们听到你的身体。"② 法国女权主义者认为女性的身体决定女性的命运。她们提出"身体话语"理论质疑父权认为女性的身体机能不全的偏见,认为女性的身体是女性写作的源泉,埃莱娜·西苏的"身体写作",露丝·伊利格瑞的"女人腔"和朱莉亚·克里斯蒂娃的"符号学"理论是法国女权主义"身体话语"理论的主要代表。这些理论对中国当代女性"身体写作"产生了深刻的影响。

作为法国女权主义代表之一的西苏,在《美杜莎的笑声》中认为,"迄今为止,写作一直远比人们以为和承认的更为广泛而专制地被某种性欲和文化的(因而也是政治的、典型男性的)经济所控制。我认为这就是对妇女的压制延续不绝之所在……在这里妇女永远没有她的讲话机会"③。鉴于此,她充满激情地宣称:"妇女必须通过她们的身体来写作,她们必须创造无法攻破的语言,这语言将摧毁隔阂、等级、花言巧语和清规戒律……这就是妇女的力量,它横扫

---

① [法]埃莱娜·西苏:《从潜意识场景到历史场景》,载张京媛主编《当代女性主义文学批评》,北京大学出版社1992年版,第232页。
② [法]埃莱娜·西苏:《美杜莎的笑声》,载张京媛主编《当代女性主义文学批评》,北京大学出版社1992年版,第194页。
③ 同上书,第192页。

句法学，切断男人当作代用脐带的线（人们说这是根极窄细的线）。妇女长驱直入不可能的境地。"① 在上述话语中，西苏明确地表达了进行"身体写作"的主张，其主张有如下两个要点："一、女性的身体并非'肉体'，它摄纳了重要的女性生理、心理/文化信息；二、用身体书写并非对语言符号的抛弃，用词语书写是妇女存在及自救的方式，是女性互爱的表现，是其拒斥男性中心主义的一种策略。"② 西苏的"身体写作"是一种解构的文化策略，是用一种身体的语言去表达妇女整体的，反抗逻各斯中心主义的全部体验。

西苏的批评建立在笛卡儿式的头脑与身体二元对立论基础上的西方现代主义理性思维，认为女性与身体、男性与头脑的这种对应是父权话语为了把女性桎梏在身体之中，从而更好地控制女性。西苏进一步指出，这种二元对立是等级制的，即大脑优于身体。这种从男性身体来规范人类身体的话语导致许多人（包括男性和女性）对自己的身体及其功能产生厌恶和敌视，受德里达等后现代主义思想家的影响，西苏认为要颠覆父权制，就要改变主体思维方式，而语言是思维方式得到实现的载体，所以颠覆父权制必须从语言着手。但是女性由于长期受父权制文化的压制而缺乏女性自己的语言，只有身体。因此颠覆只能从女性身体开始，西苏由此提出"身体写作"理论。身体写作是以女性的欲望、形体、感觉、想象等为写作的对象和修辞的方法，是女性对自己被压抑到无意识领域中的各种经验的直率表达。

伊利格瑞也在致力于解构男女的二元对立。她认为女性能享受多次多性的性感，但是"父权社会对性的定义使女性无法建构建立在她们身体基础上的女性气质"，她设计了一种反抗父权制的策略，这种策略就是钻进父权制话语内部，通过以一种非理性方式对男性

---

① ［法］埃莱娜·西苏：《美杜莎的笑声》，载张京媛主编《当代女性主义文学批评》，北京大学出版社1992年版，第201页。

② 林树明：《关于"身体书写"》，《文艺争鸣》2004年第5期。

第五章　消费文化语境中的中国当代女性身体写作　　165

话语的拟态模仿,对之进行颠覆。而这种非理性的话语,同女性生理结构是一致的。伊利格瑞从女性的生理结构中为这种戏拟模仿的女性语言的存在找到了依据。她将语言同女性的生理特征进行了类比。她认为,女性的快感是多元的、非线性的。女性的这种生理特征影响了她的话语方式,她的语言因这种多元的快感组成,而呈现流动、重复、双重等特征:"她既是她自己,又是另外一个人。正因为如此,人们说她是神经质的,不可理解的,惶惑不安的和满脑子奇思怪想的,更不用提她的语言,'她'说起话来没有中心,'他'也难以从中分辨出任何连贯的意义。用理性的逻辑来衡量,那些矛盾的话显得是胡言乱语,由于他按先入为主的框框和规则听她说话,所以他什么也听不出来。在她的陈述中、至少在她敢于开口时,女人不断修正自己的话。她说出的话是喋喋不休的感叹、半句话和隐秘……一个人必须以不同的方式倾听她的话,以便听出'另一种意义',这种意义通常在过程中编织自己,在同一时间内不断拥抱和弃置词语,以免变得固定化,不再运动……她的言论永远不能定义为任何东西,它们的最大特征是在是与不是之间,只稍微提到某事而已。"[1] 这便是伊利格瑞的"女人腔",它不仅与女性的生理结构相适应,而且也是女性回到前俄狄浦斯的与母亲合而为一状态下的一种去除了男性中心的语言。她指出:"应该探索女性自己的语言,以表达女性想象,使女性更接近自己和其他人,以便团结奋争,抵制剥夺她们语言和愉悦的压迫。"[2] 而女性的语言和想象的一个主要源泉就是女性的身体。

朱莉亚·克里斯蒂娃采用拉康的精神分析模式,她将"符号期"(前俄狄浦斯阶段)与"象征期"(后俄狄浦斯阶段)进行对比。"母性'符号期'并非严格的与象征秩序对立,而是这个象征秩序

---

[1] 张岩冰:《女权主义文论》,山东教育出版社1998年版,第125—126页。
[2] Luce Irigaray, *This Sex Which is Not One*, Ithaca: Cornell University Press, 1985: 84.

的一部分。它既在象征秩序之外也在它之内存在。根据克里斯蒂娃的观点,象征秩序,这也是建立意义的秩序,或者说是社会领域",“象征秩序由符号要素和象征要素构成"①。象征要素是意义创造中允许我们做出理性判断的那一面,它导致线性的、理性的、客观的和非常遵循语法规则的写作。而符号要素是象征秩序中矛盾、分裂、沉默和缺失的东西,它组成了语言的异质的、分裂的层面,颠覆并超越着象征秩序。它导致打破规则的写作:打破其句法和语法。克里斯蒂娃认为一个解放了的人是能够在符号领域和象征领域自由行动的人。"男孩可以身为男孩,以'阴性'模式写作,女孩也可以身为女孩,以'阳性'模式写作。"② 正是女性的这种游离地位模糊了男女的明确界限,从而对父权制下的男女二元对立有着颠覆性意义;而产生于象征秩序之前的符号要素也是一种没有性别二元对立的"中性"的东西,在这一点上,符号要素与"女性"是同构的,"符号学"理论也因此具有了它的女权主义意义。

用女人自己的眼光认识自己的身体,以便重新发现和找回被历史湮灭的自我,这就是20世纪90年代中国女性文学身体写作的叙事动机和写作意图。正如梅洛·庞蒂所说:"声言我拥有一个身体即是说:我能被视为一个客体,我努力使自己被视为一个主体;他人可以是我的主人,也可以是我的奴隶,于是羞耻与不羞耻便表达了意识的多元性的辩证法,它们具有一种形而上学的意义。"③

这种"形而上学的意义"即"我有一个身体",不仅是中国女性文学身体写作的叙事前提,而且是身体写作的逻辑起点和内在肌理。在此基础上,一批背景差异很大的女性作家参与到身体写作的

---

① [美] 罗斯玛丽·帕特南·童:《女性主义思潮导论》,艾晓明等译,华中师范大学出版社2002年版,第300页。
② 同上。
③ [法] 梅洛-庞蒂:《知觉现象学》,姜志辉译,商务印书馆2001年版,第220页。

实践中,并且不约而同地选择了自传体或半自传体的叙事方式来书写自我独特的身体经验和感受。随着中国当代消费语境的形成,女人的身体终于获得了发生故事的自由和空间。

"在 90 年代的历史情境中,中国的消费主义文化的兴起并不仅仅是一个经济事件,而且是一个政治性的事件,因为这种消费主义的文化对公众日常生活的渗透实际上完成了一个统治意识形态的再造过程。"[1] 文学被不断地边缘化、产业化、媒体化。"文学与生活的关系已经发生了某种变化即生活的文学化,在这一新的关系中,强调的是文学对生活的进入与现实化,追求一种生活酷似文学的人生境界。"[2] "文学在很大程度上成为消费社会的一部分,它从生产到传播到阅读都消费化了,人们以从未有过的轻松自如的方式阅读文学作品。然而,这种情形并没有使人们欣喜若狂,相反,大多数人对此感到忧心忡忡。"[3] 面对消费文化的迅速兴起,文学正在努力成为消费社会的一部分。20 世纪 90 年代,以陈染和林白为代表的一批女性作家,大胆地把长久以来积淀在女性躯体上的所有禁忌和压抑终结在了审美的叙事话语上,充分地挖掘了女性躯体的革命性,成为后来者从事女性写作绕不过的经验,同时也让身体写作成为一股女性文学的重要潮流,延续到 21 世纪初的现在,直至它成为一种写作的时尚,在消费文化的侵蚀下,耗尽了女性躯体所包蕴的任何意识形态反抗性,最终沦为消费社会最具诱惑性的消费符号和消费策略。

本章将从消费文化对当代女作家、创作文本、文学传播、文学消费整个文学生产的诸环节和过程的影响来解读当代中国女性身体写作在不同时期的表现及其演变,对"身体写作"现象进行反思,

---

[1] 汪晖:《当代中国的思想状况与现代性问题》,《死火重温》,人民文学出版社 2000 年版,第 70 页。

[2] 张永清:《消费文化的文学现象》,《文艺报》2003 年 8 月 26 日。

[3] 陈明远:《文化人与钱》,百花文艺出版社 2001 年版,第 57 页。

以揭示其丰富的文化与历史内涵，便于"身体写作"健康的发展。

第一节　消费语境下的当代女性作家

作家是生活在特定时代环境中的人，其创作必然带着时代的烙印。作家主体的价值理念、创作动机和审美追求决定了作品的审美品位和艺术水准。在中国近现代社会，由于作家的主体地位受政治、经济和文化的影响而不断变动，作品也随之呈现不同的特点。

为了更好地了解当代消费语境下女性作家的处境，有必要对不同时期作家的处境加以简单梳理。经济利益与作家写作直接相联系，在中国近现代社会是随着出版业的兴起和稿酬的出现而发生的。"在中国近现代文化史上，1897 年商务印书馆的成立具有重大意义。1902—1920 年间，该馆出版图书 3522 种，其中文学类（以小说为主）846 种，占了四分之一。1903 年该馆聘请李伯元主编《绣像小说》，并开始出版'说部小说'。当时许多文化人，如林纾、梁启超、蔡元培等，都与商务印书馆建立了长期合作关系。"[①] 在同时期，版税与稿酬出现，作家可以通过写作直接获得经济利益。1901 年上海《同文沪报》规定"提每部售价二成相酬"，也就是按售价 20% 付给作者版税。而梁启超主编的《新民丛报》和《新小说》等刊物"大约评述及批评两门，可额定为每千字 3 元。论著门或可略增（斟酌其文之价值），多者至 4 元而止，普通者亦 3 元为率。记载门则 2 元内外，此其大较也"[②]。而在民国初年出现的鸳鸯蝴蝶派，尤为重视文学的商业价值，创作了大量娱乐休闲的文学作品，以致"在民国初年至'五四'以前的这一时期，文艺杂志、大报副刊、各种小报，几乎都是鸳鸯蝴蝶派的一统天下"[③]。鸳鸯蝴蝶派的作品

[①] 陈明远：《文化人与钱》，百花文艺出版社 2001 年版，第 57 页。
[②] 同上。
[③] 魏绍昌：《我看鸳鸯蝴蝶派》，香港中华书局 1999 年版，第 21 页。

以娱乐、通俗、休闲的特点,赢得广大读者的喜爱,作者获得了丰厚的报酬,出版商也得到了可观的收益。作家作为一种职业,在当时得到了一定的社会认同。

1949年7月2日至19日,中华全国文学艺术工作者代表大会(第一次文代会)在北平召开。大会确立了在毛泽东文艺方针之下中国文学艺术工作者今后努力的方向和任务。随后,中国文联和作协成立。这标志着新中国文艺秩序的基本确立。许多声誉卓著的作家被委任到文艺组织、文学编辑、文学研究等相关岗位。绝大多数作家被整编到单位体制内。"在单位体制下,个人首创精神、社会组织自治权和市场机制销声匿迹;自上而下的国家行政权利控制着每一个单位,又通过单位控制着每一个个人……从形式上看,单位与传统家族有许多相同之处:它们对自己的成员都具有家长式的权威;个人对团体的义务比个人的权利更加受到强调,而团体本身也必须负起照料其成员的无限责任。"① 作家的义务就是按照政治的需要进行写作,阐释和维护着官方的意识形态,享受的权利是作协和文联等单位按期发给他们工资、福利及各种社会保障,即使不写文章,只要是单位的人,就可以享受。依附性的身份导致作家创作的自由受到限制,创作的激情被逐渐消磨,作家群体性地失语。

一 转型与失落

20世纪80年代,国家政治环境逐渐宽松,政治对文学的控制逐渐弱化,作家的话语权逐渐回归。作家们重新找回了激情与责任,检讨过去,反省传统,反思人性,在宏大叙事之下,作家们一时间似乎成为大众的精神领袖,千万个受伤的心灵都渴望得到文学的慰藉。作家的地位被推崇至前所未有的高度。与此同时,随着改革开

---

① 路风:《单位:一种特殊的社会组织形式》,转引自黄发有《准个体时代的写作——20世纪90年代中国小说研究》,上海三联书店2002年版,第51页。

放的深入,现代化进程的加快,政治的中心地位逐渐被经济所取代,市场的力量逐步壮大并迅速显现,国家控制的范围和有效性相对减弱,个体思想和生活空间逐步扩大,"精英文化"受到"大众文化"的挑战,宏大叙事开始变得支离破碎,消费文化随着市场经济汹涌而来。雅文化遭到强烈冲击,从"中心"逐渐走向"边缘",文化的商品性得到空前强化,传统的单位制也被迫与市场接轨,作家的国家供养制受到质疑。纯文学市场的急速萎缩,使作家们创作时不仅要进行思想性、艺术性的思考,而且要进行个人生存的现实考虑。当作家置身于消费文化语境中时,其自身就必然会不自觉地受到时尚文化的影响,目睹整个社会沉浸在消费文化的狂欢中,通俗文学不断成功,吸引着众多读者。他们在感慨沉思的同时,创作模式也发生了变化,文学从讲究"价值"转向注重"交换价值"。另一方面,新时期以来,从"寻根"小说到"先锋派"的写作试验再到"新写实"小说,作家们总是力图超越旧有的艺术模式,这与消费语境中新的文化创造模式的形成相契合,"于是,作家内在的动因与市场潜在的诱因的遇合,便触发了作家写作姿态发生的变化,这种变化的核心在于作家创作目的的根本改变,导致他们自觉不自觉地与传媒、与市场共谋"①。进行"身体写作"的女作家身处这一时代大潮当中,也在进行着身份、角色和创作动机的转变。

　　林白曾说过她的处境,"我原在《中国文化报》工作,1996 年 4 月下岗了。但也不是下岗,因为没有经过正式程序,没有下岗证,但又没有聘我,不是因为我的工作不好,不聘的原因是多方面的"②。"1996 年我特别焦虑,因为我没有工作了,我想我快没有饭吃了,我的女儿怎么办呢?如果我病了呢?会有不少人认为这是夸大其辞吧,怎么会没有饭吃呢?又不是旧社会。但我坚持认为,如

---

① 管宁:《消费文化语境中的文学叙事》,博士学位论文,福建师范大学,2005 年。
② 王洪、陈洁:《职业作家生存状态报告》,《中华读书报》1998 年 7 月 29 日。

第五章　消费文化语境中的中国当代女性身体写作　✳✳　171

果我病了，就的确会没有饭吃的。而在我没病的时候就要不停地写作为稻粱谋，这样的东西能有好的么？如果有一天写不出来了，我和女儿又会没饭吃了。"① 同时期的陈染也有类似的经历，"严峻的时刻已经到来，中国知识分子和真正的作家终于面临一种前所未有的失落窘境，人群不断地发出'思想值多少钱一斤'的实用主义价值观的叫喊。正在这个时刻，我不得不丢开，或者说被迫辞掉了出版社的编辑职业，成为了一个真正无职业的作家"②。林白和陈染进入市场后，可谓春风得意。在外部，20世纪90年代男性一贯的宏大叙事作品不再受欢迎，直视大众当下生活的以日常叙事为主的作品受到大众的普遍青睐。阶级、历史、时代精神、社会责任、终极关怀……等概念被搁置一边，人的欲望得到满足，恰逢其时，西方女性主义著作的大量传入，从理论上论证了女性追求个人欲望的合法化，号召女性颠覆传统的男权社会，鼓励女性摆脱男性的压制和自我的压抑，表达自己的声音。另一方面，作为女作家自身，长期的政治意识形态和男权社会传统文化的双重压制，使她们累积了大量的被压抑的女性经验，再加上女性感性、形象思维发达，潜意识中，她们对生命本体更执着更热爱，生命意识自我意识也更自觉更强烈。她们更重视饱含着欲望的身体。在种种因素的共同推动下，于是承载着多重意义的女性身体写作应运而生。林白、陈染的女性身体写作具体地描写女性个人生活，披露个人隐私，展示本能欲望，把读者的关注焦点从社会空间引入私人空间，通过对个人经验的大胆披露，对女性心理的自我诠释，构成了对权威话语和主流叙事的消解与颠覆。林白、陈染的女性身体写作在表达女性个人欲望方面体现着女性主义精神，而肯定女性个人欲望，在中国特定的历史环境中，

---

① 林白：《生命热情何在》，载王尧、林建法主编《我为什么写作——当代著名作家讲演录》，郑州大学出版社2005年版，第268页。
② 陈染：《我的道路是一条绳索》，载林建法、傅任选编《中国当代作家面面观》，华东师范大学出版社2002年版，第289页。

必然被放大成肯定人的欲望，这又与消费文化不谋而合。同时个人化写作的方式又开拓了文学表现的经验领域，突出了文学的个人性。

二 不安分的多重身份

出生于20世纪70年代的卫慧、棉棉，成名于90年代，她们不需要像林白、陈染那样进行文艺观和创作心态的大转型。她们开始创作就面对市场和消费语境，并且她们很快地适应了这种语境。她们很少有对消费语境表示出极力拥护的热情或断然拒绝的愤怒，她们一开始登上文坛就面对的是迫于市场压力和生存压力的刊物和出版社。因此，她们必须按这个消费语境下的文艺场域的艺术生产规则进行创作，还要配合出版商做一些诸如签名售书、广告宣传、炒作包装的商业活动。这些对于她们来说都很自然，仿佛生来如此，她们根本不在乎作家的身份，她们以平和的心态接受这个消费语境。

相对于体制内传统作家从一而终的单一角色，卫慧、棉棉经历着多重身份的转变，作家不仅仅是写作，还可以兼具多种角色。

棉棉，1970年出生于上海，16岁开始写小说，17岁至24岁之间生活动荡，25岁回到上海重新开始写作。

卫慧，1995年毕业于复旦大学中文系，做过记者、编辑、电台主持、咖啡店女侍、鼓手、广告文案，自编自导自演过话剧，参加1999年国际"超市艺术展"，现为自由撰稿人。

卫慧简历中的经历，显示了她不安分的心理，棉棉的简历则具有一种意指性，"生活动荡"给人以想象的空间，似乎隐含着往日的不堪回首。而卫慧的"咖啡店女侍、鼓手"和棉棉在一些媒体自认的歌手、吸毒经历，都显示她们的相同之处，即都曾经是社会的边缘人。从以国家干部的身份进行写作到以"边缘人"的身份进行写作，可以看出文学的边缘化，作家身份的边缘化。处于边缘就渴望融入主流，而在消费社会主流就是文学的商品化、市场化。为此，卫慧、棉棉进行着各种努力，一个明显的表征就是她们为小说拟定的题目，我们很容易从中看出她们不同于以往作家的心态，如《糖》《啦啦啦》《盐酸情人》（棉棉），《上海宝贝》《像卫慧那样疯狂》《欲望手枪》（卫慧），完全是另类的、叛逆的、感性的、语出惊人的，很显然，她们希望通过异样的词汇来吸引读者的眼球。而在小说的叙事方面，她们以自传体或半自传体的方式大胆地描写自己的私人空间，并把它当作写作的时尚，开现场售书签名会和新闻发布会来打造售书的广告形象获取卖点，其人其作品都已成为一个消费品牌和商标。她们通过描写自我隐私和以女人的身体优势活跃于媒体，引起大众的注意，激发大众的兴趣和欲望，最终完成一种消费行为，这完全符合商业广告让大众接受商品的心理历程。

三 网络中的自由身

近年来，网络的产生与迅速发展，深刻地影响和改变着人们传统的生产生活方式、人际交往方式，为消费文化的传播和发展创造了便利的条件，网络迅速成为消费文化传播的一种重要工具，并直接影响到文化的存在形态与其发展趋势。2003年木子美利用网络将其性爱日记《遗情书》发表在博客网上，短短数日，通过网民的参与互动，其访问量每日增长6000次以上，达到近16万次，成为中国当时点击率最高的私人网页之一。网络促使"木子美"现象的出现，而"木子美"现象又带动了网络博客在中国的兴起，从中我们可以看到消费文化和网络对女性身体写作的影响。

网络的开放、宽容、自由，创造了文学面前人人平等的局面。作家的职业身份更加模糊化，原来只有作家和少数文学修养比较高的人才能发表作品的局面被打破了，通过严密的运作机制来维持对权利话语的独占地位的局面也不再重现。面对网络，创作不再是个别人的"特权"。每个人都有写的自由，只要你愿意，你就可以畅所欲言，任何人都可以成为"作家"。正如一位网络写手对传统作家所说的，"我只是坦坦然然地写下我的歌、哭、欲、求，我对人生的思考，我对社会的解说。你有你的体验和实证，我也有我的。我们享有平等的话语权"①。同时，网络的匿名性造成了网络文学作者的匿名性和虚拟性，在这种虚拟的语境中，网络文学作者处于"三无"状态，即"无身份，无性别，无年龄"。这使得她们可以完全抛开传统纸质媒介文学创作者的种种顾虑，既大大减少了作品的社会约束，也无须像现实世界中那样对自己的话语和行为承担责任，可以完全敞开心扉抒写压抑已久的自我、本性。网络写作的匿名性同时也消解着传统的性别观念，给女性写作者提供了更大的写作自由，可以更自由大胆地倾诉心声，表达女性个体独特的生命体验，使女性话语得到传播。木子美正是在网络消费的语境下，以第一人称的叙述方式，大胆地通过纪实的、夸张的描写，书写欲望与放纵，包括对欲望的渴望、情感的放纵和性的放纵，她在书写欲望放纵的同时，还可以不用为言行承担社会舆论的压力，从而保护现实世界中的自己。

在消费语境下，传统作家的精英意识、启蒙责任和导师身份受到了消费文化的冲击，在人们普遍追求此岸的感性生存的消费社会，作家无奈地由传统的立法者转变为阐释者。文学作品中所蕴含的深层精神内涵逐渐淡出艺术世界，作家很难再通过文学作品向社会和人们树立起一个精神的路标。作家失去了对社会文化的主动的批判力量而转向被动的接受和阐释。

第二节　消费语境下的女性身体写作文本

文本（作品）是作家在特定环境下创作的产物，当时代环境和作家创作心态都发生变化时，文本（作品）也必然会发生相应的变化。在20世纪90年代的消费语境下，小说领域宏大叙事呈现明显

---

① 见网页 http://www.white—collar.net/。

的偃旗息鼓之势,中国当代女性"身体写作"小说应运而生,以林白、陈染为代表的一批女作家携带着她们充满"女性"和"身体"气息的作品登上文坛。她们绕开社会环境,抛开道德意识,甚至摒弃了伦理规范,将笔触直接伸向个体的心理欲求与身体欲望。在《私人生活》和《一个人的战争》中,以女性个人独特的表达方式,在道德立场缺失的情况下,极度张扬而放纵地描绘女性私人化的性爱体验,"使许多被社会公共的道德规范和普遍伦理法则抑制、排斥的私人经验获得表达"[1],揭示了中国文化背景下女性内心涌动的隐秘而强烈的欲望。

如果说林白、陈染的非道德化欲望表现还具有形而上的思索,有一定程度的心理基础,那么,卫慧和棉棉不仅更加彻底地拒绝任何道德立场,拒绝传统意义的审美建构,更为真切地逼近欲望,而且直接地将消费语境下的现实与文学进行对接,使小说呈现出浓厚的物化世俗气息与强烈的性爱欲望。而木子美的《遗情书》更使作品的主题聚焦于欲望(性欲),展现了在消费社会的商业原则下,生理欲望的膨胀与满足可以不再需要文明的遮羞布,也可以完全脱离道德规范与伦理法则,坦荡无忌地炫耀自身。下面我们将探讨消费文化对女性身体写作内容的影响。

消费文化并不追求那种具有永恒性的符号意义,为了刺激消费,为了让人们时刻都处在对消费的渴望中,它有意识地制造各种即时性的符号意义,制造各种时尚。齐美尔认为:"时尚是既定模式的模仿,它满足了社会调适的需要;它把个人引向每个人都在进行的道路,它提供一种把个人行为变成样板的普遍性规则。但它同时又满足了对差异性、变化、个性化的要求"[2],"反常的、极端的事物都会纳入时尚的领域:时尚不会去抓住那些普通的日常的事物,而会

---

[1] 洪治纲:《无边的迁徙》,山东文艺出版社2004年版,第52页。
[2] 罗钢、王中忱主编:《消费文化读本》,中国社会科学出版社2003年版,第243页。

去抓住那些客观上一直表现得奇异的事物"①。作为文化的重要组成部分,受大众文化时尚和流行特征的影响,文学也在很大程度被时尚化,从某种意义上说,女性身体写作正是文学时尚化的产物。三个不同时期的女性身体写作共同书写着时尚化的内容:都市生活和身体欲望。

一 女性身体写作的主题之一:都市生活

"资本主义萌芽时期,生活在大都市中的新兴资产阶级,为了建立他们在社会中的显赫地位,也为了同旧社会统治阶级竞争,就已经开始模仿封建贵族们的奢侈生活方式。他们把旧式宫廷社会的各种奢侈生活方式,当作他们显示特殊社会身份的标志,搬移到市民社会中,从而也扩大了这些奢侈生活方式的社会影响。由于当时新兴的资产阶级都集中在都市,所以,奢侈生活方式的扩大,往往是从都市到农村,然后蔓延到更遥远的地方。奢侈生活方式也就这样成为社会中的流行文化。从此以后,奢侈生活方式往往先从都市中的资产阶级开始兴起和流传,首先形成一种特殊的都市文化,然后,逐渐扩大到社会的更多阶层。"② 奢侈生活方式促使了消费文化的产生,都市文化是消费文化的重要组成部分。

"随着消费社会的到来,社会整个结构及其变化的特征首先是以都市中出现的光怪陆离的影像作为信号。空间上的奇特结构,尤其是凸显压迫感、恐惧感和离奇感的那些结构,只要能够表现出反传统的'协调'、'平衡'、'标准'和'正常'的一切怪样子,都被当作最有力的花招表现出来。人们不仅以空间结构的反常形式,而且还配合最能刺激感官的色彩和声音方面的奇特影像和声响,频频造成精神紧张的气氛,一方面引导人们抒发内心的悲观、虚无、厌倦、

---

① 罗钢、王中忱主编:《消费文化读本》,中国社会科学出版社2003年版,第263页。

② 高宣扬:《流行文化社会学》,中国人民大学出版社2006年版,第201页。

第五章　消费文化语境中的中国当代女性身体写作　✶✶　177

伤感、烦闷、困扰和忧虑，另一方面又激发人们寻找另类的刺激、好奇和欲望，诱导他们对从未感受过的世界产生幻想。"① 都市文化的这种特征，旨在制造混乱、假象、幻影，使现实尽可能象征化和虚幻化，尽可能采取最曲折和最不可捉摸的形式，使它的实在性虚无化或远离现实生活世界，达到将真实的实在转化为各种影像的目的。这样，处于焦虑和彷徨中的社会大众，便可以轻而易举地被引入消费文化逻辑的轨道。

20世纪90年代中国社会在不断市场化的同时，也在不断地城市化。"据资料统计，1990年我国城市只有467个，而1995年则增加到640个，1999年更达到668个，城市以每年几十个的惊人速度在增长着。而全国城市人口则从1990年的1.1825亿增加到1999年的2.3亿。"② 新兴的现代都市大量涌现，传统都市则更加繁荣辉煌，都市成为人们向往的幸福之地，都市生活也成为流行的生活方式。正是在这样的背景下，林白的《一个人的战争》和陈染的《私人生活》以都市生活为背景，侧重挖掘女性的个人记忆与内心感受，写出女性在都市成长的苦涩过程，表达女性丰富的感性世界。作品中的女主人公往往将自己排斥于喧嚣、杂乱的都市生活之外，用一种封闭的视角自恋着，"飞翔"着，在"空心岁月"中守望着，她们的孤寂与自闭正是都市社会物质化的一种副产品，传达的是当代都市女性的一种普遍情绪。在物欲膨胀、人情冷漠、精神阻隔的都市空间下，女性退回卧室、浴室等封闭的私密空间，抚摸着身心的伤痛，言说着身体的感受，或许是都市社会女性面对城市化，面对消费文化侵袭的一种态度。从表面上看，林白、陈染的女性身体写作只是女作家私人经验的表达，但从深处探究，它其实也反映了传统社会向消费社会转变过程中以及商品经济下女性对自身境况和两性

---

① 高宣扬：《流行文化社会学》，中国人民大学出版社2006年版，第221页。
② 薛小和：《以大城市为主导，还是以小城市为主导》，《经济日报》2000年5月19日。

关系的一种思考。

20世纪70年代出生，90年代成名的卫慧、棉棉，她们没有历史经历可供回忆，她们在消费文化的熏陶中成长，因而她们比林白、陈染们对消费文化有更深刻的认同感，在她们笔下为我们展现了一种另类的都市生活——追求物质享受。

卫慧在《像卫慧那样疯狂》中提到："我们的生活哲学由此而得以体现，那就是简简单单的物质消费，无拘无束的精神游戏，任何时候都相信内心的冲动、服从灵魂深处的燃烧，对即兴的疯狂不作抵抗，对各种欲望顶礼膜拜，尽情地交流各种生命狂喜包括性高潮的奥秘，同时对媚俗肤浅、小市民、地痞作风敬而远之。"[1] 在这里，卫慧以炫耀的姿态确立她在当代女性文学上的风格：一个小资情调的现世享乐主义者，这是卫慧同林白、陈染等前辈的区别。

在《上海宝贝》中，卫慧刻意描写了自己的写作环境："在家里我铺开雪白的稿纸，不时照着一面小镜子，看自己的脸是不是有作家的智慧和不凡的气质。天天在屋里走动着，给我倒'三得利'牌子的汽水，用'妈妈之选'牌色拉乳给我做水果色拉，还有'德芙'黑巧克力有助于启发灵感，唱片选有点刺激但不分散注意力的来放，调试空调的温度，巨大的写字台上有数十盒七星牌香烟，像墙那样整齐地堆砌着……"[2] 她们所刻意描绘的写作空间是一个充斥着物品的环境，她们写作的"催化物"是镜子、香烟、酒、咖啡、音乐、浴缸、化妆品，甚至手淫、高潮等身体欲望的连锁反应，还有对成名、金钱、发行量、享受的追求等传统作家难以启齿的东西。她们身上"物化"的写作与写作的"物化"合而为一，颓废而激进，表达了对精神愉悦与物质享受的强烈欲望。

在卫慧的《上海宝贝》里，女主人公倪可去大江户日本菜、斑

---

[1] 卫慧：《像卫慧那样疯狂》，珠海出版社1999年版，第81页。
[2] 卫慧：《上海宝贝》，春风文艺出版社1999年版，第23页。

尼餐馆、澳洲餐馆等豪华大酒店进食,到高级百货公司购物,抽"七星"香烟,喝"苏格兰威士忌酒",喷"CK"香水,穿 Chanel 衣裙,系 ZOI 牌领带,家具是宜家牌……从内裤到裙子,从抽的到喝的,甚至香水、书籍以及浴液都与国际流行接轨。棉棉《糖》中的主人公"白粉妹"同样沉浸于对各种时尚名牌的追逐中,她们甚至还声称:"我们都没什么理想,不关心别人的生活,我们都有恋物癖。"在消费文化的侵蚀下,都市的人们普遍失去了他(她)们的精神性存在,在物欲生活的诱惑下,任何精神性追求都成了虚无缥缈的乌托邦,即使是最具浪漫诗意和情感纯度的爱情在物质的浇灌下也呈现颓废之势,消费文化使"情"不断异化成"欲",消费文化使狂欢、迷乱、充满同性恋、吸毒和无尽欲望的都市生活最终陷入虚无和孤独。

《遗情书》中的主人公正是从这种无法排遣的虚无和孤独出发,开始了与 52 个男性的性爱游戏生活。"这种性爱的游戏所折射出的是两性各自的孤独,他们在孤独中既短暂地相互爱抚(拥有对方的肉体)又互相永恒隔绝(无法也不想拥有对方的心灵)。现代人很清楚地看到这种肉体接触便具有了游戏的、设防的、不介入的色彩,我与你发生一夜情或数夜情,我们在这短短的一夜享受极度的快乐甚至'爱'得死去活来;但是我不想深度介入你的生活,也不希望、不允许你深入我的生活,你我都应该明白我们是在游戏。"[1] 在《遗情书》中作者滤去都市生活的其他内容(工作、娱乐、人际交往等),让生活等同于性游戏,以一种极端的方式来表达消费语境下文学的一种走向,即享乐的正当化,欲望的感官化。而且大众关注这种写作的现象也成为消费语境下文学的一个特点——文学的事件化、新闻化。

---

[1] 陶东风:《新时期文学身体叙事的变迁及其文化意味》,《求是学刊》2004 年第 11 期。

二 女性身体写作的主题之二：身体欲望

欲望是人的一种本能，它的存在是必然合理的。合理欲望的满足，对个人和社会的健康发展都具有积极的意义。长期过度压制和压抑个人欲望的满足必定会导致畸形社会和病态人格的产生。同样，个人欲望的过度膨胀也会造成对人性的扼杀。

身体的中心"一是它的'欲望'表征的特点，二是它的世俗的特征"①，在消费语境下，性和欲望在身体的名义下日益泛滥，女性身体写作中身体的意义和经验并没有被建构起来，在消费文化的影响下，原初性别、社会意义的身体被迅速消解、扭曲。"身份"的身体经由"躯体"的身体蜕变成"肉体"的身体。20世纪80年代，个人、自我、个人欲望等在向西方学习和对传统的反省中得到肯定。90年代，消费迅速地对个人和身体进行着置换、改造和分化，代之以具有世俗化消费特征的个人和身体。90年代，以林白、陈染为代表的女性身体写作延续了80年代个人主义的反抗姿态，"反叛"着历史、道德、宏大叙事以及男权社会，女性个人获得了巨大的自由，感性和身体获得空前的重视，甚至被提升到哲学和本体的层面；随后，这个负载着积极、解构意义的身体，又迅速与市场机制下的具有世俗化消费特征的个人和身体/性融合，以一种物质享受和肉体狂欢的生活方式存在于人们的视野之中，再进一步，身体的其他意义被彻底消解，只剩下赤裸裸的肉体呈现在读者的眼前。

20世纪90年代，林白、陈染们一方面受西方女性主义思潮的影响，为了改变男权社会女性"无从说起"的状况，为了获取话语权力，她们意识到只有通过言说女性自身的身体欲望，"通过身体将自己的想法物质化了，她们用自己的肉体表达自己的思想"②；另一方

---

① 张颐武：《身体的想象：告别"现代性"》，《美苑》2004年第5期。
② [法]埃莱娜·西苏：《美杜莎的笑声》，载张京媛主编《当代女性主义文学批评》，北京大学出版社1992年版，第195页。

第五章　消费文化语境中的中国当代女性身体写作　✼✼　181

面,在消费社会,"在消费的全套装备中,有一种比其他一切都更美丽、更珍贵、更光彩夺目的物品——它比负载了全部内涵的汽车还要负载了更沉重的内涵。这便是身体……今天的一切都证明身体变成了救赎物品。在这一心理和意识形态功能中它彻底取代了灵魂"[①]。身体成为表现情感和传达欲望的载体,作为有强烈感染力的集体符号标志变得重要起来。

林白、陈染笔下的女主人公对身体不再是充满厌恶和自卑的,在陈染的《私人生活》和林白的《一个人的战争》中反复描写女主人公面对镜子,自我欣赏和迷恋身体的场景。

> 这时我才看到,这个房间四面都是镜子,它的三面都是镶在墙里的大镜子,一面墙上是各式各样的小镜子,连床头的木板、床的内侧都镶有镜子。
>
> ……
>
> 我独自坐在这间满是镜子的奇怪房间里,看到自己的身影在四面的镜子里虚幻地浮动着。我闭上眼睛,穿镜而过的意念在眼前明晰地浮现。[②]
>
> 浴缸的对面是一扇大镜子,从镜子中我看见一个年轻的女子正侧卧在一只摇荡的小船上,我望着她(注:自己),她脸上的线条十分柔和,皮肤光洁而细嫩,一头松软的头发蓬在后颈上方,像是漂浮在水池里的一簇浓艳浑圆的花朵,芬芳四散。身体的轮廓埋在水波一般的绸面被子里纤纤的一束,轻盈而温馨。[③]

[①] [法]让·波德里亚:《消费社会》,刘成富、全志钢译,南京大学出版社2000年版,第139页。
[②] 林白:《一个人的战争》,春风文艺出版社2006年版,第156—157页。
[③] 陈染:《私人生活》,江苏文艺出版社1996年版,第261—262页。

作品中通过镜子，女主人公们照见了她们灵魂深处的另一个自我。镜子能够激起女性对自身认识的自觉。它将男性的目光抵挡在外面，将女性的目光还给女性。镜子映照出女性的躯体之美。女性在镜前将自己的欲望与灵魂彻底袒露。分裂的自我也在亦幻亦真间获得了瞬间的和谐。

更进一步，女主人公的性意识也发生了变化。传统的引诱者和被引诱者、施暴者与受害者二元对立的模式被打破，在陈染的《私人生活》和林白的《一个人的战争》中这种对立不再明显，在倪拗拗被班主任 T 诱奸，多米被矢村强暴的故事里，我们很难再进行传统的道德评价，女主人公变成了同谋，在内心里渴望这种生命的体验。林白、陈染在展现女性身体欲望的同时又尽力将其诗意化，从而使女性身体写作呈现出一种全新的美学特色。林白、陈染小说的另一大突破是对女性自慰和同性恋主题的书写，在这类书写中，女作家们把笔触深入到女性身体欲望的最深层。

> 她觉得自己在水里游动，她的手在身体上起伏，体内深处的泉水源源不断地奔流，透明的液体渗透了她，她拼命挣扎，嘴唇半开，发出致命的呻吟。她的手寻找着，犹豫着固执地推进，终于到达那湿漉漉蓬乱的地方，她的中指触着了这杂乱中心的潮湿柔软的进口，她触电般地惊叫了一声，她自己把自己吞没了。她觉得自己变成了水，她的手变成了鱼。[1]
>
> 当我的手指在那圆润的胸乳上摩挲的时候，我的手指在意识中已经变成了禾的手指，是她那修长而细腻的手指抚在我的肌肤上，在那两只鹅绒圆球上触摸……洁白的羽毛在飘舞旋转……玫瑰花瓣芬芳怡人……艳红的樱桃饱满地胀裂……秋天

---

[1] 林白：《一个人的战争》，春风文艺出版社 2006 年版，第 189 页。

第五章　消费文化语境中的中国当代女性身体写作

浓郁温馨的枫叶缠绕在嘴唇和脖子……我的呼吸快起来，血管里的血液被点燃了。

接着，那手如同一列火车，鸣笛声以及呼啸的震荡声渐渐来临，它沿着某种既定的轨道，向着芳草茵茵的那个"站台"缓缓驶来。当它行驶到叶片下覆盖的深渊边缘时，尹楠忽然挺立在那里，他充满着探索精神，准确地深入地刺进我的呼吸中……①

应该注意的一点是，虽然林白、陈染对个人的身体欲望表达得十分裸露，充分肯定身体的欲望，但她们更多的是在进行精神遐想，放纵欲望的同时还有对双性关系理性的思考。

林白、陈染笔下的身体和身体语境还具有对抗传统性别政治的色彩，而在卫慧、棉棉笔下却已失去了这种文化意义，被还原成了自然的性本身。卫慧、棉棉笔下的女主人公以性、爱相分离为代价，获得了一种毫无拘束、自由自在的理想式的性状态。棉棉的《糖》中，女主人公白粉妹对性充满了强烈的渴望，整天想着男人想着做爱，"永不满足"，当她从自己深爱的男人身上得不到性高潮，就从其他男人身上寻找刺激，她睡过的男人可以组成"一个大乐队"。卫慧的《上海宝贝》中，倪可在和天天同居前，已同两个男人发生过关系，她虽然深爱着天天，但天天的性无能让她无法满足，面对无法控制的身体欲望，她很快投入德国男人马克的怀抱，与他疯狂地做爱。于是她开始辗转于两个男人中间，享受着性爱自由，也体验着爱欲分离的痛苦。卫慧和棉棉在作品中表现了一种疯狂的欲望。《上海宝贝》中倪可与马克在厕所性交，"他狂热而沉默地注视着我，我们换了姿势，他坐在抽水马桶上，我坐在他身上。取女位姿势，并且自己来掌握性敏感方向。有人在敲门，而厕所里一对变态

---

① 陈染：《私人生活》，江苏文艺出版社1996年版，第263页。

男女还没完事"①。《糖》里女主人公愿意看到男人追到厕所求爱,在光天化日、大庭广众中做爱,希望酒后遭到强奸,从而在不断地去旧换新中体验性快感。在卫慧、棉棉的作品中我们看到更多的"对即兴的疯狂不作抵抗,对各种欲望顶礼膜拜"②,看到更感性、更张扬、更随意的性描写。

《上海宝贝》中倪可虽然常常背着天天去跟马克偷欢,但在纵欲后是身心分裂的痛苦。《糖》中白粉妹也经常同赛宁以外的男人发生关系。但她也常常陷入精神的痛苦之中。如果说卫慧和棉棉还站在爱与欲的天平上徘徊、困惑,那么木子美在《遗情书》中明确地告诉我们:性就是性,做爱就是做爱,与爱毫无关系。在木子美那里女性身体感觉的其他内容被全部抽空,只留下肉体的欲望。身体已经完全与历史、道德、理性、灵魂无关。身体成了欲望的肉体。"我过着很自得的生活,有一份可以把自己弄得很好的工作,工作之余又有非常人性化的爱好——做爱,而且做爱对象有得选择,有得更换,资源充足,我不需要对他们负任何责任,也不需要付出感情,更不会对我造成干扰,像一张CD,想听就听,不想听就粒声不出。"③ 在《遗情书》中,生活被极端地等同于性欲的满足,女主人公乐此不疲地进行着一个接一个的性游戏,她的生活就是"看看碟,上上网,或者去一些酒吧,碰到心仪的男人,可能会跟他聊聊天,喝喝酒,然后一夜情……"④ 身体的欲望被肆无忌惮地放大,并被本能化,男女身体的接触像吃饭、喝水一样自然,没有高尚与肮脏的分别,它只是人迫切的需要。《遗情书》中的主题只有一个:身体的游戏,性欲的满足。"现在每一个都已经转变成了消费者,仅仅是空心的

---

① 卫慧:《上海宝贝》,春风文艺出版社1999年版,第74页。
② 卫慧:《向卫慧那样疯狂》,珠海出版社1999年版,第81页。
③ 木子美:《遗情书》,http://www.ga18.com/he/muzimei。
④ 同上。

第五章　消费文化语境中的中国当代女性身体写作　❋❋　185

欲望存储器。"①

20世纪90年代女性"身体写作"恢复了被遮蔽的女性经验，冲破了男权文化话语的禁忌和对女性的塑造，在文学之中重建女性的"躯体修辞语"（南帆语），让女性按照自己的愿望述说自己的形象，女性的主体建构意识通过对艺术世界的营构开始复苏。对此，徐坤曾经给予了很高的评价："'身体叙事'是九十年代女性写作中一个独特的景观……女性作家们以其枝繁叶茂的语言，用一种打破男性单一线性逻辑的女性发散性思维的表现形式，描述出经由身体而感知的隐秘的女性生命体验。文学史上女性的躯体返归到女性主义诗学本身，不再完全受控和受制于男性叙事主体，这必将带来不光是审美的，同时亦是整个文化上的具有革命意义的变化。"② 但是在中国当代消费语境下，消费文化强大的消化能力迅速窃取了女性写作取得的劳动果实，并迅速按照自己的逻辑进行了肆意的改写。"既然女性和身体在奴役中曾连接在一起，那么女性的解放和身体的解放的联系也是合乎逻辑且合乎历史的。而正是随着她的一步步解放，女性越来越被混同于自己的身体。""身体之所以被重新占有，依据的并不是主体的自主目标，而是一种娱乐及享乐主义效益的标准化原则、一种直接与一个生产及指导性消费的社会编码规则及标准及相联系的工具约束。"③ 女性躯体叙事所包蕴的巨大革命意义，很快被简化，只剩下了女性躯体，这一具有功能性的消费符号；女性写作所宣扬的躯体解放，进而灵魂也得到解放的美好愿望，也很快地混同于性解放的鼓吹，变成了消费社会中无所不能的消费逻辑，女性身体写作迅即在感性解放的时代背景中变得面目全非。

---

① ［英］特里·伊格尔顿：《后现代主义的幻象》，周宪、许钧主编，商务印书馆2002年版，第102页。

② 徐坤：《双调夜行船》，山西教育出版社1999年版，第62页。

③ ［法］让·波德里亚：《消费社会》，刘成富、全志钢译，南京大学出版社2001年版，第143—151页。

第三节　消费语境下女性身体写作的接受

一　女性身体写作作品的传播

新中国成立后至改革开放前，报社和出版机构是国家的宣传工具，其生产机制严格按计划来进行，媒体的权力实际上等同于政治权力。作家创作作品，媒体加以传播，读者进行阅读，这是文学活动传统的流程。但在消费语境下，文学从一种相对独立的艺术创造、精神建构活动，从一种单纯的欣赏活动，变成一种复杂的社会文化活动，大众传媒的迅速崛起和广泛渗透，不但引导着读者的阅读，而且影响着作家的创作，文学活动不再是一种单向的活动，而变成了双向互动的活动。大众传媒（特别是电子传媒）在现代传播技术的支持下，使读者可以更快、更直接地面对文学作品，使读者的文化消费得到最大限度的满足，然而，"大众实际上只是信息的被动接受者，信息从发出到接收还要经过剪裁、编辑、加工、制作等诸多环节。于是，什么信息可以留下，什么信息需要舍弃，什么信息又必须重新'编程'，常常既体现着意识形态的意图，又渗透着商业利润的因素，经过如此这般处理之后，大众所得到的信息显然已经过了过滤、提纯"[1]。在消费语境下，大众传媒努力创造着消费文化，制造新的消费需求和消费概念，促使大众不断地消费。在此语境下，中国当代女性身体写作作品的传播也受其影响。

消费语境下，作品成为一种商品，媒体越来越注重作品可供消费的元素。在以男权话语为主的消费社会里，女性处于"被看"的境地，女性作家在刻画女性人物心理、情爱、性感受等方面有别于男性作家，这样更能激发读者的好奇心，使读者获得"真实"感。这种对女性隐秘世界的展示，可以刺激观看的欲望，于是20世纪90

---

[1] 赵勇：《民主与平等的神话》，《文艺理论与批评》2003年第2期。

第五章 消费文化语境中的中国当代女性身体写作

年代媒体抓住这一特点，集中推出女性小说。1995年的世界妇女大会也被媒体很好地利用。1993年至1995年，几乎所有的文学杂志和文学报刊，均开辟了"女性文学"或"女性文学批评"专栏或专号，例如《收获》《人民文学》《钟山》《花城》《作家》《文艺争鸣》《文艺报》《作家报》等。出版社更是推波助澜，组织出版了各种形式的丛书，如河北教育出版社的"红罂粟"丛书，云南人民出版社的"她们"丛书，春风文艺出版社的"当代女性文学书系"，华艺出版社的"风头正健才女书"及四川文艺出版社的"红辣椒"丛书。正是在这样的大背景下，林白的《一个人的战争》和陈染的《私人生活》出版发行，并引起关注。林白、陈染或许是不经意与这一现象相遇，但读者却被媒体有意地引导着。

戴锦华教授在谈及"90年代女性的个人化写作"时，曾指出"商业包装和男性为满足自己性心理、文化心理所做出的对女性写作的规范与界定，便成为一种有效的暗示，乃至明示，传递给女作家。如果没有充分的警惕和清醒的认识，女作家就可能在不自觉中将这种需求内在化。女性写作的繁荣，女性个人化写作的繁荣，就可能反而成为女性重新失陷于男权文化的陷阱"[①]。戴锦华教授的提醒没能使女作家警醒，一大批进行个人化写作的女作家主动投入市场、媒体的怀抱，卫慧和棉棉便是其中的代表。

卫慧承认《上海宝贝》的商业性质，按照卫慧自己的说法，她写完《上海宝贝》后，从4家出版社中选中春风文艺出版社是因为该出版社的一位编辑认为这部小说可以作为"另类小说的一面旗帜"，并且能首印两万册。卫慧自己设计的封面更是把女性符码使用得淋漓尽致。封面上是一位浓艳女孩，长发垂肩，赤裸的胸前和肩膀分别写着"上海宝贝"和"卫慧"的字样。"卫慧宣称，封面上的照片正是她自己：'我请北京的化妆师李奇潞在我的皮肤上写下书

[①] 戴锦华、王干：《女性文学与个人化写作》，《大家》1996年第1期。

名和作者名。'封面上的3句广告词:'一部女性写给女性的身心体验小说'、'一部半自传体小说'、'一个发生在上海秘密花园的另类情爱小说'也是她自己设计的。"① 在签名售书活动中,卫慧更是极力造势,大胆叫出"让他们看看上海宝贝的乳房"② 的惊世之语。一位当时在现场的记者这样描述:"围得里三层外三层的少男少女们充满期待和渴望的目光中,在一声声代表着极度兴奋的欢呼和尖叫声中,一位穿着黑色缎面旗袍和蓝色绣花高跟鞋的年轻女士姗姗而来,面对狂热的人群,她笑着向人们抛了一个飞吻。这样的情景,很多人会以为是某位大牌当红明星歌迷见面会,然而实际上,上述情景发生在不久前新新人类作家卫慧在一家书店的签名售书现场。"③ 在作家、编辑、出版商的全力合作下,《上海宝贝》从1999年9月出版,到2000年3月,仅仅半年的时间内,已再版了7次,印数达11万册,这还不包括全国各地的盗版。无独有偶,棉棉也采取了一种当代中国作家前所未有的方式推介自己的作品。在《糖》正式出版(2000年1月)之前,她已在"爵士郎姆汽酒"的赞助下,组织了以"糖"为名的全国巡游派对。"爵士郎姆汽酒"还曾买下500本《啦啦啦》在派对上派送,棉棉由此成为国内第一个有赞助商的作家。④ 消费语境下,大众传媒首先考虑的是商业利润,往往并不持有文学的标准,而是让文学促进消费,让文学创造利润,中国当代女性身体写作刚刚被赋予女性主义颠覆的意义,很快就在消费文化的熏陶下,散发出浓烈的商业气息。

消费语境下,网络的出现改变了创作的载体,也影响了写作者的思维、写作方式、写作心态、文本风格以及文体等各个方面。创

---

① 大卫:《卫慧:封面就是我》,《南方都市报》2000年2月11日。
② 王晖:《她俩把"问题"解决了——卫慧和棉棉的吵架》,《三联生活周刊》2000年5月15日。
③ 张鹏:《新新人类作家引来文学追星族》,《北京晚报》2000年5月5日。
④ 参见棉棉《棉棉创作年表》,《每个好孩子都有糖吃》附录,花山文艺出版社2000年版。

第五章　消费文化语境中的中国当代女性身体写作　189

作主体的匿名化给在线写作者以空前的写作自由，使其卸落了所有的价值承担，成为自我表达欲望和宣泄的工具，互联网成为人类有史以来最自由宽阔的公共虚拟生存空间，网络提供了一个聚众狂欢的场所。在网络上神圣的可以被世俗化，高雅的可以被庸俗化，传统的价值理念随时可能遭到质疑和"颠覆"，趣味性、娱乐性成为一部作品的全部意义，文学彻底回归了它的游戏起源说，自娱和娱乐成为网络文学的主要功能。在消费文化语境下，网络文学还表现出越来越强烈的功利性，网络写作者怀着渴望被承认和被欣赏的欲望，用各种方式为自己的作品做广告，不放过任何一个出版传播的机会。木子美的《遗情书》引起广泛关注的一个重要原因就是她把身体写作与网络二者相结合，利用网络写作的自由开放、网络传播的迅速快捷、网络交流的匿名互动，创造了一个传播的神话，也让我们看见了网络对女性身体写作的巨大影响。

　　网络的自由、开放、宽容改变了只有少数人（主要是作家和文学素质高的人）才可以发表作品的局面，打破了传统单一的写作—审查—出版（发表）模式。在网络世界里每个人都可以自由地书写，不需要考虑写作主题、艺术特色、创作手法，也不需要考虑编辑的审查和批评家的批评，你可以书写自己的喜、怒、哀、乐，对生活的体验，对人生的思考，甚至自己的隐私。作者如果想让她/他的作品在网络上发表，她/他可以随时在各种网站甚至自己的主页上发表。而且在网络发表以后，世界上建立网络连接的任何一个地方的读者都可以很快搜索到它，进行阅读。博客，就是近年来出现的一种网络写作平台。网络、博客的出现使木子美的网络身体写作成为可能。如果按照传统的传播途径，木子美的《遗情书》可能在审查时就会被"枪毙"，即使侥幸通过，也可能刚出版就遭遇"封杀"，很难得以传播。

　　网络的广泛覆盖和快速传播使得文本传播迅速快捷。在书籍传播时代，文学作品从作者到读者要经过出版、发行、销售等一系列中间环节，可能需要几个月，甚至几年。而网络传播让写作与阅读同步进行，作者可以一边写，一边发送到网络上，读者就可以阅读，打破了时间和地域以及审查的限制。正是这一特点使得木子美的《遗情书》迅速引起关注。木子美的博客日记几乎是每天书写。读者阅读后及时发表她/他们的看法和评论，木子美又迅速在博客里对人们的看法和评论做出反应。结果是每个人都有一种参与感，木子美博客的点击率不断飙升，访问量每日增长6000次以上，最高达到16万次以上，从而成为中国点击率最高的私人网页之一。

网络写作的匿名性可以使女性作者绕开传统性别意识的障碍，减少现实社会的约束，可以毫不掩饰地表达自己的真实感受、想法甚至个人的隐私，而不用担心自己的言论所带来的社会舆论的压力，从而保护现实生活中的自己。大家都匿名发言，平等交流，没有"权威"，也没有"卑微"，大家进行着一种言语的"狂欢"。木子美的《遗情书》在网上发表后，后面往往会有读者长长的跟帖，对日记做出评论。当时仅新浪网上发表的网友评论就曾有近360页，网友热情空前。一些网站出于商业目的，更是推波助澜，借机炒作，以提高网站点击率。《遗情书》发表后引起一定反响。而新浪网在全国率先转载它后，新浪网的访问量一下子增长了1000万次，并且这样的高访问量持续了十多天。网络与传统媒体的互动也扩大了作品的传播范围。木子美在网上引起关注后，各种报纸、杂志、媒体都争相报道相关文章和信息。2003年12月，21世纪出版社首次印刷出版了《遗情书》。通过"木子美事件"，我们可以看到消费语境下网络这一传播方式对女性身体写作的影响。

随着中国当代社会的转型，消费文化的迅速传播，原有的当代文学的生产方式发生了根本的转变。作者和消费者的地位也发生了重要的变化，文学消费者的地位得到了空前的提高。取悦消费者和追求利润最大化成为市场化背景下大众传媒和文学出版机构当然的选择。因此，文学作品的消费化倾向日益明显，有时甚至成为作品能否出版的决定力量。在新的文学关系确立的过程下,大众传媒开始发挥越来越重要的作用。"文化精英的意见(除了能被促销者广泛传播外),已经不为公众社会所关注。真正影响大众的文化消费的,再也不是训练有素的艺术家和批评家,而是书商和大众传媒。"[1] 大众传媒是当代消费文化的制造者和传播者,它引导着消费者的生活方式,对于消费大众有着最为深切的了解。而与此同时,大众传媒又是文学作品的载体,无论是文学制度还是文学生产,以及新的文学样式的出现(比如网络文学和短信文学的出现),它们最终都是要通过传媒实现的。因此,在当代消费文化的语境下,能够在文学受众和文学生产之间起到中介作用的,只能是大众传媒。大众传媒不仅要想尽办法满足读者的文化消费需要,而且要为消费者制造新的需求。文学出版传统的生产环节开始改变,由原来的"作家创作—媒体出版—读者接受"变成了"媒体出版—作家创作—读者消费",大众传媒以自己的巨大能量引导着文学生产的整体走向。在大多数时候,写作者是根据传媒的需要来确定自己写什么或不写什么;而写作过程同样脱离了写作者对于文学性和心灵世界的深刻把握,转向对于传媒规范的适应。

二 读者对女性身体写作的影响

在消费语境下,作者、作品与读者的关系中,读者不再扮演传统被动接受者的角色。读者与作者、作品共同构成一个整体。"一部文学作品的历史生命如果没有接受者的积极参与是不可思议的。"[2] 读者在消费社会的意义比任何时候都显得尤为重要,读者作为文学产生的消费者,对作家的创作、市场的需求、走向都起着举足轻重的作用。读者的阅读兴趣以及走向直接影响到作家的创作意向。在

---

[1] 陈平原:《当代中国人文观察》,人民文学出版社2004年版,第5页。
[2] [德] 姚斯等:《接受美学与接受理论》,周宁、金元浦译,辽宁人民出版社1987年版,第26页。

消费语境下，出版商为了追求利润最大化，为了能把握商机，他们更是时刻注意读者的需求，根据读者的喜好选择出版、发行的作品，因为只有符合读者的心理才能获得商业利润。因此，作家在创作过程中必然地要考虑到读者的趣味、爱好等，读者的消费成为作品价值实现的最根本力量。

读者的阅读是对自身日常生活状态的超越，是一种审美感悟和体验。传统意义上的阅读是一个审美鉴赏的过程，一种不掺杂感官享受的对单纯形式的喜爱。与之相对的是非纯粹鉴赏判断，它混合了感官享受、生理欲望和道德诉求等功利内容。消费时代的文学也是日常生活的延续，审美日常化，接受过程与日常生活过程交织在一起。读者是在日程生活的功利与世俗的环境中进行阅读，进入阅读接受过程的读者怀着娱乐消费的心态，进行着一种"快餐式"消费，表现出一种及时行乐的趣味。迅速地接受、阅读又迅速地遗忘。"为了消费"的文学也是"为了遗忘"的文学。这种"快餐式"消费阅读是一种非传统鉴赏判断，它追求感官享乐，无意于对文本的深度解读，有意拒绝与文本的精神交流和心灵沟通，注重对文本在空间范围上的平面拓展，忽略对文本表现形式、叙事技巧作深层探索，人们只是扫描式的浏览，情感性的想象让位于直观的感知，读者已被消费文化"异化"了。于是读者的"异化"传递给作者，反映在作品中。消费语境下，中国当代女性作者以读者为中心来进行创作。身体写作的演变过程就说明了这一问题。

20世纪90年代，在全球化和消费语境中，中国当代女性身体写作"浮出历史地表"，呈现出积极的女性主义意义。但随着市场和消费文化的不断挤压，身体写作的艺术追求和女性主义精神逐渐消退。女性作家的创作策略发生了变化，完全依照读者的阅读心理和需求进行创作，追踪消费热点和时尚，追求轰动效应，追求名气与利益。可以说，是消费文化直接促使了"女性身体写作"的诞生，并使其繁荣，但又使其越来越脱离原有轨道，违背初衷而成为消费的牺

第五章　消费文化语境中的中国当代女性身体写作

牲品。

改革开放初期，人们刚刚从"文化大革命"的文化专制中解放出来，迫切需要一种方式来宣泄压抑已久的情感，控诉政治思潮对人性的扭曲，以抚慰受伤的心灵，反思荒唐的历史。人们的政治热情依然很高，于是文学就成为这种情感宣泄和交流的方式，并且具有强烈的政治色彩，文学叙事依然是国家、民族、集体的宏大叙事。这一阶段，读者意识中占主导的依然是政治（教化）意识。随后，西方思潮的引入，市场化的深入，迅速地更新着读者和作家的审美观念。人们不再热衷于政治，而是把目光转向审美的消费。20 世纪 90 年代后，"市场经济的发展拓展了人们多种选择的范围，使长期受压抑的物质文化需求从形形色色的清规戒律中解放出来，逐渐获得尽可能多的条件。它改变了多年来传统的生活方式和因循守旧、简单重复的消费观"[①]。个人的主体意识不断增强，个人的欲望开始复苏，人们开始追求丰富多彩的物质和精神生活。在这样的背景下，当代女性身体写作萌芽、出现了。林白的《一个人的战争》和陈染的《私人生活》是其中的代表。首先，女性身体写作让读者听到一种"另类"的声音——女性的声音，女性主义的声音。长期男权社会和政治意识的双重压迫使女性处于一种失语的状态，通过身体写作，女作家发出女性自身的声音。其次，女性身体写作，通过肯定女性的欲望，也肯定了人的欲望，与当时读者心理高度一致。而且，当时女性身体写作对女性私密生活的书写满足了读者的好奇心和窥私欲，引起了一部分人的阅读兴趣。最后，女作家的感性叙述方式和表现手法也异于传统的男作家，让读者耳目一新，激发了阅读的兴趣。所以，90 年代中期，女性身体写作一出现就在读者中引起了强烈的反响。

---

① 陈雪军：《多元消费聚合——中国当代文学读者意识论析》，《广西师范大学学报》（哲学社会科学版）2007 年第 1 期。

消费文化的广泛传播，人们消费的热情不断高涨，创造着新的消费形式。随着工作节奏的加快，紧张忙碌的工作生活使人们更渴望娱乐和休闲。工作之余人们想尽可能地放松自我，进行文学阅读主要也是为了满足自身消遣娱乐的需要，读者的审美趣味侧重于娱乐性和消费性。文学被看作是一种消费品，一种提供娱乐、消遣甚至感官刺激的手段。文学不再仅仅是陶冶灵魂、反映生活、阐释社会和表达人生经验的审美活动，而"变成了一种精神快餐，只需要提供一种吃的快感，一种立即消失的热能，而不需要提供促使身体发育，健康成长的维生素和蛋白质"[1]。感官享受成为文学的重要欲求。在这种语境下，女性身体写作也发生了变化，在女性主义精神悄然消失的同时，日益市场化、消费化，读者的地位变得更为重要。

卫慧的《上海宝贝》和棉棉的《糖》很好地迎合了读者的趣味而畅销，并引发了众多评论。其一，《上海宝贝》和《糖》中作者采取的写作态度和当时大众（读者）的心态一致，都是对物质和身体欲望的肯定。卫慧、棉棉都生长于都市，她们本身就属于都市社会的一个重要的消费群体，对消费主义价值观所蛊惑的享乐消费、纵欲狂欢的生活理念有着天然的亲和力，加上女性天性中对舒适精致生活的向往，使她们的创作更多地带有消费主义文化特征，也更多地迎合了消费社会文化群体的接受口味。其二，两部小说所描写的都市生活方式满足了一部分读者的需要。中国城市化进程的加速，使得城市生活方式成为一种时尚。小说中那些身着名牌，说着外语的都市新贵，衣食无忧，潇洒地出入豪华大酒店、咖啡店、酒吧，享受着多种西方时尚文化的生活方式，成为消费语境下普通民众羡慕的对象。《上海宝贝》和《糖》因为承载了普通民众对未来生活的由衷梦想而赢得了各个阶层的读者群。普通民众在她们的叙述空间里，心理和情感上也得到了一种想象性的满足。

---

[1] 尹鸿：《世纪转型：当代中国的大众文化的时代》，《电影艺术》1997年第1期。

第五章　消费文化语境中的中国当代女性身体写作

消费语境下，人们享受着各种物质和精神产品的丰裕，生活也愈加便捷，但生活节奏的不断加快，生存压力的不断加大，使人们时常感到困惑和迷失，所以需要适当的途径来宣泄，来排遣，来释放心中的压抑和压力。排遣的方式有很多，但对大多数为改善生活而劳碌的普通百姓来说，进夜总会，进酒吧都不具备现实的可能性。网络文学阅读给普通人提供了一种大众化、廉价而便捷的排遣方式。木子美的《遗情书》正是利用了网络的广泛覆盖和快速传播，以匿名的方式大胆、直白书写一个女性真实的性的故事，迎合并吸引了大量读者。读者利用网络互动参与，又直接影响作家随后的创作，可以说是读者和作家共同完成了写作。《遗情书》中真人真事白描式的表现手法，满足了读者的阅读需求。"媒介的真实重新构造着人们生活的现实，没有多少人会对书写符号虚构的世界感兴趣。人们怀着超常的兴趣去咀嚼真实，人们生活在现代媒体疯狂复制的一切真实故事中。电视、晚报新闻、种种流行刊物，都向人们源源不断输送着各种各样令人快乐的'真实'。"[1]确实，阅读真实的故事，读者是轻松的，不需要费神想象，只需要怀着旁观者闲适的心情就可以。这份轻松和闲适对于生活在这个追求速度、效率和充满变化的转型期社会中的人们来说，又是那么地必须和必要。这种书写方法同时还像以往传统身体写作文本一样满足了读者对他人隐私窥探的潜意识心理。

结　语

"以前那个政治化的社会，在身体问题上，坚持的是道德身体优先的原则，抵制一切个人对身体的关怀，它把身体变成了一个政治符号。现在这个消费社会，在身体问题上，则坚持欲望身体优先的

---

[1]　陈晓明：《仿真的年代》，山西教育出版社1999年版，第35页。

原则,放纵一些肉体的经验和要求,最终是把身体变成了一个商业符号。"① 消费语境下,人们不断放大身体的物质性,逐渐淡化了身体的精神性和文化意义,使身体坠落成享乐主义的消费机器,成为一种消费和被消费的商业符号。"灵魂与肉身在此世互相找寻使生命变得沉重,如果它们不再互相找寻,生命就变轻","肉身已不再沉重是身体在现代之后的时代的噩运。身体轻飘起来,灵魂就再也寻不到自己的栖身处"②。对身体文化意义的忽视和肉体意义的过度使用,其实是对身体的扭曲。在身体被极度消费,身体写作越来越趋向灵魂的虚化,对肉体的崇拜偏离其女性主义写作的轨道的当下,女性身体写作如何走出消费文化的误区是一个迫切的问题。笔者认为,要全面表现身体的意义,不能从一个极端走向另一个极端,首先,女性身体写作要摆脱消费文化的束缚,从物质化、欲望化的消费主义时代洪流中抽身而出。作者要保持高度的自律性和抑制力,面对消费文化保持清醒头脑,扭转性爱和欲望主导作品的趋势,吸收消费文化中的有益成分,立足现实生活,运用女性视角,将历史的空白和生活的不完整转化为写作的动力。女作家应该提高自身的感悟能力、分析能力和创作能力,让作品说话而不是通过肉体说话,让作品的艺术性吸引读者、感染读者、征服读者,而不是靠书写隐私疯狂炒作制造卖点、哗众取宠。其次,女性身体写作应该从专注于琐碎生活的私人化走出,吸收女性主义的积极因素,关注女性的命运、人类的命运和人生的意义,坚持深刻地社会反思与批评,使人的思想在文学阅读中得到升华,让"肉体拉住灵魂的衣角,才能完成文学性的诗学转换"③,将身体的肉身性和身体的伦理性融为一体,真实地生活在身体中。最后,女性身体写作必须摒弃以肉体和

---

① 谢有顺:《身体伦理的变迁》,《作家》2003 年第 1 期。
② 刘小枫:《沉重的肉身——现代性的叙事维论》,华夏出版社 2004 年版,第 93 页。
③ 谢有顺:《文学身体学》,《花城》2001 年第 6 期。

欲望为核心,"从肉体开始,到肉体为止"的创作原则和身体美学。要在解构的同时注重自醒与建构,以女性特有的情感和智慧书写女性在历史中的不可替代性,让心灵找到归宿,让身体得到尊重,使身体成为灵魂的物质化,灵魂成为身体中的灵魂。"这样,女性作家才有可能将自己的作品锻造成引渡人类从有限到达无限,从此岸到达彼岸的精神方舟。"[①]

[①] 张岚:《本土视阈下的百年中国女性文学》,中国社会科学出版社2007年版,第94页。

第六章

中国内地网络耽美小说文化研究

第一节 关于耽美

一 耽美及相关概念

（一）耽美

"耽美"一词最早出现于日本近代文学中，在日文中的发音为TANBI，它的最初意义是"反对以暴露人性的丑恶面为主的自然主义，并想找出官能美，陶醉其中追求文学的意义"，即追求唯美。在日本文学中，有一种为反对自然主义文学而呈现的另一种文学写作风格：耽美派。耽美派作为一种派系，可以说是浪漫主义的一个分支。耽有沉迷、沉溺之意，美有唯美之意，耽美，就是沉溺于美，所以如武侠、玄幻、质疑推理等一切给读者一种纯粹的美的享受的东西都可以算是耽美。后来这个词被日本的漫画界用于BL漫画上，结果引申为代指一切美形的男性，以及男性与男性之间不涉及繁殖的恋爱感情，最后更发展为男同性恋漫画的代称之一。这其实是耽美概念的一个狭窄化。[1] 本章所指耽美就是指后者，即被狭义化的耽美，也就是说本章所提及的耽美等同于BL。

---

[1] http://baike.so.com/doc/5349258.html.

(二) 同人

"同人"一词来源于日本，本意是指有相同志向的人们。后来，出现在动漫文化中，指的是由漫画、动画、游戏、小说、影视等作品甚至现实里已知的人物，设定衍生出来的文章及其他如图片、影音、游戏等。简单一些，"同人"就是指二次创作，二次创作的作者不是原创作品的创作者，作品中人物虽是原创中的人物，但有些只是背景相同，有些是名字称呼相同，故事情节都已发生改变。一些被塑造的虚拟人物在二次创作下，扮演不同的故事角色。二次创作的作品就叫同人作品。[①]

(三) 原创耽美与同人耽美

上面已经提到"同人"指的是二次创作，在二次创作的过程中，其中有些改变了原作品中人物的性倾向，使"男男"发生组合，如对电影、电视剧、经典小说或现实中的明星进行男男配对，当然，这与原作不产生任何关系，这类同人作品就叫"同人耽美"。与之相对应的就是原创耽美，原创耽美指的是作者自己创作的男男之爱，无任何原型。本章涉及的耽美是原创、同人两类都包括的。

(四) 耽美文学与同性恋文学

耽美在我国内地的表现方式有漫画、动画、小说、广播剧和视频。在中国内地流传最早的耽美作品多为日本耽美漫画，随后许多中国作者创作了大量耽美题材的小说。耽美作品因突出同性恋问题而在中国备受争议，部分作品主题也包含对"性虐待"或"恋童癖"等非正常性取向的描写。实质上，耽美文学与一般的同性恋文学有很大区别，其作者与读者都通常为异性恋女性，因此也有学者提出耽美文化中的"想象与现实的混淆"。耽美作品也通常蕴含着柔情与伤感等女性特质，在耽美的世界里，"男男"之恋被描绘成一种完美精神世界里最为理想的恋情。就创作者和受众来看，耽美的参

---

① http://baike.so.com/doc/5398088.html.

与者主要是异性恋的女性,而同性恋文学的参与者则多为同性恋;就内容而言,耽美虽然描绘的是男同性恋,但却是一种经过理想化和美化的男同性恋。①

(五) BL 与 GAY

BL——Boys' Love 是指男孩子间的爱,也称为少年爱,BL 一般是指男孩和男孩之间或男人和男孩之间的恋情。与 GAY(男同性恋)不同,这个群体大多是纯爱,一般比较纯情,虽然也有肉体接触,但是这相对于 GAY 依旧是更为理想化。②

(六) 同人女

"同人女"一词起源于日本,原指进行同人创作的女性群体,后常特指创作与欣赏耽美类同人作品的女性。现在这一词汇经常被用来泛指创作与欣赏一切(而不仅限于同人)耽美文学作品的女性。而本章采用这一词汇的泛指意,即指代创作与欣赏一切耽美作品的女性。③

(七) 腐女

腐女,全称"腐女子",主要是指喜欢 BL,也就是幻想男男爱情的女性。除了 ACG(动漫漫画游戏的总称)作品、电视剧、电影等(不管作品本身是否为 BL 系),一部分腐女也会对真实世界男性间的关系产生遐想,如偶像(日本的 J 禁)、历史人物(日本的新选组或幕末人物,中国古代文人、帝王等)等。这个词首先是她们称呼自己的专用词(比如,在很多日本著名的同人志上,女性作家自己率先称自己为腐女),该词并不具有贬低自己的意思。也就是说,与"宅"不同,腐女一开始就只有自嘲的功能,并不能成为外部势

---

① 王筝:《同人的世界——对一种网络小众文化的研究》,新华出版社 2008 年版,第 53 页。

② http://baike.so.com/doc/3083327.html.

③ http://baike.so.com/doc/6338879.html.

力攻击她们的词汇。①

(八) 耽美狼

喜欢耽美原创文学的女性,耽美狼即是爱好耽美作品的人群的通称,大多为女性。耽美狼并不一定喜欢日本和日本文化。耽美狼的一部分是由腐女进化而来。耽美狼和腐女之间没有程度深浅和地位高低之分,只是在欣赏内容上有所区别。②

二 耽美现象的研究

随着经济的发展和互联网的普及,现在耽美已被越来越多的人认识,已经成为一种青年群体中的亚文化。网络耽美文化如火如荼地发展着,但是对耽美文化的评价却存在问题,比如,由于耽美小说描写的是 BL(男男之爱),致使很多人认为这类小说是变态小说,会对青少年的健康成长产生不利影响,这种评价,由于缺乏对这一文化的理解而有失公允。

针对这一新型亚文化,近几年学术界开始对其进行了细致研究,这些研究大多集中于对耽美群体"同人女"的研究,如研究她们产生的原因,研究她们所具有的各种特征。从心理学、社会学角度研究同人女产生的心理、社会原因;从社会学角度研究这一粉丝文化;从传播角度研究网络媒介对耽美文化的影响;从文本角度研究耽美小说的语体风格、写作手法等(这是针对网络耽美小说)。继续从不同角度研究,会对这一文化有更深入的了解,让大众更好地对待网络耽美文化。

总的来说,这些研究都是在耽美小说内部进行研究,也就是说只对小说研究,而没有把耽美小说看作耽美文化,从外部进行整个文化的研究。本章选取网络耽美小说为着眼点对这一文化进行研究,

---

① http://baike.baidu.com/view/7883.htm.
② http://baike.baidu.com/view/9297.htm.

跳出具体文本,将这一文化作为文本,运用文化研究的方法,宏观研究这种新型文化,这是很有必要的。

第二节 日本的耽美文化

耽美是由日本传入中国的,要想研究耽美在中国的发展变化,就得先追根溯源,弄清耽美在日本的发展。前文提到,耽美的产生,最早源于浪漫主义,后来开始转为代指一切美型男性,这是在漫画中最早表现出来的,除此之外,耽美中更多地体现着唯美颓废色彩。唯美颓废主义源于欧洲,而在日本也产生了很大影响,这不仅由于欧洲唯美颓废主义的传入,而且由于日本本土文化中就带有唯美颓废的色彩。

一 日本本土文化中的耽美元素

在日本,耽美原本与同性恋文学等同。《面具下的日本人》曾这样介绍:"可能有许多年轻女孩——与少部分的年轻男孩——觉得他们性格上自然的倾向,慢慢遭到成人世界压碎,这种状况迫使他们算计并成为顺从者,而且在同性恋的幻想中找到宣泄口。因为离他们的生活很遥远,以至于不会受到威胁。"① 在日本,未成年的儿童世界与成人世界是两个完全不同的世界。童年早期是一个安全、温暖、充满母爱的世界,在这个时候,他们没有被要求去扮演各种不同的角色,小男孩小女孩对于性别的区分没有感到真正的存在。而在成人世界里,没有了儿童世界里的纯真美好,他们要接受更多来自社会对他们"义理"的要求,童年世界遭到成人世界的挤压。所以从童年的世界中逃脱出来并转变为成人的过程,对于日本人而言

---

① [荷]伊恩·布鲁玛:《面具下的日本人》,林铮顗译,金城出版社2010年版,第157页。

是异常困难的。另一方面，对于女孩来说，她们不想成为女人的愿望被曲解了。人们误以为这是女孩对于男孩的羡慕，想变成男孩，也就是弗洛伊德说的女孩所拥有的阉割情结。而实际上，女孩最深的欲望、最真实的想法是既不想成为男人也不想成为女人。这是因为她们期望自己可以永远像孩童时期一样，无男女区别，可以受到与男孩一样的待遇，而且她们也知道，社会不允许这样。等她们长大，变成女人之后，便意味着自己要承担各种不同的角色，妻子、妈妈、儿媳……这一系列的角色被赋予到她们身上，她们了解到社会中男女之间的差异，觉得真实与梦想被颠倒了。

成长成了一个悲剧，少女的梦破碎了，而同时，成人世界的虚伪、狡诈、工于算计等各种现象，让少女对成人世界产生了敌意。成长虽然是令人绝望的，却又是无可逃避的，于是她们选择了顺从，顺从社会。这样产生了一个矛盾——顺从社会、被迫地活着，就会离儿童世界的纯真状态越来越远。为了逃避这一矛盾她们作了一个选择，选择保持儿童世界的纯真状态，保持永恒的青春状态。这与不长大不同，也与长大成人不同。于是日本文学中出现了让人会被错认成女孩的"美少年"这样的形象。美少年不管是不是同性恋，在日本，他被对待的方式与吸血鬼和外星生物一样，这三者的共同之处就是他们全是被放逐的人，可以很轻松地脱离社会的监控，似乎是一夜之间就出现的，大家谁也不去讨论这一现象的合理之处，仿佛他们的存在不需要被关注。于是，在日本，同性恋成了一个被默许的社会现象，从来不会被认为是犯罪倾向或者是有疾病，成了社会的一部分，完全被允许。而这恰好是带有青春气息的文学作品的存在缘由，也证明了日本文学中出现大量描写美少年的美好作品，解释了日本耽美文本中为何存在的形象都是"年轻"人。

其次，需要解释的是，为何耽美文本中出现的年轻人都是男性，为何日本文学中"美少年"、同性恋形象居多。

在日本，同性恋成为爱的理想形式，是可以追溯到少女连环画之前的。实际上，人们不但容忍同性恋，还因为这一现象是一种更纯粹的爱的方式而受到鼓励。在日本，女人的地位是极其低下的，她们被鄙视为一种较低级的生物存在，甚至被说成是"一个借来生孩子的洞"，而唯有男人之间的爱才配得上真正的武士道精神。日本人极其重视武士道精神，战争的结束，让理想的武士道结束了它的使命——通过在战争中奋力杀敌，失败后剖腹自杀，用此来显示对天皇的忠诚。

但是对于日本这个民族，武士道精神却依然存在，只是方式发生了变化。事实证明这种精神后来进一步精致化为一种时髦的形式，即同性恋，其中包含着理想的男性爱情、绝对忠诚的爱、对美少年的崇拜。武士之间的"男孩爱"与西方的浪漫爱情理想是非常接近的。这就是日本耽美文学作品中美少年永远都是"男性"的原因。

在日本，审美文化中有热衷于写死亡的现象，尤其是美少年的死亡。为什么尤以美少年居多？之前提到，人们不想长大，不想进入成人世界，逃避的最好方式就是留住青春状态，如何留住，只有在年轻漂亮而且面容尚未如花凋零之前就死去。日本美学中就有用年轻男孩与樱花作比的例子，樱花的花期约一周，它绚烂之极时就是凋零时，就如美少年的青春一般短暂。也只有这样，才最值得人记忆。另外，前文提到，人们在和平年代对"武士道"精神的追求转到年轻的美少男之间，更有甚者，认为承认"男孩爱"还不是一种纯粹的爱，因为一旦"承认"，这个爱就缩水了，有种炫耀的嫌疑在里面。真正的爱是一种秘密的爱，"是一个人秘密地将它带入坟墓，这样才能达到它的最高点与最高贵的形式"。所以我们会经常在日本的同性恋小说中看到自杀、死亡的结尾，这在中国人看来，不是一个完美的结局，可在日本人看来，这是最完美的结局。因为忠诚不能再证明于沙场，那么牺牲式的自杀便取代了它的位置。但是牺牲式的自杀不是随时都有那么高贵的意义。

因此，日本本土文化中，对儿童世界的纯真状态的追求，对成人世界虚伪狡诈的逃避,让他们选择了保持在永恒的青春状态。日本女性地位的低下,让人们对于爱的追求更多地关注男男之爱,认为这才是纯粹的爱情。而武士道最高贵的形式——美少年的自杀式的爱恋,让人们在纯真的状态中追求真爱。这些一一反映出来,体现在日本文学中,便有了耽美文学中的各个要素,唯美的爱情、绝美的少年、凄美的结局。

二 英美颓废主义对日本文化的影响

日本文学中耽美文学现象的出现,除了有本土文化原因之外,还有唯美颓废主义思潮的影响。唯美主义又称"唯美主义运动",一般大家公认的唯美颓废主义是以法国为中心,而后传到整个欧洲的一种文艺思潮,时间大约是在19世纪后期,理论来源是康德的纯粹美学中提到的"纯粹美感经验源于一种'无利害'之念的沉思,与美感对象的现实性或客观使用价值及道德性无关"①,即美的无利害。这其中饱含着一种对功利主义观念的否定,宣扬艺术的自足性。艺术是自足的存在,无须任何外在存在的目的。

后来唯美主义继续发展,有了颓废主义的倾向。当美发展到极致的时候,便产生出颓废状态。所谓"颓废"是指人在活着的过程中,忽然间意识到、觉悟到人的一生不管经历什么,最终的结果都难逃一个命运——死亡,而人生的过程就是迈向死亡的过程,从出生的那一刻起,我们就已经注定要死亡,不管我们怎样逃避,在死神眼里,我们所做的一切都是徒劳,不仅对个人,对于整个文明,都注定是在自我耗竭中无可挽回地走向末路。按照这样的观念,我们的生活是无意义无价值的,是徒劳无功的,而这就必然造成对人生颓废的态度,这是一种浓重的悲观虚无主义。既然如此,领悟到颓废的人生宿命不可逆转的时候,便会转而对这样的人生采取苦中

---

① 谢志熙:《美的偏执》,上海文艺出版社1997年版,第8页。

作乐的享乐主义。

在这里"唯美"与"颓废"是不可分的。① 二者就如同一张纸的两面，结成了相互依存的同体共存关系。如果说"颓废"是引发"唯美"立场的深层原因，那么"唯美"便是人们面对"颓废"的必然选择，而且是他们聊以自慰的唯一方法。因此，当人生乃至整个世界文明都被视为毫无意义的自我耗竭、必然衰退的颓废过程之后，唯美颓废主义者发现他们唯一的生活方式便是苦中作乐，不计利害地超然地面对人生得失，并从中获得一些宽慰。

上文提到的唯美颓废的人生观体现在唯美颓废主义者的文章中，便是对美的遵从偏执到否定美、艺术这两者与人生的关系，并试图用对美和艺术的膜拜来弥补悲观虚无主义所带来的信仰匮乏，这对于他们而言，才是唯美的，才是颓废的。很多颓废主义作家喜欢追求个人风格的高度技巧，重视作品本身的形式，还有一些人追求奇特的感官刺激，尝试在病态的生活中寻求快感。而这些颓废派所鼓吹的病态生活感官刺激全部与传统社会价值观相违背。

唯美主义开始在日本出现是 20 世纪初，受西方唯美颓废主义的影响，再加上日本本土文化的渊源，日本唯美颓废主义者将他们特有的"江户趣味"融入唯美颓废之中，使日本唯美颓废派表现出不同于西方的优雅感官享乐。如永井荷风，日本唯美—颓废派文人之一，"他不满现代文明和当时的日本社会现实，转而去寻找古希腊文化精神和纯粹的日本特色"②，他发现自己对现实无能为力，可又不愿与其同流合污，同时也深刻感悟到人生无常，于是只能寻找一种"苦中作乐"的生活艺术之道，企图在民间寻求古雅遗韵。中国美学家谢六逸曾说"他（永井荷风）的风格极丰丽，正如绚烂的牡丹，文章也富于音乐要素……官能的香味甚浓，色彩极艳，这些都是难

---

① 谢志熙：《美的偏执》，上海文艺出版社 1997 年版，第 67 页。
② 同上书，第 48 页。

及的特色"①。而他的这些风格传承下来被耽美文学吸收,尤其"官能的香味、色彩的艳丽"这些风格。

另一位作家谷崎润一郎,他因为提倡恶魔主义,表现颓废的官能之美而出名。他的作品《痴人之爱》体现着他的颓废的官能之美、变态的性欲描写。章克标认为:谷崎润一郎之所以写性变态心理题材的文章很多,是因为平凡的美只是普通的官能美,要寻求有异常刺激力的东西,就只有走入病态一途。"他有丰富的空想世界。他不要什么人性,也不要什么现实,他的世界是超越了现实和人生而存在的世界。人间有切切实实在社会上做事的时间,却也有耽于空想和睡着了的做梦的时刻,而他,便是后者。"② 这种无批判的对于谷崎润一郎颓废倾向的认同并非章克标一人。

总之,英美唯美颓废主义的传播对日本唯美颓废派作家产生的影响很大,他们的创作不再考虑人生问题,转向享乐主义,作品中处处弥漫着颓废气息,追求着苟全自我、苦中作乐的享乐主义,采取聊以自慰、聊保生存之道的生活艺术方式,如永井荷风"采取极端冷漠孤独的贵族式态度"③,而且文风极尽绚丽,官能色彩极浓。

此外,在日本本土文化中本来就存在着唯美气息,如对青年状态永恒保持的追求,男男之间的唯美爱情,高于情欲之上的纯洁之爱,对武士道自杀式牺牲的推崇,极美之后隐藏的悲剧色彩,这些结合到一起体现着唯美的极致。这必然能引出日本耽美文化的发展。在起初,耽美与唯美是相同的。后来由于唯美颓废主义的作品类型划分,使得二者有了差别。

唯美颓废派作品大致分为三类:重情趣的唯美颓废主义、重官能的唯美颓废主义以及介于这两者之间的唯美颓废主义。日本耽美后来的发展倾向于官能唯美颓废主义,耽美由此含义缩小,与唯美

---

① 谢六逸:《二十年来的日本文学》,《小说月报》第20卷第7号。
② 章克标:《谷崎润一郎集序》,开明书店1929年版。
③ 谢志熙:《美的偏执》,上海文艺出版社1997年版,第49页。

有了差异，耽美的指代开始狭隘、具体，倾向于官能方面的唯美颓废。尤其是耽美后来在日本的发展主要以动漫游戏为主。而在动漫游戏中，官能方面的视觉冲击明显大于情趣方面。情趣类唯美颓废主义的发展大致是散文，永井荷风就曾把散文小品视为表现颓废的历史感慨和人生情怀的最佳文体，他的文体风格便如牡丹般绚烂，而官能的视觉冲击更多地体现在图片中。

第三节 耽美文化在中国的兴起

耽美文化首先在日本产生，之后流入中国的香港、台湾等地，20世纪90年代初，香港、台湾较快地接受了耽美文化，由于中国内地在当时没有大范围地开放，像这类亚文化进入时间也相应地晚于香港、台湾，直到90年代中期，东部沿海一带率先接受了耽美文化，紧接着，由于经济发展以及电子网络技术的推广普及，耽美文化由东部沿海一带开始向中西部蔓延扩展。耽美文化进入我国并开始迅速传播开来所依靠的方式都是通过网络，以网络游戏、动漫、网络小说等传播开的，而纸质的耽美出版物在一开始较之网络耽美文化而言，稍显逊色。

一 耽美文化在中国的起源

耽美文化得以进入中国，并在中国传播，所谓的媒介因素、经济因素皆为外因，因为如果中国没有这样的土壤和环境，耽美文化很难在短时间内迅速扩展到中国大部分地方。像可口可乐、耐克等品牌，在做广告宣传时融入中国特色，以中国人的思维方式进行传播，才可能让中国人接受。但是日本耽美文化一开始在就没有乔装打扮，而是直接进入中国，其中的原因，除中国和日本在思维方式上有相似之处外，主要还在于中国本土。

（一）中国土壤中的男风现象

中国对于男风现象的认可古已有之。

中国最早的同性恋记载是商代的《商书·伊训》，此书当中提到"三风十愆"之说。"曰：'敢有恒舞于宫，酣歌于室，时谓巫风。敢有殉于货色，恒于游畋，时谓淫风。敢有侮圣言，逆忠直，远耆德，比顽童，时谓乱风。惟兹三风十愆，卿士有一于身，家必丧；邦君有一于身，国必亡。臣下不匡，其刑墨，具训于蒙士。'"①"三风"指"巫风、淫风、乱风"，其中"乱风"有"四愆"，其中之一便是"比顽童"。这是提到有同性恋现象。最早有同性恋实例记载的是《韩非子·说难》中卫国弥子瑕受到卫灵公宠爱，有两个典故："矫驾君车""啖以余桃"，后来多用"分桃"来指代男同性恋。春秋战国是男同性恋活跃期，除了"分桃"之外，还有龙阳君泣鱼固宠，后来"龙阳"也专指男风。汉代是同性恋流行的时代，众所周知的"断袖"一词便出自汉哀帝。上流贵族中霍光、梁冀都曾爱幸监奴。隋唐开始，对同性恋记载开始减少，有人认为这是男风渐衰的表现，但或许还有一种可能，即唐代思想开放，人们对男风这一社会现象已经普遍接受，不需过多关注，因而记载开始减少。从宋代禁止男妓的相关法律如"男为娼，杖一百，告者赏钱五十贯"可以看出，即便程朱理学压抑性，但依然有男风这一现象。元代没有对于男风这一社会现象的记录，但元代戏曲中也体现着同性恋的因素。明清两代，男色极盛，"相公"专指男妓便是出自那个时代。

以上可以看出男风文化在中国古已有之，所以在这样的土壤中生活惯了的人们，对于男男之爱的耽美文学接受并不需要费太大力气，男风文化一直以来就以一种不言说不自明的状态存在，大家对它采取默认的态度，即使后来"文化大革命"期间同性恋受到极不公正的对待，但人们的普遍态度并非严重到像西方中世纪那样，对其处以火刑、绞刑等刑罚，而是对其采取侮辱鄙视。

（二）唯美颓废主义对中国的影响

唯美颓废主义由日本传入中国，为中国文化增添了唯美颓废的

---

① http：//gj.zdic.net/archive.php？aid-2585.html.

气息，这要从首先介绍了唯美颓废主义的人说起。这个人是曾经留学于日本的周作人，"五四"新文化运动走入低潮之后，周作人对文学信仰有了怀疑，由对日本唯美颓废派文人的不大热心、无特别欣赏之意转向同情，他感叹自己生活的时代是一个颓废的时代，对中国古代礼文化充满仰慕，认为这是一个今不如昔的时代，有了这样的认知，他没有像他哥哥那般，向命运的铁屋子提出抗争，发出呐喊，相反，他因此产生了宿命论、虚无主义，走向颓废的人生。他采取的生活方式也与周树人完全不同，苟全自我、苦中作乐，对现实无能为力可又不愿与之同流合污，深感人生无常，他对待生活的态度只能是"超然"，冷眼看世间一切，除此之外别无他法。所以周作人到后来非常欣赏永井荷风，永井荷风很多作品的中文翻译出自周作人之手。日本唯美颓废派影响了周作人，又经周作人之手影响了中国一代文人。他将唯美颓废中国化，与中国的佛学色空观念、道家无为观念以及文人墨客一贯的隐居山林的生活方式相结合。周作人之后受他的影响中国文坛出现了如朱自清、俞平伯、废名、梁实秋等唯美颓废气息的作家。与周作人不同之处在于：他们面对极端颓废的人生困苦，采取超然冷静的反思、玩味态度，正是如此，这些理性的有节制的颓废让他们的文章体现出一种充满哲学意味的思想之美。另外唯美颓废主义有重情趣与重官能的区别。北方流派倾向于前者，他们把高雅的精神情趣而非俗气的感官官能推广到人生世相方面。

（三）耽美文化传入中国

《伯明翰学派青年亚文化理论研究》（以后简称《伯理论研究》）一书中谈到亚文化的发展要经过产生—传播（道德恐慌）—收编（反收编）这一系列的步骤。

耽美文化的传播过程就是造成道德恐慌的过程。道德恐慌是怎样造成的？就是主流文化将亚文化界定成"亚文化"造成的。

在亚文化理论中有一种"标签理论"，这是贝克尔提出的，他说

"世上并无亚文化越轨行为,是先有标签,然后才有了亚文化,越轨者和异常行为是通过强有力的社会控制机构给少数弱势群体贴上越轨的标签而被创造出来的,社会群体创造了越轨亚文化行为,其方式是制定了哪些一违反就造成越轨的规则,并把这些准则应用于特定的人身上,用标签将他们标示为局外人"[1]。标签是支配团体和统治阶级为控制文化领导权、掌握社会主流意识形态、巩固维护自身既得利益而将其他凡是抵拒这一意识形态的举动视为越轨行为。实质上耽美文化被贴上"反动、色情"的标签,被外界视为贬义的"腐女"(虽然这一称呼是阅读书写耽美的人自称的)皆是社会对这一亚文化的污蔑,试图以此来抹黑耽美文化。对于耽美而言,我们的社会早已预先设定好了标签,正统小说文学中男女二元对立,爱情小说必要有结婚生子繁衍后代为最后圆满结局。而与这些相对的,耽美小说不是"男女",而是"男男",不以结婚生子为目的,而是单纯的爱情描写,即"因为爱,所以爱",抛却权力、财富、伦理的羁绊等种种因素,这样的爱情小说颠覆了传统。其实这些也原是小说的题材,只因我们潜在的"二元对立、结婚生子"元素占据主流,被标定为标准爱情小说,而耽美违背了这些原则,则被视为越轨行为,于是"男男"小说被另外称为"耽美"文。

因为这样一种违背传统婚姻法则的观念造成了社会道德恐慌,国家意识形态机器就开始介入其中,这样就开始了收编的过程。只是在收编的同时,亚文化也在反收编。如果用符号学原理解释的话,巴赫金说:"符号不只是作为现实的一部分存在,而且还反映折射着另一个现实。所以符号能够歪曲或证实这一事实,能够从一定的角度接受他,等等。"[2] 也就是说符号没有固定的属性,一个简单的符

---

[1] 胡疆锋:《伯明翰学派青年亚文化理论研究》,中国社会科学出版社2012年版,第49页。

[2] [苏]巴赫金:《马克思主义与语言哲学》,《巴赫金全集》(第二卷),河北教育出版社1988年版,第350页。

号面对两种不同的意识形态，可能被解读成不同的意思，在统治阶级与被统治阶级之间，符号从来不只属于统治阶级，即便它有可能是统治阶级创造的。因为被统治阶级也有可能用同样的符号来创造自己的文化，形成与统治阶级完全不同的东西。而在亚文化中同样如此，亚文化从来就不是被动的、无选择的。恰恰相反，在亚文化被商业收编的过程中，亚文化、亚文化群体也将商品物品拿来为己所用，把这些物品重新编码组合，形成一种与主流文化不同的具有抵抗形式的文化。就耽美网络文化而言，就是用网络作为其传播媒介，具有爱情的成分在其中，同时不可或缺地还有性的描写在其中。这些元素组合一起后，试图抵抗消解传统中"以繁殖后代为目的的性""男女二元的性"等观念，继而通过网络将他们的抗拒公之于众，公开大胆地与传统做斗争，同时打破了媒介作为意识形态工具、只为意识形态服务的局限。

二 中日耽美小说的区别

耽美作为一种舶来品，从日本传入中国，有人认为这是一种文化的殖民，但日本的耽美在日本源于唯美颓废主义，而且在作品当中也无时无刻不弥漫着唯美颓废的气息。进入中国的耽美已经完全摆脱了日本的唯美颓废气息，而穿上了"中国特色"的衣服，成为中国式的"耽美"。

（一）唯美颓废色彩在中日两国耽美作品中的体现

日本耽美文学的理论来源是唯美颓废主义，这一主义的文学作品大致体现的类型可分为三类，分别为重情趣的唯美颓废主义、重官能的唯美颓废主义以及介于两者之间的唯美颓废主义。日本耽美文学作品中，唯美与颓废的结合还是很好的。首先它不是简单的唯美与颓废的相加，唯美与颓废是相倚相存的，动漫将此表现得淋漓尽致。动漫作品中动漫人物的特写，男主人公棱角分明的脸型、线条优美的胸肌、飘逸的秀发、挺拔的身姿，总之极尽美态的视觉描绘将官能表现凸显，同时背景中唯美的樱花飘落、孤寂的背影在月光下拉出长长的影子，黑白白红的强烈色彩对比：眼珠的黑亮、嘴唇的樱红、皮肤的惨白、刺眼的血红……一切唯美的描绘将颓废的情趣表现出来，因为那样的描绘很容易让人看着唯美的少年、孤寂的背影而产生悲伤落寞的情趣。所以说日本耽美作品，尤其是耽美漫画、动漫，将官能与情趣很好地结合在一起。

而耽美进入中国之后却发生了变化，动漫、漫画作品是直接由日本传入中国，中国作者并未进行修改，因此唯美颓废色彩很完整地保留了下来。但是文学作品却有不同，中国作者在其原有的含义基础之上，加入中国式的思考，加入作者自己的见解，并自己创作耽美。这一系列过程之中，日本耽美原有的唯美颓废色彩有了改变，两者不再很好地结合，甚至断裂，后又经舍弃，所以在中国的耽美文学作品中我们看得更多的只是重官能的描写，而唯美颓废色彩则减少了很多。

在日本，耽美作品主要是以动漫、漫画的形式出现的，这种方式以视觉的形象给人冲击，让人可以深刻感觉在某一时刻某一画面，唯美颓废气息的呈现。而在中国，耽美作品更多地以小说的文字形式出现，几乎无法让人体会唯美与颓废二者的紧密结合，而是仅由唯美色彩或者颓废色彩独占一笔。

  一个纤细高挑的少年，皮肤白皙。短短的棕色卷发，碎碎乱乱，刘海垂在额心，下面是一双棕色的眼。除了眼眶比以前凹陷，鼻梁比以前高挺……还是那么英俊潇洒风流倜傥，哎，怎么得了啊。[①]

与加百列的清肃不同，拉斐尔穿一身白衣，纽扣，手腕处的一圈，以及手套，裤子都是黑色，底下又套了一双白靴，整

---

① 天籁纸鸢：《天神右翼》（http：//www.52blgl.com/1/1042/48526.html）。

个看去的都是黑白配,却相当搭调。①

简单的画面描写给人一种唯美的感觉,但只是带有些许感伤,而无颓废。其实在中国的历史上,重情趣的唯美颓废主义的文学作品时有出现。魏晋南北朝时期,士人感慨人生命运,慨叹光阴短暂、社会黑暗,无法改变社会,自己的人生也无所作为,对于这种浑浑噩噩的生活常常发出"人生不满百,常怀千岁忧",那种对于生命的颓废从字里行间溢了出来,而唯美则体现为诗本身,诗人本身。到后来,周作人的散文也体现着对国家无望,采取苟活自我、苦中作乐的人生态度,这些作品体现的都是重情趣的唯美颓废主义。

现在中国大陆耽美作品,一是无法体现唯美颓废之风,文章一味追求情爱而无任何对社会对人生的慨叹;二是无法体现唯美之意,耽美小说除了有不可或缺的情节引人注目外,更多的是性爱情色描写。而小说语言的描写与诗歌相比,当然更体现不出唯美之意。

(二) 日本耽美作品与中国耽美作品中故事的不同结局

日本耽美作品的结局用我们中国人的思维来看多半为悲剧性结局,作品中男男主角虽然得到了爱情,却为此付出了惨重的代价。如尾崎南的作品《绝爱》,作为成功的耽美作品,它不仅画面唯美,更在于它主题中体现的唯美与颓废的完美交融。主人公歌星南条晃司和足球运动员泉拓人最后终于突破自我内心的束缚,两人相知相爱,但在这唯美之后,却又遇到了极大的悲剧,泉拓人没有了双腿,再也不能去踢自己最喜欢的足球,南条晃司被抓,不再唱歌,他们的相爱,是以两个人的两败俱伤为结局的。耽美作品往往是这种结局,而这正是耽美的主题,唯美的颓废,颓废的唯美。

当然,前文已经分析过,日本文化中就有这样的元素存在。日本民族对于美的认识就是如樱花般绚烂之极时转瞬凋落,他们无法

---

① 天籁纸鸢:《天神右翼》(http://www.52blgl.com/1/1042/48526.html)。

忍受美好的事物在他们面前一步一步走向衰亡，相反在最美的时候离去，这才是美的极致。所以他们才会有在事物最美的时候将其毁灭的心理，而这样的悲剧也成了一种美的形式。

而恰恰相反，中国人的思维中结局都力求团圆，只有团圆的结局才是美的结局。比如我们在看电视电影时会发问，男女主角在一起了吗？他们和好了吗？结婚了吗？似乎现实中的人生太多艰辛，唯有文学艺术中的这种团圆喜庆的气氛才可缓解人生内心的苦痛，让人有活下去的希望。日本耽美作品悲剧性的结尾将唯美颓废很好地融合在一起，而中国耽美作品受传统思维的影响，没有颓废的气息包含其中。

（三）日本耽美中的"男男"与中国耽美中的"男男"之区别

日本传统中，认为男女结合并无爱情，是维持生育，维持家族社会持续发展的工具，所以他们说"女人是生孩子的洞"。女性在日本传统社会中地位低下，男女结合在他们看来根本不是爱情，甚至有女性参与其中，反而玷污了爱情。真正有资格拥有爱的是男男结合，这样的结合没有了生殖繁育下一代的目的，而且日本的男人都有武士道精神中的"忠"，所以这样的结合，两个拥有传统武士道精神的男人结合，才有资格谈及崇高的爱情。这些还不够，要在两个年轻的美少男身上，唯美崇高的爱情才会更加完美体现。中国耽美小说虽说也写男男之爱，但没有日本武士道的"忠"，也没有对爱情的"纯"，所以我们读中国耽美小说时，作品中"男男"无异于"男女"，只是被写为"男"而已。

综上所述，日本耽美进入中国，在经过中国式的思维之后，中国作者创作的耽美作品来了一个"脱胎换骨"的转变，在这期间，保留下来的是男男之爱的形式或者说是题材，而改变了的则远远不止这些。

三 亚文化性

耽美之所以进入中国，受到同人女的极大关注，很重要的原因是"BL",这是一种与男女之爱不同的爱的方式。在中国,本土创作的耽美作品已经失去了原本在日本的语境与土壤,不会再体现唯美与颓废,反而形成了一种青年亚文化,出现更多的是对主流意识形态的抵抗拒绝,对父权制文化的揭露,而就在这个过程中,它的亚文化性得到体现。

(一)耽美群体建立内部认同

从参与的主体来看,进行耽美创作的人与阅读耽美作品的人很大程度上都是女性,而且还有一个专有名词"腐女"来概括。固定的一群人,因为特殊喜好聚集一起,而且还有特定的称呼,这是亚文化不可或缺的特征之一。在耽美的创作接受过程中,女性群体内部产生认同,进行群体活动。贝克尔在《局外人》中曾提到,当社会主流无法接受少数弱势群体的一些行为的时候,他们会以社会的各种准则为界,说这些少数群体违反了某些准则,不属于社会之内的人,应该被划分为"局外人",而这些社会准则原本就是社会大多数人或社会统治阶级按照自己的意识形态制定的。当他们把少数弱势群体定为"局外人",是从社会外部对这个少数弱势群体达成了他们自己"局内人的集体认同"。而殊不知,就在社会对少数弱势群体进行界定的时候,少数弱势群体内部也在进行着他们的界定,他们建立他们内部的自我认同,来抵制外部社会对他们的排斥。怎样建立他们的自我认同呢?单是一个"同人女"的称呼并不够,他们还建立了耽美网站,虽然是在一个虚拟的世界里,这就好比在他们自己心中有这样一个界面,界面之内是他们的世界,界面之外是局外人的世界。耽美论坛中所有参与者都是耽美迷、同人迷,有的还直接标明非同人女勿进,有的则设置了一些准入条件,有很大一部分论坛,如果申请者不注册,那么他/她将无法匿名浏览耽美活动。这样一种设置"局内人""局外人"门槛的明确划分,解决了他们当初被社会认定为"局外人"的尴尬境地,解决了他们被排除出社会的危机。除此之外还有一种现象,就是他们有专门的术语,如"激

H、18禁、年下攻"① 等，而这些术语普通耽美读者很容易搞混，一般人更是看不懂，当耽美迷在一起讨论时，普通读者就如听天书一般，这就让普通读者感觉自己不是耽美群体内部的，耽美群体通过这种方式让非耽美群体产生"局外人"的感觉。

为何要有这样一个建立内部认同的过程？首先，阅读创作耽美的人群定位是年轻的女性群体，而且近几年来有低龄化的趋势，这样一个群体所处的年龄段是青少年时期，当社会将其归为局外人之后，她们忽然觉得自己的自我认同，即对BL的喜爱、认可，在这个大的社会中是不被认可接受的，自我认同在此时出现孤立无援的困境，内心的不安全感、危机感、恐惧感也会增加。而社会拒绝她们的个人认同，又或者她们拒绝社会的集体认同之后，必须同时找回一个集体认同，以此来证明自己不是社会的另类。于是为了体现她们的自我认同也是属于某一集体认同的，就算是一小群集体，这样最起码可以避免自我认同感的散失，可以让她以为自己在社会中不是孤立的个人，而是社会的。于是她们建立起各种准则，就如同社会大多数人排斥她们一样，她们也把准则之外的人视为局外人，于是在社会外部对她们建构的同时，她们在内部也建立了自我认同。

这就是耽美群体的一种抵抗和拒绝。女性群体的活动对于耽美亚文化群体而言是一个在她们内部建立认同的过程。从社会外部对她们的界定——"低俗、色情"，可以看出社会大多数人对她们的不认同、不接受。

(二) 耽美小说中的新爱情观

追求爱情的故事情节、小说应有的人物事件环境等因素，耽美

---

① http：//www.paipaitxt.com/r4779261. 激H：指H度很高，性爱的描述比起一般的H还要来得激烈火辣。18禁：未满18岁不得观赏。年下攻：攻的年纪小于受（攻：h时插入性器官的那一方，也就是男同性恋中通称的1；受：h时被插入性器官的一方，通常是男同性恋中通称的0，从日本传过来，现为BL界的专用名词）。

小说都有，但耽美小说却又与普通小说不同，有其自身的亚文化性，这又从何说起？

　　这里首先要引入一个词"拼贴"，列维-斯特劳斯曾用"拼贴"一词来描述原始人的思维方式，即从原有的物品和意义中创作新的意义，后来费思科也有过类似的定义：拼贴是一种即兴或改编的文化过程，客体、符号、行为由此被移植到不同的意义系统、文化背景中，从而获得新的意味。在耽美小说中"爱情"这一符号是借用来的，当然它还含有原有的具有文学意味的内涵，只是在这与传统不同的是，也就是它被借用于此的不同之处在于：传统文学中爱情是与"才子佳人""郎才女貌"等相连的，而我们现在也用"金童玉女""才子佳人""郎才女貌"来修饰看来很般配的男女，这几个成语的组合都是男女的拼接。传统认为这种男与女的爱情才是爱情，这样一种二元结构是不可被打破的。而耽美作品却把分别以"君臣""仇怨""敌对""乱伦""天命""诅咒"为主题的刘彻和卫青、李逍遥和刘晋元、顾惜朝和戚少商、小鱼儿和花无缺、寇仲和徐子陵、展昭和白玉堂等"男男"组合一起。"男男"这一古代具有不同组合含义的词汇此时却与爱情相挂钩，打破了传统男女的二元结构，让爱情的对象成为"男男"，这样一个原本依然有原初的意义，经过拼贴之后，结果生成另外一种意义，与原意义相对抗、相抵制的含义，这便是拼贴的效果。在"男男"与"爱情"的拼贴中，打破传统男女爱情模式，抵抗死板的男女二元爱情法则，让爱情模式走向多元，有着多种可能。

　　耽美中拼贴还体现为"身体描写"与"男性"结合，最初中国文学传统中，只要出现身体，必然是女性的，女性身体永远作为被看的对象呈现在文本中，而此时"身体描写"却与"男性"结合。下面的引文节选自耽美作者天籁纸鸢的《天神右翼》。

　　　　小天使飞在半空，阳光下短发碎碎乱乱，看去就像从金粉堆里钻出来的，耀眼甚至刺眼，头顶还有一缕俏皮的立着，风一吹，那一缕发就摇摇晃晃。水雾蒙蒙茫茫，衬着细皮白肉，透着清单雪香，两只又圆又亮的眼睛正瞅着我，如同破碎的冰蓝宝石。

路西法今天穿的是比那一日还好看，水蓝色的披风。精致昂贵的数串珍珠钻石项链，歪斜而下的裙裳，游云一般拉出一条优弧。额上还系了一圈白金链，一颗祖母绿垂在额心。却不及他的眼睛一成漂亮。①

路西法以手背撑着下巴，半垂着眉目，刘海落下，额前的雪珍珠托着金缎似的发，函幽育明，就似浮萍露华，更如空花阳焰，蒙蒙灰灰，泡幻不定。

雪莹的手指，樱瓣似的指甲盖，长长的十指，比戴着手套都要瘦的多。

路西法低下头，覆住我的唇，指尖触碰我的手，然后轻轻握住。

光影在门前旋转，我所能见的世界亦天旋地转。

他的唇齿间带着淡淡的清香，让我想起了曼珠沙华。

曼珠沙华，一名彼岸花，传说在通往地狱的道路上，开满了这种血色的花朵。

我回抱住他。骨雕扶手、圆雕装饰、砂岩器皿、浮雕壁画……统统在地面上倒映出另一个自己。阳光明朗，空气颤抖，地面冰莹如海月，就似进入了雷诺阿的画。②

他脱去手套，把头发系在胸前，伸出手，高雅却不做作。

---

① 天籁纸鸢：《天神右翼》第18章，http：//www.52blgl.com/1/1042/48539.html。
② 同上。

我茫然地点点头，把他的手放在他的手上，但是根本没反应过来他说的啥。

迷雾中，我隐约看见他面庞清莹，五官精致，水晶玻璃般的眼轻明虚澈。①

他拨开挡在我们两人之间的花瓣，反倒沾了一手花，红润通亮，娇艳得几乎滴血。他亦没有管它，只荡开温热透明的水花，挪到我的面前，轻轻靠在我的身上。

我懒懒地与他依偎着，一边看着他的背脊。

他的皮肤洁白细腻，如雪如玉。

六翼绒毛细腻如丝线，羽翎修长，整齐地排列着，散发着丕灵睿日的光芒。

我轻轻抚摸着他的羽毛，丝滑的手感触得人心如潮涌。

他的翅膀微微一颤，美丽圣洁的光散开，似从云间透出的一缕希望。②

——天籁纸鸢《天神右翼》

四个小节分别从对路西法的眼睛、亲吻、面容、做爱的描写入手，不同于我们看到的男性眼中对于女性作为被看对象的描写，天籁纸鸢对于路西法的描写细腻微妙，带有女性特有的审美角度。第一次，男性身体成为被看的对象，而且是被女性创作、被女性观看。这样的拼贴，拒绝父权制下女性被压抑的性，拒绝女性一直以来处于边缘被动的地位，通过这种方式释放女性心中的性欲。两个人同作为男性，却无"男女"给人的不平等，虽都为男性，但是米迦勒

---

① 天籁纸鸢：《天神右翼》第49章，http://www.52blgl.com/1/1042/48570.html。
② 天籁纸鸢：《天神右翼》第60章，http://www.52blgl.com/1/1042/48581.html。

（伊撒尔的真名）对路西法的爱却无半点卑微，表面上路西法虽对米迦勒狠绝、粗暴，但路西法的内心却爱米迦勒到无以形容的地步。他们的爱超越天界与魔界，让读者感受的是两个男人之间抛却一切物质、肉体直达灵魂的精神爱恋，而这正是耽美的精神所在——追求纯美的爱恋。我们知道，古典传统爱情中以才子佳人为题是一个经久不衰的话题，到了现在，"高富帅""白富美"的提法盛行，且看这两个词中三个字其实说白了就是"外貌""财富"居于其中，将爱情的神圣性搁置除外，根本没有女性想要追求的精神灵魂的爱恋。再来看排序，虽是这样说，但这三字词只是为了押韵，真正的排序依然是男子择偶看女子的外貌为首选，而女子却只能将男子的财富地位作为首选，耽美在这里打破传统爱情模式，打破女性身体被看的无言，其实也是试图打破传统惯例的生活状态，只是以爱情、以身体为一根引线。她们所要抵抗的是父权制社会的种种专制的社会状况。

这种符号的随意拼贴组合，产生一种新的意义，而这种意义又与统治阶级意识形态相对立，用原属于统治集团的文化形式，经过转换，反过来抵抗统治集团的意识形态，这种"以子之矛攻子之盾"的方式，让主导社会的主流意识形态窥见了不稳定的因素，造成了一种不稳定的混乱局面。耽美小说采用原本的爱情小说主题，宣扬的却是打破"男女"二元的爱情模式，以"男男"爱情向人们揭示多样的爱情模式，打破爱情与生育的必然连接，抵制着传统思想中恋爱与生殖的必然依附，即使这种打破不是那么彻底。这样的宣扬对于正统父权制文化，"生殖为第一要义，男女相爱才属正当"这样的意识形态形成很大的威胁，扰乱了社会原有的意识形态，她们正是通过这种方式来抵抗主流支配文化的。

（三）耽于美色与 BoyLove、耽美女性群体与同性恋者意义的同构

就在耽美对外反抗的同时，它的内部却是一个有意义的整

体。这正是她们所追求的,对于父权制这一问题,她们要做的就是抵抗拒绝,而在抵抗拒绝的过程中,她们内部达到了一种同构。

"同构是一个群体的价值和生活方式之间,在他的主体经验和他用来传达核心关切的符号形式之间存在着'象征性的吻合'。"《伯明翰青年亚文化学派》一书中这样介绍:"摩托车青年偏爱早期的以每分钟45转的单一格式播出的摇滚乐,这是因为摇滚音乐适合摩托车青年生活的不安定性和流动性,在音乐中,结构化了的时间的压缩,其停止、开始和被抹去的能力,适合了摩托车青年的不安定的具体生活方式。"[①] 而在耽美小说中专写美少男之间纯美的爱恋,用"耽于美色"的"耽美"来称呼"BL",也绝非偶然。美少年之间的爱恋,不同于男女之间的爱恋,因为男女爱恋关乎生殖问题,这会使爱的纯度降低。而且耽美爱恋也不同于简单的男男,而是美少男与美少男之间,这样的爱才是唯美的,如在《天神右翼》中对男主人公在容貌上描绘,在形容米伽勒时用"短发碎碎乱乱、有一缕俏皮的立着、细皮白肉、清单雪香、两只又圆又亮的眼睛、破碎的冰蓝宝石"这样的词汇,在描写路西法时选择"金缎似的发、函幽育明、浮萍露华、空花阳焰,蒙蒙灰灰、泡幻不定、雪莹的手指、樱瓣似的指甲盖、长长的十指",这样的两个人爱到一起,真的是唯美绝爱。而"耽美"一词,即"耽于美色",沉迷于唯美绝爱之中,追求最美最纯的爱,这样的象征性吻合,恰好是耽美与"BL"之间的同构。

另外,就耽美文化而言,还存在一种同构,即女性与同性恋之间的同构。"同人女以决然的姿态把同性恋这个命题作为耽美小说展开的背景,她们笔下所有的故事都是对男男恋生活的想象。作为幻

[①] 胡疆锋:《伯明翰学派青年亚文化理论研究》,中国社会科学出版社2012年版,第123页。

想作品,作为欲望的探索和生产,耽美小说对这些欲望的探讨也许超越社会,可能不会被人接受,甚至曾经在网络整顿中被立法机关强行关掉。这里反映的不仅是对女性生活空间的压迫,也是对同性恋空间的压迫。"[①] 在我们正统文化中女性与同性恋地位是一样的,都处于边缘地带。在以男性为中心的社会法则中,女性处于边缘地带,属于家庭内部,所携带的是自然法则,她是从属于社会法则的,属于被动、次级地位,是弱势边缘群体。而同性恋群体所面临的是父权制社会,以男女二元制为主的恋爱法则与模式,才是社会主流,同性恋则属于少数群体,那必然会处于弱势,他们的恋爱模式被正统意识形态看作是异类。据记载,同性恋在黑暗的中世纪受到残酷的对待,女性与同性恋在社会中所处的境遇是一样的,在耽美文化中所体现的反抗方式也是一样的。耽美小说中 BL 不顾一切地追求完美纯粹的爱的方式为女性提供了自己为追求心中目标而采取行动的可能,抑或者女性通过写耽美而将心中追求方式外在化。她们想要释放自己的性压抑,她们想要摆脱社会加在她们身上的传统伦理道德,总之可以说耽美就是她们诉求不满的非常理想化的产品。女性通过这样一种方式,用语言颠覆传统,用父权制的语言作为反抗父权制的工具来获取自身地位这一方式,又为同性恋者提供了在社会中争取自身利益的一种可能。同样处于边缘,女性试图从语言入手,以微小的方式反抗社会,而同性恋则借助女性反抗社会的方式为自身抗拒社会对他们的偏见,他们隐性地对社会进行挑战,让自身走出边缘,走入大众视线,引起大家关注。两者不约而同,且互相利用,互为彼此的工具,达到了同构,这是他们用的除"以子之矛攻子之盾"之外的另一方法,即与其他弱势群体联合。女性在父权制中是他者,同性恋在异性恋中是他者,他们自我建构"他者",而将

[①] 刘芊玥:《作为实验性文化文本的耽美小说及其女性阅读空间》,硕士学位论文,复旦大学,2012 年。

自我变为中心。

四 亚文化遮蔽下的主流化倾向

中国内地网络耽美小说在中国脱胎换骨之后,有了新的生命,在耽美群体的努力下,耽美小说、耽美论坛、耽美网站正如其他新生事物一般,不断焕发出生机,正如前文提到的,作为一种青年亚文化,耽美女性群体以一种温柔的反抗方式解构着父权社会的种种压迫和不平等,但是,也正是由于女性的温柔反抗,终究不是激烈的,耽美亚文化中时时处处隐含着主流文化的因子,就比如,耽美终究还是与言情脱不开关系,耽美虽表达了女性群体的内心愿望,可以从反面体现着主流文化,看似角色的变化,"男男"却总有着"男女"的影子,最后"贞洁"问题依然存在。接下来分四部分阐述。

（一）中国耽美小说与言情小说的关联

耽美传入中国不是由于某种思潮的影响,耽美进入中国吸引女性群体关注是因为"男男"作为主角,在中国小说文本中很少出现,她们最初的动机是好奇。有很多进入耽美社区的人坦承：一开始是读言情小说,后来误入其中,被男男所吸引,是出于看 BG（Boy Girl）的性行为和爱情看多了产生的审美疲劳和猎奇心理。有很多创作耽美小说的作者也承认一开始写的是普通男女为主角的言情小说,也就是说不管读者还是作者,从她们开始涉入耽美的缘由来看,并非直接缘于耽美。她们进入的方式决定了耽美文化的再生产和传播,不像日本那般反映出很深的唯美颓废气息。中国的耽美出发于言情,所以给人的感觉也是言情小说的感觉,另外一个不容忽视的事实就是在涉及耽美的各大小说网站中,耽美都与言情并列或被分到言情之下。晋江文学城除外,晋江文学城可以说是最典型的耽美小说网站,因为它的分类标准为原创言情站、耽美同人站两大类。从这些分类中就可以看出,主流媒介还是将耽美列为言情之下,而不认为它是一个新的类别,也只有晋江文学城是一个专门的耽美网络小说网站。

(二) 作者内心真实创作想法

从作者读者出发,弗洛伊德的"作家与白日梦",很直接地提出文学是作家内心世界的反映,这一文学主题任何时候都不会变。言情小说是将女性对爱情的追求与向往融入小说,现实中找不到真正的爱情,只有转移到文学作品之中,将自己心中所想写出来。耽美作为言情的一类,虽然写的是男男,但更容易看出作为女性的作者在现实社会受到的性压抑,这当中依然有主流文化的影子。

耽美反映的现阶段女性被压抑的性欲,何以如此?很多作者坦言,看男女色情文学时,自己会有一种犯罪感,而且不敢与他人谈起,因为在那样一种文学情境中,作为现实的女性与文本的女性很容易合而为一,很容易觉得自己也是文本中真实的在场,这样文本中男女之间的做爱很容易转嫁到自己身上,这对于一直都对性文学存有暧昧心理的中国人来说很难启齿。但是看"男男"文学时,作为女性的读者,可以很容易也很轻松地阅读,因为那不关乎自己,自己可以自由出入,似乎是远离自己真实世界的一种不真实,这种不真实感、虚假性可以让犯罪感消失。但是我们都明白,内容实际上依然是关于性的,女性读者以这种"掩耳盗铃"的方式来解除自己的犯罪感,从侧面很明显地反映出社会父权制文化对女性道德的管制程度之深,对女性性的压抑程度之深。

为何会有女性群体将"男女"置换成"男男",而男性群体则不需要呢?因为男性群体在社会中性欲没有受到压抑,他们在看"男女"色情文学时,既可以满足自己的性欲,同时也不会有道德的负罪感,所以无须转换,这正如我们经常提到的"女扮男装",通常"女扮男装是女性在男性世界生存的一个面具或形式,它逃避了女性作为男性附属的社会角色。大部分易装女子都是通过金殿夺魁、武场夺冠,最终取得功名爱情双丰收"①。然而继续发展下去,女性终归还要回到家庭,回归传统的父权秩序,即便是现在也仍然如此,女性要想成功,就必须把自己变得冷血,"女强人"一词道出了其中的嘲讽,但是耽美却实现了女性的既想爱情又想成就的梦。而这"梦"却正从侧面反映着我们的现实社会,女性的爱情、成就要通过"白日梦"才能实现,现实中女性受到的压抑就是比男性多。

(三)"男男"背后的"男女"影子

前文提到,耽美中"男男"实质上背后依然是"男女",只是简单地把性别置换了,而其他的一切都没有改变。文本中由于性别角色的置换,女主角其实是缺席的,我们经常在耽美中看到的"女性",其实只起一种催化作用,负责加快"男男"双方感情的升华,或者起挑拨作用,让"男男"双方在经历一系列误解磨难之后才获得真挚的爱情。正是女性的缺席让我们看到"受"的一方所具有的女性气质。文本中原来女性该有的特质依然会反映到"男男"中较弱的那一方,这是很明显的,如其中一方,对于体态的描写:白皙的皮肤、嫩红娇细的腰肢……如果除去主语,很容易让大家以为这是在描写一个女人。还有性格方面的描写如:心思细腻,对男性的依赖,如在《天神右翼》中,在米迦勒和路西法在精神灵魂达到"平等"的同时,仍在两个主人公的内心独白里,暗含了米迦勒渴望被照顾、被呵护、被拥抱和被占用的潜意识状态和路西法无时无刻不渴望给予保护和占有的强烈愿望。这样一个虽追求平等却无处不体现着女性以弱者自居,寄希望得到强者保护的微妙心理,这样一个渴求完全平等却又渴望依附的矛盾心态体现着耽美中"受"的那一方其实就是女主角的化身。

在耽美作品中,主角总是很在意一个问题,即"谁在上,谁在

---

① 刘芊玥:《作为实验性文化文本的耽美小说及其女性阅读空间》,硕士学位论文,复旦大学,2012 年。

下""谁是攻谁是受",这里的"上下""攻受"是性爱的姿势,但又不是简单的性爱姿势描写,在这背后依然是父权制文化中男性作为中心,女性作为边缘的一种反映。"上、攻"是一个具有主动性的姿势,在父权制文化中是被男性掌握的,女人只能处于被动的地位,这不是一个简单的动作问题,而是权力的反映,如果让"男性"在性爱的动作中处于"下、受"的姿势,那必然是对男性象征的屈辱,所以我们在文本中经常看到,处于上的攻的位置的,身材的描写往往是粗线条的,相应地各种"男性"特质也会在他身上找到,而处于下的受的位置的,身材的描写永远都是阴柔的,且性格中带有明显的"女性"特质。文本作这样的安排是父权社会男性权力的集中体现。

(四)"男男"生子、贞洁问题在耽美作品中的体现

耽美作品中,因为"男男"而导致生子环节从逻辑上无法实现,该怎样办?在具体文本中,依然会有"子嗣"出现,"抱养、借腹生子、再或者离奇到男子直接可以生子",总之各种事件都有可能发生,他们唯一的目的就是让男男不受生育问题困扰,似乎无生育无后代是一个巨大的缺憾,会影响整个大团圆结局,文本这样描写就有一种越描越黑之嫌,因为这样的情节设置恰好从反面证明主流文化中"爱情是生殖的附属"这一观念。

此外,耽美文本中还有一个值得注意的问题,当两人都明白对方的心思之后,"他(攻)/她(受)"会专心致志、充满渴望的专一的爱恋着"她(受)/他(攻)",会为对方守身如玉。而我们知道真实的男同性恋不是这样的,他们的关系大多都很复杂,而不是简单的"一对一"。

中国民族学、人类学家蔡华在研究摩梭的走婚后认为,人类的性欲望是矛盾的,既希望多样,又希望独占……而异性恋,尤其是以现代一夫一妻制为标准的异性恋推崇的是独占性,限

制多样的欲望。耽美小说文本体现的是这种现代一夫一妻制异性恋在性征上的标准,哪怕是 NP 也大多是 N 攻一受或一攻 N 受,算是这种异性恋的变体(类似中国传统社会的异性恋)。我认为耽美小说的写手(至少是女性写手)其实是按照异性恋的性征的标准,进行了自我规训,渴求的是性的专一和独占,而非多样。①

耽美文在无意间或者在作者潜意识里就透露出了这样一个信息:他们其实是以父权制文化中的标准来写"男男"的,也就是说耽美中的"男男"爱恋所遵循的标准还应该是异性恋的一夫一妻制,这不小心又落入了主流文化中。

耽美小说虽然刚开始无力解决父权制社会的惯性生活,但最起码在小说的世界里打破了男女二元对立的局面,为男男的存在设定了一个安全和谐的环境,同时在小说中,爱情有了独立的地位,不再依附于结婚生子。虽然耽美的反抗力度不足,有很多依然隐藏着父权制的影子。但是本来耽美寻求的就不是社会的现实与小说的虚构两者之间谁压到谁的问题,只是想为目前的社会现状寻求多样的可能。

第四节　网络耽美小说的持续发展

第二节介绍耽美在中国的传播中提到:耽美作为亚文化在传播的过程中,会受到支配文化的种种界定,即以贴标签的方式将其界定在可以掌控的范围之内,而这,其实就是支配文化对"耽美"进行的收编。

---

① 刘芊玥:《作为实验性文化文本的耽美小说及其女性阅读空间》,硕士学位论文,复旦大学,2012 年。

伯明翰学派对支配文化收编亚文化有过研究：他们认为支配文化对亚文化的收编有两种方式：意识形态收编、商业收编。意识形态收编是要将亚文化界定为坏的不好的文化，从而引发社会恐慌，让国家机器趁机介入，对其收编。商业收编则是对亚文化进行炒作，进而把它当作谋利的工具，在销售过程中让亚文化的商品性掩盖他的特殊性，当亚文化迅速铺满市场时，亚文化的特殊性消失了。这样两种收编的目的都是使亚文化失去独特的抵抗力量。

对于支配文化对其进行的收编，亚文化并非只是消极等待与接受，其实他们也在进行着反收编，如他们在内部建构集体认同来抵制社会的收编，他们建立耽美论坛，而且禁止非耽美同人女进入。还有一种反收编，即他们恰恰抓住支配文化对他们的收编造成的社会恐慌来扩大自己的影响力，他们将道德恐慌反过来作为自己出名的途径，另外还将商业的收编看作免费的宣传，借此来获取名利、摆脱低层地位。

这就是亚文化的反收编。有人认为这种反收编的态度过于乐观，因为这样的反收编只是在过程中，最终要被支配文化将其消解，使其失去抵抗的意义，这种只注重精彩的过程，却忽视了结果的悲惨，有种"飞蛾扑火"的壮烈，"置之死地而不知生"的姿态。其实过程中的打破也是一种建立，我们不寻求最后的结果是什么，我们寻求的是它不是这个样子的，也不是那个样子的，在我们不断否定的过程中，我们就是在建立否定的肯定，让支配文化更多一种可能，这才是亚文化存在的意义。

一 意识形态收编

对于亚文化的收编，支配文化可谓是一个老手，面对亚文化的反抗，支配文化熟练地运用各种手段对其收编，制造社会恐慌的效应，通过专家来让大众对亚文化嗤之以鼻，运用法律等国家机器将其整治，为的就是让亚文化褪去它的"亚文化性"，成为主流文化中的一员。但是亚文化对于意识形态的收编并非束手无策，它也在试图反收编。

（一）主流文化对亚文化的界定

在亚文化进行传播的过程中，支配文化就已经开始对亚文化加以收编，二者可以说是同时进行的。耽美小说的出现，以女性作者女性读者为群体，她们所抵抗的是父权制社会对女性的压抑，抵抗的是父权制社会男性为中心、男性为主，女性为边缘、女性为次的现实，抵抗的是父权制社会中恋爱必须以生殖为目的的观念，这一系列抵抗实质上是对父权制社会千年遗留下来的惯例进行挑战，如前文提到的，她们要反抗的是主流社会道德对女性的性压抑，反抗的是女性处于边缘的状态，反抗的是"高富帅""白富美"这种不平等的择偶观，反抗的是将爱情与生殖连带的婚姻观。可以说耽美这一亚文化在此时出现，就是一种异类、异质，为主流支配文化所不允许，为了维持支配文化所处的社会的稳定，耽美这一异质文化必然面临被消除的结果。这就好比主流社会是一个规矩的圆，而这一异质文化的出现却使得圆的平稳状态被打破，圆出现了一个缺口，于是主流社会就开始对这一缺口进行修补，修补的结果就是将亚文化这一另类文化纳入圆内，也就是开始对它进行收编，使亚文化符合圆的各项要求和规范，而被纳入体系之中，亚文化就失去了它的抵抗性，变得平常化普通化。支配文化这一举动就是要让亚文化失去抵抗，变得与支配文化无异。

（二）道德恐慌

支配文化对亚文化的收编中体现着意识形态的收编，那就是支配文化刻意造成的道德恐慌。而实质上，单单支配文化还不足以造成道德恐慌，要让整个社会都恐慌这才是意识形态的目的，而要让整个社会对亚文化产生恐慌，还得借助一种工具——媒体。

《霍尔与文化研究》一书中提到"文化霸权是指不靠武力和阴谋，而是基于对主导话语的广泛接受，而大众媒体是一个非常有效的手段。大众媒体,尤其是电视,通常以一种暗示的符码把主导意识形态话语编码其中,让社会广泛接受某种精神框架或编码"①。

就以耽美小说而言,当它开始传播于网络中的时候,被女性群体创作阅读的时候,支配文化就已经对它进行各种贴标签的界定了:色情小说、性描写、不健康、低俗,既而通过媒体之手将这些标签宣传给大众,于是引发道德恐慌,支配文化就是通过媒体制造道德恐慌来完成对耽美的界定。所以说道德恐慌实际上就是支配文化对亚文化在意识形态方面的收编。但是耽美亚文化真有如此巨大的作用?它真能引发整个社会的恐慌?真相也许未必如此。

支配文化用这些字眼界定之后,媒体开始介入,原本社会大众知道这一群体的人还不算多,由于媒体的大众宣传效应,很快,这一亚文化群体进入大众视野,原本是一个特殊的问题,结果被大家当成了社会基本问题,"专家""可靠论证"纷至沓来,"这是一种不健康的社会风气""有损社会道德""引诱未成年人犯罪""问题少年"等一系列评价被纷纷加在耽美群体身上,而这些评价背后,是意识形态的影子,于是耽美也就真的成了社会的替罪羊,而真正造成"问题少年""未成年人犯罪""社会道德败坏"等的社会原因就这样被忽视了,原本是由于社会自身未解决的问题而导致社会动荡,却把缘由推到了亚文化身上。

就这样支配文化、媒体成功合谋,挟持了亚文化,让国家机器如教育部门、网络监管部门等开始介入耽美的创作与传播,关闭耽美论坛、没收耽美小说出版物、实施网络监管等一系列措施……就这样,耽美被成功收编于支配文化之下,意识形态获得了成功。

(三) 耽美反收编

对于支配文化与媒体所进行的一系列抹黑行为,耽美并非无半点反抗,它也在进行反收编。耽美的传播过程是支配文化对其进行

---

① 武桂杰:《霍尔与文化研究》,中央编译出版社2009年版,第130页。

收编的过程，但同时，也是耽美进行反收编的过程，传播、收编、反收编三者同时进行。

这种反收编又是如何进行的呢？这还得感谢支配文化对耽美进行收编时采用的策略——道德恐慌。任何事物都有两面性，道德恐慌主观上是支配文化对亚文化的收编，客观上却促成了亚文化的反收编。

上文提到在意识形态收编中支配文化起主导作用，媒体则是一个合谋的工具，就在媒体将主流意识形态加在耽美身上的种种"抹黑"行动公之于众的时候，也是媒体将耽美这一文化、这一群体公之于众的时候。"虽然负面报道是令人沮丧，但它是预料之中的，甚至是被渴望的……文化研究和道德恐慌趋向于把青年文化定位成一种负面的诋毁化的无辜牺牲品。但是大众媒体的'误解'经常是一种亚文化产生的一种目标，而不是青年文化经营中的不幸事故。道德恐慌因此被以青年市场为目标的文化产业思维一种合奏形式……大众媒体里的歇斯底里的报道就是一种无价的公关运动。"① 亚文化将其视为免费为自己宣传。

确实如此，在媒体未介入之前，"耽美"也还是少数人参与的网络行为。但新媒体背景下耽美的发展变得势不可挡，论坛、微博、QQ群，这已经成为耽美最主要的交流宣传工具。

这种反收编也是一种策略，也是亚文化得以继续发展的方法，"宣传"虽然让它陷入支配文化的包围之中，被冠以"色情、不健康低俗"等字眼，却同时取得了令人意外的效果：它让主流文学多了一种色彩，多了一种可能。

二 商业收编

亚文化最后面临的收编命运，有来自意识形态的收编，也有来

---

① 胡疆锋：《伯明翰学派青年亚文化理论研究》，中国社会科学出版社2012年版，第234页。

自商业的收编,而这二者却又是混合相容的,无法清晰明辨具体出自哪一方的收编。

众所周知,亚文化的存在特别之处就在于它对主流意识形态的抵抗拒绝态度,那对于亚文化的收编也就是要消除亚文化的抵抗性、拒绝性,让它与主流支配文化归属同一范畴,失去自己抵抗的属性,而这一点,被市场加以利用。这是因为亚文化在很大程度上是大众文化、娱乐工业、商业消费的产物。

就耽美而言,在日本何时产生我们无须关注太多,只要考虑耽美进入中国以亚文化身份存在并传播是在20世纪80年代末期到90年代初期的事情,而它的迅速传播流行于网络是在21世纪初期,当时市场经济体制确立,市场起主导作用,一切以市场为中心,只要有需求,相应的必然会有商品的出现,在经济全球化的情况下,外国文化不断进入,人们以前避而不谈的问题或者很隐晦的话题开始出现于视线之中,网络耽美就在这样的环境中孕育而出并快速流行,而且耽美有很大一部分描写性爱的内容,这正迎合了市场的需求。

除了耽美是娱乐工业商业消费的产物,另一个重要原因,就是主流支配文化试图借助市场来扩散亚文化风格,从而使亚文化风格离开它原初产生的环境,把它纳入支配文化的势力范围,而这其实与上文提到的支配文化通过道德恐慌来将亚文化纳入其界定的范围是同样的策略,它们都旨在消除亚文化的抵抗性。

(一) 亚文化从反叛走向消费

亚文化的传播除了被动的被媒体公之于众之外,它们也主动寻求传播,因为任何一种文化都试图让更多的受众接受自己,而这之间就出现了一个悖论,既想被众人熟知又怕在熟知的过程中失去自身原有的风格,为何会这样?这要从亚文化选择传播的途径说起。

亚文化的传播,选择了市场作为它的宣传工具,而要在市场中进行文化宣传,首先不可或缺的就是这个市场得有一个成熟的市场机制,对于耽美文化在中国内地的传播来说,改革开放前这种可能是没有的，因为在国内，改革开放前是计划经济体制，市场在当时发挥的作用是极小的，在计划经济体制内，像耽美这样具有性描写风格的文本是不会被允许进入市场流通的，改革开放之后，当市场经济成熟之后，情况发生了很大改变，随着国家政策的放开，市场手握主动权，在这种情况下，人们对于性的要求不再被压抑，有需求就有市场，耽美很顺利地传播开来。但问题随之而来，耽美进入市场是因为"性"吸引了消费者，而这与原先的创作初衷相差很大，耽美在我国一开始只在一个小圈子中传播，她们的创作以及传播初衷是因为它对社会的抵抗性，但是当耽美被变为一种产业，当成一种商品成功地流通于市场的时候，耽美最初的风格也在悄然发生改变。耽美作品越来越注重色情描写。"耽美迷"被抓、"耽美网站"被关停的例子屡见不鲜。原初的耽美创作只在很少一部分人之中，她们有独立的群体，在独立的内部交流，抵抗着父权制社会的法则，但是一旦进入市场，开始有了阅读量的统计，有了销售排行榜，原有的抵抗性荡然无存，留下的只是为了吸引消费而赤裸裸的性描写，这就是成熟的市场机制，它把一切物化、商品化，一切在市场面前失去了原有的意义，只成了单纯的商品。甚至，还有一些作者，为了出版，不得不改动耽美文中内容，对原文本进行了大幅度的删改，或把"男男"的耽美小说变成一男一女的言情小说。

当在耽美论坛内部大家还在讨论"男男生子文"是否掩盖了至高爱情的追求、违背了创作初衷的时候，论坛外部，耽美作品正良莠不齐的分布于各大网络，有些女孩甚至以知道"耽美"来标榜自己的时髦，取笑他人的落伍，在这当中，我们发现亚文化无形之中变成了一种时尚，它的反叛风格无形之中转变成了消费时尚风格，这样一来，耽美在市场中俨然成了"性描写"的代名词，这与它最初在我国内地产生的语境发生了背离，发生了错位，于是越来越多没有品位的耽美文，过分强调"男男性爱"元素，尤以该元素的新奇性去吸引读者，而耽美原有的抵抗父权的元素消失了。而同时，耽美也变成了一个零碎的部件,其中"男男性爱"走向成人网络,美少男走向未成年动漫市场,也就是耽美原先作为一个整体在分散、破碎之后,它的各个部位找到了各自的地位。从大众文化角度讲,耽美就彻底被消解了,它的各个零碎部位的交易价值达到了,但耽美作为一个整体,它的意义彻底消失了。

(二) 亚文化意义的消失

在由反叛风格走向消费风格的时候,耽美的抵抗意义也在消失,当耽美中"BL"所代表的抵抗意义最终变为"男男性爱"时,人们除了对男男的猎奇,剩下的就是对性爱的追逐了。不可否认,耽美在我国一开始创作的时候有抵抗父权制社会中对性的压抑这一方面,但当真正的性爱无限制地泛滥于耽美文学的时候,它的反叛性也就消失了,只留下了单纯的性爱,而这性爱是主流意识形态的反映,因为主流意识形态允许无反抗的性爱存在。于是我们发现,无论是支配文化、媒体对耽美进行各种抹黑,以期达到消除它的抵抗性的目的,还是商业的收编,最终都服务于主流意识形态,也就是说,最终都是意识形态的收编,它允许你存在,但要以它允许的方式存在才行,这就是耽美亚文化最后被收编之后面临的命运。

我们不能消极地说耽美文化最后还是被主流文化收编了,还是失去了自己的抵抗性,因为正如耽美群体自身所认为的那样,最起码它存在过,它打破了支配文化遗留下的千年的惯例,同时还让支配文化有了多样的可能。又有谁能断言,在耽美完全被支配文化收编之后,支配文化还会是原来的样子,正如没有人敢断言,耽美从日本引进中国,是日本的文化殖民一样,因为耽美在中国已经完全不是日本的耽美了,只是名字一样而已,虽然,支配文化不可能像日本耽美那般,发生脱胎换骨的变化,但可以肯定它肯定不是原来的样子了,它有了接受多样的可能。耽美被收编了,但同时又孕育出新的挑战与抵抗,历史不就是这样一个不断螺旋上升的过程吗?有收编的存在,也有新的抵抗随时出现,正应了葛兰西的那句话,

"文化的斗争不是一个静止的过程"。

结　语

中国内地的"耽美"文化最开始是从日本传过来的，这就有必要研究耽美在日本的产生。耽美在日本产生一开始是受到唯美颓废主义的影响，唯美颓废主义中美的气息体现为强调"唯美、美得无利害"，日本人认为人的少年时代是最美的，这个时间段有着童年的纯真，而又没有被成人世界的污浊所影响，所以在日本漫画中对美的崇拜就表现在了少年的身上。颓废的气息则体现为在最美的时候消亡，日本人认为美少年是美的，可是却又是无法永葆这一刻的，为了留住这最美的时刻，就得选择在最美的时候消亡，这才是真正的唯美。正如他们一直喜欢的樱花一般，日本人的樱花情结就是因为喜欢樱花在最美的时候大片大片地凋落。唯美与颓废很好地融合在了一起。这种唯美颓废主义的文学思潮影响了耽美的创作。耽美作品中主角永远都是有着很美的面容，结局却又是惨烈的。此外，耽美中有一固定元素"BL"。这是因为耽美作者认为单单"美少年"不足以表达对美的极致追求，爱情这一主题一直是文学中长久不衰的主题，而要在爱情文学中体现唯美，就得用"BL"元素。在日本文化中，女性地位极其低下，他们认为男女的结合只是为了生育繁殖，或只是性，文学中男女爱情的出现是对爱情这一主题的玷污，只有男男爱情才是最美的爱情。

耽美传入中国，有着自身原因。首先中国自古就有男色文化，"男男之爱"在中国古代文学中随处可见，其次中国也受到唯美颓废主义的影响。也就是说耽美在日本产生的客观条件中国也具有。但是中日两国耽美却又有着明显的不同，首先，中国耽美中没有唯美颓废的气息；其次，日本耽美作品与中国耽美作品的结局不同；最后，"BL"这一元素在中日两国耽美作品中体现的用意不同。由此可以得出日本耽美在进入中国以后就已经脱胎换骨，中国的耽美只是选用了日本耽美中"BL"这一形式。

中国耽美没有了日本的唯美颓废气息，而是体现着一种新型亚文化的特质。首先，就耽美读者作者群而言，她们建立了一种内部认同，这是亚文化典型的特征；其次，耽美中所宣传的新爱情观是与主流文化相对的，是在挑战反抗主流文化中的男女爱情观；最后，耽美小说中的"BL"与女性社会现状达到一种同构，女性的边缘地位与"BL"在主流文学中的边缘地位相类似。

耽美文化的亚文化性是外在的，在其背后依然体现着主流文化性。首先，中国耽美小说作品与传统言情小说关联；其次，作者内心真实创作想法反映出的压抑也在时刻提醒着我们主流文化的控制；再次，"男男"背后有着"男女"影子，耽美还是无法做到完全摆脱"男女"的主流文化；最后，"男男生子"、贞洁问题在耽美作品中的体现也反映了主流文化的影响。

耽美文化处处体现着反抗与挑战，但是主流文化并非听之任之，主流文化采用意识形态和商业两种手段对其进行收编。在收编的同时耽美亚文化也在进行着反收编。

作为一种亚文化，被收编的命运不可避免，我们难以断言最后的结果怎样，而应该看到亚文化进入主流文化的过程体现出的精彩，它让主流文化多了一种可能，增加了主流文化的包容性。

第七章

中国内地网络耽美同人小说文本叙事研究

第一节 中国内地网络耽美同人小说的文本重构

耽美同人小说在网络上尤其是许多大型网站的风生水起预示着耽美同人小说已成为网络文学中十分重要的小说类别，它是利用原有的漫画、动画、小说、影视作品中的人物角色、故事情节或背景设定等元素衍生出新的男男恋爱的小说。其文本有赖于其与原生文本要素诸如背景、人物、情节等的联系，从原文本暧昧点入手，将前文本重构为以男男同性恋情为主题的新文本。德里达曾经说过："每个文本都是一台机器，长着各种专门阅读其他文本的脑袋。"[1] 文本的重复性在后现代语境中亦被重复使用，以网络为平台的耽美同人小说也不例外。它具有明显的可辨认特征，文本的可重复性、互文性尤其可辨。而其以与主流社会不同的"男男同性爱"为主题进行渲染更是形成了明显的类型化风格。

---

[1] 转引自［美］乔纳森·卡勒《论解构》，陆扬译，中国社会科学出版社1998年版，第122页。

第七章 中国内地网络耽美同人小说文本叙事研究

中国内地网络耽美同人小说依赖文本重构而存在,这里的文本重构是指对原文本(广义的文本,包括各种文化符号资源)的类型、构成方式、故事情节进行重新改编、重组、融合,形成自给自足的虚构能指王国。法国理论家蒂费纳·萨莫瓦约在《互文性研究》中曾提出:"文学不是把生活贴在艺术里,而是对别人的文本做深层的改动,并把它移到一个新环境中,继而载入自己的文本与之相逢。"① 耽美同人小说严格践行互文性写作,对已有的文本作不同程度、不同文类的改动。但又不能仅仅用"互文性"一词来一言以蔽之,耽美同人小说的文本重构类型化明显,创作自由度较广。例如同人女借用"女儿国"和"桃花源"的符号资源,创作出桃花源性质的"男人国",摹写经典文化。其本身不仅仅是对已存在文学的涉及,更是一种有意识的二度创作,文本重构是架起前文本与现文本的一道桥梁,是其必然要呈现的形式,其重构方式主要有续写、合理增补、改写、穿越或重生、反穿越、借名等。耽美同人小说的空间指涉虚拟世界,同时又具有极度真实的置换性,体现了青少年女性趣缘群体的认同感、自由性、狂欢化,享用超现实的网络空间,对经典戏仿,对崇高重构,创造属于群体标签的文学形式。

一 文本类型的重构

耽美同人小说作为一种网络文学,首先是从传统文本形态变成电子文本形态。耽美同人小说的创作立足于网络,在技术范畴是赛博空间②,是数字化的生存样态。作者临屏书写,读者临屏阅读,作者与读者通过线上的动态互动沟通参与文学作品的创作。

---

① [法]蒂费纳·萨莫瓦约:《互文性研究》,邵炜译,天津人民出版社2003年版,第17页。
② 赛博空间(Cyberspace)是哲学和计算机领域中的一个抽象概念,指在计算机以及计算机网络里的虚拟现实。是由居住在加拿大的科幻小说作家威·吉布森在1982年发表于《omni》杂志的短篇小说《融化的铬合金(Burning Chrome)》中首次创造出来,并在后来的小说《神经漫游者》中被普及。

传统文本形态是以纸媒为主的,网络时代的文本是以电子文档为主的。网络的兴起使开卷变成了开机,纸张变成了按键,厚重的四大名著变成了网站上单薄的"下一页"。耽美同人小说作为赛博空间的赛博文本,是基础的电子环境空间文本。这种文本充分利用数字技术设置声音、画面,以超链接、超文本方式丰富读者的阅读。除此之外,赛博文本不仅仅可听、可读、可视,而且存在形式也是多种多样的,可以是网络游戏、手机文学、博客文学,等等。例如随着耽美同人文的兴起,北京娱乐通在2010年自主研发了一款恋爱冒险游戏《红楼梦:林黛玉与北静王》(别名:《再续红楼梦》)。游戏人物采用日式漫画设计,游戏方式为电子小说,故事是《红楼梦》的延续,诸如林黛玉别父进京都、刘姥姥进荣国府、贾宝玉路谒北静王等基本情节仍然存在。内容上更加丰富,着力刻画了北静王与宝玉、黛玉之间的情感纠葛。这部电子小说结局是开放性的,一共有16种结局。红楼耽美同人文的普及使得文化生产商充分利用这种重构方式,将电子小说纳入游戏开发,丰富了文学的形式。

赛博空间重构了我们的日常生活空间和虚拟网络空间,网络空间以拟真的样态占据了人们的精神世界,麦克卢汉曾说:"新媒介并不是把我们与'真实的'旧世界联系起来:它们就是真实的世界,它们为所欲为地重新塑造旧世界遗存的东西。"[1] 新媒介使实体世界和虚拟世界的界限变得越来越模糊,耽美同人小说营造的文学空间不仅改造着传统文学的表现形式,而且使现代社会文学生产不可避免地形成具有复制与拟真特征的独特生产,文化呈现的方式虽然多种多样,但文学尤其是小说的复制性越来越强。耽美同人小说的前文本,可以是游戏、漫画、广播剧、电影、小说等多种形式,只要是具有男男想象潜质的故事均可以拿来改编创作。单一文本想象、改编文本再想象、循环想象、文本混合嫁接想象,同人女跨越文类

---

[1] 赵建国:《哲学与传播学的双重观照》,河南大学出版社2006年版,第61—62页。

界限,将自己所钟爱的人物"无所不用其极"地纳入到言情小说的范畴。真人耽美同人小说也具有一定的影响,一般以娱乐明星、球星、作家等为原型进行创作,创作较多的主要有郭敬明和韩寒、胡歌与霍建华等。这种全凭同人女主观想象出来的创作,其前文本只是一些片段化、口头性的、稍纵即逝的存在。

文本类型的重构其次体现在经典名著与通俗文学之间的重构。"悲剧和道德剧以集体素材、原始神话和民族智慧为蓝本,表现和阐述的是不变的道理,因为文学是一种传递,同时也正因为它需要重复,需要把同样的事改编给不同的人群。正如新欢唤起对旧爱的回忆,新文学使得我们对文学的记忆油然而生。"① 同人女的创作是对经典文学和传统文学的一种传递。很多读者是读了耽美同人作品,才有了阅读原著的冲动,最典型的是红楼三国粉丝在读了耽美同人作品后,自发阅读《红楼梦》《三国演义》等经典名著,将古典长篇章回体小说转化为网络语体小说,将名著的"高雅味"转化成人人皆可欣赏与阅读的"通俗味"。同人创作不仅在原作的纵向发展线上进行续写与增补,而且在原作的横向发展线上进行了丰富的改写,经典文学走进网络平台更好地诠释了文学的传递性。

《红楼梦》原著中对北静王着墨较少,前八十回共出现七次。在贾宝玉眼里,北静王生得"面如美玉,目似明星,真好秀丽人物"。在北静王眼里,贾宝玉是"面若桃花,目如点漆"。而且北静王不以王位自居,在秦可卿路祭发丧时,对贾府的人以世交称呼接待,并不妄自尊大。对贾宝玉很是看重,送给贾宝玉一串念珠,诚邀宝玉去他府中。二人容貌风度均符合同人女对异性的想象,他们之间惺惺相惜的情感吸引了众多同人女。原著第十五回写北静王与贾宝玉初次相会情景:

---

① [法]蒂费纳·萨莫瓦约:《互文性研究》,邵炜译,天津人民出版社2003年版,第60页。

见宝玉戴着束发银冠,勒着双龙出海抹额,穿着白蟒箭袖,围着攒珠银带,面若春花,目如点漆。水溶笑道:"名不虚传,果然如'宝'似'玉'。"因问:"衔的那宝贝在那里?"宝玉见问,连忙从衣内取了递与过去。水溶细细的看了,又念了那上头的字,因问:"果灵验否?"贾政忙道:"虽如此说,只是未曾试过。"水溶一面极口称奇道异,一面理好彩绦,亲自与宝玉带上,又携手问宝玉几岁,读何书。宝玉一一的答应。

水溶又将腕上一串念珠卸了下来,递与宝玉道:"今日初会,仓促竟无敬贺之物,此系前日圣上所赐鹡鸰香念珠一串,权为贺敬之礼。"宝玉连忙接了,回身奉与贾政。①

从北静王与贾宝玉初次相识的片段仅仅能够看出北静王对贾宝玉的赏识,贾宝玉对北静王的恭敬。喜爱红楼的同人女抓住这一暧昧信息点,对贾宝玉与北静王进行想象加工,延伸出二人的同性之爱。耽美同人小说《红楼之宝玉新传》中贾宝玉与北静王初次见面情景遵循原著又内涵丰富:

北静王在看清宝玉容貌的那一刹那,也有着一瞬间的怔神。随即很快便反应回神,笑着赞道,"果真是名不虚传,如宝似玉"。北静王问:"衔的那宝玉在哪里?"宝玉只得将玉从衣服里面抠了出来递给北静王,抬眼去偷瞄对方之时,见他正双眼含笑的望着自己,忙又低下头去不敢再多看。

北静王接过玉细细端详半晌,又问了贾政是否真的灵验之后,理顺彩绦,亲手替宝玉戴上。宝玉强掰着脖子靠近北静王一分,好让他替自己戴玉,视线四处乱瞟之际对上北静王含着暖暖笑意的眸子,心一惊,差一点就要往后退去。好在这时北

---

① 曹雪芹、高鹗:《红楼梦》,人民文学出版社 2008 年版,第 199—200 页。

第七章　中国内地网络耽美同人小说文本叙事研究　**※※**　243

静王已将玉戴好，使得宝玉松了一口气，正要作揖告退，那人又一把握住他的手边走边问了些问题，宝玉答不上的，一旁贾政便恭敬的代答了。

心里思绪正在胡乱搅拌，只见北静王从自己腕上卸下一串鹡鸰念珠，从他的手上顺势套入宝玉手腕上。"今日仓卒，无敬贺之物，此系圣上所赐，权为……"北静王顿了顿，在宝玉略显紧张的目光下接着道，"权为贺敬之礼"。

那念珠顺着宝玉手的动作滑动了一下，温润的触觉在他肌肤上游走着。

北静王目光在他手腕处的念珠上稍作停顿，随即笑着走开了。[①]

这一场景将北静王与贾宝玉初会的情景描绘得特别细腻，小说保留了原著的基本情节，宝玉给北静王看玉，但在北静王给宝玉亲自戴玉、赠送念珠时加上了动作、心理描写，采用唯美的语言将二人之间的暧昧暴露在读者面前。原著中北静王与贾宝玉的感情在红学研究中被发掘出来，但只是隐晦的表达。同人女钟爱北静王这样"才貌双全，风流潇洒"的男性，爱好宝玉这样"如宝似玉"的男性。所以，同人女将自身对异性的爱慕投射在两个温文尔雅、才貌双全的男性身上。在小说连载过程中，读者以接龙的方式参与小说评论，其中很多读者是初中生，表示只是知道《红楼梦》中的一些主要人名，没看过原著小说。在小说连载的过程中，才认真仔细地阅读了《红楼梦》。在某种程度上，耽美同人小说在原著的基础上将经典文学文本重构为通俗文学文本，是经典的延续。

罗兰·巴特曾提出："阐释文本的目的并不是给它一个（比较合

[①] 沈令澄：《红楼之宝玉新传》（http://www.jjwxc.net/onebook.php?novelid=706327）。

理而自由）的意义，而是欣赏文本构成的多元性。"① 耽美同人小说是依托于网络的小众文化，将经典文学文本重构为通俗文学文本，通俗文学文本重构为更加通俗的文学文本。其生成在于同人女的不断阅读与不断阐释，她们在不断阐释与交流中求得集体认同的快感。对通俗文学文本的重构最风靡的是对《七侠五义》文本、《包青天》影视文本的重构，这类文有的保留有原章回体小说的形式语言，有的语言已经完全现代化。以1994年台湾电视剧《七侠五义》为原型的耽美同人小说是大陆耽美界最早的同人作品之一。据不完全统计，网络上流传的以展昭和白玉堂为主角的耽美同人小说，至少三千篇。② 展昭和白玉堂均被塑造成超越性别的美男子，同时具有男性的阳刚美和女性的阴柔美。侠客的精神依傍从公共领域的天道公理转移到公共领域的天道公理与私人领域的爱欲紧密结合，以武侠为题材的耽美同人小说情感因侠义而显得更洒脱，外在的侠义之道与同性之爱完美地融合在叙事之中。通俗影视剧以画面形式播出，同人女作者则将其数字化、符号化。通过再想象剪辑，写成文字，配上漫画插图，加上经典音乐。

耽美同人小说的重构还体现在小说文本与影视剧本的完美结合。原创文学网站大多数打的是"言情小说"这张牌，言情小说本身蕴含着性别与文类的区分。性别影响阅读，男性所喜爱的小说大多集中在武打、侠义、侦探、凶杀、色情等内容题材上，女性所喜爱的小说大多集中在言情类，关乎婚姻、家庭，或者有男女曲折恋情的公案、社会小说。由于言情小说的泛化与类别化越来越严重，女性寻求新奇恋爱的心理使得耽美同人小说有了发展的空间。同人女将"言情"的触角延伸到男性所喜爱的内容题材上，将男性所喜爱的内

---

① 转引自［美］赫尔曼《新叙事学》，马海良译，北京大学出版社2002年版，第31页。

② CJ 的 MJ：《MJ 的猫鼠推文及阅读笔记》（http：//www.jjwxc.net/onebook.php?novelid=468932&chapterid）。

容题材与女性所喜爱的内容题材结合在一起。男男恋在中国有着悠久的传统,新奇的是男男恋在女性的想象中被重写。

2003年电影《老鼠爱上猫》的热播也说明了耽美同人延伸到大众文化的领域。由于主流文化极其强大,御猫锦鼠的男男恋在影视剧本最后被幻化成男女恋,这一变革实则是变相的耽美同人作品,将白玉堂的性别作了处理。再比如于正版的《笑傲江湖》剧本是东方不败耽美同人小说在大众文化领域的体现,是一个女儿身,东方不败历来是一个性别模糊的人物角色,虽然很多女人版的东方不败,但多演绎的是亦男亦女,妖魔化。于正将其性别明朗化,变成一个真正的女儿身,让其公开与令狐冲发生感情。这将林青霞和李连杰版的电影唯美感和神秘感褪去,赤裸裸的男男恋使大众批评的同时也满足了大众的猎奇心理。这些影视进入大众视野与耽美同人小说在女性甚至大众文化中的走俏有不可分割的关系。性别的转换是小说文本与影视剧本之间达成协议的重要方面,是文本类型重构的重要部分,也是耽美同人小说标志性的特征。作者将自己的个人愿望寄托到男主人公身上,而由于性别塑造的不同,使得主角实则是一个完美的雌雄同体人物。

耽美同人小说书写过程中总是会重复原著中叙述过的一些故事情节,每章结尾处会附带作者创作心路历程,讲解与原著不同之处。读者可以轻易地找到自己所钟爱的阅读点,这在传统文学中是很少见到的。电子文本的创作没有传统文本严谨,作者大多是一气呵成,很少有"批阅十载,增删五次"的呕心沥血。耽美同人小说的类型化使读者能够很容易地找到故事线索,预测出即将发生什么。

二 文本构成方式的重构

社会学家安东尼·吉登斯在其著作《现代性的后果》中提出社会系统的"脱域"(disembedding)问题。所谓"脱域"是指"社会关系从彼此互动的地域性关联中,从通过对不确定的时间的无限穿越而被重构的关联中'脱离出来'"①。吉登斯将"脱域"作为一种现代性的生产机制来描述现代时空转换关系中社会关系的重构以及变迁的特性。耽美同人文学作为网络文学生产机制中一种高效的时空分离的产物,生产与消费在作者与读者之间形成有机的循环,致使一个网络社区新型社会关系的诞生。前文本在网络文学的时空分离中被重构,而这与现代性的"脱域"机制相吻合。

在网络耽美同人文学的"脱域"机制中,同人女形成了一个趣缘群体,这样的新型网络关系不受地域、时间的限制。她们共同依赖一个事实:前文本具有重构的价值,不是信任某个同人女作者,而是相信文学的重生力量。前文本作者的"编码"意图在同人女的"解码"过程中获得深浅不一、信息点各异的解读,在前文本与重构文本之间构成了一种动态对话关系。这种动态对话关系受同人女情感想象惯性的支配,对某个男性角色的钟爱和前文本中爱情的遗憾度成为大部分同人女喜爱耽美同人作品的情感选择缘由。她们从角色的意义容量中发掘出男男配对的适配模式,共同在网络中享受虚拟的情感满足,社区"脱域"性是文本构成的共有基础。

金庸武侠小说《笑傲江湖》讲述了武林各派为争夺武功秘籍《辟邪剑谱》和《葵花宝典》所引起的一系列江湖纷争,以华山派弟子令狐冲和明教任盈盈的爱情故事为主线,东方不败只是其中一个非主要角色。东方不败为练盖世神功"葵花宝典"而自宫,以绣花针抗敌,为救同性爱人杨莲亭而灰飞烟灭震撼人心。20世纪90年代徐克电影工作室在小说《笑傲江湖》的基础上拍摄出《新笑傲江湖之东方不败》,电影中上演了东方不败与令狐冲的唯美爱情故事。东方不败以女性身份与令狐冲相处,两人暗生情愫。由于立场的对

---

① [英]安东尼·吉登斯:《现代性的后果》,田禾译,译林出版社2000年版,第18页。

立两人之间的关系始终没有捅破,最后跳崖一个场景:令狐冲大声询问东方不败究竟是谁,东方不败拒绝了令狐冲的援救,将令狐冲送上崖上安全地带,以一句"我要你永远记得我,一生内疚"唯美飘落悬崖。"因为媒介的不同属性,改编的影视作品自我建构的主要方式就是营造出与原作有所分别的价值系统,它一方面推进了文本的意义扩散,另一方面也借助新的意义场域,'召唤'出受众的意义循环热情。"① 徐克的改编成就了东方不败的扮演者林青霞,也使东方不败亦男亦女形象特色的形象深入人心。

2013年电视剧《新笑傲江湖》在此基础上进行了进一步改编,主要讲述了华山派大弟子令狐冲生性豁达不羁,初入华山武功平常,后遇高人授以"独孤九剑",更意外取得五岳各派剑法精髓。令狐冲自幼与岳不群之女岳灵珊情投意合,《辟邪剑谱》传人林平之出现后,岳灵珊与林平之暗生情愫,私订终身。后令狐冲误打误撞结识东方不败,东方不败多次舍身相救,令狐冲逐渐被东方不败所感动,产生感情,但之后由于令狐冲对东方不败的误解导致这段感情无疾而终。任盈盈中期出现,因一曲《笑傲江湖》与令狐冲结缘。经过长期的相处两人相约成婚后隐退江湖。但此时任盈盈因挑衅东方不败而被食三尸脑神丹,奄奄一息。最后,东方不败为了令狐冲的幸福,把自己的心换给了任盈盈,令狐冲与任盈盈终成眷属。《新笑傲江湖》中东方不败已经成为女主角,原有情感关系和配对模式受到大众质疑。此剧播出后引起了同人女的大讨论,有网友评论:小时候看《笑傲江湖》,希望令狐冲和小师妹在一起;长大后希望他和任盈盈在一起;现在居然希望他跟东方不败在一起,在一起,在一起……网友心悦诚腐发帖认为此剧是披着 BG 外衣的 BL。穿红鞋子的猫 H 发帖:再也受不了! 我能说任盈盈是小三吗? 为什么结局是

---

① 刘琴:《主体间性视域中的文化"拼贴"与文化迎合——以徐克〈东方不败〉、于正〈新笑傲江湖〉为核心》,《艺苑》2013年第6期。

冲盈！我的教主（东方不败）呢！我要弃剧！① 同人女的创作热情随着时间的推移逐渐加强，网络的时空里，文本生成机制脱离原有时空机制，只在小众领域愈演愈烈。

同人女酒纳梨根据电视剧《新笑傲江湖》创作出耽美同人小说《逍遥吟——新笑傲江湖后传》，吸收徐克版电影和于正版电视剧中东方不败的角色。在小说开篇唯美描述中交代东方不败与令狐冲的情感纠葛：

> 思过崖。
>
> 一抹鲜红的身影矫捷的攀上山崖，像一只折翼的小鸟一样跌落在思过崖崖顶。东方不败一手扶着胸口，一口猩红吐出。鲜红的鲜血在雪白的雪地上，像是傲骨雪梅一般映着风雪在雪地缓缓绽开……
>
> 八个月前，他与她在山洞定情，却不想没过多久她便众叛亲离，就连爱人也牵起他人的手。与令狐冲的竹林大战她狠不下心，被令狐冲和任我行重伤坠下悬崖，掉下山崖的她一心求死，可是却依然放不下曾经美好痴缠的岁月。一次偶然她再次舍身相救，却伤掉了自己与他的孩子……
>
> 爱恨纠缠，令狐冲能否揭开真相忏悔自己？东方不败又能否再次敞开心扉接受悔恨不已的他？苦苦守候的平一指是否能走进她的心？伪善和真恶到底孰是孰非？②

《逍遥吟——新笑傲江湖后传》由两人执笔，改编了东方不败坠崖后的剧情，并且将令狐冲与东方不败的相处剧情重新叙述。将前

---

① 耽美吧，http://tieba.baidu.com/p/2171696541?pid=29548176535&cid=0#29548176535。

② 《逍遥吟——新笑傲江湖后传》，http：//www.jjwxc.net/onebook.php?novelid=1755164&chapterid=1。

第七章　中国内地网络耽美同人小说文本叙事研究　✳✳　249

文本中东方不败与令狐冲的情感遗憾弥补回来，文本的历时性发展脉络清晰可见。新文本与原著小说文本、电影文本、电视剧文本在文本构成上形成了动态的对话关系。在传统传播过程中，纸媒、影视是一个连续的历史存在，其文本是既定的事实。前文本以作者或者主要制作者为主体，受众不参与文本创作。作者与阅读者、观影者处于不同的时空，文本的形成在封闭的空间，经过商业生产与受众见面，受众的阅读和观影是自我消费的一个独立过程。在新媒体的"脱域"机制中，耽美同人小说文本作者与读者处在一个公共的网络空间。文本的重构过程与阅读过程是同步的，情感氛围的营构具有共通性，小说叙事遵循均衡—失衡—均衡的运动规律。

耽美同人小说中存在一种利用已有文化符号资源进行创作的类型，文本构成方式上没有明显特征，可以采用任何合理的创作方法，结构新文本。典型的如《金瓶梅》耽美同人小说，借用西门庆、潘金莲、李瓶儿、庞春梅等人物的名字，脱去明朝社会世俗生活，将主人公放到现代社会，演绎新的关于西门庆的感情生活，叙述方式可以多种多样，只要读者与作者可接受的圈子认同即可。常见的还有借用《桃花源记》塑造的美好世外桃源，编写新的故事，在这里借用的只是原著中的一个构想，俨然是原创，更多地该称作"摹写"。

三　文本情节的重构

耽美同人小说中的男主角配对模式有两种：原著架空文以加入新人物为主，穿越男主角与原著经典人物配对，如陆小凤同人，穿越男主角与花满楼、陆小凤与穿越而来的西门吹雪的配对；沿袭或创造原作人物之间的关系即原有人物配对，如白玉堂与展昭的配对。

耽美同人小说将符号人物变成可靠性人物，在视觉与感情上给人虚拟的真实感。读者代入感很强,每个读者心中都存在一个 Mary Sue①。"虚构人物的存在状态是一种缺席,他可以清晰地消融于陈述之中。这些人物也有形象和言语行动,但却偏离一切日常生活的现实逻辑,只具有纸上的存在依据。"② 文学中所涉及的人不是真实的人,它们是模仿、想象与虚构的创造物,或者说是没有血肉的纸人,即巴特的"纸上的生命"。它可以偏离日常生活的现实逻辑,读者认可其想象,充分信任作者所创造的世界。在《神雕侠侣》的耽美同人小说《颠覆传说》中,作者在写杨过十六年的等待时光时有言:"作者灵感一闪,眼前的人物一步步慢慢地痛苦地熬过了十六年。"③ 作者将主人公的感受置换在自己的内心,提醒读者自我代入。读者、作者、主人公三位一体共同经历拟真的审美体验。"在元小说的套路里,作家的自我意识渗透到人物身上,它使这些人物总是能够意识到自己处于虚构之中,失去了传统文学中作品人物深深扎根于现实生活而不越界、不觉醒、不做戏的真实坐标,这是人物的实在主体失落、解体的表现。"④ 而耽美同人小说将符号人物变成既是作者又是读者的可靠性人物,每个人都可以意识到自己是真实的僭越者。作者和读者对于自己的非身体化的虚假的自我均有着较深的置换同情感。对于作者来说,这种情况表现为她对于虚构层的僭越,认识到自己是小说人物的控制者和体验者。对于读者来说,表现为她对于情感层的僭越,她与人物共同经历着一场情爱的角逐。

原创与同人间会有原创情节重复、提示、集聚,作者将原著情

---

① 即在同人文中虚构出一个真实剧情中没有的主角,此主角往往很好很强大,与真实剧情中的人气角色纠缠不清,暧昧不断,桃花朵朵开。现在,玛丽苏还不光指同人文作者的自恋心态现象,也指原创文作者的心态现象。对于男女作者皆有的这种心态现象,统一简称为"苏"(Su)。

② 王钦峰:《后现代主义小说论略》,中国社会科学出版社2001年版,第194页。

③ 云过是非:《神雕侠侣同人 颠覆传说》(http://www.jjwxc.net/onebook.php?novelid=710044)。

④ 王钦峰:《后现代主义小说论略》,中国社会科学出版社2001年版,第207页。

节嫁接、转移时会提醒读者，读者可以清楚地看到作者创作时的双重时间置换，如何打开原创缺口，填补空白，发展出新的情节。如小说《〈基督山伯爵〉同人：相伴前行》开篇：

> 最初之前的往事：李辰，男，28周岁，属狗，未婚。无阴暗往事，无伟大志向，完全的普通人，除了很宅之外。以上为艾瑞克·邦尼特（Eric Bonnet）穿越过来之前的全部资料。①

读者可以清楚地看出作者的行文线索。"交代写作动机、评述写作计划、介绍写作过程被揉进同一文本。这种跳出来说话的方式更多地带有元叙事的特点，同时又与他文本构成互文关系，这是后现代叙事的常用手段之一。让你觉得这个小说可以这样写，也可以那样，或者由你——读者来决定怎样写更好，这可以理解为同步叙述所带来的开放性效果。"② 作者不时跳出来提示同人与原作的情节发展，开放性效果拉近了作者和读者之间的距离，群体共同遵守和践行彼此之间的约定。耽美同人小说处在后现代文化的背景下，时代语境以隐匿的形式影响着文学创作，对耽美同人这种小说形式的"好感"，是同人女之间的秘密，也是她们生活、文学创作观念的显现，故事情节的重构，在更广意义上是文学自觉意识的表现。同人女创作归根结底只是源于一份对文学的热爱，一种标新立意的内心倾诉与表达欲望。《穿越红楼之北静王》在红楼同人小说中是广受爱戴的，作者行文风格沿袭《红楼梦》的语言，如写大观园里姑娘们文人雅士般的吟诗，读来颇有红楼风范，不知不觉中会有进入原作般的感觉。家族兴衰史、宝黛钗感情史作为大背景，皇上水溟与穿越男主角水溶即北静王在红楼里观看着红楼剧情的发展，他们既是

---

① 西西里晴空：《〈基督山伯爵〉同人：相伴前行》，（http：//www.jjwxc.net/onebook.php? novelid = 588344）。

② 王岳川：《后现代主义文化研究》，北京大学出版社1996年版，第120页。

叙述者,也是小说中人物,又是局外人,而这样的人物虽然是新加入的人物而丝毫不嫌多余和累赘。情节发展与前文本情节发展没有缝隙,这也是判断耽美同人小说创作好坏的一个默认标准。

第二节 中国内地网络耽美同人小说的性别叙事

"叙事学的基本假设是,人们能够把形形色色的艺术品当作故事来阐释,是因为隐隐约约有一个共同的叙事模式。"① 耽美同人小说将具有叙事性的种种艺术品纳入小说范畴,是因为作者不约而同地践行着一个共同的叙事模式:将男性想象为文本表达关于女性欲望的故事。又常常复述一个"主角彼此相爱,这种相爱不会改变,唯一特别的只是因为对方刚好是男性"的概念。

一 性别权威与叙事声音

"叙事声音"是女性主义叙事学家苏珊·S. 兰瑟在《虚构的权威》中提出的一个概念,指在叙事性文本中叙述者的声音,是各种类型叙述者讲故事的声音。叙事声音是文本主要的结构形式,文本实践的具体形式,以及叙述者在文本中的存在方式。耽美同人小说语言形式上的叙事性别是男性的,但是这个"男性声音"是女性作家张扬其生命本体的个体叙事的集结。由于耽美同人小说是基于网络的电子文本,在连载过程中读者参与评论、提出情节改写建议。女性读者的叙事声音在小说中具有重要影响,推动着小说的持续发展。完整的小说不仅包括主题情节,同时留言评论、插话也潜移默化成为小说的一部分。耽美同人小说女性主义叙事声音建构出的性

---

① [美]戴维·赫尔曼:《当代叙事理论指南》,申丹译,北京大学出版社2007年版,第17页。

别权威主要从女性作者型叙事声音与女性集体型叙事声音体现出来。

（一）作者型叙事声音

兰瑟在其《虚构的权威》一书中这样界定"作者型叙事声音"："我所谓作者型叙述声音模式同时也是'故事外的'（extradiegetic）和集体的。我把它的叙述对象类比为想象为大众。我选用'作者型'这个词并非用来意指叙述者和作者之间某种实在的对应，而是意图表明，这样的叙述声音产生或再生了作者权威的结构或功能性场景。"①"作者型"更确切地是指叙述者与作者在结构与功能上的近似，兰瑟将叙事声音与社会性别相结合，关注性别化的第三人称"故事外"叙事模式，构建女性主义叙事声音的权威。耽美同人小说的作者无法回避其性别倾向，在充满女性话语特征的叙事模式中建构女性观照下的男性性别立场。

耽美同人小说主要由青年女性参与，以颠覆和改写原著达到其精神层面的愉悦，大众、通俗的文学文化符号更容易引起同人女的注意。她们很擅长将武侠与言情融为一体，将言情摆脱传统虐心的家庭婚姻模式，尤以《七侠五义》为蓝本的猫鼠同人最盛。因此同人女的创作不拘泥于单纯言情，总是将言情放在侠义恩仇和悬疑凶杀中。文学中以两性为主的言情世界被以男性为主的情感世界所取代，但文学表现的模式或者说传统的描写女性原型的方法依然没有变。从女主角变为男主角这种主人公性别的转变实则是美女更替为美男，衡量美不美的标准明显是女性化的。在同人文《锦鼠御猫》中男主角白玉堂和展昭的相貌是通过彼此的眼睛看出来的，他们的视角是一样的。文中以白玉堂的视角描述展昭：

> 好一副俊美的相貌。他白玉堂就自认相貌不凡，很少有人

---

① ［美］苏珊·S. 兰瑟：《虚构的权威：女性作家与叙事声音》，黄必康译，北京大学出版社2008年版，第18页。

能入他的眼,这名男子倒真是让他吃了一惊。虽然一身灰色的长衫却一点不显得老气,白皙的面容上那双眼睛放光……①

以展昭的视角描述白玉堂:

真是一表人材相貌英俊,虽然穿得是一身的缎子的文生公子装却腰悬佩剑。从这眉梢眼角也能看得出来。②

两人相貌描写用的是相同的口吻,语言在复读与强调中统一于作者的话语权威。在白玉堂和展昭经历一系列大劫在一起后,"伪第三者"的出现也是作者的刻意安排:

柳凌碧一边说一边得意的笑着,她的脸上总不离笑。其实她也认为,当知道自己最喜欢的五哥爱上一个男人的时候,她应该会哭的。可是她却根本觉得哭不出来,有些失落是必然的,但是她却觉得那两个人在一起真的很相配,比看什么都舒服。③

这里的"她"是代表着同人女作者影子的叙述者,叙述者的恋爱观和同人女作者的群体恋爱观是一致的,猫鼠王道是猫鼠同人圈的挚爱,大家都是看好他们在一起的,除此之外没有其他人(无论男人和女人)能够比他们更般配,这是规则,是普遍共识无须解释的,这与女人的情感观是相符合的,"美型男"的纯爱也是爱情存在的一种方式。这是女性作者自主写作的话语权力,亚文化情感与主流情感是平等的,耽美同人小说作为一种虚构作品,是同人女的创

---

① 弦:《锦鼠御猫》,晋江文学城(http://www.jjwxc.net/onebook.php?novelid=218572)。

② 同上。

③ 同上。

第七章　中国内地网络耽美同人小说文本叙事研究　❋❋　255

作才思和主观思想的折射。

女性主义学者徐艳蕊指出：耽美作品的创作和阅读"不是为了描述男性同性恋的真实情感世界，而是通过想象美少年之间的恋情来满足观看和窥视的欲望，并在充满中性格调的男主角身上寄寓了以打破性别藩篱为目标的双性同体理想"①。小说或者说文学中性别的权威建构是以故事为战场的，故事是男女两性争取战场胜利的场域。在某种程度上，这是文化发展到一定程度的产物。在作者弦连载的《锦鼠御猫》系列中，前八回以众多男性英雄为中心展开叙述，没有涉及女性人物。白玉堂因展昭"御猫"的封号处处挑衅：

> 展昭胸中有火，他这堂堂七尺男儿汉，即便再怎么有风度也不是圣人。白玉堂这么和自己过不去，他要是没火才叫奇怪。更何况那白老五已经和四位哥哥吵了一架，再让他们四人去劝说白玉堂也不见得有用。自己的事还是自己了的好，他不就是心心念念要自己去找他吗？若是不去，岂不等于说我展某人怕了他？②

在这里可以看出男性之间的侠义恩仇冲突，单一性别设置，观看者享受英雄之间的切磋较量如何演化为侠骨柔情惺惺相惜。这样的感情不涉及物质与门当户对观念，纯粹的心理情感的微妙变化占据叙述中心地位，作者的审美空间与政治设定（宋朝开封府）是开明的。同人女所设置的单一性别打破了传统二元对立思维模式，精心营造单性的情爱生存空间，在男性身上寄托双性同体的理想，打

---

① 徐艳蕊：《〈流星花园〉热与青年亚文化现象》，载陶东风《当代文艺思潮与文化热点》，北京大学出版社2008年版，第420页。

② 弦：《锦鼠御猫》，晋江文学城（http：//www.jjwxc.net/onebook.php?novelid=218572）。

破性别藩篱,建构女性想象中的性别权威立场。

在《红楼梦之我是薛蟠》中作者不时地跳出说话:

> 作者有话要说:写这章太痛苦了,卡了好久才想出内容,郁闷!谢谢各位支持!在本章中,对张先生的身份,倒小小地埋了个伏笔。(提醒)①

"作者有话要说"这样的话语是同人女之间的拟真精神撒娇,因为有读者在"宠着",可以有自己的叙述空间,同时又可以肆无忌惮地和读者作"公告",戏谑性的撒娇手段是女性作家的爱好。其实叙述者是不是同人女作者并不重要,关键是叙述者"不仅仅讲故事,她们行使明显的作者功能,从而使自己、也使自己的作者成为文学中不可或缺的在场"②。叙述者的作者身份认同使我们能够发现作者型叙述声音的在场,其作用相当于作者赋予叙述者自己的全部话语权,叙述者与作者在大多数时间是合二为一的。作者时而暂时逃离叙述者的身份,跳出来说话,使新的小说无时无刻不在与原著进行对比,读者可以轻易看出同人女读者的性别倾向。爱慕的男主充满着女性喜爱的外貌、性格特点,将悲情的女主角抽离或者降为配角,同人女作者"一手遮天"的控制欲弥漫在字里行间。

(二) 集体型叙事声音

兰瑟在《虚构的权威》中指出集体型叙事声音是指一种叙述行为,"在其叙述过程中某个具有一定规模的群体被赋予叙事权威;这种叙事权威通过多方位、交互赋权的叙述声音,也通过某个获得群

---

① 阿须伦:《红楼梦之我是薛蟠(性别转换)》(http://www.jjwxc.net/onebook.php?novelid=498986)。

② [美] 苏珊·S. 兰瑟:《虚构的权威:女性作家与叙事声音》,黄必康译,北京大学出版社2002年版,第17页。

体授权的个人声音在文本中以文字的形式固定下来。"① 兰瑟认为集体型叙事声音有三种可能的表现形式,而且它们都是社会意识形态的各种汇合以及不断变化的叙事技巧常规的表现形式。分别是:某叙述者代群体发言的"单言"(singular)形式;复数主语"我们"叙述的"共言"(simultaneous)形式和群体中的个人轮流发言的"轮言"(sequential)形式。

耽美同人小说创作中有一类以穿越种田为主的小说,主要是男性或者女性穿越到男儿国观看男人恋爱生子的故事,此类大多以陶渊明的《桃花源记》和"女儿国"为蓝本进行创作。此类男性集体社群小说中,没有哪一个男性社群站出来为自己"说话",通常是以一个女性穿越到桃花源变成男性,或者仍以女性身份观看男儿国的日常生活——男人的情感世界,这些小说的每一个叙述者都有可能离开男性社群。这意味着,他们的集体型身份只是一种虚构,这里存在着一个为"他们"说话的超乎其外的"她"。性别权威在这里完全掌握在"同人女"的手中,性别形式仍然是女性的,是女性借用男性的生活与情感表达自身的乌托邦理想。其中隐喻着女性希望有一个真正的女儿国,不依靠男性,可以自给自足的安静地生活。《竹外桃花开》是集体型叙事声音的代表作,文中以桃花源为想象契机,塑造了一个精准的男儿国。男人们可以自己生产、恋爱、结婚、生子,是一个完全的世外桃源。以男主角夏牧为主要叙述者,讲述了夏牧穿越成为"男儿国"——大元村一个家庭的孩子夏小衫,他有一个由爸爸莲生、爹爹夏四郎、大哥、二哥组成的幸福家庭。其中以夏牧的爸爸、爹爹、大哥、二哥的叙事声音轮流发话,讲述耕田种地、生老病死的日常生活,"我们"在一系列互相协作的"他"中产生。

---

① [美] 苏珊·S. 兰瑟:《虚构的权威:女性作家与叙事声音》,黄必康译,北京大学出版社2002年版,第23页。

小说表面叙事声音是夏牧,以夏牧的眼光描述出"男儿国"的一个缩影。夏牧既是局外人,又是具有局内人身份的发声者。女性被直接排除在男性社群之外,但是在男性社群中依然留有男权社会对女性的规诫要求。扮演"女性角色"的男性执行着女性的一切,小说营造出一种让人很诧异却又放心的信息——没有女人的男儿国是一个完全健全的社会。

> 这个世界里,根本就没有"女人"这一生物。负责生养后代的是一群男人——那些出生时就在额间留有"福印"或在青春期时被送去寺庙"赐福"的男孩子。而最最别扭的是,做为夏小杉,他是这个世界里的"小哥儿",出生时额间就有花形福印,是在将来得嫁人给人生孩子的"女人"……①

耽美同人小说集体叙述声音体现在同人女读者既反抗传统男权叙事声音的霸权规约,又与这个规约合作创作新的女性叙事表达的文学。《竹外桃花开》虽是"男儿国",没有女人,但是"女人"这一身份仍然是存在的,同人女跳不出爱情与生育的传统规约。文中以夏小杉的声音为男男爱情集体代言,当夏小杉爱上"男儿国"的蔡京云时他着实纠结了一番,最后得出的结论是明朗的。

> 其实有的时候就是这样,某些东西根本就没有想象中的那么复杂。夏小杉这么些年来,如果说没有变化没有感触那是不可能的。他只是脑袋里想乱七八糟的事想多了而已,顾及这顾及那的,他在意自己的身子,为自己那男不男女不女的身份而纠结。但在脑袋转个弯想想,上辈子里还有一堆男的和男的结

---

① 停息:《竹外桃花开》(http://www.jjwxc.net/onebook.php?novelid=755093)。

婚的呢！人家也有好好过日子的呀！这么想来，倒还真没有那么纠结了呀。

而且，看夏四郎和莲生，看石头和新河，这两对在最初时看到时觉得很不适应，但看久了，现在也觉得挺好的！有时还会让人生出几分羡慕……①

夏小衫的思索代表了同人女集体的思索：边缘群体也可以成为中心，异性恋的建构是强大的氛围，久了就被大众默认了。同性恋的建构如果有足够的氛围，一样可以被默认。

在小说《泰坦尼克号之心之所向》的创作过程中，"轮言"的发声模式贯穿始终。叙事者擅长提醒读者：人物是真实的，就是读者深爱的影视剧或者小说，情节发展受制于读者的想象。读者深深懂得泰坦尼克号最终会撞上冰山沉没的，无论罗斯是否爱杰克，"我"——卡尔·霍利是深爱杰克的，女人建立起来的天然联盟是认同卡尔和杰克的感情的。同人女作者稍稍要"越轨"写出杰克与罗斯的暧昧时，读者便拍砖提醒，要转入下文，更文时要注意杰克和卡尔的感情戏要多写一点。读者身份僭越，提供故事情节发展脉络，潜在的作者"我"更多的时候是读者的推文，是"女性化情感"的程式化遵循。女性模拟的情绪化撒娇和眼泪是女性叙事的张扬者，圈内自由叙事的私人化完全暴露在公共网络平台，是建构，也是颠覆，是肆无忌惮的表述，也是对崇高与权威的挑战。

二 性别认同与叙事视角

在社会学中，性别认同是指一个人对自己性别上的认同。一般指某人将自己视为男性、女性或某些非传统观点的性别，也可以用

---

① 停息：《竹外桃花开》（http://www.jjwxc.net/onebook.php?novelid=755093）。

来指人们根据他们所认为的性别角色现象（如衣着、发型等）而对个体所赋予的性别。本章采用的性别认同概念是指在文学故事中，通过叙述者的叙事视角所透露出的作者的性别认同。叙述视角是指叙述语言中对故事内容进行观察和讲述的特定角度。传统叙事视角主要采用法国理论家兹韦坦·托多洛夫的分类方法，将叙事视角分为全知视角、内视角和外视角。本章采用的是热奈特从叙事者角度所提出的同故事叙述和异故事叙述。同故事叙述是指叙述者 A 就是人物 A，叙述者是故事中的人物；异故事叙述是指叙述者 A 存在于故事之外，不是故事中的人物。

（一）同故事叙述

同故事叙述又称自身故事叙述，是指叙述者 A 和人物 A 一致。这种创作手法对于同人女来说是一种比较方便的写作方法，作者站在人物的立场进行叙事，不必考虑外在因素的影响。自身故事叙事通常采用第一人称叙事手法，对于错综复杂的情节难以驾驭，往往只截取原著部分情节作为创作原本，将视角限制在一人身上，以便减少线索和情节，降低写作难度。在较短的时间内和较简单的人物关系中，作者便于进行细节刻画，能够更深入地挖掘原著人物性格，对原著进行合理补充，使故事情节更充实。

穿越架空类小说叙述者 A 与人物 A 相一致，一般具有两层叙事空间：叙述者 A 既是改编穿越后的假 A，又是具有前文本皮囊和身份的真 A，这种游离状态便于叙事和情节改编。在对小说《红楼梦》的改编中同人女更擅长用穿越人物的眼光展开叙述，《穿越红楼之北静王》即是以穿越男变成北静王来展开故事：

水溶自谓大观园诸事落幕，剩下的完全是生活，再无《红楼梦》的故事，与这个世界的联系就只剩下骨肉亲情，水溟便成了所有情感所系。问题是他不清楚这个"所有情感"到底包括些什么？那一晚的事，绝非兄弟之谊，或是倾心之情？水溶

第七章　中国内地网络耽美同人小说文本叙事研究　❋❋　261

一想到这就会抱着头抓狂———他是穿来的，对血缘没那么禁忌对龙阳没那么避讳，可是他两辈子都算上除了和水溟那一晚，再没和任何人牵过小手，他不懂什么叫爱情……①

耽美同人小说的自身故事叙述视角或者说第一人称叙事视角颠覆和解构了父权和夫权的隐喻，建立起第一人称女性自身隐喻，体现了性别叙事的特征。女性的缺席，使耽美同人小说只能以男性的"我"来观察审视世界，而这丝毫不影响女性建立男性性别的认同。在小说中，感情的受阻不是来自异性恋对同性恋的排挤和压制，而是原著或者说前文本作者所设置的已有婚姻、已有经典男女配的制约。捉拿"花蝴蝶"一案，白玉堂中剧毒昏迷，展昭几天不眠不休守护，以大人颜查散为第一人称叙事写出对展白二人的感情态度。

我知道你着急，可是谁能不急？但你急又能有什么用？四哥他们不是已经找人救五弟了吗？你以为你这样不吃不喝他白玉堂就能醒了吗？②

颜查散是父辈与权力的象征，这里以他的视角来写同性恋情，父权的隐喻不言而喻，他默许与认同的态度是对同性恋的肯定。而身为白玉堂父兄的蒋平等人同样有自己的性别认同感。

蒋平拉过展昭，心里也不知道是该笑还是该哭。老五这种模样他自然是笑不出来，可是展昭这么明显的举动让他不得不替五弟想笑。看不出来这猫也是个情种，和老五简直就是一对

---

① 不是坑王：《穿越红楼之北静王》（http：//www.jjwxc.net/onebook.php? novelid = 449392）。
② 弦：《锦鼠御猫》，晋江文学城（http：//www.jjwxc.net/onebook.php? novelid = 218572）。

冤家……这位就是神医江尧,有他在老五没事。你放心吧,赶紧去吃东西,你要是饿坏了老五醒了还不得和我拼命。①

观察者蒋平在文中充当叙述者 A,看到人物 B 的恋情引发的理解与同情是与读者一致的,父辈在叙事过程中慢慢靠向了同人女的阵营,他们的形象是宽容的、理性的、智慧的。男人的人生价值不再以权力、控制、荣耀、事业为终极追求,首要的是爱情的主动权,这与琼瑶式纯爱至上不同的是,权力、金钱、暴力依然存在,只是缩小比例或者说退居第二位了。

耽美同人小说的穿越重生题材类呈现出一种特殊的叙事状态:叙述者的承担者(穿越重生者)通过某些途径对他进入的环境即将发生的一切事件已经了如指掌,从这个意义上来说,他是全知全能的;但外来者又是事件的参与者,这个世界因他的介入而发生了改变,他之前所了解的事实仅仅具有参考价值,随着此人涉世渐深,原有"历史"的轨迹会发生变化,不可靠因素会逐渐增加,叙述者的全知地位也在慢慢向限知方向转化,但"穿越"或"重生"附加给叙述者的信息优势又始终不会彻底消失。② 这种叙事状态属于准全知叙事,又属于限知叙事。穿越或重生的主角不仅是美型男,而且是作者要为其正名或者代言的性别化明显的角色。例如《天涯明月刀》同人小说中叶开和傅红雪的恋情,穿越过来的叶开是作者分配给傅红雪的完美恋人,叶开变成一个幽默、爱唠叨、讲义气、耍小脾气的男人形象,虽然带有女性的某种特点,但是丝毫不具有女人腔。文中以叶开的视角展开叙述,他了解小说、影视的《天涯明月刀》是怎样的剧情,怎样的发展,他和傅红雪只是不谈心的有默契

---

① 弦:《锦鼠御猫》,晋江文学城(http://www.jjwxc.net/onebook.php?novelid=218572)。

② 薛媛元:《视角转换:论同人小说与原著的"对话"策略》,《江汉大学学报》(人文科学版)2012 年第 1 期。

的知己朋友。叶开带有同人女痴迷的集体叙事,女性主义叙事在叶开的性格重塑和叶开与傅红雪的恋情发展中展现出来。

(二) 异故事叙述

安德烈·托皮亚在《乔伊斯的对位手法》中说道:"自由的间接文体建立了一种不固定的中间地带,使得叙述者可以同时在两处进行表达。"[①] 耽美同人小说同样具有如此的叙事技巧,非个人化的第三人称叙事使得作者与叙事有一段审美距离,人物的情感认同是异故事叙述,叙述者 A 不是故事中的人物。这种叙事方法具有排斥性,排斥作者和读者的主观判断,使得性别叙事产生了阻隔。给读者产生一种误读,耽美同人小说与性别无关,只是巧合的叙事,"对方刚好是男性,或者一只猫,一只狗"的观念深入人心。在《〈七侠五义〉同人:游龙随月》中作者时而以公孙策的视角观察众人,时而以九王爷赵普的眼光叙述故事,时而又有旁白式的元叙事。扑朔迷离的叙事视角使得叙述者可以任意表达,在情感上既可以作为公孙策这种女性化的男性性格代入,也可以作为九王爷赵普这种男性化的男性性格代入。在这里,传统的被分配给女作家的"感性、情绪化、身体性"的创作标签并不适用,女性作家可以按照故事情节叙事需要转换视角,自由的叙事风格建立在性别尊重的基础上,无论从男性还是女性的叙事视角,归根究底都是一种平等的、和谐的叙事方法,而不是"压到一方,提升一方"的性别战争。

公孙策和赵普在寻找燕战谱时遇到一条龙,众人皆不知是何道理时,赵普突然反应过来,道:

  对了,邯晏有个红颜知己,就是燕国的七公主姬闵,可惜后来姬闵被燕王远嫁去别国和亲。邯晏自愿随驾护送,离开了

[①] 转引自 [法] 蒂费纳·萨莫瓦约《互文性研究》,邵炜译,天津人民出版社 2003 年版,第 352 页。

燕国之后，邯晏杀死了所有的随嫁的护卫，抢走了姬闵。后来燕王震怒，派了大量的人马去追，可两人从此就销声匿迹了，该不会……两人上这儿来了？①

听到这段简短的凄美故事后，公孙策有了诧异，他关注的不是故事本身与案件的关系，而是将视角转移到赵普身上：

公孙颇有些意外，别看赵普平时不学无术的样子，对于诗词歌赋完全不感兴趣，但是一说到史料，特别是某场战役、某个名将，他几乎都是烂熟于心，记性好得吓人……果然是天生的帅才么？②

这一段既是公孙策视角的聚焦对赵普的评价，也是作者以旁观者的视角深入公孙策的内心。耽美同人小说中尽量避免女性的出场，女性的缺席恰恰是性别叙事的表征。同人女圈中公认："参与创作时，尽量不在 BL 同人作品中引入女性角色，不希望安排'同类'做炮灰、陪衬或牺牲品。同人女参与者所厌恶的不是'女性'本身，而是对女性的扭曲。"③ 在《红楼梦》同人小说中不可避免地会有女性角色，作者会出于爱护的目的，尽量不那么残忍。作者对女性的爱恋都放在男性角色身上，男性的异故事叙事不是肆无忌惮的"杀戮"，而是充满了爱心。而且不时地会有"真理"浮现，这是作者的感慨，也是作者的叙事视角："叙述者在字面意义上进入一种异己的意识，而第三人称叙述者在隐喻意义上转换为人物并再现了那些人物的视角。"④ 他——作者——直接用我的真实声音跟你说话，例

---

① 耳雅：《〈七侠五义〉同人：游龙随月》（http://www.jjwxc.net/onebook.php?novelid=623089）。
② 同上。
③ 王铮：《同人的世界——一种网络小众文化》，新华出版社 2008 年版，第 252 页。
④ [美] 戴维·赫尔曼：《新叙事学》，马海良等译，北京大学出版社 2002 年版，第 81 页。

第七章　中国内地网络耽美同人小说文本叙事研究

如在《锦鼠御猫》中白玉堂和展昭的恋情公开之后，反对的人寥寥，一来是作者有意为之，二来是因为：

> 如今看来，果然是圣贤之人，遇事所想真与俗人不同。①

同人女作者的视角是理解男男恋，只是一种和异性恋一样的发自内心的恋爱方式，这样的方式不仅不会让人反感，相反凸显作者的智慧。

作者持续的内视点聚焦影响着读者和主人公的情感距离，"持续的内视点导致读者希望与他共行的那个人物有好运，而不管他所暴露的品质如何"②。尽管故事是由第三人称来叙述的，事件却是透过展昭和白玉堂的眼光去看的，并通过他们的脑子去聚焦和思考。对内视角的控制延续着我们对展昭和白玉堂恋情的同情，使我们不至于对他们的爱情乱下判断，同时也使我们能从情感上认同同性恋的合法性。这样做使第三人称叙事声音避免了说教或对同性恋的直接判断。一端是内视角，另一端是叙述者毫不掩饰的判断。如《锦鼠御猫》中白玉堂葬身冲霄楼后展昭的内视角：

> 我这就回去，回到哥哥们身边。你记得，你要等我，一定要等我！无论上天还是入地，这一次之后我再不要与你分开。奈何桥边的那碗汤你千万不要喝下，我不要来生也不要轮回，我只要你还是你白玉堂，我还是我展昭。即便只能做鬼，我也不要你非你，我非我！③

---

①　弦：《锦鼠御猫》，晋江文学城（http://www.jjwxc.net/onebook.php?novelid=218572）。

②　转引自［英］马克·柯里《后现代叙事理论》，宁一中译，北京大学出版社2003年版，第8页。

③　弦：《锦鼠御猫》，晋江文学城（http://www.jjwxc.net/onebook.php?novelid=218572）。

此时读者与展昭和白玉堂的距离最近,她们可以用直接进入他们内心的方法去观察他们的内心世界。"从技术角度来讲,同情的产生和控制是通过进入人物内心及人物距离的远近调节来实现的。"① 视角的变化控制着审美距离,使读者时刻能意识到自己女性的身份,同时又能轻松代入自己的情绪认同男同性恋的精神世界。叙事视角无论是内视角还是外视角,在叙事过程中都彰显着作者的性别认同,读者也在阅读与"填空"中自觉地建构作者的性别认同。同人女的创作是一场性别认同的盛宴:肯定性别自然而然产生的爱情,不受父权或者夫权的制约,只关注自身的情感隐喻。

三 性别主体与叙事交流

耽美同人小说的性别主体是男性,女性为男性代言和发声。这一群体创作背后透露出的是女性主体意识的显现,在小说的成文过程中,网络空间的创作和阅读是同步的。读者每时每刻都在参与作者的文本创作,这样的交流是传统文学创作所没有的。每一种叙事都涉及交流,这一观点已被广泛接受,并成为多学科领域的研究对象。② 在文学领域,叙事交流是指作者、文本、读者之间发生的传递故事信息的交流行为。同人女的创作隐含着为特定群体创作的隐含读者,是文学创作中的"私人定制"。

(一) 亚文化情感与主流情感的博弈

"现代的性体系是围绕着异性恋和同性恋的自我建构起来的,它被当做一种知识体系来看待,是一种建构了西方社会制度和文化生活的知识体系。换言之,在理论家看来,异性恋和同性恋不仅是某种身份或者社会地位,而且是知识的类别,是一种我们用来描绘我

---

① [英]马克·克里:《后现代叙事理论》,宁一中译,北京大学出版社2003年版,第26页。
② 转引自申丹、王丽亚《西方叙事学:经典与后经典》,北京大学出版社2010年版,第68页。

们的身体、欲望、性和身份的语言。这是一种规范化的语言,因为它规定了道德的界线和政治的等级。"[1] 耽美同人小说是内指的,亚文化情感与主流情感在小说内部不同性别主体身上有不同的体现。在同人小说《傲慢与偏见之我是威克汉姆》的写作过程中关于威克汉姆与达西的配对引起了一场轩然大波,同人女之间发生了争论。一个叫 A 卡的读者评论道:

> 情节写得很好,非常吸引人,可是达西就一点没有纠结恐惧犯罪感吗? 在 18 世纪的英国,同性恋是死罪! 它不是被视为刑事犯罪,而是"违反人的天性的罪行"! 亨利八世、伊利莎白时期的法律,对同性恋都是极端地判处死刑,英国的社会习俗宗教法律,相比其他国家而言,对同性恋都是极为严苛的,直到 1861 年英国法律仍规定同性恋死刑,可强制执行。既然是傲慢的同人,建议作者还是考虑下当时英国的人文宗教环境及法律,达西那样的严肃正直传统基督徒,变弯怎么也得纠结恐惧心理斗争个七八章吧? 而且万一被人发现…………那可不是现在社会的自由社会,腐女天堂啊![2]

同人女读者在耽于男男纯恋的同时也会从文学环境、历史背景出发考虑如何写作更严谨。同人女群体是在想象中进行男性描写的,其中仍不乏自我的斗争,在赋予改变的同时让圈内大众容易接受。这在同人女内部亦是主流情感与边缘情感的博弈。在上述评论出现时,同人女们对此评论进行了对话交流。性别主体的自主意识较强,在对话交流的过程中历史想象和性别重构占据了主导地位。网友泡沫香槟跟帖评论:

---

[1] [美]葛尔·罗宾:《酷儿理论——西方 90 年代性思潮》,李银河译,文化艺术出版社 2003 年版,第 120 页。

[2] http://www.jushuku.com/files/article/html/9/9420/.

真正的历史的确如此！但当一个现实的真实的世界里的灵魂穿越了那么这个被穿越的书中世界应该可以算是：衍生空间或者是平行世界！而衍生空间、平行世界与真实的世界最大的不同，就是在某个时间段的历史会"拐弯"。PS 君不见清穿的时空已经变成了筛子。①

同人女泡沫香槟对于历史背景与小说虚构的关系，提出了"衍生空间"与"平行世界"的观点，为作者辩护。同人女的男男恋改编空间很广，却也是有底线，有边界的。而同人女之间的探讨仅限男男这一性别为主体，最终的共识是很容易达成的。最终的落脚点仍然是小说的虚构性权威，去政治化。同人女之间的争论与交流仅限文本成书过程中的交流：叙事背景设置，历史想象的处理方式。在主流情感盛行的时代性别主体是男性的，是男权的思考方式，异性恋的天下。同人女的创作仍以男性为主体，逆转异性恋，将同性恋直接设定为文中人们普遍接受，是大多数钟爱原著的同人女所不能接受的。

亚文化情感与主流情感的博弈另一方面反映在大众与同人女创作之间的矛盾。文学创作与现实的、政治的关系是文学不可回避的问题，耽美同人小说对现实的影响多是针对同人女本身的成长发展而言，很多学者认为同人女的性别主体建构受到影响，先入为主地接受同性恋文化，会使其对异性没有兴趣，而这忽略了文学的虚构性。耽美同人小说创造的拟真空间是一个精神交流的场所，对作者和读者个人情感的影响是存在的，但通过调查，同人女对爱情是充满希望的，无论对方是男性还是女性，都会尊重自己内心真实的感受。女性的解放使人类对自由的追求向前迈进了一大步。

凯查多利在《人类性行为基础》中指出："同性恋者当中既有

---

① http://www.jjwxc.net/comment.php?belike=1&novelid=1573643&page=1.

穷人也有富人,既有受过高深教育的人也有无知无识的人,既有有权的人也有无权的人,既有聪明的人也有愚笨的人。同性恋存在于各个种族、各个阶级、各个民族和各种宗教信仰的人们当中。"① 怀特姆认为,同性恋不是由某种特殊的社会结构产生出来的,而是在各种不同文化背景下人类性行为的一种基本形式。② 同性恋的正名在现实中是艰难的,在文学艺术中出现是一种寄托,同性恋小说的叙事灾难处处可见,同人女的现实规避性与自由创作想象是退缩到自我空间的理性主体建构。在耽美同人小说中,同性恋与道德无关,与变态无关,同人女虚构了或者说幻想了一个人人可以接受同性恋的乌托邦世界,在这个世界里,同人女作者和读者共同认同同性情感的自然、真诚,毋庸置疑。社会学家李银河在《他们的世界——中国男同性恋群落透视》中提到:"调查发现,在那些真正发生了感情的同性关系中,同性恋的感情生活与异性恋的爱情相比,无论从形式、内容还是热烈、真挚程度上看,都十分相像,只是恋爱的性别是同性。"③ 这被广大同人女作者和读者奉为圭臬。

"主体性就是体现在包括了性别权力在内的全部虚拟生活选择过程中。一个总是变化的,总有新的内容得以添加于其中的过程,是一个充满着个体的能动性的和反思性选择的过程。吉登斯于社会的反思性,认为当代日常生活中正在兴起一种颇具潜力的'情感民主',两性之间的愈益平等不局限在投票权上,它也必须包括个人和私密的领域。"④ 同人女身份主体的认同是她们可以紧紧形成一个封闭圈子的原因。同人女以小说的形式将男性情感化为小说文本人物,

---

① 转引自李银河《他们的世界——中国男同性恋群落透视》,山西人民出版社1992年版,第35页。
② 李银河:《性·婚姻》,陕西师范大学出版社1999年版,第214页。
③ 李银河:《他们的世界——中国男同性恋群落透视》,山西人民出版社1992年版,第63页。
④ [英]安东尼·吉登斯:《社会学》(第五版),李康译,北京大学出版社2009年版,第93页。

由此来确立女性群体的性别立场和自我赋权。

（二）同人女作者与同人女读者的互动景观

同人女之间的互动方式主要有电子网络的即时通信（以 QQ 群为主）、网页刷屏延时互动（以博客、贴吧为主）、现实互动（主要以同人杂志发行会、讲座论坛为主）几种。电子网络的即时通信主要以 QQ 群为主，风靡网络的为耽美事业奋斗的同人女读书群体有宇宙第一同人女俱乐部、同人女天堂、同人女的喜宴、影视同人小说交流群等。群共享里定期发布电子新书，讨论新书，发布长评，萌发创作增长点等。贴吧以同人女基地吧、BL 吧为主。这些互动给同人女提供了足够的精神支持，读书与创作活动无异于网络时代的沙龙，文学爱好者的集聚，狂欢化、不受拘束的创作让女性从心底认识自己，作为自己而生活。"耽美作品的创作与阅读为同人女构筑了一个利用通俗文化符号资源来进行自我表达和赋权的全新话语空间。"[1] 同人女抛弃女人"等待救赎"的爱情观，创造了一个"她时代"。同人女的集体文学互动是青春写作的象征，虽然其中有很强烈的集体认同感，却也面对着主流文化和大众的任意误同。

中国大陆耽美同人文化的一个显著特点是娱乐戏谑因素的凸显。例如门户网站网易的情人节专题"在一起！在一起！"。专题导语这样写道："有的人虽然相爱，但是并没有在一起。在我们幸福洋溢过情人节的时候，不要忘记给他们祝福——在一起吧！在一起吧！"接下来是四个专栏，分别为"好基友一被子！"而点开第四个"正常人类的祝福"时，蹦出的是几行大字"该网页无法显示……您需要将浏览心情调整为无下限模式。请尝试以下操作：请点击好基友一被子……"[2] 同人女对真人同人的恶搞是对男性身体的想象与颠覆，在节日里网络空间互动一把，颇有反男性逻各斯中心主义的意味。

---

[1] 陆国静：《耽美文化及同人女群体研究》，硕士学位论文，苏州大学，2011 年。
[2] 曾于里：《耽美文化——腐女的男性想象》，《文学报》2012 年第 22 期。

其属于后现代语境消费的文化现象,而这种消费模式被不同程度地批判。其实这只是后现代小众文化的一种形式,耽美同人创作会发展成什么样,现实中的男男同性恋是什么样,在网站上公开戏谑公众人物有什么后果,不是同人女所关注的。她们只是因为喜爱自己认同的男主角,爱好写作与阅读,喜欢自由和想象而形成了一个趣缘群体。这是同人女当下的生存状态,耽于男性之恋,耽于文学创作,而不在乎大众的眼光。

耽美同人小说主人公虽是男性,不涉及女性,但是注入作者和读者情感的男性已经是作者和读者共同的"自我",她们将主角误同为自身,这是公共默认的"群体认同"[①]。在男男相爱的模式中,女性作者其实存在着以她的视角去爱两个男人,或者说是以表面男人爱男人的形式去表达女人对男人的爱。她因这种爱不能太直接、太露骨,需要掩饰(女人的情感投射往往因她的性别角色而表现为被动且受阻),在耽美文学中,她既可以假扮甲A大胆地爱乙A,也可以假扮乙A去爱甲A。这就是为什么男人不屑写耽美文学(现代社会里,作为主流性别的男人可以毫无顾忌地直接投射情感,无须遮掩)。

"网友飞鱼凌空认为,攻受是同人世界的普遍现象和状态。攻受存在于一切同人的发展过程中,且同人发展过程中自始至终存在攻受运动。"[②] 甚至同人女会使用"小攻"和"小受"来称呼两个男主角,人物关系标签化,而"攻"与"受"的安排中同人女更愿意看到"互攻文","互攻"是很有看点的,其中包含了同人女对两个男主角的期待,都是积极主动追求爱情的,不管世俗的羁绊。这是同人女向往平等爱情的愿望,因为此标签的贴法亦会引起同人女的热烈讨论。

---

① 陆国静:《耽美文化及同人女群体研究》,硕士学位论文,苏州大学,2011年。
② http://www.magiczone.cn/read.php?tid=239715。

在《泰坦尼克号》同人写作过程中,关于"攻"和"受"的问题一直被讨论,虽然没有定论,最终还是作者下笔成文,这种读者参与的热情可见一斑。同样在《锦鼠御猫》系列连载过程中诞生了一批文笔很好的长评,例如一个叫小蚊子的同人女专门写下长评一篇,感谢作者。

> 这篇文是我看过的最接近原著性格的鼠猫。曾经被一个个平胸猫、祥林猫、头牌猫雷得不能自拔,也曾经被一个个禽兽鼠、琼瑶鼠雷到不知东南西北,更不用提生子的猫和谁都相信就是不信猫儿最后把小猫害得吐血瞎眼甚至挂掉的扭曲鼠了……吓得我甚至很长时间都不敢再看鼠猫文了,还好,老天爷还是有眼的,终于让我见到了大人的文章。
>
> 作者回复:脸红样漂浮,说的我都不好意思了。其实从某种意义上说,我的文被大家所接受,是因为接受的人跟我有同样的愿望和感觉。这就是所谓的物以类聚吧。而其实每个人心中的鼠猫可能都不是相同的,而我们恰好相同,那就是难得的缘分啊。①

同人参与者王铮在专著《同人的世界》里指出:"她们(同人女)希望看到的是'强强对话'式的爱情关系,而不是披着耽美外衣的言情。"② 同人女作者和读者始终处于一种设想、期待、推翻、建议、认同的交流过程中。而作者和读者没有明确的界限,大家互为作者和读者,每个人都可以创作自己所喜爱的男主文。"'塞缪尔认为:身份是一个人或群体自我意识的自我认识,它是自我意识的产物。我或我们有什么特别的素质,使我不同于你。或我们比同于

---

① http://www.jjwxc.net/onebook.php?novelid=1506722。
② 王铮:《同人的世界——一种网络小众文化》,新华出版社2008年版,第253页。

他们。'这种身份理论对网络虚拟身份的建构同样适用。网络同人圈就是一个自在的'乌托邦',每个人希望自己成为自己想成为的那样,喜欢自己所喜欢的,不受拘束地彼此认同,同人创作正源于这种心理。"[1] 耽美同人小说的兴盛及同人女的集聚反映出个体读者不可避免地从特定位置进行阅读的一种阅读取向。说到底,耽美同人文学是一场青春文化狂欢化的自由生产。

第三节 中国内地网络耽美同人小说意义探寻

一 网络文学背景下的性别意义

在中国的文学发展中,以同性恋为主题的文学作品数量很多,但始终是备受争议的,是主流文化的禁忌。

在先秦时期的文学中,《诗经》中有涉及同性之恋的诗篇,例如《狡童》《山有扶苏》,对"狡童""子都"男性之美的描写带有暧昧色彩,男性依靠美貌获得宠幸。两汉时期同性之恋的描写在《史记》《汉书》中有所涉及,多集中在君王爱好男色的记载。例如西汉哀帝与董贤之间的"断袖"。先秦两汉时期的同性之恋作品在短篇诗歌、史书中出现,严格来说是一种现实风气的记载。明清时期涉及同性恋的文学作品数量众多,例如明代《金瓶梅》中对同性恋的描写,但是这部作品描写的性关系是多样的,男主角西门庆是双性恋,他爱好男色只是戏耍、奴役地位低下的男童。清代描写男同性恋的作品如李渔的《怜香伴》《男孟母教合三迁》《萃雅楼》,陈森的男同性恋侠邪小说《品花宝鉴》等。这一时期的作品中多描写男伶(以歌舞、音乐、滑稽等表演为谋生手段的男性)之恋。中国古代文学

---

[1] 李佩航:《对作为青春亚文化的网络同人小说的解读》,《神州文化》2012年第7期。

作品中描写同性恋大多着重于记事,作者创作的主观性不太明显,而且强调男人的"性"而忽视男同的"爱"。

台湾大学研究者何大为提出:"依照中国男色文学的传统模式,两个男性之间的关系绝大多数的是取决于年龄、社会地位、以及扮演的性角色(主动抑或被动)与性别角色(扮男的抑或扮女的),故与男女之间的关系一般,两个男性之间的关系并非平等的。社会地位较高和年纪较大的必须按照社会规范来对待他的伴侣。两个同龄或社会地位平等的男性有亲密关系是相当罕见的。"[1] 所以说,传统文学作品中的男男同性恋叙事模式是"性"关系的不平等,与爱情相距甚远。男男同性恋描写均将一个男人塑造成女人的替代品,扮演"女性"角色的男人总是失去了作为一个人的独立人格,更多地是另一个男人的"他者"。他们只有生理特质保留男性的特征,归根结底是异性恋文化制约下的变形建构。小说情节、环境、人物等是扎根于现实土壤的主观记载,或狭邪,或凄苦,或悲凉。

在中国现当代文学中,同性恋的叙事倾向于精神、道德、人性之间的冲突与化约。主要有作家郁达夫的《茫茫夜》、白先勇的《孽子》等作品。《茫茫夜》中主人公于质夫喜欢吴迟生的情感已经超出友情,吴迟生的清秀、柔弱在于质夫眼里是不可形容的性欲望对象。支配于质夫全体精神的欲望有两个方向的共同作用:一种是单纯的爱情,对同性的爱;另一种是间断偶发的冲动。这两种冲突归根究底是人的欲望与道德、社会规约之间的冲突。《孽子》以父子亲情为主线,穿插男同性恋社区作为一种次文化的隐蔽性被主流文化所不容的男男同性恋的故事。肖群忠在《道德与人性》中曾说:"人的道德、欲望等自然属性,是无所谓道德不道德的。一般来说,道德不应该无视或鄙弃人的自然属性,而是应该根据一定的现实条

---

[1] 何大为:《中国古代男色文学研究》,硕士学位论文,台湾大学,1995年。

第七章　中国内地网络耽美同人小说文本叙事研究　　275

件，使它们得到合理的维持和发展。"① 这一时期的同性恋文学作品突出反映同性恋在现实世界里的苦难遭遇，与主流文化格格不入。

艾晓明在《地久天长——关于王小波中短篇小说、剧本合集》中曾提出："同性恋有与异性恋相重合的内容：渴望被爱、温柔的奉献和回味；又有不同的，只有同性恋具有的特点，是由于不被社会接受而无从找到身份认同途径的绝望和绝望中的选择——承担被施予的虐待，把空虚在想象中转化为美。"② 所以说很多同性恋作品叙事模式是关于同性恋被社会意识形态所制约，与社会道德抗争。传统同性之爱的书写是同性恋者内心的煎熬，是作者悲悯的写照。

文学与网络的"联姻"使"同性恋"这一文学主题走出黑暗世界，在网络空间有了自己的一席之地。耽美同人作品是立足于平等爱情的想象的，同人女的创作受客观现实诸如网络审查、原作者的控诉、大众鄙弃的阻隔不能全面自由地歌唱内心的真实想法。同人女竭力塑造两个平等的男性角色在不受阻隔或受小阻隔的环境中走向幸福生活，是脱离现实的主观想象。正如有研究者所言，"有一点颇值得玩味的是，同人女们一方面唤起一种同性恋想象，一方面又'抹去'或'搁置'这一想象的最急切的动机——这些动机不仅指社会、政治事件，也包括文学/语言的媒介。她们抛去了同性恋生活的沉重和困惑，转为自己拼贴爱情游戏的想象，以颠覆的姿态完成对古老命题的回归，让原本压抑的主题在一片愉悦里滑向轻盈"③。在这种消遣、娱乐、疯狂热爱中，"同性恋"这一古老的命题被更多青少年女性所接受，随着耽美同人小说的流行，也有一些男性参与阅读。从事耽美同人创作，使更多的同人女对同性恋持一种理解宽

---

① 肖群忠：《道德与人性》，河南人民出版社2002年版，第24页。
② 艾晓明：《地久天长——关于王小波中短篇小说、剧本合集》，《新东方》1998年第1期。
③ 刘芊玥：《作为实验性文化文本的耽美小说及其女性阅读空间》，硕士学位论文，复旦大学，2012年。

容的态度,而不是接受文化所给予她们的异性恋规约。

同人女的群体创作另一个重要的性别意义在于女性集体创作的胜景,女性自主创作,作为一个女人来观看男性身体,作为一个女性来坚持自己的理想和对文学的热爱。"尽管同人的创作在很大程度上是参与者在根据自己的理想重构男女之间的关系,而这种重构很难说是真正自由和理想化的,因为社会传统习惯总会把男女角色的固定模式投射到创作者的头脑中来。"[1] 虽然同人女的创作在学术界、文学界、大众界备受争议和不理解,而且其创作的彻底性无法估量,例如同人女创作的《男人国》中就书写了男女角色的固定模式:"这是一个只有男人的国度,可又分两个性别:阴、阳。阴性男子肩上有一朵莲花,而阳性则没有。"有时候这种重构是难免的,这也是同人女创作的一个必经的阶段。但是,同人女将社会性别、文学中的性别在网络文学中呈现出来,这是前所未有的集体性关于性别主题的撰写模式。同人女在创作、阅读、互动中建立起一个契合、坚实的网络拟真精神家园,女性的自我意识在网络空间里更真实,在文学世界里更明确。

二 中国网络文学空间的意义追寻

作为一种在网络上日益繁盛的小众文化,耽美同人小说重新建构小说性别叙事模式和文本结构,使以男男同性恋为主题的文学创作浮出文学世界的水面。同人女自由地织文成网,体现了年轻一代女性的文学成长性、青春自洽性。"网络作为一种新的传播媒介,必然为传统的通俗文学带来变革和发展。与传统的媒介相比,网络以数字化形式传输信息,可以造就一种富于诱惑力的文化景观。"[2] 同人女对网络文学阅读空间本身的追求已经超越了阅读本身,"耽美"

---

[1] 王铮:《同人的世界》,新华出版社2008年版,第253页。
[2] 王一川:《大众文化导论》,高等教育出版社2004年版,第236页。

的诱惑力不仅体现在网络文学中,它正在逐渐地扩大自己的"势力范围",从文学领域扩展到文学的公共领域,报纸、杂志、广播和影视等与文学相结合的文化形式中均可见到"耽美"的身影。例如随着耽美同人小说的流行,网络上出现了一批以耽美同人小说为原型进行配音的耽美同人广播剧,最出名的是中文广播剧网配之家——丹美社。丹美社设有专门的访谈板块、剧本板块、配音板块、剧情歌曲板块,这些板块为将耽美同人小说转化为耽美广播剧提供了"一条龙"服务。耽美同人小说在网络上以新的形式传递传统经典文学和通俗文学,将通俗文学的发展推向极致。

作为一种实验性较强的文化文本,作为一种为青少年女性提供"模写"男性身体和情感的小说样态,作为一种青少年表述女性想象情感和精神世界的超文本空间,耽美同人小说为两性平等地享受个人情感提供了一个实现的渠道。同人女在耽美同人小说中找到了女性自我创作的权利,表述女性叙事声音的权威,性别对阅读的限定性影响被抛掷到脑后。"女性阅读的自由与耽美较为特殊女性向的限定,两者之间相互影响,最终推进女性从阅读空间的追求上升为女性对于空间本身的追求。由此,空间具有了强烈的政治学含义。"[1]耽美同人小说在长期的发展中,大众的认同感对同人女来说并不重要,对空间本身的追求使其带有女性创作与阅读的标签,排他性并不排除青少年男性的参与。而且到目前为止,参与同人创作的男性越来越多。文学中的"性政治"在网络中被打开缺口,同人女实践着两性之间"被看"的重构,这是一个潜在的文学政治过程,是由"弱者"做出的主导性选择。两性关系正在慢慢协调,男性对女性的全面控制和支配逐渐弱化。

有研究者认为:"我国网络耽美文化作为一种独特的女性亚文化

---

[1] 刘芊玥:《作为实验性文化文本的耽美小说及其女性阅读空间》,硕士学位论文,复旦大学,2012年。

话语具有反公共领域的性质,因为它通过腐女文本和同人文本的私人性质的公众阅读打破了原有性别话语的政治规定性,建立了另一种更具批判性和自由化的女性化的独有的公共领域。"① 耽美同人小说立足于中国大陆网络,很难用西方的"反公共领域"来界定其性质。因为中国的青年文化大多数不具有"反"的一面,在性别方面的聚合性是自由的、戏谑的,在客观上形成了一个封闭的文学空间。青少年女性对爱情的想象只能停留在文学中的人物身上,时代造就了网络耽美同人小说的逐渐兴盛。

结　语

中国网络耽美同人小说在发展中背负着两座大山:一是以男男同性恋为主题引发的争议;二是同人创作方法的不被认同。同人女在这样的困境中依然坚持实现自己的爱情想象,以网络为依托,沉溺在文学的"理想王国"中。

"男男同性恋"在传统文学中被定义为"男色文学"。顾名思义,在文学的潜规则中,"男男同性恋"是色情文学,是低级趣味。由于耽美同人小说创作者的低龄化,使得创作水平参差不齐,加上没有严格的定性规范,同人圈内会出现一些黄文。这些黄文任意篡改原著,以身体的欲望为读点,将原著改得面目全非,使得大众认为误认为耽美同人小说就是变态小说。其实同人女对纯粹的黄色小说是很抵制的,她们怀着对文学的憧憬和热爱在进行创作,这一点是毫无疑问的。同人女在网络空间中肆意地创作"男男同性恋"文学,使"同性恋"在文学中、在大众视野中受到关注。

"同人"这一创作涉及版权问题容易引起法律纠葛,所以文本的重构所受限制较大。而且同人小说只能栖居在网络空间,在现实中

---

① 柴莹:《中国大陆网络耽美文化研究》,硕士学位论文,苏州大学,2011年。

不可能出版，除非取得原著作者的认可。虽然耽美同人小说与原著的互文性没有一定的标准，但是，同人女的创作有时候与原著相比并不差，人物塑造更加丰富细腻、情节安排更加引人入胜。"同人"这种创作方法已经越来越广泛，它自身拥有一定的"净化"功能。耽美同人小说带有"对话"性质，它为原著提供了叙述视角、叙事交流，丰富合理的想象为故事的发展提供了多种可能性。耽美同人小说在自觉地践行着文学的传递功能，使经典文学被大众所熟知，使通俗文学更经典。它始终是一种不断发展的，值得研究的小说文类。

耽美同人小说践行着文本重构特性和性别叙事模式，这两大特性使其具有鲜明的可辨认特征，形成了一股网络文学创作潮流。同人女创作的类型化小说文类在不同程度地影响着其他文化形式，影响着同人女自身的审美想象。耽美同人小说渐渐地融入大众文化，形成具有时代特色的网络小说文类。耽美同人小说在文学的角落里生机勃勃地生长着，丰富着文学的精神世界，从这一点上说，耽美同人小说就值得研究。无论耽美同人小说的发展前景如何，我们应该以宽容的心去欣赏与理解耽美同人小说以及同人女群体的集体创作，挖掘其潜在的文化意蕴，以丰富文学研究的关注点。

第 八 章

语言与革命：
玛格丽特·杜拉斯在后 1968

光照在黑暗里，黑暗却不接受光。

——《约翰福音》

　　阅读杜拉斯需要精神距离，不然可能会耽于痴呆、醉酒似的病态的迷狂，而正是这些特征营构了杜拉斯热的浮华时尚，但面对这一浮华现象，批评界又往往显得过度自傲与不可一世，盛气凌人、冠冕堂皇、普遍主义、非时间性、攻击性、自我中心、对显得同它抵触的东西不宽容……总之，用批评的强权政治及专制姿态对其横加鞭挞。而伽达默尔在《真理与方法》中已经表明，阐释者应该实践一种方法上的弱，包括对阐释对象内在需求的观照体贴与顺从俯就，尊重其本质上的脆弱性，在质疑它之前乐于倾听其诉说，以及不把自己的"理性"与信息强加于它。笔者对此理论的一种自觉的实践决定了本章在方法上描述更多于评价，更多的时候我们听到的是杜拉斯自己的引证，笔者旁敲侧击的疑问，与被阐释者、与语言、与叙事、与人物的互补与对话。于是，不多的事物凸显了。就在1968 年 5 月，就在革命的第二天，杜拉斯依然顶着那头倔强的短发，依然做着她爱做的韭葱汤，依然同时在好几个男人之间周旋、依然沉溺于写作、沉溺于肉体的欢娱,但也是在革命的第二天,什么不可挽回地改变了。

第一节 以五月风暴为代表的20世纪60年代文化背景描述

1967—1968年开始在哲学、文化、政治等层面上显现的断裂,使20世纪60年代成为重要的过渡阶段,在这个阶段,几乎出现了全球范围的体制重构。在60年代确实有两种反文化团体:政治的反文化团体,那些直接从事民主政治的人,那些用新的方式组织传统的选民的人;文化的激进主义分子们、艺术家、作家和尤为重要的摇滚乐手及他们的听众。对他们所有人而言,这个年代最重要的问题是自由,是与众不同的自由。同时,新浪潮在法国的出现,摇滚乐作为一种重要的社会力量的崛起,以及作家阿兰·罗伯-格里耶和玛格丽特·杜拉斯有关的诸如"新小说"这样的文化革命发生,都推波助澜地生成了一种振奋人心的气氛和一种激情,并以实践的方式在寻求质疑并以这质疑打破固定的美学惯例,取代居统治地位的实在体验方式,通过影像、景观和预示着生存和领悟不同方式的各种叙事的改造,来重新塑造人类的需要、欲望、感觉和想象。

安迪·沃霍尔在谈到20世纪60年代的时候说:"它不关心如何鼓舞和代表一个社会,只想鼓动群众起来看一看发生的事情。"[①] 从戈达尔的电影到境遇主义到1968年5月的欢庆以及嬉皮士运动,他们的目标已不再是传统的夺取国家政权,而是具有教育或传递信心性质的示威,"迫使国家暴露其法西斯本质"。例如第一世界60年代的典型

[①] 王逢振主编《先锋译丛3》,《六十年代》,天津社会科学院出版社2000年版,第182页。原文出自思想家拉尔夫·格利森在听了"地下丝绒"乐队在旧金山的一次演出之后与安迪·沃霍尔的争论。安迪说他被"地下丝绒"所吸引是因为他们制造了让人如此难以忍受的噪音,对他来说,他们不是一个摇滚组合,而是对摇滚组合和对社会的评价。

特征之一的反战运动，就是一个表达大众意愿，揭露选举代表制的虚伪，发动人们起来主宰自己的生活的机会，鼓励人们在不确定的爱、性、权力的现实关系中，不断进行从中重新获取信心的尝试，只有极少数人会天真地把这次运动作为改变国内权力关系、建立一个新的反帝联盟的手段。60年代是造成动荡的原因，更是广泛动荡产生的结果。公众放任不顾，个人则自我放纵，极端自由主义者陶醉于不用为任何后果负责的快感之中。这种快感不久就滋生出了一种乐观主义的政治，狄奥尼索斯气息十足的养鱼缸里的文化，就如同春的摇滚乐加幻觉舞蹈，使60年代张扬与激情的一切成为梦境，而这梦境外表的热闹不过是以"革命"的名义假装成生机勃勃的样子罢了。

一 1968年文化的假亢特征及其亢之为亢

法国1968年五月的红色风暴，正是60年代文化假亢特征的最鲜明表现。"自1968年以来世事改变甚剧，接着而来的是粗暴的黑手党资本主义复出，这都深刻地改造了这个世界，连希望也都，暂时吧，被放逐了。"[1] "千万不要从美好的旧事物开始，宁可从糟糕的新事物出发。"[2] "灰扑扑的历史法则之所以存在就是为了有朝一日可以被击碎。"[3] 从这段历史走过的入字里行间都深含着对五月事件的缅怀。而安琪楼·夸特罗其及汤姆·奈仁在《法国1968：终结的开始》一书中，也不忘援引

> 我要这个世界
> 并且要它原来的样子
> 再一次地要它，永远地要它

---

[1] [意]安琪楼·夸特罗其、[英]汤姆·奈仁：《法国1968：终结的开始》，赵刚译，生活·读书·新知三联书店2001年版，第8页。
[2] 同上书，第9页。
[3] 同上书，第10页。

第八章　语言与革命：玛格丽特·杜拉斯在后1968

我贪得无厌地嘶喊着
重新来过

——尼采《善恶的彼岸》

来表现让革命东山再起的愿望。整个事件的节庆化，统治权威的破产，社会规范的解体，突然间解放了所有在制度中被压抑与禁止的事物，国家权力的真空使整个社会处在一种假期状态，所有曾经正常的、合法的与制度化运作的机制全部销声匿迹。这些都是五月革命"亢之为亢"的原因。整个事件似乎在文化上对法国社会至少产生两个重要与深远的影响：其一，它侵蚀了整个社会的地基，西方理性化社会的两根主要支柱秩序与进步，不再是不可置疑的起点，工业社会以科技与经济挂帅的意识形态丧失了它原有的魅力，人们开始质问官僚化、科技化、效率化的生活，难道不会带来无止尽的压迫与精神的变异。其二，五月运动是一个断裂，它有利于某种新的时代精神涌现，在对既有社会致意的同时，某种深层的渴望，以不同于以前的形貌酝酿、渗透与扩散，人们不再如60年代以前般地压抑与克制，徘徊在顺从与反叛、习性与不安之间，而逐渐学会用与以往完全不同的眼光来看待社会、工作、自然、死亡、性或者异性，美国加州青年文化、新女性主义、生态保护意识、差异性文化，正是五月运动在效果上开启、加速与扩大了以上这些运动在法国的发展。正如那堵墙壁上所写：

当不可测之事已然发生
那视之为不可能之事
已悄然近身

——1968年6月慕菲达街
巴黎　第五区
于事件方结束时记

二　1968 年文化假亢特征及其亢之为假

亢之为假，主要原因则出自五月运动中不顾一切愤怒前行的语言上。五月事件给我们最鲜明的教训之一就是行动实践要比理论涵养或预知未来重要得多，虽然运动丢出来的想法像万花筒般令人应接不暇，但毕竟运动不只是意识形态怒火，仅仅言抒了这个运动但却不去解释这个运动。"当下这个革命不但质疑资本主义社会还要质疑工业社会，消费社会注定得暴毙，将来再也没有任何社会异化，我们正在发明一个原创性盎然的全新世界。想象力正在夺权。"① 革命的无预期性一方面把国家机器和整个社会搞成瘫痪麻木，从而使一个启示录式的完全转变看似可能，但另一方面也致命性地限制了革命的发展从而在前进不得之下一切又退回既存模式。这个资本主义体系迄今所生产出来的最具革命爆发力的世代同时更是一个空前绝后的乌托邦世代。如果说，一个革命运动存在的意义唯有彰显在思想与行动之间的不息互涉，以及理念与显示之间的无休辩证才能获得意义；如果说理念不是只拿来诊断这个世界，更是拿来深刻改造这个世界，那么它就一定得通过和真实世界的接触来"修正"自身。而五月革命里有一个现象是从前从未发生过的，那就是在一个充满各种意义的人生如剧、剧如人生之中，行动就是语言，语言也就是行动，在五月正在秀出来的就是正在发生的（the Showing was the Happening）。修辞勇敢地凌驾于现实之上，尤其是言论、如瀑布般倾泻的言论造就了自己的节日、实现了自己的疯狂同时也成为引爆自身的潜在的威胁。意识形态的意志力对自己形塑现实的力量深具信心，它带领这个崭新的也是最后的革命走到所有远景前头，认为自己能打破所有阻碍，并实现那些我们甚至还没意识

---

① ［意］安琪楼·夸特罗其、［英］汤姆·奈仁：《法国 1968：终结的开始》，赵刚译，生活·读书·新知三联书店 2001 年版，第 126 页。

到的梦境。

五月革命为可见之物（面包）与不可见之物（一个新秩序）而战。带着自相矛盾的最高指令"严禁禁止"（to Forbid is Forbidden）让话语如同音乐，从身体的禁锢中解放，给人安慰，令人着迷，情话低语，满溢着时间，满溢着心灵。五月风暴的口号体现了一种闻所未闻的新乌托邦精神，但同19世纪的那种形成庞大体系的哲学和政治乌托邦截然不同，它是一次没有政纲的革命，它的特点是抗议一切，却又不提出任何明确的建议，呼吁人们起来造反但没有将来的指向。它迫不及待地上演了一场喜剧，同时不可避免地以悲剧的面目收场。

三 杜拉斯在革命的第二天

> 我们拒绝，我们甚至拒绝把我们纳入那些宣称也拒绝我们所拒绝的东西的政治组织之中，我们拒绝敌对者们所设计好的拒绝，我们拒绝让我们的拒绝被人控制并打上标签。我们拒绝汲干它以使我们的拒绝断绝活力源泉的企图。任何人也无法让它倒流。①

杜拉斯以打破一切保守主义而著称，这一点确保了她左派颂扬者的角色。在她看来，左派应该过流浪生活，应该维持思想的自由。如果将左派主义固定下来，这等于消灭它。她说："说话，在言语面前，一切都应该隐去。"② 她是个共产主义老战士，始终参与思想意识的论战，并以实用主义的态度投入创作活动中，"68年事件便是

---

① ［法］玛格丽特·杜拉斯：《蓝眼睛》，转引自［法］弗莱德里克·勒贝莱《杜拉斯的生前岁月》，方仁杰译，海天出版社1999年版，第268页。
② ［法］玛格丽特·杜拉斯：《话多的女人》，吴岳添译，作家出版社1999年版，第13页。

第一场战役。烧毁过去,以便让一切重新开始"①。对于杜拉斯来说,1968 年的五月风暴是对原始领域的开辟,是每个人内心深处混乱的表达。反抗一切,重新选举,拒绝恢复正常的秩序,政治上的无作为,坚持追随自己的梦想,希望某些超现实的向往最终能够得到实现。但与整个五月风暴的"假冗"特征相同,她的这根乌托邦之弦上同样缀满了属于语言也只属于语言的仪式和代码。她抛出了各种各样的口号但只围绕着一个主题"拒绝"。革命的乌托邦设想纵然使人为之迷醉,但真正的问题都出现在"革命的第二天"。那时,世俗世界将重新侵犯人的意识。人们将发现道德理想无法割除倔强的物质欲望和特权的遗传;人们将发现革命的社会本身日趋官僚化,或被不断革命的动乱搅得一塌糊涂。爱德华·莫兰在他的《自我批评》一书里,用这种焦灼不安的狂热来形容那一小撮革命后的自由主义分子的生活氛围。未来不再属于他们,而没有他们的明天也不是那么令人失望。在这个虚弱疲惫颤抖哆嗦的国度里,这些梦想建立新世界的乌托邦分子并没有等来他们的机会。这就是在"革命的第二天",被众多知识分子所发现的失落。

但对于杜拉斯,永远没有"革命的第二天",有的只是"革命的这一天",对于她,1968 年从未结束,她仍然想抓住一切机会,以在她以为死掉了的社会里激起革命的"灵感"。方式,就是语言,杜拉斯式的语言以及由这语言所构架的杜拉斯的革命性拒绝艺术。

> 我不论到什么地方,到处都看得到社会灭亡的迹象,这会引起幻觉。②
>
> 我切去了内心的阴影,处在最好的境况之中。我幻想我的

---

① [法]弗莱德里克·勒贝莱:《杜拉斯的生前岁月》,方仁杰译,海天出版社 1999 年版,第 266 页。
② [法]玛格丽特·杜拉斯:《话多的女人》,吴岳添译,作家出版社 1999 年版,第 69 页。

第八章 语言与革命：玛格丽特·杜拉斯在后 1968

滥杀无辜是在恢复秩序，我的到处抹黑足在制造光明。①

杜拉斯说在每个人的内心，都有一个"先锋的存在"，这个"先锋的存在"并非意识，确切地说，应该算是一种"后意识"，既包括我们曾经经历过的一切也包括我们对真实的理解。即我们所有的人都有一个她所谓的"内在共同体"，写作还是从这里出发的，要想写作，就必须和真实生活保持时差："将真实变形，一直到它屈从于自我故事的主要要求。"② "先锋的存在"在杜拉斯那里就是一以贯之的"拒绝""摧毁""愤怒"。她认为生命能够通过拒绝来表现，你越是拒绝，越是反抗，你就越是活着，拒绝甚至拒绝为自己的行为辩护。而她也确实是这样做的。

60年代到70年代中期，淡化情节，精致的对话，人物的内心活动，多角度叙述，新颖独特的杜拉斯式的艺术风格（Duarisen）越发彰显。她进行了许多实验性的创造：希望在许许多多的沉默之中被理解，在没有明说处却被看得出来，在无意中被策划，在语法的错误中，在写作的谬误中，在表达方式的笨拙中将东西表现出来。用缺陷、不足、空白、有意的沉默去不自觉地影响"人物"的生活和行为。如果用一个拟人化的描述简单地概括杜拉斯的语言风格，可以说在展现在普通读者视线中的具体文本里，表层的语言也就是那些词语它们在焦虑时往往难以启齿，在亢奋时又常常争先恐后。

写这些书，读这些书是痛苦的，而这种痛苦应把我们引向一贯的领域……一个试验的领域，总之，它们是痛苦的，因为

---

① [法]玛格丽特·杜拉斯：《话多的女人》，吴岳添译，作家出版社1999年版，第57页。
② [法]劳拉·阿德莱尔：《杜拉斯传》，袁筱一译，春风文艺出版社2000年版，第330页。

这种劳动是建立在一个……也许尚未挖掘的地带之上的。①

写作是一种危险的艺术,用背弃和黑暗组成,杜拉斯1968年后开始显出人格上的双重性了,先前是一个文明的杜拉斯,开化的杜拉斯,作为历史学家的杜拉斯,封闭、阻碍他人进入的杜拉斯,1968年后她已经决定将这样的一个杜拉斯埋葬,而让一个译电的杜拉斯,梦一般的杜拉斯,沉思的杜拉斯脱颖而出。她把1968年所有的一切都在她的内心上演,以入政治,坚持那份原始性,那种拒绝的力量。1969年的《毁灭吧,她说》,有意在重复也是重提1968年的口号。毁灭的主题——爱情、政治和词语的毁灭。"生下来就是为了死亡"②,一事物破坏另一事物,如果事物不被其他事物所破坏,那么它们就破坏自身。更深刻的事实是她秉承着1968年5月的仇恨和不满以及从中产生出的革命的暴力,不过这次她把暴政指向了语言。

"我们这些经历过1968年的人都因希望而生病,所谓希望,就是人们对无产阶级这一角色的希望。而我们呢,没有任何法律,没有,没有任何人也没有任何东西能治愈我们的希望之病。"③ 她认定自己要迈着1968年事件之后的步伐,创造一种新型的社会关系,她试图将这1968年带来的断裂付诸时间,消沉和随之而来的失望非常短暂甚至不易察觉,之后她把希望重新点燃,并找到了新的革命之路。

逾越所有的社会限制,跨过种种界限和规范,这样才能发

---

① [法]玛格丽特·杜拉斯:《话多的女人》,吴岳添译,作家出版社1999年版,第20页。

② [法]劳拉·阿德莱尔:《杜拉斯传》,袁筱一译,春风文艺出版社2000年版,第167页。

③ [法]弗莱德里克·勒贝莱:《杜拉斯的生前岁月》,方仁杰译,海天出版社1999年版,第268页。

第八章 语言与革命：玛格丽特·杜拉斯在后1968

现存在于自我当中社会所不能及的东西。①

就让世界滑向它的末日吧，这是唯一的政策。②

当1968年的幸福远去，取而代之的是痛苦的反思，就像政治的种种希望一样。她承认按理她应该像《印度之歌》中的安娜那样自杀身亡，以显示一种并非"社会性"而是"宗教性"的拒绝，即对人类状况的总体拒绝，但她选择了另一条道路：写作。不仅在生活中，而且更重要的是在作品中，敏感地处理所有的被压迫者和所有的压迫者和所有的压迫行为本身。

总之，从《摧毁吧！她说》到《卡车》，都彰显着特别的革命的美。《摧毁吧！她说》在形式上和主题上都是对摧毁的赞美。这部作品内容贫乏，某些句子就像古希腊剧作家对演员的提示那样简短，对她来说，写作本身就是最好的政治行动。事件的无足轻重、叙述顺序的断裂、人物的错综复杂和不作任何解释都是除去污垢的手法，这种手法用来拒绝一种正在解体的文学。1968年后仍然是紧张、摸索、担心、怀疑和希望的时期，在这个时期，杜拉斯的作品比以前任何时候都缺少通常的情节支持和传统的叙述话语。写作通过连续不断的简短、平列的语句来完成。它变幻不定，语句断裂，有不同的节奏，分句更加生动活泼，有感叹句、疑问句、呼语句，而对话则是连续的。这些手法使它具有活力，这种活力的产生既因为对语句进行突然的分割，也因为有中断的句子或突然缓慢的陈述。总之，杜拉斯启动了一个冒险的计划。而目的只有一个：在革命的第二天，继续革命。

---

① ［法］弗莱德里克·勒贝莱：《杜拉斯的生前岁月》，方仁杰译，海天出版社1999年版，第268页。

② 同上。

第二节　文本中的杜拉斯主义
——革命性的重复

如果人们懂得沉默，面对1968年5月这么重大的事件表现出少许谦恭，在群众没有充分时间从事创造之前，给自己以了解的时间而不是急于去解释它、理解它和开发它，那该多好啊。毫无疑问，崭新的事物将会出现，迫不及待地占领阵地，迫不及待地想打破沉默，迫不及待地以所有人的名义去与漂亮话争个高低。这一系列迫不及待终于葬送了它。出于对五月事件的缅怀与继承，矛盾在杜拉斯的创作中出现。一方面是激情与疯狂笼罩之下的拒绝和摧毁，以及在现代的革命观和解放观的启迪下，转向自由的主体性和欲望漂泊无定的个人主义范式；另一方面是文本语言表达上的沉默、空白、滞后与笨拙。五月事件的人们发现自己处于这样的境况中，他们被允诺去和这世界经历冒险、强大、欢乐、成长和变化，但在同时被毫不留情地摧毁他们所拥有的，那儿有永恒的分裂和革新、抗争和矛盾、含混和痛楚。但与此同时又不断地被从旋涡中抛出，只落下洪水退去时的满身泥泞。五月事件在昙花一现的同时也意味着过往的毁灭和历史的终结，在这西方世界最后一次集体主义的狂欢之后，革命的激情就消失不见或者是暂时潜隐起来了，人们开始在一种永久性的现在里成长，这种现在跟他们活于其中的共同过去时间没有任何有机联系。这成为20世纪晚期最特别、最可怕的现象之一。总之，神经对血液的胜利，决定了这之后的行事方式，这之后的文学，这之后的整个时代。

一　1968年文化的民主化倾向与后1968主题上的唯自我论

杜拉斯1968年以后的文本主题首先是神经质的反律法主义和故意越轨的模式、不遵从主义、激进主义。其在形态上的呈现主要是

第八章　语言与革命：玛格丽特·杜拉斯在后1968

一种走向极端的唯自我论，并自觉地将其等同于主体性的自由。自然，在此情形下个人必将成为艺术创造的最高形式和最大毒害，自我受到的哪怕是最微小的创伤和痛苦，也会被放在显微镜下仔细琢磨。艺术家视自己的主观、孤独和个性为神圣。于是，聚集到一个牢笼里，站在一起为自己的孤独哀鸣，也不互相倾听。每个人都盯着对方的眼睛，却否认对方的存在，只陷入自己的愁苦之中，以致不再能分辨真与伪、分辨暴徒的狂想和纯洁的理念。自我表现和自我满足成为文化领域的特征。它是反体制的，独立无羁的，只以个人的兴趣为衡量尺度。在这里，个人的感觉、情绪和判断压倒了质量与价值的客观标准，决定着文艺作品的贵贱。艺术家向着个人世界归隐，观众能否进入这一世界由艺术家自己决定，在这些事件中不仅事件是不受时间影响的、偶然巧合的、支离破碎的和混乱的，而且人物也不是以一种可以识别的心态而行动的，既不是神志清醒，也不是神志错乱，人物塑造不是故意不连贯就是具有明显的象征意味。

20世纪60年代让每一个人成为自己的艺术家和英雄以弥补艺术语言和普通语言普通经验之间的鸿沟。不难理解，文化的民主化倾向为每个人实现自己的"潜力"提供了机遇。这反过来又加剧了自我的傲慢。卢梭在《忏悔录》里开宗明义地宣布："我要做一件绝无前例的事情——只有我是这样的人！我深知自己的内心。"① 思考自己对人们来说，已经成为身份和认识的源泉，是经验，而不是传统、权威和天启神谕。

> 使我激动的正是我自己，让我想哭的正是我自己的暴力，是我自己。②

---

① ［法］卢梭：《忏悔录》，陈筱卿译，译林出版社1995年版，第3页。
② 见1986年《另类报纸》，转引自［法］弗莱德里克·勒贝莱《杜拉斯的生前岁月》，方仁杰译，海天出版社1999年版，第230页。

我是一切，我是加尔各答，是女乞丐，是一切，是渴公河，是哺所。①

是整个加尔各答。是整个白人街区，是整个殖民地，所有殖民地的整个垃圾箱是我。②

我写妇女们是为了写我自己，写各个世纪中我一个人。③

许多人把这些话看作杜拉斯爱谈自我癖的某种再现和好斗的自我中心的证明。她的确热衷于在自己的内心深处进行分析，也致力于自我的崇拜和修养。但如果我们仅仅这样理解，就是往死胡同里钻。弗洛伊德精神分析学从根本上提出了重写、重述主体隐蔽的生活叙事的一种新方法，所以最后出现的与其说是某种有关无意识的新观念，毋宁说是重新构造我们对那个叙事演员的"想象"的再现，即关于我、自我，第一人称的叙述能力，调整我们与这个"身份"的内心距离，以新的方式重构和建构"我认为必伴随我的全部再现"的东西。她说："这个故事完全真实，因为它从头到尾都是我想象出来的。"④ 但与自传性的作品追求一个人的整体情况并对自我进行综合的概括性理解不同，杜拉斯作品中没有综合，没有对她个人的整体理解，而更像是一幅被炸得四分五裂的巨大自画像，故事失去其线性并被交错和重叠所替代，自我也在类比或隐喻前逐渐变得模糊不清。它接受自我论。"我总是谈我，您要知道。我不会想去谈其他人，我谈我知道的事。"⑤

---

① 见 1986 年《另类报纸》，转引自［法］弗莱德里克·勒贝莱《杜拉斯的生前岁月》，方仁杰译，海天出版社 1999 年版，第 230 页。

② 同上。

③ 同上。

④ ［法］玛格丽特·杜拉斯：《话多的女人》，吴岳添译，作家出版社 1999 年版，第 198 页。

⑤ 同上。

二 1968 年的泛欲化倾向与后 1968 主题上的欲望彰显

1968 年后杜拉斯文本主题的第二种表现是漂泊无定的欲望。阿兰·雷奈说:"如果一个人不会忘记,他就不能生存或正常运行,这就是我在拍摄《夜与雾》时提出的问题。它并不想建造另一个纪念碑,而是要思考现在和未来,忘却应该是建设性的。"① 而杜拉斯制造的人物面临的困境恰恰是无法忘记。因为无法忘记才把细节掰开了、揉碎了,让欲望渗透进回忆的每一个细胞。过去的不幸、经过岁月留下的残迹与忘却的激烈的搏斗,永远会潜伏在人的心底,一到时候就会旧事重现。无法忘记是欲望产生的前提,欲望不得会产生痛苦,痛苦和欲望的混合则是激情,激情的最后是悲剧性的暴力,暴力的结束则是毁灭"我作品中所有的女人,她们受到外部的侵袭,到处都被欲望穿过,弄得浑身是洞,这些洞就是毁灭性的缺口"②。我们可以按照自己的意愿摆脱这触手可及的意义,通过象征,迷狂者给我们一种受伤的、在各种事物间游荡的形象,我们不敢触碰,但是,它使我们感到痛苦。拉康将杜拉斯说成是一个破译高贵的人,一个能够通过写作直接栖息在潜意识里的作者。在《洛尔·V. 斯坦的迷狂》中,洛尔就经历了欲望的三个阶段。

> 情人之间的欲望和洛尔想与他们会合的欲望,但是在她与情人们之间的距离,它是不可逾越的。正是这种她没有逾越的距离把她与他们联系起来,后来她就追随无论什么人了,她追随动弹的东西,因此当她追随着人们的时候,这几乎还是太个

---

① 游飞、蔡卫:《世界电影理论思潮》,中国广播电视出版社 2002 年版,第 168 页。阿兰·雷奈(lAianc Rsnias)从拍摄现代画家的传记式记录短片起家,包括《凡高》《高更》《格尔尼卡》,其 20 世纪 50 年代最成功的纪录电影则是《夜与雾》,为最早涉及大屠杀的经录片之一。

② [法]玛格丽特·杜拉斯:《话多的女人》,吴岳添译,作家出版社 1999 年版,第 253 页。

人化了，还可以采取另一种形式，还可以采取另一种形式，疯子的形式，这是采取降低价值的形式，在生活里，人们以为知道他们在追随一个非常明确的人，却不明白，他们所追随的，就是欲望所在的地方，爱情所在的地方，一开始这总是同样的爱情，从一个人转移到另一个人。当她像追随疯子一样，毫无区别地追随旅行者的时候，这就完了，希望确实被连根拔掉了。当有人说她病了的时候，她怎么了？她拒绝，不再动弹，不再思考……她不想再动弹，也不想再思考……什么都不想，她的病，完全是一种拒绝。①

正是在《迷狂》中，杜拉斯终于实现了对自己的放弃。她一直想达到的自我的荒芜开始了，洛尔这个人一直在不停地逃避：普遍意义上的逃避，逃避爱情的定义，逃避社会归属，逃避所有分类的企图：洛尔逃避未婚夫，逃避丈夫，逃避情人，逃避读者，甚至逃避作者。总之，是彻底地拒绝。

我们已经知道五月事件是西方世界集体主义的最后一次狂欢，如果说这之后还有集体存在的话，那也是割断了自身历史且对未来没有希望的、严重涣散的集体，人们最终只能恢复到一个几乎纯粹充满了冲动的世界中去，同时会将利益的即时决定与性的即时决定混淆为同一种狂热不满的抗拒，这就是杜拉斯所要描写的人群和她所擅长描绘的那种氛围：心理上的恐慌、由于酷热而更加昏昏欲睡的身体，情感的匮乏，对生存不和谐的质问，男人与女人之间潜在的斗争。保持住活着的状态，那就是自我感知到自身的迷失，因为这就是激情——没有自身，没有他人，没有世界。痛苦是这个无课题状态的最后门槛。她只想感染读者，用至死不渝的激情，用许身

---

① [法] 玛格丽特·杜拉斯：《话多的女人》，吴岳添译，作家出版社1999年版，第136页。

第八章　语言与革命：玛格丽特·杜拉斯在后1968　✲✲　295

于死亡的激情去感染她的读者。

三　语言表现上的杜拉斯主义

"一般来说，我认为人们是怕我，他们害怕我一旦得到更大的权力，我就会改变他们的生活和他们的权力。"① 诗人向我们叙说的事物的那一方面，以及向我们叙说的方法的那一方面——就是在它超越想要表现的东西的那一方面，有被表现的东西，这就是艺术的真髓。20世纪文化的现代主义与后现代主义背景更是凸显了巴巴罗所说的在"方法的那一方面"有"被表现的东西"。② 现代主义在其先锋姿态中已使我们熟悉了一种技法，就是更多地显露而不是隐藏用于建构一件艺术作品的惯例和手法，在后现代主义中手法继续就其作为手段而显露自己，并在这样做的同时，声言任何其他东西无一例外也都是手段。在现代主义与后现代主义的情景下之所以利用各种叙事的改造，为的正是提供新的看、感觉、思考、交谈和存在的方式，从而解放创造性精神，并创造新的生活与意识形态，或者建构新的"身份政治"。这其实实现了尼采竭力主张的以"自由的精神"解放自己和以试验的方式思考与生活的诉求。即追求一种有正当理由的生活为一种可靠而本真的人生而斗争。即使它最可怕、最暧昧、最不真实。或者我们也可依照福柯所说的权力的叙事性特征来解释杜拉斯的权力来源以及人们为什么怕杜拉斯。福柯说权力不能只是限制性的，它还必须是有生产力的、会授权的，即权力并不是某些人拥有而其他人不拥有的东西，而是一种策略性的、资源丰

---

① 游飞、蔡卫《世界电影理论思潮》（中国广播电视出版社2002年版，第317页），对科波拉的评论。

② 转引自［意］基多·阿里斯泰戈《电影理论史》，中国电影出版社1994年版，第245页。巴巴罗给艺术下了一个定义："一个世界观从错综复杂的种种历史的要素产生，内涵普遍的价值，同时通过特殊的、暗示的观点而升华与形成——能够获得最完整的意义""诗人向我们叙说的事物的那一方面，以及向我们叙说的方法的那一方面——就是在他超越想要表现的东西'的那一方面，有'被表现的东西'，这就是艺术的真髓。"

富的叙事，权力存在我们的生活脉络中——我们身处其中而非拥有它。但我们可以通过对叙事的改造和对语言的激进变革来获得权力。

更重要的是 20 世纪出现了阿里阿德涅的"线团"①——语言学的转向，有两点成为人们的基本认识：

(1) 人类认识和参与他所在世界的主要方式是语言。

(2) 不同的语言学地图产生了主体不同的现实感和对真理的主张，因此，语言学的转向，使这样一种意识陷入人心：所有对真理的主张都带有视角性、语境性和偶发性。

一直以来，语言似乎向我们展现了语法的幻觉，即每一个谓语都有一个主语，每一个被创造物需要一个创造者，每一个行动背后有一个行动者，每一个行为背后有一个（笛卡尔似的）"主体"，但是当一个人领悟到主体不是某一种创造的结果的东西，而仅仅是一种虚构，就会有很多事情发生。或者根据玻尔的互补性理论②，实在是不可还原地复数化和复杂化的，没有一种单一的理论能描述能穷尽它。相反，多元化的语言和视角是必需的——假如追求独白，它们就相互排斥，假如相互合作，它们就彼此补充。这也正好可以解释杜拉斯在文学作品抑或在电影中的通常采用的对话的方式实际上

---

① "阿里阿德涅的线团"这一提法是斯蒂芬·贝斯特和道格拉斯·科尔纳在《后现代转向》中提出的，希腊神话中的国王 Minos 的女儿，曾给情人一个线团，帮助他走出迷宫。此处用来说明把握"语言学转向"，就是把握了走出后现代发展的迷宫的途径。见［美］斯蒂芬·贝斯特、道格拉斯·科尔纳《后现代转向》，陈刚等译，南京大学出版社 2002 年版，第 345 页。

② ［美］斯蒂芬·贝斯特、道格拉斯·科尔纳：《后现代转向》，南京大学出版社 2002 年版，第 284 页。在这一部分，两位作者说明："人类对于外部世界的知觉和理解不可避免地受到假设、偏差、技术和实践的影响．这种通向观察的解释学途径在现象学家、马克思主义者、女权主义者、实用主义者和科学哲学家的详细阐述中得到了发展，它正在成为后现代科学的一个核心特征。"而其中"相对论和量子理论共同推翻了牛顿物理学的事实……表明我们必须时刻把我们的世界观看作是暂时的、探索中的和存有疑问的"。

第八章 语言与革命：玛格丽特·杜拉斯在后1968

是为了达到文本的丰富性与阐释的无限可能性，以及杜拉斯语言的无缘由及独特的对话与独白方式都是在自觉或不自觉地实践着语言的权力从而制造着权力的语言。

杜拉斯的写作风格还受到维托里尼和巴塔耶的影响。是维托里尼让她放弃了古典的美学观，接受了关于写作的新概念：词语之于小说就像音乐之于剧本。在机械的并且外在的含义之外，它还赋予语言一种诗化的含义，正如在维托里尼的笔下，在事物和动作的现实含义之上，存在着一种只有写作能够达到的神秘的意味。杜拉斯的艺术在很大程度上借鉴了维托里尼的技巧，他对重复的运用，词语咒语一般的回旋，它们在句子里撞击着原来日常的含义，带着一种难以名状的光晕，任何分析都不能触及它们的灵魂。她净化了自己的语言，最终摆脱了造作、语法上的装腔作势。"……文字无望完成它的使命，失去了原有的魔力，只是承载着它可能的含义，起初，我们会有一种词语与其本义相背离的感觉，而后，随着它们一次次固执地出现，文字被释放了，恢复了它本来的面目。"[①] 杜拉斯像巴塔耶一样，以自己的语言完全打乱词汇，她把时间花在制作和拆毁上，花在重复描写相同的场景上，只是每一次都改变"观点"。这些都为杜拉斯在1968年以后的语言变革提供了契机，为她继续在写字台上创造新的烹调术提供着作料。加上她身上那种类似俄国知识分子的悲怆形象，古怪、颓败，使她在1968年以后的日子里为了缅怀和继承革命而对我们的语言越来越粗暴，她扰乱了规则，创造了一个全新的世界，在这个世界里，词语和它们的位置以最快的速度，以世界上最简单的方式——至少看上去如此——导向意义的纯粹性。于是，文本语言中的杜拉斯主义开始形成，其外在表现就是一种杜

[①] 这是杜拉斯在谈及与她观点一致的巴塔耶时说的话。原始资料见《关于乔治·巴塔耶》,《外面的世界》，波尔出版社1984年版，第34—35页，及评论《双重间谍》，贡布莱克斯出版社1989年版，第102、104页，转引自《杜拉斯文集》，[法]皮埃尔·梅尔唐斯:《写作·杜拉斯主义》，俞佳乐译，春风文艺出版社2000年版，第118—119页。

拉斯式的文本风格。

(一) 杜拉斯主义在修辞上的繁滞浓重

真正的作家的现实往往是通过自己娇嫩的躯体上的伤痕而揭示的，而伟大作家的伟大之处就在于他/她能用伤痕又折射出一个坚硬的世界。杜拉斯正是通过写作耗尽了她的羞耻之心，她通过文学倒光了生命中阴暗不幸的部分，只留下经过精炼的东西。她把一切都记录在她身体的褶皱间，她体验到了一种情感和认识上的混乱，通向感官之路，对这个世界的理解只能通过词语来表达。

> 如果有意义的话，它是以后得出来的。①
> 词汇比句法更重要，首先来到的……是一些必不可少的词语。②
> 词汇放置的方式，也是非常精确的，不能用别的方式来放置它们。③

杜拉斯式的——就是随意用词，当一个词在脑海中浮现或闪过时赶紧抓住它，并且迅速把它记下来，这样才不会忘记它是怎么来的，我们不妨把这叫作"紧急文学"。她的文字是搭积木般的，金黄头发、透明皮肤的孩子用稚嫩的手絮絮叨叨、自得其乐地搭不无凌乱而又不失紧凑的积木。在杜拉斯的作品中，词是本质的东西。通过它，只有通过它，才能勾勒出文本；她把一些词写了很多次，把这些词拼接在一起，就像镶嵌画的各个部分一样，拼接是不合常规的，然后图案拼成，用它们支撑着她的那些故事。有些词有着护身符的作用，比如说太阳和黑夜，工作这个词，桌子、屋子这两个词，

---

① [法]玛格丽特·杜拉斯：《话多的女人》，吴岳添译，作家出版社1999年版，第13页。
② 同上。
③ 同上。

第八章 语言与革命:玛格丽特·杜拉斯在后1968 ✷✷

死亡这个词,风、河流、平的、平淡、海、沙、广阔、吃饭这些词。它们被分开来提出来,脱离任何上下文,就是灵感这个缓慢的旋涡中的一座座灯塔是固定和光亮的信号:她看到它们,把它们放好,句子随之出现,把它们紧紧抓住,团团围住,能变成什么样子就变成什么样子。如果说句子显得喘不过来气或残缺不全,那是因为它的出现是次要的,因为意义在声音之后才出现,而那些词在连续弹跳,互相激励。

杜拉斯在搞文本(而不是小说),为什么是文本?答案在巴特的作品之中:"文本……表现言语的无限。"[①] "作品的破碎"即杜拉斯说的必须经受的破碎使她把脱钩变成经常使用的一种方法:笔调的突变,转入各种不同的言语等级,个叙事插入另一个叙事或是两者并列,时间上的断裂,地点的改变,总之是群岛式的作品。"文本,只有文本,不追求手势、姿态、服装引起的注目效果只通过声音来显示高贵,将文本去粗存精,剩下最本质的东西,这样才能接触到观众的灵魂和肉体。"[②] 没有情节、没有背景、没有生、没有死,甚至也没有人物,也不全然是对话,看起来像犹疑的闲谈,都是平庸、微不足道的事情用一种看似单纯的语言表达出来,省略号,还有长时间的思考性的沉默,她把散开的一堆智力拼板给了你,没有给你拼好,叙述一结束,必须再从头看上一遍重新寻找里面的符号,但

[①] 罗兰·巴特对"文本"一词的看法随着他从结构主义转向后结构主义也发生了相应的变化,在《文本理论》中,巴特对于文本的"古典的、习惯的和流行的看法"作了如下概括,文本就是"文学作品所呈现的层面,就是构成这部作品的词语的结构,这些词语的排列赋予它一种稳定的和尽可能独一无二的意义"。继而指出,从符号学的观点来看,"文本的概念意味着,书面信息就像符号一样被表达出来:一方面是能指,即实际的字母以及由它们所组成的词、句子和段落章节;另一方面是所指——它既是固有的,又是单意的和确定的意思,它为表达它的符号的正确性所限定"。而在他的阐释后结构主义的文本《SZ/》中,则指出:"文本无所谓构造,文本中的一切都一次次得到意指和多次运用,文本没有一个极尽的整体,也没有终极结构。"

[②] [法]劳拉·阿德莱尔:《杜拉斯传》,袁筱一译,春风文艺出版社2000年版,第129页。

是有几块拼板你始终是找不到的。一种用空茫建立起来的艺术,甚至是在呼唤空气。她那种特有的语言听起来像黑暗中的啸鸣,破碎、断裂、局促,表面上看起来就像是抱怨。

(二) 杜拉斯主义在语义上的泛清漂洗

一种平静的力量,由于沉默和平静才更加强大。①

……在您的书里,沉默是多么难得被听到,沉默在书里有一个位置,一个很大的位置,不是吗?您能够让人听到沉默。②

我从来没有和任何人说过些什么,关于我的一生,我的愤怒,还有疯狂奔向欢媒的这肉体,我什么也没有说,关于这个黑暗之中,被藏起来的词。我就是耻辱,最大的沉默。我什么也没有说,我什么也不表达,本质上什么也没有说,一切就在那里,尚无名称,未经损毁。③

毫无疑问,现代世界进入了空前的危机状态,继可见的政治、经济、宗教危机后,使现代人感受最深的是思想与言语、表现与意指的危机。内心痛苦与精神张力的无以名状使文学与艺术转向了非理性、空白和沉默。在文学语言越来越内在化的时候,杜拉斯似乎掌握住将个体的体验外化的某种文法,以某种显得滞重、令人感觉不适的语言去尽量贴近笔下人物的心理创伤和精神障碍。"没有治愈,也没有上帝,没有价值,除了处在深度分裂中的病态美,大概艺术从来没有这样缺少疏导、缺少净化,它不是从远处展示着、观察着、分析着疯狂,让人有距离地承受,期盼着一个出路。相反,

---

① [法] 玛格丽特·杜拉斯:《话多的女人》,吴岳添译,作家出版社1999年版,第13页。

② 同上书,第55页。

③ [法] 劳拉·阿德莱尔:《杜拉斯传》,袁筱一译,春风文艺出版社2000年版,第5页。

第八章　语言与革命:玛格丽特·杜拉斯在后1968　　301

它与疯狂合为一体,直向你冲来,没有距离,来不及躲开。"[1] 杜拉斯用一种修辞的滞重表达一种语义上的漂洗,即意义的沉默。她十分重视空白。虽然空白处于话语和词的对跎点上,但它在福楼拜的作品中和她的作品中都不意味着言语的一种虚无主义的构想[2],而是言语被无法抑制地引向最后的沉默。它当然是说明杜拉斯意识到词语的不足,意识到它们无法表达感觉或内心思想的无数潜在性。因此就有调式化的复现和元语言的经常使用,例如在《副领事》中她写道:"我感到,如果我试图对您,说我想来跟您说的话,一切就会化为齑粉……就是要对您说的话,那些话……是我的……是说给您听的,它们并不存在。"[3] 然而,沉默并非只是"言语的权宜之计",它说出显然会化为乌有的东西,它的作用是积极的,它允许向话语回归,也能更好地衡量话语的价值。在杜拉斯看来,语义的泛清漂洗,语义的沉默,语义的无意义,同样也是进入本题的方法,即进入一种更有意义的言语的本题的方法,这种用"紧急文学"所表现

---

[1]《黑太阳——消沉与忧郁:杜拉斯论》,转引自《黑海夜行船》,春风文艺出版社2002年版,第101页。

[2] 罗伯·格里耶认为"从福楼拜到卡夫卡形成了一种流源关系,并且在不断变化。这种描写的激情始终在激励着他们两人,正是这种激情又重新出现在今日的新小说中"([法]罗伯·格里耶:《为了一种新小说》,午夜出版社1963年版,第168页),他把这种激情称之为"新现实主义"。福楼拜继承了巴尔扎克的现实主义,主张写作的内容要取材于客观的社会现实,故事情节的发展要符合生活的逻辑.但他又不企图对社会、对现实做出阐释与评价,这就是他所倡导的"客观而无动于衷"的描写方法。福楼拜的创作不仅仅在"客观而无动于衷"的描写中蕴含关于社会道德情感的主体价值的判断,而且,他以科学的态度不断地探讨艺术作品的语言——崇尚艺术作品的形式,或者说潜心于文学语言的表达(文体)问题。这是福楼拜区别于自然主最重要的地方,也是对新小说的最大影响。新小说作家对作品情节、人物的淡化,以及在对话和时空结构方面的创新,表明他们对艺术形式的追求,已呈现出后现代文学特有的"崇无趋势",即艺术毋需表述,可以用不具任何意义的行为和事物,忠实地表现这世界的存在面貌。文学家的任务不在于创造出使读者和观众疏离或封闭的东西,而要使观众更为开放,更感觉到自己以及周围环境的存在。从这个意义上说,新小说作家正是继承了福楼拜的现实主义,才向前大大地跨越了一步。

[3] [法]玛格丽特·杜拉斯:《副领事·印度之歌》,宋学智、王殿忠译,春风文艺出版社2000年版,第101页。

出来的笨拙美学说明真理不可能被说得完完全全，真理只有在毁灭中，在自我的毁灭中，在毁灭文学中才可以说出。由于渴望真理，杜拉斯说"毁灭吧！"写于1969年的《毁灭吧，她说》的意义就在于没有任何意义，但它却完美地道出了这份毫无意义，有些人将这出戏看成1968年宣言的重现，杜拉斯通过插科打诨和摧毁意义的方式庆贺一个空茫时代的到来。巴特说得很有道理，只有杜拉斯能找到这些在任何上下文中都可以不负任何责任的词。沉默修饰着言语，将言语转变成风格。

　　从此以后，巴黎的杜拉斯以破坏语法、专门描写虚无、自以为天下第一的俄国式知识分子而闻名于作家圈。她成功地创造了一种属于知识分子部落的语言，用来传递他们的密码和对他们对革命的激情。话语是人类的一种声音，而不仅仅是知识性的信息，她如此执着于写作，正是因为她相信通过自己使用的这些词，能够触到另一种事实，无法形容的事实。一种荒弃的语言，一种破碎的、懈怠的语言，与其说是在写作，不如说是在喘气，是一种她称之为"澳洲犬"的语言。拉长的句子，没有声韵的雅句，动词似乎忘记了主语，最后一刻的唐突增补，把莫名其妙的词语贸然堆砌在某个并不是为它们设计的节奏上，深奥的词汇或最高级的修饰与陈词滥调并驾齐驱，这一种临时急就的浮华，这一种因过分强调拆散而变成吹捧得过高的言语：恰似脱掉衣服或是卸下浓妆，并不是由于粗心大意，而是深受某种苦恼的折磨。通过一句护身符般的话语，一幅萦绕在人脑海的画面来把一次经历凝固起来，以此来表达杜拉斯的迷醉以及所感知到的毁灭。意义的空洞与修辞的充满，修辞的显见与意义的盲目，一方面迷醉，一方面毁灭。

　　她最终使虚实的传统布局分崩离析，摈弃了相信按年月顺序的、拓扑学的和心理学的体系的叙述，她喜欢的是由类似的事物构成的回忆，回忆中忘却的是自己和自己之间、自己和其他人之间以及自己和世界之间表面上的不协调。过度描写事故、断裂、突然的狂热和过眼的狂怒、突出细节以及一般地抬高想象力而摧毁理性。避开一切规则，使得她的风格既同逻辑无关，又同常用的句法无关。写作，被泛音弄得抑扬顿挫，事物的突如其来和时间的流逝在词语的边缘重新组织。但杜拉斯所采用的一些"现代派"手法，经过近四十年的岁月考验，今天似乎已可以定论，其生命力可能并不像当年热衷于追求新奇的人们所想象的那样旺盛。就像天堂永远吹着地狱的风。

> 附近
> 人们已经得出结论
> 上帝虽然要求一个天堂和一个地狱
> 却不必计划建立两个机构
> 而仅只那一个：天堂
> 它，服务于不繁荣的和不成功的
> 一如地狱。

第三节 是电影还是杜拉斯
——将革命进行到底

世界电影艺术在 20 世纪 60 年代出现了革命性变革。西方知识分子，特别是青年人因感觉到信仰的丧失和幻想的破灭而变得愤世嫉俗、颓废失意甚至放浪形骸，以各种姿态来反抗现实社会和既有秩序，出现了美国的"垮掉的一代"、英国的"愤怒的青年"、法国的"世纪的痛苦"等文学艺术流派。60 年代为电影史带来的国际性的质的变化，从这个时期出发，对迄今的概念的挑战、怀疑正是在于创造了一种新的、广阔的电影观。这种电影观不仅可以概括为各种国际"流派"的独立存在，美学或剧作结构的新标准，作家电影或世代的更替，而什么可以作为电影和电影发挥何种作用的丰富想象，即为乌托邦思想、新的电影模式、内容和形式的新关系、新的制片方式和与观众交流的新形式创造了广阔的天地。以新浪潮的一大批导演为例，60年代他们已经和法国电影经济体系紧密连在一起了，而且成了电影工业的支柱。他们是夏布罗尔、特吕弗、勒卢什、德·布罗卡、莫利纳罗。女评论家克莱尔认为，他们拍摄的影片是和历史、现实及社会毫无关联的新的"优质电影"，与1958—1966年年轻的导演们想要拍摄的那种电影相似，她说："法国拍摄的影片，剧本写得精彩、摄影高明、表演出色，它们构思精巧、有刺激性，敏感、令人激动或引人入胜，虽然它们总是局限在漂亮的手工制品的范围内。"① 1968年的五月给法国电影带来了剧烈的变化，五月运动促使许多电影创作者去深思自己的处境，探讨新的方向，因为人们深信电影作为世界的窗口，最终将起到改造文化的作用。人们也意识到摄影机不仅是重现的手段，而且是创造的媒体。确实存在着性格特殊的电影式构思法为我们带来认识自己和世界的双重机遇：一是使我们发现了一个我们不知道的世界；二是一旦进入了这个奇异的世界，我们又发现了我们自己。60年代的电影也更多地与政治而不是娱乐和商业发生着联系。电影的政治在于人们如何对待它，如何运用它来抓住一个时代，阐释一个时代，如何在官方的知识背景中择取意义。如果电影为了公众的目的而发出了个人的抱怨，它也应该为了个人的目的提供公众的话语，它应该具有对各种不同情景进行回应的能力。当然电影和政治的关系也是不确定的，就像沃伦所说："电影无法展示真理或暴露真理，因为真理并非躺在那里，等着被拍摄，电影所能作的是创造含义，而含义只能在与其他含义的关系之中，而不是与某些抽象的真理尺度和标准的关系之中

---

① ［法］克莱尔·克卢什：《新浪潮以来的法国电影》，转引自［德］乌利希·格雷戈尔《世界电影史》，郑再新等译，中国电影出版社1987年版，第197页。

第八章　语言与革命：玛格丽特·杜拉斯在后1968

被设计标划出来。"①

西格弗雷德·杰亭在《时间、空间和建筑》中给立体派所下的定义，听起来就像在界定电影："它相对地观察事物，这是从数个视点来观察的，其中没有任何一个视点具有主导功能。如此地分割事物，使得它可以同时从数个角度来观看——从上面、下面、甚至从里面和外面，它环绕事物甚而进入事物体内，这样，数个世纪以来文艺复兴的三度空间构成的传统之上，现在又加上第四度——时间……以数个视点来呈现事物可以得出一个新定义，现代生活紧密相连的——共时性。"② 20世纪60年代的法国政治动乱更多地代表了观念的更新，对潜力的挖掘也带来了视点的无限可能，这之间必然升腾起电影的新的、不同以往的定义，而不仅仅是与往昔的决裂。1968年之后用新方法来拍摄电影、另类的创作手段、电影理论、电影语言、制作方式和设备方面持续的演进、电影制作、发行、放映和观看的非传统方式都——涌现。

马雅可夫斯基的语言虽然带有强烈的红色热情："诸位把电影看作杂耍，可是我把它看作差不多等于世界观。电影是运动的传递者，电影很大胆，电影是运动家。电影是普及思想的。但是电影现在正遭难，因为资本主义用黄金迷了电影的眼睛。手段毒辣的企业家们，牵着电影的手到处狂奔乱撞。他们用胡编乱造的悲剧骗观众的眼泪、大肆渔利。这样的事必须赶快制止，共产主义必须从投机者手里把电影夺回来。"③ 电影是一种如此有力的扳机，能够马上勾起情感的

---

① 见彼德·沃论在《电影中的符号与含义》一书的后记，既然好莱坞为理解电影制定了主导性的符码，唯有对抗好莱坞才能创新，而戈达尔的作品正是体现了这种对好莱坞的对抗、质询和批判。他在后记中说了这一段话。转引自游飞、蔡卫《世界电影理论思潮》，中国广播电视出版社2002年版，第288页。
② 转引自游飞、蔡卫《世界电影理论思潮》，中国广播电视出版社2002年版，第87页。
③ ［意］基多·阿里斯泰戈：《电影理论史》，李正伦译，中国电影出版社1994年版，第100页。

记忆,电影记忆的政治就是努力去决定电影那时意味着什么,现在为什么重要——电影也正是因为它政治诉求上的双重背景而变得复杂起来。著名的"维尔托夫小组"要用影片作为无产阶级革命的武器。1967 年的《中国姑娘》是 1968 年五月风暴的预示。1969 年的《真理》是对"布拉格事件"作马列主义分析。1969 年的《东风》试图回答在 1968 年五月事件之后战斗的电影工作者在阶级斗争的发展中应该怎么办的问题。其对两性、商业和 1968 年"红五月"以来的法国社会政治格局之间的关系进行了"布莱希特式的"研究。互不连贯的画面形象、画面与声音的故意脱节、大量画外旁白提问议论、演员凝神注视着摄影机直接对着观众说话,摄影机作为剧情的一个组成因素在影片中出现、破坏性技巧、间离手法都是在以戈达尔为代表的"新浪潮"中经常出现的。在影片《周末》中,戈达尔让两个倒垃圾的工人(一个阿拉伯人、一个非洲人)对着摄影机谈论政治、谈论原始部落、谈论种族主义、帝国主义……这段长达 7 分钟的对话与影片中男女主角的动作线索没有任何直接的关联。这类影片拒绝使观众在戏剧性情节中迷失自己,它总是提醒观众,他们在银幕上看到的不过是电影,而不是别的任何东西。如果说一部影片有一两个"缺点",它算是一部有缺憾的影片,而当影片有数不清的"缺点"时,这些"缺点"反而使影片有了风格。另一位"新浪潮"的主将阿兰·雷奈认为:"文学在产生乔伊斯和卡夫卡这些伟大的现代叙事圣手时,电影还在试图讲清楚一个简单的故事,因此电影学习文学经验仍然是必不可少的环节。"[①] 有趣的是,雷奈在要

[①] 游飞、蔡卫:《世界电影理论思潮》,中国广播电视出版社 2002 年版,第 248 页。需要说明的是,雷奈影片的独创性部分来自他与法国著名作家杜拉斯(《广岛之恋》)、罗布-格里耶(《去年在马里昂巴德》)和凯罗尔(《夜与雾》和《莫瑞尔》)等人的合作。他总是慷慨地谈及自己对编剧的依赖和欠债,并尽力隐去自己对影片理念的贡献。根据一些合作者公开发表的声明,雷奈一贯坚持剧本构思要与自己作为一个电影制作者的个性风格不同,不必遵循电影媒体的特性,他说过:"给我一个原始的文学作品,我会把它变成电影。"

求作家们撰写独创性剧本的同时,也把他们引荐到电影制作的复杂过程之中,而他们中的三位竟然也成了成就斐然的电影制作者,他们是格里耶、杜拉斯、凯罗尔。他们通常又被称为"左岸派"。"左岸派"形成于20世纪50年代末,由于其成员大都居住在巴黎的塞纳河左岸而得名,主要人物有阿兰·雷奈、杜拉斯、阿兰·罗布-格里耶、亨利·科尔皮、阿涅斯·瓦尔达。他们的电影特别侧重于展示现代资本主义世界的"异化"境遇,在一些影片里,"物"取代了人,成为最有活力的主体,而人却萎缩、僵硬,甚至退化到近乎"物"。"左岸派"和"新浪潮"都打破了传统的影片结构,但"新浪潮"更侧重于把没有因果关联的生活时间串联起来,追求纪实风格,有人将其概括为"生活流";而"左岸派"侧重于人物内心表现,特别是人物瞬间的意识流动,因而有人称其为"意识流"电影。它非常重视语言在叙事层面和画外空间的运用,发挥了独白、旁白、对白的魅力。特别是杜拉斯在"新小说"写作中对语言的重视、讲究也带到了她的电影创作中。在杜拉斯的影片中和在她的小说中一样,情节是不重要的,动作是微不足道的,没有始末,一切都是围绕着语言组织起来的。她以"新小说"派作家的身份,在电影领域中不断探索着一种文学的表达方法。

在萨特和左派支配法国文化的时代,场面调度就代表单一画面的构图,包括物件、人物和群众的关系,光线明暗的相互影响,色彩类型,摄影机的位置和角度,以及画面中的运动等方面。那时"新浪潮"非常风格化的折中主义造就了"新浪潮"无限的魅力,根据场景的戏剧化需要,写实主义和表现主义的手法技巧被综合应用到影片中。整个20世纪60年代,连最低劣的影片都在运用"新浪潮"的剪辑手法,在这些反映青春迷恋和狂躁时代的电影中,即便根本不需要剪辑的地方,影片的镜头还是不断地推进、拉出、交叉剪辑、闪回、闪前和跳接,到70年代中期,已经没有一种特定的剪辑手法在国际影坛占据统治地位,观众已经能够容忍风格迥异的剪辑手法了。这与"新浪潮"的宝贵遗产直接相关。但与此相反，杜拉斯的电影独立于任何"标准本文系统"之外，成为以出人意料和卓尔不群为诉求的电影。她的电影的固定镜头、镜头最小化，使其与六七十年代的电影风格形成了鲜明的从而是强有力的对比。

"反省"一词从哲学和心理学中借用而来，最初的含义是指人类头脑将其自省作为客体观照的能力，后来延伸为有关媒介或语言自我反省能力的象征性说法。电影的反省就是突出自身制作、它们的作者、它们的本文程序、它们本文间的相互影响和它们的感知接受的过程。电影的反省一直就在追问一个问题，那就是什么样的电影才是"电影式的电影"。"电影式的电影"是只有电影才能向观众提示各种事物和人的极限所表现的诗的一面。当它被确认从一般的依存关系中走出的时候，也就是好像不从属于情节的时候，即作品不以故事为基础，而是以艺术家能够自由地行使其精神的表现手段为基础的时候，电影才开始有它的重要价值，才有它的生命。所以说"任何真正的电影也讲不了故事"[①]。电影上最重要的不是显示的各种事实，而是情绪上反应的组合。不论事物或人，表面上的东西不是最重要的，引起他们注意的是如何使事物居于背景地位而表现人的意义。杜拉斯也在追问并实践着同样的问题：什么样的电影才是电影式的电影。

> 这事是人们不会谈论的，就像隐瞒的梅毒一样。……你不要引人注目，你不要出洋相，你要拒绝在电台、电视台发表讲话，拒绝接受采访要做更多的工作……不要像以前那样谈论自己的书，这是不能做的事，别人是不谈自己的书的，别搞新闻

[①]［意］基多·阿里斯泰戈：《电影理论史》，李正伦译，中国电影出版社1994年版，第91页。

第八章　语言与革命：玛格丽特·杜拉斯在后1968

工作……不要再搞电影，你知道你的影片不行，你要安分守己，不要像夏约剧院的小丑那样疯疯癫癫……你在自己的小天地里写作，就这样。①

我们说过不管是在作品中还是在生活中，杜拉斯对所有的被压迫者和所有的压迫都十分敏感。而在她看来，她的电影创作从来就没有得到人们应有的承认。虽然照她自己的说法，她好像是在不经意中走向了电影创作的道路，其间还多有不屑，但她仍然有着自己玩票性质外的野心勃勃，并一直在抱怨人们并没有真正理解她和她试图对电影所做的一切：摧毁然后在废墟上重建，或者仅仅是摧毁，留下永恒的废墟。

为什么要拍电影呢？是为了消磨时间，因为她要度过冬天，不能无所事事。她只喜欢知识型的电影。别的电影在她看来全都是不可理解的。实际上她不明白别人给她看的东西，可以把这种看法视为"某种文盲状态"。她接受这一点，她对此提出了有益无害的指控。她说："……开始便靠女人为生的资本主义电影，已经培养出四到六代观众，我们面前堆积着像喜玛拉雅山一样高，大概能构成当代历史最大蠢话的电影图像。"② "而有趣的是，一段时间以来人们懂得在写作方面比巴尔扎克有更多的可能性了，而在电影里人们总是重复这些东西。"③ "人家通常对我说：您拍的东西不是电影，于是我问道"什么是电影呢？别人告诉我：跟这个是不一样的，这都不再动弹了。那么，最出色的电影，就是西部片，那可是动得最厉害的了。这时别人就告诉我：您没有理解电影，人家说得不是这个

---

① ［法］弗莱德里克·勒贝莱：《杜拉斯的生前岁月》，方仁杰译，海天出版社1999年版，第280页。

② 同上。

③ ［法］玛格丽特·杜拉斯：《话多的女人》，吴岳添译，作家出版社1999年版，第99—100页。

意思。"① "影片的现实主义声调,我已经无法再忍受了。"②

杜拉斯的影片具有很强的文学性,讲究对白,主题往往是探讨人的精神世界,并伴有朗诵式的画外音,这些都是同"新小说派"的宗旨一脉相承的。这些影片或采用"声画对位"或采用长镜头,并在技法上有许多刻意求新甚至追求怪诞效果的创造,具有明显的"作家电影"特点,比如在她自编、自导、自演的影片《卡车》中,她抛弃了电影应诉诸观众视觉形象的艺术规律,采用长篇的议论、分析乃至哲理性的语言。尤其在 1968 年 5 月以后,对虚构的批评被涂上了一层政治色彩:虚构＝神秘化＝资产阶级意识形态。影片应该是革命的,革命性的电影必须在各种层次上起作用,幻觉、意识形态、科学、虚构与现实。革命从摧毁开始,"杀人的想法是我生命中的一个恒量,是最永恒的一个恒量"③。写作这件事中,同样有一种对死亡的接受,那是一个既要让它来临,又必须超越它的必要时刻。死亡是一切革命的开端,当她拍摄电影时,也采用同样的方法。"我与电影处于一种谋杀的关系之中。"④ 她在废墟上建造,她确认人们只能在毁灭之后才能建造。虽然杜拉斯的影片在今天看来显得沉闷乏味,但诸种特殊的手法使她的影片成为对她所说的电影的令人厌恶的现实主义论调的反动。在她看来,真正的与电影的对话、应该把它与以往的谎言、戏剧性的对话分开来,永远与电影保持距离。

> 你已经处于危险境地,你蒙受的最大危险是镜头里的人和你一样,和一个小时前拍摄的第一个镜头里的人一样⋯⋯不要

---

① [法]玛格丽特·杜拉斯:《话多的女人》,吴岳添译,作家出版社 1999 年版,第 99—100 页。
② 同上。
③ [法]米歇尔·芒礴:《写作·杀吧:她说》,方颂华译,春风文艺出版社 2000 年版,第 132 页。
④ 同上。

第八章 语言与革命：玛格丽特·杜拉斯在后1968

去弄明白拍电影的情形，这里包含着生命……你决定把头伸到它（镜头）面前，与它共同进行一场生与死的搏斗……当你让镜头进入你的视线时，你就这样去做，你就会懂得就是那个镜头，就是它第一个想杀死你……电影就是这样拍下来的，这样结束的，你既被掩盖也被暴露出来。你只在电影放映时露面，走出银幕后，你就掩藏在你，在大家所认识的你后面了。①

杜拉斯式的电影似乎是一种反电影，只有在同其他电影的关系之中才能被理解，它似乎用完全相反的一套幻觉、意识形态和美学方法来同正统电影的幻觉、意识形态和美学方法抗争。我们可以具体看一下在她看来是旧电影的五条致命谬误与反电影的五条基本优点之间的争斗。

叙述的可转移性	叙述的不可转移性
认同	疏远
透明性	突出性
封闭的单个虚构世界	开口的多个虚构世界
虚构	现实

一 叙述的可转移性与叙述的不可转移性

叙述的可转移性指的是一系列事件，其中每个单位（每个改变叙述过程的功能）按照一个因果关系链与紧挨着的前一个单位发生联系。叙述的不可转移性则是从小说中借鉴了分章节的做法，能够打断叙述。或者从流浪汉小说中吸取营养，流浪汉小说酷似自传体，没有紧凑的故事情节，取而代之的是任意的、没有互相关联的一系列事件。常用来表现叙述中断的节外生枝越来越多，基本的故事情

---

① ［法］玛格丽特·杜拉斯：《死亡的疾病·大西洋男人》，唐珍等译，作家出版社1999年版，第95—100页。

节尽管还在,但已面目全非,不再有连贯的一组镜头,看起来倒像一系列断断续续的闪回,有时候故事似乎是有一个确定的时间顺序。在《卡车》里,没有故事,她说可以不拍电影,但是讲讲应该拍摄的电影的故事,如果电影要拍应该拍成什么样子,这是发挥到极致的杜拉斯主义。她和他说另外很多重要的事情,关于上帝、关于童年、关于在这个世界上生存的方法、关于死去的星球,他什么也没听见,什么也没有,他害怕,他还不习惯这样自由的话语。杜拉斯指责马克思主义是变相的男子支配主义,是语义上的恐怖主义,是政治迷失的耀眼象征。这个概念本身对她来说也变成了政治错误。她庆贺虚无、大声赞美空茫,并且觉得欧洲正在度过致命的暗淡期。她的故事的套路:发生了一个故事,旅行者来了,他投入了这个故事,与它贴合,然后……它们又变成了空白,电影的时间是无限的,他们可以像这样插入随便哪一个故事。这也许就是生活,进入里面任凭这个故事归根结底是别人的故事——把自己不停地劫持……人们为了自己被劫持,为了别人被劫持。

二 认同与疏远

认同是指移情,和一个角色的感情纠葛;疏远则是声音与角色错位。真名实姓的人出现在虚构世界里,角色直接向观众发话,声音浮游于角色之外,在音带上自成话语,同样的声音为不同的角色所用,同一角色又被配上了不同种声音,角色都变成离间的、分裂的、被打断的。《恒河女子》中一个推近镜头都没有,但是有 152 个固定镜头,话语与画面没有任何关系,她就是要加重这种完全置观众于茫然之中的感觉。《恒河女子》采用抽象的形式,影片中的人物恰似梦游者,彼此擦肩而过又彼此视而不见,影片的结构建立在画面和音响的对位基础上,即一段"画面的胶片"和一段"音响的胶片"间的对位,它们从来不同时出现。"拿《恒河女人》来说,它确实变成了剪辑,这是影片的主要的东西,画面勉强是一种支架,

第八章 语言与革命:玛格丽特·杜拉斯在后1968

但是声音却适合于这样一种危机……与我在写作时发现的危机同样焦虑。"画面的解读和声音,在某些时候,这造成了一种撞击,弹跳起来。"① "她们窥视着一切。她们监视着空的地方,只有一种方式是看不到她们的,就是把她们看成评论,意思就是说这是一种在影片之外的声音。然而这些声音是在影片里面的,它们停留在沙漠里,像——《恒河女人》里的任务,它们停留在这里。"② 确实如此,一种评讼,这是某种进行解释的东西,所以它来到影片里的所有这些开口之上并把它们堵塞起来。"《恒河女子》有两部电影,一是影像的,二是声音的。声音自言自语,并不知道观众的存在,它们并不是人们日常所理解词语的含义,也不是画外音,这些声音并不会使电影情节的展开更容易,相反它们依附在电影中,扰乱电影。我们不应该把这些声音从音响的电影中剔除出去,它们也许出自某种与电影不同的材料,也一定会通向与这部电影完全不同的另一部电影,只要它是一部空白、贫瘠、充满空洞的电影。"③ 主要要感受到的是一种欲望。声音中的欲望——那个由渴望的声音1表达,由声音2接受的欲望——与萨塔拉的愿望融为一体,那个具有强烈性格、具有整体形式的萨塔拉的欲望,又被强烈地、完整地分摊在每个为之受折磨的人身上,由此无法分割,难以体验。在荒诞不经、在平衡的失衡中,人物之间无论如何也无法融合的关系,在因为欲望而四分五裂中被弄得心力衰竭。生硬的欲望不停地穿越、流动,在电影的身躯里流动,与电影相融合,把电影溺进它们的躯体,遮住电影,并因此而消亡。

《印度之歌》取材于和印度有关联的神话,是一部引人注目的具

---

① [法]玛格丽特·杜拉斯:《话多的女人》,吴岳添译,作家出版社1999年版,第95—98页。
② 同上书,第95页。
③ [法]玛格丽特·杜拉斯:《爱·恒河女子》,袁莉、户思社译,春风文艺出版社2000年版,第89页。

有视觉美感的影片,是《恒河女子》故事的延续,杜拉斯之所以写这个剧本,乃是为了探索《恒河女子》所揭示和探索的那种"手段",即把声音用于故事的叙述,这种新手法,可以把往日的故事从忘却中重新拉出,以便为另一些记忆的支配,而不是受作者的记忆所支配,这些记忆是另一种形式的具有创新性的记忆,但同样可以使人回忆起任何其他的爱情故事。杜拉斯录了好几次音,然后把它们完全混杂在一起。她想应该有 72 个主题的对话,每次对话大约包括 30 句,她喜欢声音,电影对她而言主要的功能之一就是释放声音。她高度肯定了一种独特的电影:"这就是说我们不再满足于那种官方的电影,那是资本主义社会的表达。《印度之歌》恰恰展示着资本主义社会的彻底完蛋。"[1] 评论界很欣赏这种感性的摄影方法,那样温柔地扫过废墟,还有这种永远迷失了的爱的暴力的气氛,对沉重的等待的智性描绘。至于《卡车》,该片吸取了这位女导演以往所有影片的精华,杜拉斯与演员杰拉尔坐在一间屋子里,两人互相给对方念一个电影剧本中的段落。这时便可以看到银幕上一辆卡车在时明时暗的灯光中向令人心旷神怡的景色中驶去,这部更多地是以话语而不是画面为主的影片也对政治和意识形态问题表明了观点,但是,由于影片所尽力表达的深刻意义和概念模糊不清相互纠缠着,有时影片更陷入无可奈何的自我嘲弄之中。角色也变成离间的、分裂的、被打断的、复合的和自我批评的。杜拉斯视人物为木偶,以他们之间偶或会发生的事情为起点建立起叙事结构,最常见的是某种气氛而不是事件,读者一直处在事物的边缘,甚至是极限,一切都有可能发生,但恰恰什么也没有发生。没有记忆,也没有坐标,一直在欢娱的边缘,正好在悬崖前停住。她永远关注着内在距离,不管她所显示的和端详的是进入角色的演员还是扮演角色的叙事演

---

[1] [法]劳拉·阿德莱尔:《杜拉斯传》,袁筱一译,春风文艺出版社 2000 年版,第 543 页。

第八章 语言与革命：玛格丽特·杜拉斯在后1968　　315

员；无论在哪种情况下，他们都似乎脱离了主体而使自身成为被显示和被端详的客体，这是否意味着一种后现代的无中心或主体的死亡？是否蕴含着多元性、异质性和主体地位的流动？是否意味着主观的、内在精神的分裂？寻找矛盾，发现矛盾，"建构"矛盾，这是一个重构和重新编序的过程，即矛盾的构成过程既是由先存各种经验的并置而造成力的冲突或主次的对立，同时也是一种修辞程序，这个程序有意对其各个成分进行重新安排，使其在对立冲突中揭示事物的根基。

三　透明性与突出性

传统电影是与文艺复兴时期透视法的发现和绘画艺术的重新定式一脉相承的，电影当然就是为达到一种完美的透视结构的一种技术手段，是一种可以更直接地通过把人类行为变得不可理解，而恢复为可以真正理解的行为的极佳手段。本雅明在把布莱希特的方法具体体现在摄影机这个新行头上时，赞扬了后者敞开我们生存的洞见范畴的能力。这个空间范畴事实上一直被人类状况的习俗所掩盖。通过给我们周围的事物以特写，通过聚焦于熟悉事物的隐蔽细节上，通过在摄影机巧妙的指引下探讨普通的环境，电影一方面开阔了我们对主宰我们生活的必需品的理解；另一方面，设法给我们提供一个广袤和出乎意料的行动场所。而17世纪以来，语言越来越被看成传达意义的一种工具。广而言之，这涉及把胶片降格为"视觉—底基"，随着原来处在次要地位上的音响开始发达起来，一跃而成为影片的主要内容，以及声音像杜拉斯的电影中表现的那样根据一些微积分或演算规则构造起来，受制于任意的编码，正像在绘画中画布被推到前台一样。有意寻找一种表达虚无（不存在）的方式，摄影机的无所不能的透视作用也发生了革命性的变化。它们以混乱不堪的方式把现实生活的片段弄得乱七八糟，将观众领进一条狭窄的、充满错觉和幻想的死胡同里。当他借助摄影机的各种因素搞时髦的花哨把戏时,杜拉斯却尽力使电影化的戏剧简化为最简单质朴的元素,简化成手势语。最小主义的艺术杰作,生动地刻画一个人如何与她性格深处的可怕矛盾做斗争的场景。玛格丽特喜欢她的镜头所展示的身体,声音、体态、面容,这是她的,属于她的,她利用镜头偷取美,幸亏有了这工具,我们终于可以看清一张脸。当我们回顾我们的观影经验时,我们会意识到,我们毕生都在目睹潜文本现象,银幕不发光但却是透明的,当我们仰望银幕时,我们难道不是有这样的印象,好像我们是在读解人物的思想和感情,知道那个人物心里真正在想什么。但回顾杜拉斯的电影,我们没有一个人可以有如此的自信。因为电影的透视性和银幕的透明性在这里荡然无存了。摄影机不再是全知全能的了。在拍摄《娜塔丽·格朗热》时,杜拉斯在描绘她那个总是反复出现的世界时显露出高度的准确性。这是一部强烈现实的影片,影片将平淡无味的事件、看似无足轻重的鸡毛蒜皮的小事罗列起来,既描写了期望的心情,空虚的日常生活,又收到了引人入胜的效果。由手势、目光和话语构成的语言不仅表现出期待,而且表现出一种使人感到隐含着威胁的、无所不在的暴力。在剧本中,我们看到杜拉斯经常命令摄影机守规矩,"我们听见女人们又在厨房里忙起来了,此时镜头依然停留在饭桌上"①。或者"我们看不到熨衣的人,仅仅看见熨斗和拿着熨斗的手来回移动"②。在《娜塔丽·格朗热》中,她这样描述只追随目光的摄影机。"丈夫、父亲刚刚离去,我们就看见了那两位女人……她们站在那儿,正朝我们看,镜头在外边,女人被关在房间里,在这所变成女人住所的房间里。我们刚才在这户人家不同房间里所看到的一幕幕情景就是从她的目光中看到的,她看到了自我,她以及房间里的孤独她被嵌进这空荡之中,但是女人渴望这种重建的孤独,她就是

---

① [法]玛格丽特·杜拉斯:《广岛之恋·娜塔丽·格朗热》,边芹等译,春风文艺出版社 2000 年版,第 156 页。

② 同上书,第 180 页。

深深地渴望。"①

四 封闭的单个虚构世界与开口的多个虚构世界

单个虚构世界是指传统电影只允许一种形式的复合虚构世界——戏中戏存在，即把第二个不连续的虚构空间包含在第一个之中。多个虚构世界则是相互连接、相互交织的复合世界。一种语言的语义层既是合成的，又是对立的，在一个层次上使人理解，在另一个层次上令人误解。在拍摄《印度之歌》时，杜拉斯在剧本中有这样一段明确的说明："声音（没有形象）共有四个，（一组是两位青年女性，一组是两位男性），由他们来叙述这一段故事。这些声音不是对观众或是对读者讲的，完全是一种独白，他们或她们是互相讲话，并不晓得别人在听。只有声音了解这段爱情故事，而且是很久以前的事，其中，有的声音记得全些，有的记得差些，但没有一个能完全记下来，同样，也没有一个把这个故事完全忘记。这个故事，是在感情发展到极点的一个静止不动的爱情故事，围绕着这个故事而来的，是另一个故事，一个可怕的故事，它也是在日常生活中发展到极点的一个静止不动的故事。安娜似乎就诞生在这个可怕的环境中，她带着一种喜悦的心情生活在自己那个小圈子里。那里一切都在沉沦，堕落，但却永远那么宁静。对这种喜悦，声音始终企图准确地再现出来。但它却是危险的，甚至对声音中的某些人也是危险的。"② 通过这些声音我们还是无法把握这个故事，这就是这些声音的职责，从四面八方涌来但却自说自话，嘈杂但却无从把握，肯定随即否定，确认后立刻展开怀疑。不管是对今日萨塔拉的构建，通过旅行者的目光，通过旅行者的漫步，通过疯子、洛尔、女人和

---

① ［法］玛格丽特·杜拉斯：《广岛之恋·娜塔丽·格朗热》，边芹等译，春风文艺出版社 2000 年版，第巧 2 页。

② ［法］玛格丽特·杜拉斯：《副领事·印度之歌》，宋学智、王殿忠译，春风文艺出版社 2000 年版，第 338 页。

男人的目光和走动，一个已经没落、毁掉的萨塔拉展现在读者面前，还是对昨日萨塔拉的构建，通过声音1和声音2，通过旅行者、洛尔、疯子和女人的对话来构建，所有的人，来自四面八方的人都从他们各自记忆的不同时间和空间来构建，因此就有了带有不同个性特点的多个复合虚构世界。理解在这里是一种没有必要的妄想，没有任何要明白的东西，就让自己被作品迷住。电影具有相当的"自我意识"，引语和暗指的使用平添了一种"额外"的意义。引语只是折中主义的标志，是一种风格而不具有语义特征。而本文电影只是一个战场，里面各种话语相互接触，相互对抗，争相为雄。而且，这些话语各自独立存在，自成一体。它们没有被塞到一个瓶子里贴上写有作者名字的标签，相反，它们像魔鬼一样逃了出来，相互混合、争吵不休。

五　虚构与现实

我们已经说过，尤其在1968年以后，虚构被涂上了一层政治色彩，直接与资产阶级的意识形态挂起钩来，杜拉斯在自己的电影文本中要做的就是打破这种传统的虚构，用重建的虚构来表达现实和自己所谓的真实。那就是在杜拉斯身上永远不会磨灭的精神，拒绝和毁灭。布鲁斯·康纳尔在《一部电影》地支持了她的观点：飞机轰炸、坦克激战、牛仔和印第安人搏杀、赛车相撞、大桥崩塌和原子弹爆炸的素材镜头被剪辑在一起，表达着主题"暴力和毁灭"，使影片成为灾难的编年史。杜拉斯与他有相同的观点，却有截然不同的表达方式。《毁灭吧，她说》有意重复1968年的口号。《黄色太阳》较为彻底地进一步否定了电影化戏剧的路子，在一个套间里，有几个意见相左的人在谈论城外发生的革命事件，在影片中，她的目的在于隐喻地描写犹太人的处境，他们是反抗和不在意识形态上屈服的代表人物，连片名据说都是暗指犹太星，并以此暗指犹太教的主题。《卡车》中的司机一直狂热地追随着法国共产党的解决办

第八章 语言与革命：玛格丽特·杜拉斯在后1968

法，他扼杀了自己所有的自由意识，仅仅接受政治的、工会的改造，司机一直顽固地坚守着这份限制，这份强烈的异化，拒绝五月风暴，拒绝生命，拒绝生活。《卡车》里的女人，没有面容，没有身份，没有阶级，甚至也许是从精神病院里跑出来的，她把自己当作奥斯维辛集中营所有受难儿童的母亲，她把自己当作葡萄牙人，或阿拉伯人，或马里人，然后她把人们教给她的一切都加之于自身。这个女人展示了未来。如果观众像《卡车》的这个司机，在"监视"女人，并且要求她澄清自己的身份，并且觉得只有这样才能放心，我认为他们也是处在与司机一样的黑暗之中，一样可怕的政治黑暗之中。

杜拉斯要重建电影的勃勃野心可以从《卡车》的三个大纲里略见一斑：其一，关于电影的观念，如何能够做到用电影的形式将电影杀死，同时建立一种随便什么都行的信仰。其二，超越了电影本身，创造一种革命性的拒绝艺术，彻底摧毁她所谓的消化性电影。其三，将女人放进来。从某种程度上来说，杜拉斯赢得了虔诚的公众，他们品着她的语言，看她的电影就像去祭祀一样，一些人扔掉了所有的书，仅保存杜拉斯的作品。在美国和英国，《毁灭吧，她说》在影院里受到了极其热烈的欢迎。尤其是青年人——他们站立起来，大声呼喊："太好了，这才是应该建成的世界，这才是应该想象的世界。"

——我感到这是您能写的最大限度的东西（《恒河女人》）。从来没有这么强烈，这么动人和这么令人不安的了，也就是人都迷失在里面了，不再存在着一些个人，因为欲望从一个人穿到另一个人，并不更多地属于其中的某一个人。

——人人都在忍受，有人对我说这是一种自杀，这部影片，一些年轻人看了这部影片之后，就集合在一起来看我，他们的态度咄咄逼人，他们告诉我要把它封闭起来，不让任何人看，因为除了他们这些18岁的人之外，没有人能够理解它，这使我非常害怕,因为他们告诉我:"在这之后,您就不再有任何事情可做了。"

——这使人害怕的原因,是因为他们被某种东西渗透了……他们渗透在拒绝里……①

这似乎证明了杜拉斯电影的一部分价值,但实际上,杜拉斯的电影口碑一直不好,这里的口碑,指的是电影观众就一部具体影片向尚未看过此片的潜在观众所表达的个人看法。如果影片具有强大的观众号召力,其正面口碑就能确保票房"长腿"。对于这种情况,杜拉斯只能自我解嘲地说:"让我们把自己禁锢在一种被忽略的孤独中也罢,那些投奔我们的人将真正是我们的兄弟,为什么不把那些最私密最特殊最个人的东西为别人而牺牲呢。"② 尽管她还声嘶力竭地告诉我们观影的方法:"《娜》已经是不同的电影了,《恒》是一种完全不同的电影。在前者里,你可以爱一搜,可以爱某些东西,你可以或多或少地不回去,我的意思是说,或多或少地回到影片里去,而在《恒》里,如果你不进去,里面就一无所有。"③ 即使观者,那些先是仅仅听取并重复固有的狭隘道德说教,然后迈向相对自由但仍受局限的观察和文字表达能力,最终向着完全解放的观看、聆听和感受世界本身的能力迈进的观者不会惩罚杜拉斯的影片,惩罚会来自道德社会的法律,也会来自经济社会的市场干预,那些只在某一种影院放映的电影,那些只针对某一些群体的电影,那些触摸到社会禁忌点的电影或大大超越了社会规则的电影,将是必须受到惩戒的。惩戒的结果就是我们在今天已经很难再看到杜拉斯影片

---

① [法]玛格丽特·杜拉斯:《话多的女人》,吴岳添译,作家出版社1999年版,第59—62页。

② [美]马泰·卡林内斯库:《现代性的五副面孔》,顾爱彬、李瑞华译,商务印书馆2002年版,第183页。

③ [法]玛格丽特·杜拉斯:《话多的女人》,吴岳添译,作家出版社1999年版,第140—141页。

第八章 语言与革命:玛格丽特·杜拉斯在后1968

的再版,大多数情况下它们在世界上为数不多的几个大型电影资料馆的仓库中封存着,多年以来无人问津,除了少数研究者没人想了解她的这段历史。从某种程度上说,艺术家是一种并不真正知道他在做什么或为什么他要做它的巫术的存在,观众是通过一种内向渗透,译解和诠释了作品的内在资质,把它们讲述给外部世界,从而完成了创造性的循环。观众对艺术的贡献在重要性上时常等同于艺术家,在时间的流逝中也许显得更重要,这是因为后代创造了经典。所以,杜拉斯的电影,这些不能与观众见面的电影,已经死了。寓言具有寓意,但也是反寓意的,一个事物可以意味它自身,也可以意味其反面,这就是寓言的表意机制。杜拉斯为我们创造了寓言,同时用反寓言完成了对寓言自身的摧毁。

电影院是绝对的避难所,黑乎乎的,生活的粗糙不平全都隐去了,我们可以享受这世界的景观却无须碰磕口,只有在那里,在银幕前,一切都变得简单了,和陌生人一道坐在同一幅画前,会让你觉得你恰恰需要这份陌生,不可能的一切也似乎触手可及了,再也没有什么东西会阻碍你,一切都成了想象中的。人物处在永远的流浪之中。无数的相遇,各不相同的语言。再说和她在一起,我们一直是在电影院里,这世界何在,真实何在?她把电影拍到这样的程度,让我们在她的家庭神话中睡去,在她那些远比永远悲伤的真实要美丽的谎言和幻觉中睡去。所以,我们可以爱她,爱她的那份真诚和用心良苦,也不必过分恨她,恨她对电影玩票性质的胡搅蛮缠。事实上,杜拉斯并没有像她自己期望的那样,毁灭电影本身的概念,她没能触及某种她认为可耻并且大加揭露的电影,她没有能够像她自己宣称的那样,彻底改写电影史,她只是其中的组成部分。毫无疑问,她的电影在今天已经过时了,只是1968年以后那个时代的知识分子和艺术家的写照。

在克里斯蒂娃看来,诗歌语言作为一种指意方式,它颠覆正常语序,因此填补了理性语言在能指与所指之间留下的空虚;同时它又是一种隐喻,蕴含着一种和解灵魂与肉体、语言与世界、主体与他者的乌托邦理想,这使得蕴含在诗性语言中的革命性和颠覆性同时成为一种写作的追求,其指归在于争取新的生存权利与空间,争取使受压抑的人性从法则的约束中解放出来,走出边缘,走向自由。克里斯蒂娃认为这是争取真正解放的革命。对此,她认为包括两个阶段,首先主体必须治愈"内伤"重构破碎的"自恋"、人格,也就是改造异化的自我、关注体验、关注感悟、超越单向度的理性模式,然后才能够走进与世界审美、同情的关系模式,由此可见,对主体、意义、理性、秩序的颠覆与革命,其最终目的是建构。强调对话、多元、异质,都是一种手段和策略,为的是建立他者意识,以便争取更大的和解与统一的空间,建构一种宽容、自由、和谐的主体与他者的关系,改善人与自然的关系,并由此改善文化的生态环境。虽然在一个社会秩序已然,尤其是在启蒙运动以来独尊科学、理性、进步、发展的主流意识形态已经造成了单向度的社会和单向度的人的情况下寻求这样的解放,其前提必定是要先来一番颠覆与瓦解,然后才能归化。但革命不是为了画地为牢,制造新的对立,而是为一切受压制、被过滤的生命感受,为一切遭弃绝、受压迫的他者群体争取解放的空间。

对杜拉斯来说,在我们的时代,可以作为不妥协的例证的唯一事实,就是单纯的拒绝。她在文本写作及影响艺术表现上的毁灭颠覆,都没有走向最终的归化。在后工业文化中,1968年的"反文化"特征也堂而皇之地进入既定体制,不是作为一个外来者,而是作为一个同类。当初激进的造反情绪和革命热情也逐渐归隐到叙事实验与文本创作中,这无疑比当初的风雷激荡更考究、更舒适也更安全。单纯的拒绝本身就是一种服务。

结　语

1968年五月风暴既终结了20世纪在体制内颠覆体制的可能,也

第八章 语言与革命：玛格丽特·杜拉斯在后1968

彻底终结了知识分子以自己的理论参与和构造社会实践的可能。由是，"由话语实践参与社会革命实践，进而投身于真正的社会实践的行为方式，转而成为话语实践，单纯的文化实践或曰一种'表意实践'的样态"。所以，在1968年以后，我们目睹了各种各样的激进的话语实验。

杜拉斯在1968年以后自觉地对颠覆语言秩序进行实践，不论她在写作风格上的成熟样态还是在电影语言上的激进变革，都是她继续五月风暴的革命精神（即以"拒绝"为其特征），将革命进行到底，试图摧毁文本语言，摧毁电影语言，进而摧毁所谓"意义"的尝试。

本章试图说明杜拉斯在后1968的写作上的继续以及涉足电影界的事实，都显示着我们命名为"革命性拒绝艺术"的形成。文本主题上的自我中心，形态上的唯自我论，以及渗透文本的对欲望的书写，都秉承着由五月风暴的深刻影响所塑造而成的时代精神。而其革命的自觉主要在于文本语言的生成。杜拉斯主义的文本语言风格：以繁滞浓重的修辞表达语义的泛清漂洗，以喋喋不休的语言表达沉默，其目的就在于用语言来摧毁意义并庆祝五月风暴之后的空茫时代的到来。

杜拉斯的摧毁欲望延伸进电影领域，使得她的电影语言成为与她所谓的"消化性电影"相对立的反电影语言。用电影的形式杀死电影，创造了一种革命性的拒绝的电影语言。笔者主要从叙述的可转移性与叙述的不可转移性、认同与疏远、透明性与突出性、封闭的单个虚构世界与开口的多个虚构世界、虚构与现实等五个方面说明杜拉斯式的电影语言强烈的革命气息。其最小化的电影艺术追求虽然与其文本语言的繁滞浓重有明显的区别，但两者的目的都在于漂洗语义、摧毁意义。

杜拉斯特有的表意实践是为了完成摧毁的任务，并继续对人类状况的总体拒绝的五月革命精神，但正如我们在文章中已经指出的：单纯的拒绝，这本身就是一种服务。

第九章

美国现代小说女性复仇书写

第一节　复仇母题与美国现代小说

一　复仇母题溯源

　　复仇行为关涉人类的生存本能、攻击性，也体现着人类对正义、秩序的追求。复仇行为一方面导致了杀戮甚至战争，另一方面，它试图终结野蛮、无序，构建最初的法律。最初的复仇行为不怕过火，体现出非理性特质；第二个阶段的复仇行为受到了理性的限制，表现为"以牙还牙，以眼还眼"的同态复仇；随后出现了支付赎金等新的复仇模式。而在法制日渐健全的当今社会，诸多仪式、体育竞技中，又清晰可见复仇行为的影子。这可以理解为文明社会对"复仇之心"的疏导。文学作品中对于复仇的书写同样也起到疏导、升华的作用。

　　母题根植于社会现实与作者、译者、读者、批评者的心理现实，不断被反复书写、表现。随着俄国形式主义、结构主义神话学等领域的发展，母题成为考察叙事的基本切入点。复仇母题同战争、流浪、死亡、乌托邦等母题一样，古老且多产、多变，关联着纵贯古今、横跨东西方的为数众多的文学作品。复仇母题常常和其他母题搭配、组合，衍生出复杂多变的情节，丰富的情节一方面使角色丰满、感人,另一方面,情节指向主题。因此,复仇作为母题,是故事情节的生长点,也是作品主题的落脚点。

复仇母题所关联的情节,往往包含如下四要素:复仇主体,复仇客体,复仇原因以及复仇结果。复仇主体由女性角色承担的作品尤为引人瞩目。将复仇书写还原至母题的层面,可以将之从前人的研究痕迹叠加造成的价值判断中抽离,从而把握叙事中相关行动元的功能,探究角色动机,为进一步从新的视角为担任复仇主体的女性角色赋值作准备。

二 复仇书写中的女性

东西方文学作品中,从来不乏女性复仇书写。这些女性角色反映着特定的社会背景下的政治格局、经济发展状况、婚姻家庭制度、伦理迷思、女性受压迫的状况和女性解放趋势。复仇母题的艺术魅力也常常集中体现在女性复仇书写中。女性复仇主体常被塑造为以弱抗强的角色,其核心品质中包含着对人类本质力量的确证。与此同时,也存在着一些复仇女性角色,其复仇行为带有非理性色彩,体现出阴险、残暴的特质。

这一形象序列在西方文学史中可回溯至复仇女神厄里倪厄斯。在作为西方文学源头的希腊神话中,复仇女神厄里倪厄斯是三位女神的合称:不安女神阿勒克图,妒嫉女神墨纪拉,报仇女神底西福涅。复仇女神拥有极高的权力,负责追捕并惩罚犯下罪行的人。厄里倪厄斯被认为源于母系社会。作为母系亲族保护神的她们,在神话中也尤其致力于维护母系血缘关系。

复仇女神亦在后世的文学作品中多次登场,如歌德的戏剧作品《伊菲格涅亚在陶里斯岛》。在文学传统中,"复仇女神的故事"的生命力不仅体现在其神话事迹在历代作者笔下获得的复写、改写,还体现在其形象在众多文学作品中得到的多重变奏。从古希腊欧里庇得斯戏剧作品《美狄亚》中的主人公美狄亚,《圣经·旧约》中次经所记载的亚当的第一位妻子莉莉丝①，到英国小说家菲·维尔登小说《绝望的主妇——整形复仇记》中的露丝，中国小说家张爱玲小说《金锁记》中的曹七巧，带有复仇女神特质的文学形象数量日益庞大，呈现出多样化、谱系化的趋势——复仇女神具备了文学原型意义上的研究价值。

神话并非一个封闭的系统，而是一种开放的传统，是一种具备内在逻辑性的认识工具与思维方式。复仇女神的神话是美狄亚的神话，是莉莉丝的神话，是杀死亚历克后走上断头台的苔丝②的神话，是将仇家斩草除根的德法日太太③的神话。复仇女神的神话是因为嫉妒而企图置继女于死地的邪恶的皇后的神话，而几度死里逃生的小白雪公主也有她自己的神话。如果说皇后的神话处于黑暗的、不安的边缘位置，那么小白雪公主的神话则处于其阴谋所指向的中心。这一中心的合法性、正确性，来自男性统治及其定义的权力结构。

这一合法神话，即女性道德神话的核心在于女性的宽容、隐忍——通过对相关美德的塑造、强调和适时修正，得到了广泛的传播与认同。这种女性道德神话在否定女性复仇行为的同时，提倡被侮辱或受损害的女性宽恕施害者，赞扬女性的奉献、牺牲行为，歌颂女性作为妻子的忠贞和作为母亲对后代的爱，忽视甚至压制女性的权益诉求。

这种女性道德神话所围绕的宽容、隐忍，隐喻地对应于女性子

---

① 莉莉丝，亚当的第一个妻子，因无法与亚当地位平等而愤怒并离开亚当。"莉莉丝宁愿接受这一父权制婚姻所带来的惩罚，于是通过伤害自己的婴儿来向上帝和亚当复仇——她伤害的主要是男性婴儿。"［美］桑德拉·吉尔伯特、苏珊·古芭:《阁楼上的疯女人》，杨莉馨译，上海人民出版社2015年版，第46页。

② 哈代小说《苔丝》主人公，在结尾处伙同情人杀死诱奸自己的男性。［英］托马斯·哈代:《苔丝》，郑大民译，上海译文出版社2013年版。

③ 狄更斯小说《双城记》血亲复仇的人物形象。［英］查尔斯·狄更斯:《双城记》，石永礼译，人民文学出版社1996年版。

宫在生理层面的结构与功能——其呈现为中空腔体的物理形状,承担孕育功能的潜质,对于痛经及分娩阵痛的承受力。这使得子宫成为这种女性道德神话的物质载体及合法性确证,同时也使得这种神话的构建过程被悄悄抹去——仿佛它一直如此并且本应如此。然而它的确是历史的,它的历史平行并在总体上稍稍滞后于男性统治的确立过程。它占据中心,加粗加黑的过程,同时也是女性复仇神话退居边缘并被重重墨迹遮蔽的过程。

这种女性美德,在文学作品中集中体现在具备"屋子里的天使"特质的女性文学形象身上。美国文学批评家桑德拉·吉尔伯特与苏珊·古芭将"屋子里的天使"的对立形象表述为"阁楼上的疯女人",这一表述来源于英国小说家夏洛蒂·勃朗特的小说《简·爱》中囚禁在阁楼上的疯癫的前妻形象。而本章所聚焦的"复仇女神"的文学形象,即文学作品中复仇女性形象,则是"屋子里的天使"形象的另一个对立面——在作品中,这两种女性角色同样被侮辱或受损害,同处逆境之中,"阁楼上的疯女人"其爆发是内指的,而"复仇女神"其反抗更大程度上指向外界。

三 美国现代小说中美狄亚的多重变奏

此次研究中,对"文本内部"和"文本外部"进行严格的划界或毫无原则的调和,都会将目光导向不必要的方向。比起小说的文本性,更重要的是所选文本的小说性。文本的小说性意味着它兼具模仿现实和虚构的双重特质。并且,从基于现实的灵感触发,经过本质为虚构的构思、创作过程,到小说作品的完成,所凭借的手段是人物形象的塑造和叙事的推进。我们对神话传统进行考察,其中需要把握的神话原型和神话功能,与小说的人物形象和叙事遥相呼应。结构主义神话学、叙事学所提供的方法和工具,使得小说成为进行本次研究最合适的文体。

使小说这一文体是其所是的叙事性,让小说文本内部的故事时间成为与历史平行的某种改写,并且每部小说的叙事都通过一个独立的时间体系形成现实世界的某种映射。小说的虚构性意味着与现实的距离,这种距离为小说——无论是其创作还是接受——提供了一个相对自由的空间。这个自由的空间使得小说较之当时的主流意识形态可能产生超前、滞后或偏离,也使得更加多元的文化因素,以及非理性因素等可以进入小说的话语体系,形成多种世界观、价值观的复调。另外,影响深远的现实主义传统,使得塑造人物形象居于小说定义的核心位置,小说中的角色可以向上追溯,对照神话原型进行还原。

美国现代小说背后的文化传统与古希腊神话、基督教传统大体上是一脉相承的,并且,美国现代小说的创作、传播、接受活动,在时空背景上很大程度地重合于女权运动的进行及女性主义文学理论的生产、传播、接受背景。这使得包含女性复仇书写的美国现代小说作品除了肯定女性的智慧和力量外,还不同程度地体现出性别意识与女性解放的意识。美国现代小说中复仇女性形象众多,并且具备一定程度上的复杂性。这类小说中的女性复仇书写,常常集难以调和的矛盾、跌宕起伏的情节于一体,通过设置情感、伦理、道德、法律层面的种种冲突,营造出强烈的叙事张力。对其进行解读、比较、综合分析,预期成果是多方面、多层次且具备开创性和反思价值的。

这里选取包括但不限于吉莉安·弗琳的《消失的爱人》,乔伊斯·卡罗尔·欧茨的《狐火》和《僵尸》,西德尼·谢尔顿的《假如明天来临》,托妮·莫里森的《宠儿》和《天堂》,史蒂芬·金的《凯丽》,谭恩美的《接骨师之女》,艾丽丝·沃克的《紫色》等小说展开研究。所选作品的作者群体差异,足以体现性别和性取向、种族、阶层等方面的视角的交叉。

第二节　阿勒克图之怨——女性复仇书写与男性统治

一　依托子宫展开的女性复仇情节

"如果我不答应呢？"

她把一只手搁在微微隆起的腹部，皱了皱眉头，"那就太糟糕啦。"

我们两个人已经花了数年来争夺婚姻、爱情以及生活的主导权，而我现在终于满盘皆输：我写了一本书稿，艾米却创造了一个生命。[1]

小说《消失的爱人》讲述了名叫艾米的女性主人公在得知丈夫尼克出轨后，精心谋划了一系列复仇计划对尼克实施报复的故事。艾米记录婚姻生活的日记、结婚纪念日设计的寻宝游戏以及为尼克准备的礼物，都是其计划的重要环节。结婚五周年纪念日当天，艾米为自己导演了一场离奇失踪，夫妻双方亲友、警方和媒体都参与了这场对消失的妻子的寻找。而艾米远程操控局势，一步步将尼克陷于千夫所指的不义之地。

艾米的计划成功实施的关键点，是一假一真两次怀孕。在出逃前，她靠与怀孕的女邻居经营关系，骗取对方的尿液，为自己假造怀孕的证据，并借由孕妇这一身份，赢得了公众舆论的同情和警方的袒护。出逃期间，艾米以强奸罪陷害其追求者，并在将其杀害后回到家中，面对丈夫尼克，她对自己的一系列罪行供认不讳，因为

---

[1] [美]吉莉安·弗琳：《消失的爱人》，胡绯译，中信出版社2013年版，第464页。

她借助骗尼克留在医院的精液怀上了身孕。艾米腹中的胎儿使得尼克与她形成了共同体,因此尼克放弃向警方揭发她的罪行,同时也放弃发表披露艾米阴险手段的小说。艾米凭借两次怀孕,为自己洗脱了法律上、道德上的双重罪名。

艾米狡猾地利用了他人心中围绕女性的母性形成的思维定式以及子宫的孕育功能,达到了复仇与脱罪的目的。艾米这一角色对立于"女性天生具备母性"这一刻板印象。

同样令读者对母性的普遍性产生怀疑的角色还有《假如明天来临》中的女性主人公特蕾西。特蕾西被后来成为朋友的同样在服刑的欧内斯廷及其他狱友殴打导致流产,是故事情节以及角色命运的重大转折。那次导致她流产的霸凌事件,让她看清了现实,认识到自己处境的被动,却并没有成为特蕾西与欧内斯廷缔结友谊的阻碍。

事实上,特蕾西这一角色并不缺乏人与人之间因带有母性色彩的情感而产生的共情。特蕾西展开一系列行动的出发点即为遭人陷害的母亲复仇,并且当她面临一个至关重要的抉择——是救自己负责照看的小女孩的性命,还是按原计划越狱——她义无反顾选择了前者,放弃了自由。比起生性冷血的艾米,特蕾西算得上是一个有情有义的角色。特蕾西与艾米的共同点事实上在于,她们并不具备那种围绕女性的子宫构建的"子宫道德"。

这种"子宫道德"的缺位,在诸多复仇女性形象身上都有所体现。其最为集中、尖锐的体现即女性为达到复仇目的进行的杀子情节。

剧作《美狄亚》中的美狄亚堪称文学传统中复仇女性的经典形象。美狄亚复仇行为的扩大化,表现为她将自己亲生的两个幼子杀害——这使得她的复仇行为蒙上强烈的暴力美学的色彩。

丧命于美狄亚手下的,是她亲生的儿子,并且,是她和伊阿宋亲生的儿子。一方面,复仇主体的寻求转向攻击的目标时,常常在找不到最合适的更弱者时,采取自杀的行为。而将在大多数文化构建的语境中被认为是"生命的延续"的幼子杀害的行为，实质上包含着对于自杀的指涉。另一方面，被杀死的同时也是伊阿宋的儿子，是处于延续状态的伊阿宋的生命。并且，在男性中心的社会中，一个男性的同性后代，关乎其权力、社会地位与名望。因此美狄亚杀子这一行为之所以体现出残忍的特质，不仅因为它体现着对于"母性"这一神话的破坏，还因为它含有一种"和负心汉同归于尽"的象征含义，而这种同归于尽之中包含着强烈的爱与同样强烈的恨。

驱使女性角色杀子的，常常是这样复杂交织的情感。《宠儿》中黑人女性角色赛丝，在出逃途中被追获。为了让自己的后代不再沦为奴隶，她决定将他们亲手处死。赛丝结束后代生命的做法，其残暴程度与美狄亚相比有过之而无不及。然而赛丝的出发点却是对后代的爱。如果有仇恨，她的仇恨是针对奴隶主和奴隶制度的。在《宠儿》的故事中，被赛丝亲手杀害的大女儿以鬼魂的形式回到人间，有报恩和复仇的双重含义。报恩的一面，宠儿想要和赛丝以及伊芙生活在一起，通过对于原生家庭生活的回归、融入，找回心中失落的爱。复仇的一面，由于自己被赛丝杀死，因此回到赛丝的生活中后，通过离间赛丝和她的伴侣，占有她的劳动时间，与她争吵，以及对于杀害事件的怨诉，让赛丝的生活支离破碎，生不如死。

杀子复仇的女性角色表达着对于"子宫道德"的否定，并且在一个围绕子宫构建的女性道德神话中造成了难以忽视的断裂。接下来的研究旨在从这处断裂出发，考察这一女性道德神话——它是如何表征女性，使女性"成为"女性，又是如何规范女性，约束女性，惩戒拒绝被约束的女性。

二 女性道德神话的解读

——不，凭那些住在下界的报仇神起誓，这一定不行，我不能让我的仇人侮辱我的孩儿！无论如何，他们非死不可！既然要死，我生了他们，就可以把他们杀死。命运既然这样注定了，便无法逃避。①

之所以美狄亚的杀子行为是"最残忍的行为"，是因为美狄亚的两个儿子是自己"最不该杀害的人"——因为他们幼小，不具备反抗能力，更因为他们是美狄亚亲生的后代。

女性道德神话的核心在于"子宫道德"。其形成与巩固过程同步于男性统治的确立过程。男性统治及其定义的权力结构，使得男女两种性别之间呈现出不平衡的对立关系。谈及性别的对立，就会无法避免地涉及对于处于对立中的性别究竟是人类个体先天具备的生理特质还是后天构建产物的思考。社会性别理论旗帜鲜明地支持构建论。并且，社会性别理论的建设为我们开辟出一种多元的、交叉的视角。借助这一视角，我们不难注意到，存在着太多和男性统治同构的权力关系，诸如阶层之间剥削与被剥削的关系，种族歧视的糟粕残留，基于年龄、生理特质、健康状况等因素的压迫和歧视等。遵从这种共时的取景方式，我们不难发现，种种现象支持并复述着构建论。然而围绕性别的种种麻烦又有其特殊性。生理性别、社会性别这一对细分的术语的提出，可以视作一种折中策略。该策略的局限性也是显而易见的。尤其当我们讨论男性统治时，会遇到一些节点，无法在构建论之下大而化之。

持构建论者一般认为，在体力、智力方面，个体差异大于性别差异。这种观点促使我们关注的焦点滑向阴茎和子宫。在弗洛伊德看来，女性"甘于被统治"始于发现自己"不具备阴茎"。我们无法对这个观点或相似观点进行严格意义上证明或证伪的操作。然而，显而易见的是，这一观点和弗洛伊德的体系中对于童年阶段的重视

---

① 美狄亚的台词，[希腊]欧里庇得斯：《欧里庇得斯悲剧二种》，罗念生译，人民文学出版社1979年版，第38页。

是一脉相承的。作为精神分析的某种工具，它挖掘并深化着对于童年阶段的认识。然而人类个体层面上存在的机制，直接照搬到整个人类社会发展的层面上来套用是否妥帖？人类社会中权力、资源的分配与再分配的标准，为什么可以理解为是所有个体童年经验中一些意识和无意识的加和？弗洛伊德的观点是立场性的，而我们也可以提出与之并置的观点。

首先，就人类个体而言，童年的重要性并不能否定其他阶段的（积极的或消极的）贡献。而在整个社会的意义上，其立法者、执法者和作为中坚力量的生产者、消费者，无疑是（处于育龄的）成年人。涉及这个群体，就不得不涉及社会分工。无论是从时间上，还是从空间上，"第一次社会分工"显而易见是基于生理的性别的，而这里生理的性别区分所聚焦的并非阴茎及其能够链接到的一系列形而上的所指，而是承担着生育功能的子宫。

当家族、种族的存续居于整个社会所有难题的核心位置时，子宫的第一拥有者即女性，便可毫无争议地占据更高的社会地位。这能从侧面印证母系社会的一度存在与繁荣。母系社会的衰落过程，事实上就是一个子宫被逐渐祛魅的过程，祛魅的结果就是，子宫成为家族、种族的财产。这时的女性，某种意义上已不是自己子宫的拥有者，并从权力者变为了被保护者。与此同时，客观环境的演变和生产力的发展使得生存与发展更加复杂化，男性通过占有子宫，进而实现了对失去子宫的女性的统治。

以生育为核心环节的，从受孕到养育后代这一劳动过程，是最早的基于性别的社会分工划分给女性的劳动内容，我们称之为母职劳动，事实上其内容已远远溢出母职规定的边界。伴随着如此的分工，女性获得了一定的性别红利，诸如在灾荒、战乱中得到保护（本质上是保护作为生产场所和生产工具的子宫），与此同时，作为个体的女性生存和发展所需的竞争力被削弱，而整个女性群体在社会权力框架中落入不利位置。遭到夺权的后果就是，母职劳动不再得到承认，很难想象出另一种劳动具备如此重要的价值，却不被支付相应的价格。这一剥削的核心策略是，"母性"作为美德被发明出来，并且围绕这种"子宫道德"，一个完整的女性道德神话传统被构建出来。

承担生育功能的子宫、已沦为一个使男性统治不断被认可的场所。男性借以实现统治地位的子宫，既是现实世界里实在的子宫，又是诸多功能的承担者，进而是语言的子宫、象征的子宫。在女性基于子宫进行自我认同的过程中，语言起着规训者的作用。漂浮在语言中的神话代替不在场的男性指导、规范着女性的言行，进一步使得女性自身向着被剥削的身份进行认同。

当这种认同全面完成并深化时，男性成为优势性别，于是男性在生理上的核心特征——阴茎，才拥有了自己居于高位的神话。而男性统治这一剥削与被剥削的社会关系，也在语言中和阴茎这一结构结合成多种隐喻，从而获得了它在象征层面上的种种合法性。这才使得处于幼年的男性儿童（已经浸入语言之中），在第一次发现阴茎时，会产生如同弗洛伊德所描述的那种感叹，并相应地产生对于被阉割的恐惧，而不是相反的——"为什么我要承受这个玩意长在身上"。也使得相应阶段的女性儿童，在第一次发觉自己没有阴茎时，其感叹的内容并非"幸亏我没有长那个玩意"。

简而言之，男性统治的确立是历史的，这一历史过程始于基于生理性别。具体而言，基于子宫的人口生产功能。这一分工的结果是使得女性失去子宫并在婚姻制度的规范之下，成为男性的私有财产。在这个过程中男性根据子宫的物理形状与生理功能为女性量身定制了道德神话，这种神话与现实层面上的子宫之间的互为印证，使得男性统治构建的历史被抹去，使得男性统治的权力结构成为某种意义上的天经地义。女性对于这一道德神话的认同，使得男性的阴茎神话得到强化。

而与这一"正统的"神话传统并存的，通过阴谋设计、暴力行为等方式对其构成威胁的,是处在边缘位置的复仇女神的神话。女性复仇情节普遍带有一种以卵击石、螳臂当车的悲壮意味。其对立面不仅是某个或某些具体的人物角色,而是那个虚构的社会结构所影射的现实中的男权社会。一个较为典型的复仇女性角色,其身上往往结合着英雄、革命者、巫师、疯癫者、诱惑者等一系列原型。

三 对立于男性统治的女性复仇情节

> 当我停下来思考这些不常思考的东西时,在我看来,我们当中我最喜欢雅亿,我愿意成为雅亿。她忍受这折磨,因自己那严酷的逻辑和极端的胜利。这个仇恨的英雄,正如一个有着破碎的心的小丑。①

宽恕作为一种正面品质,是基督教教义的要求,也得到其他宗教的倡导。"以牙还牙,以眼还眼"的行为准则在《旧约》中是被认可的,但是在《新约》中,耶稣表示:"你们听见有话说,以眼还眼,以牙还牙。只是我告诉你们,不要与恶人作对。有人打你的右脸,连左脸也转过来由他打。"在多数时候,宽恕无可争议地体现着美德。

较之于男性,女性身上表现出的宽恕得到了更多的肯定,与此同时,女性的攻击性是被否定的。宽恕是女性背负的道德任务。因此文学叙事中的女性复仇情节,因其复仇女性对于宽恕的背离,以及表现出了被认为不应属于女性的攻击性,而不同程度地表现出对

---

① 这一段为笔者翻译,来自 Joanna Russ, *The Female Man*, Lee's Summit: Beacon Press, 2000: 151, 原文为: I think—when I stop to think about it, which is not often—that I like Jael the best of us all, that I would like to be Jael, twisted as she is on the rack of her own hard logic, triumphant in her extremity, the hateful hero with the broken heart, which is like being the clown with the broken heart。

于女性道德神话的颠覆，和对于男性统治的漠视甚至对立。因此无论何种女性复仇情节，都本质地挑战着男性统治。

女性复仇情节可以按照是维护男性统治还是对立于男性统治来进行区分讨论。这一区分并不是绝对的，并且越接近这一分界线的女性复仇情节，就越具备具体讨论的价值。就复仇女性角色而言，存在其行动的动机和结果在对男性统治是维护还是反抗方面并不一致的可能性；就该文学作品的作者而言，其性别观和对于女性的态度与作品中角色身上所体现的并不一定完全一致；最重要的，性别平等的推动是一个历史的过程，因此一些曾经体现着较为进步的性别观，甚至一度在现实中产生影响并提升了女性地位的作品，如今看来，可能也包含着一些男权的糟粕，与此同时，性别平等的推进进程，女性获得权利和自由的进程，并不是完全和文学史同步发展的，更不是与时间轴严格平行的。以上种种断裂，使得相关作品呈现出参差多态的面貌。

维护男性统治的女性复仇故事，集中体现在一些"为父复仇""为夫复仇""为子复仇"的情节中。这不仅是由其父、其夫或其子的性别决定的。女性在社会结构中，是属于这些男性家庭成员的，因此其复仇行为应被视为维护男性统治的行为。与此同时，在文学作品中，还存在着以某种看似反抗的姿态维护男性统治的女性复仇情节。尽管她们戴着疯女人的面具，指导其行动的动机却是一颗天使的心。这些女性角色提供了无数的范例，呈现出在男性统治之下，一个女性怎样成为一个庞大的权力机制中的一枚棋子。

尽管表现出对男性统治的维护，这类作品的进步意义不容忽视。在文学形象库中，不乏被束腰和裙撑制约着的、稍有惊吓就会晕倒的淑女，亦有缠着三寸金莲、足不出户的"三从四德"观念的女信徒。而哪怕是维护男性统治的女性复仇情节，至少也认可并彰显了女性的智谋与力量。

而另一类女性复仇情节中，除智谋与力量外，复仇女性角色身上还体现着对于自由、权利、平等的渴望。她们剑拔弩张地站在男性统治的对立面。这样的女性角色要么是以美狄亚式残暴、决绝的个体形式出现，要么是以阿玛宗式的女性团体出现。乔安娜·拉斯的小说《女男人》就呈现着这样的女性乌托邦。四个女性形象中，雅亿代表着最为激进的女权主义立场。

曾经保守的雅亿认为即便女性是暴力或者强奸的对象时，也不仅仅是受害者，还以某种奇怪的方式，同时也是罪恶的共犯。而那种秘密的罪恶，内化于女性的阴道象征性的缺陷。经过了觉醒的雅亿为女性受害者的痛苦向所有男性进行暴力复仇，试图用另一种集权将男权取代。

小说中的另一个女孩乔安娜，是作者本人虚构的化身。乔安娜的行动开始于这样一个事件：

> 昨天我首次开展了自己的革命行动。我将一个男人的拇指夹在房门上。我这样做没有任何理由，也没有给他警告，只是在一阵仇恨的冲动下，"呼"的一声关上房门，同时想象着骨头折断，门轴将他的皮肉碾碎。①

尽管并不像雅亿一样用利爪撕破男性的血肉，进行残暴的谋杀，然而乔安娜接受了"通过罪恶创造现实"的做法，并承担了记录她们团伙事迹的小说的撰写工作。

另外，文学作品里常见的"痴心女子负心汉"的女性复仇情节耐人寻味。一方面，此类情节中复仇女性角色通过计谋、暴力等方式，与"负心汉"斗智斗勇，使其受创；另一方面，此类情节不但

---

① 来自 Joanna Russ, *The Female Man*, Lee's Summit：Beacon Press, 2000：144，笔者所翻译，原文为：I committed my first revolutionary act yesterday. I shut the door on a man's thumb. I did it for no reason at all and I didn't warn him; I just slammed the door shut in a rapture of hatred and imagined the bone breaking and the edges grinding into his skin。

没有动摇，反而顺应并强化了夫权。

第三节　墨纪拉之辩——女性复仇书写与社会性别理论

一　"女性特质"与女性复仇情节

"我是乔瑟夫·罗曼诺的秘书。一星期以前他让我从银行为他订一批新的空白支票。我把这件事忘得一干二净，现在旧支票就要用完了。他假如发现我没执行他的指示，不知道会怎么处罚我。"女郎以柔美的嗓音急促地说出这番话。

乔瑟夫·罗曼诺，这个名字莱斯特太熟悉了。他是银行重视的阔主顾之一，尽管他的户头里只存了不大的一笔款子。人人都知道，他主要的钱财都秘密地藏了起来。

他真会挑选秘书，莱斯特想。他又朝她一笑，说："噢，这不是什么大不了的事情。请问太太贵姓？……"

"我是哈特福德小姐。露琳·哈特福德。"①

被认为是"女性化的"性别表达，散落在女性个体生活实践的诸多方面。使得女性"成为女性"的表达，表现为一些特定的性格特质、言语、着装风格、职业选择等。

在带有女性复仇情节的小说作品中，"女性化的"性别表达常常成为复仇取得成功的促进甚至保证。《假如明天来临》中的特蕾西在报复恶霸团伙的过程中反复乔装打扮并利用自己的性魅力获取一些男性无法获取的资源和协助。《消失的爱人》中的艾米更是将自身的

---

①　[美]西德尼·谢尔顿：《假如明天来临》，龚人、宁翊译，译林出版社2014年版，第112页。

"女性特质"运用得出神入化。她借助传媒的力量和公众舆论,让法律的天平始终倾向于自己。没有人会相信一个美丽、柔弱并怀有身孕的女子其实是操纵阴谋陷害甚至杀害他人的不法之徒。女性通过强化自己"身为弱者"的身份,或自己妻子、母亲的身份,可以使得复仇客体放松对其的警惕。与此同时,女性借助自身的性魅力,可以打入并颠覆男性主导、构建的权力结构,在文学作品中呈现出一种"四两拨千斤"的情节张力。

在女性复仇情节中,女性角色对于女性特质的运用常常是被夸大的。这一方面强化了某种对于女性之"阴险""狠毒"的想象,助长了对女性的妖魔化。另一方面,那些普遍被认为男性应该具备的品质,诸如勇敢、有力量、有担当等,实际上同时也是女性能够并且应该被鼓励具备的品质,然而这些品质在复仇女性角色身上,或被压抑,或被扭曲为这些特质的"阴性镜像":勇敢被扭曲为不顾大局,力量被扭曲为阴险,有担当被扭曲为自私自利等。

小说中女性复仇的行为常常表现为"扩大化"的,这是对于"女性缺乏理性"这一观点的具体化。并且在女性复仇的情节中,常常出现"踢猫效应"。"踢猫效应"即被强者伤害后,采取伤害更弱者的方法来宣泄心中的情绪。得名于一个小故事:勤杂工被老板训斥后,负面情绪使他忍不住踢了一脚地上的猫。

在文学作品中,女性会在复仇动机的驱使下,做出自残甚至自杀的行为,而同样的情况极少发生在男性身上。在《秀拉》中,被同龄的男孩追打的秀拉,通过砍自己的手来对对手进行震慑。在其他文学作品中,一些被侮辱与受损害的女性,采取了自杀的方式而非对加害者进行复仇。这种自残、自杀行为是一种内指的暴力行为,是用极端的方式对自己的清白进行宣判,或者是一种仪式化的行为,用来威慑对方。

除此之外,女性复仇情节常常融入超自然的因素,具体表现为女鬼对生前仇人的报复。作品中恐怖的因素能够对受众起到净化作用，与此同时，女鬼的背景还包括"灵魂不死"等宗教、迷信领域的传统。在东方的文化背景中，男性属阳，女性属阴，女鬼的形象是女性形象的构建机制发挥到极端的产物，创作者用规定女性的模型改造出女鬼。

另外，我们不难发现在一些男性复仇情节中，作为复仇主体的男性形象身上也体现出不容忽视的女性特质。比如《呼啸山庄》中的希斯克利夫，其外在于父系家族的养子身份，其气质中对立于社会文明的自然的属性，都是其非男性特质的体现——这种体现在其与凯瑟琳的兄弟、丈夫的对比中尤为明显。

也存在着另外一些小说，其中复仇女性形象，是通过放弃女性特质，使得自己中性化或者具备一些男性特质，才实现了复仇计划的。

这不得不使我们猜想，事实上文学当中承载"女性复仇故事"的文本，是从不同层面、不同角度对于女性觉醒和女性对于男性统治的反抗的一系列改写。无论是阴间报复阳间，自然报复人类文明，还是较低阶层报复较高阶层。其中的同构关系呈现出一种来源于"她者"的蓄势待发的仇恨和力量。

二 由"女性特质"到社会性别理论

我想，对大多数人来说，找它是件麻烦事，可悲，主啊，感情就像蹩脚货色。

它？我问。

对。它。上帝既不是她也不是他，而是它。

它长得什么样？我问。

什么都不像，她说。它不是电影。它不是你看得见摸得着的东西，不是跟别的东西，包括你自己在内的一切东西分得开的东西。我相信上帝就是一切，莎格说。现在的一切，从前的

第九章　美国现代小说女性复仇书写　✸✸　341

一切，将来的一切。你这么想的时候，你因为有这种想法而感到快乐的时候，你就找到它了。①

　　还是像莎格说的，你眼睛里没有了男人，你才能看到一切。
　　男人腐蚀一切，莎格说。他坐在你的粮食箱上，待在你的脑子里，收音机里。他要让你以为他无所不在。你相信他无所不在的话，你就会以为他就是上帝。可他不是。如果你在做祷告，而男人堂而皇之地一屁股坐下来接受你的祷告的话，你就叫他滚蛋，莎格说。你就用魔法召来花朵、风、水、大石头。
　　可是这很难办到。他在那座位上坐了很久，他不肯动弹了。②

　　对立于生理性别的社会性别这一概念，为更为多元、多样的性别观提供了土壤。
　　构建性别这一概念的机制是区分作用，性别作为这种区分作用的产物，本身也定义出一种更为具体的区分模式。性别从自身出发，向着性别相关领域的外部，在社会文化中构建出种种不对等的二元对立，在这样的二元对立中，往往呈现为一极积极、正面、主动、有力、丰富，另一极消极、负面、被动、无力、匮乏，这使得男女之间的性别区分，及其通过象征确立并隐藏起来的权力关系，成为某种在自然界以及自然科学领域存在证据的必然。而在第二个方向上，也就是性别相关领域相对内部的空间中，这种区分也在不断发挥作用，一方面，原本的男女两性的基础上，又从解剖学特征、心理认同、性别表达等维度，区分出更多元的性别范畴，诸如存在于西方社交话语中的 56 种性别的区分模式；另一方面，在同性恋群体当中，也出现了一方阳刚，另一方阴柔模式的子群体的划分，朱迪

---

①　[美]艾丽丝·沃克：《紫色》，陶洁译，译林出版社 1998 年版，第 148、149 页。
②　同上书，第 151 页。

斯·巴特勒指出，在非异性恋的框架里对异性恋建构的复制，凸显了所谓异性恋的真品（original）在本质上全然是建构的。因此，同性恋之于异性恋，并非复制品对真品而是复制品对复制品的关系。①在性别认同与表达性倾向中的种种区分，使得性别领域显示出带有政治意味的多元的景观。这种多元脱胎于其中的区分机制，反而被这种多元威胁甚至消解。这种区分内在地含有否定自身的因素，从一个侧面说明了这种区分机制及其产物，并非是本质的，也并非是永恒的常量。

通过构建作用为自身争取正统地位的构建论，及与其相关的社会性别这一概念，包括当下性别领域多元化的景观，能够为公共知识领域诸多性别相关的问题提供回应。然而，在面临实际存在的若干难题时，这些理论产物与实践之间依然存在着难以弥合的断裂。因此通过进一步区分来取消区分，以实现政治层面上的性别平等，这一策略存在着局限性。这一策略的正确获取性以压抑、泛化甚至抹去性别之间天然的、生理的差异为代价。

这一策略干预下营造出的性别文化环境自由、开放、包容性强，并且有（广义的）政治力量对这种自由予以保护。男性统治之下的女性的政治诉求在这种干预下，被转化为文化诉求，其声音被凝缩成嘹亮、空洞的口号，从而使得政治实践变成艺术创造，进而政治运动自动沦为行为艺术。社会性别这一概念应用到某些社会实践中，使得女性从奥威尔②的世界，进入赫胥黎③的世界。

---

① ［美］朱迪斯·巴特勒：《性别麻烦：女性主义与身份的颠覆》，宋素凤译，上海三联书店2009年版，第44页。

② 乔治·奥威尔（1903—1950），英国作家，代表作《1984》是一部杰出的政治寓言小说，也是一部幻想小说。作品刻画了人类在极权主义社会的生存状态，有若一个永不褪色的警示标签，警醒世人提防这种预想中的黑暗成为现实。

③ 阿道司·赫胥黎（1894—1963），英国作家，共写作了50多部小说、诗歌、哲学著作和游记，其中最著名的作品是长篇小说《美丽新世界》。《美丽新世界》是20世纪最经典的反乌托邦文学之一。这部作品与乔治·奥威尔的《1984》、扎米亚京的《我们》并称为"反乌托邦"三书，在国内外思想界影响深远。

占据统治地位的男性接纳甚至厚待来自其他阶级的"行为艺术家"们和其自发成立的组织和机构,并在不威胁自身统治的情况下,选择性地认同其美学理念,从而实现对其的收编。在"多元"与"平等"的共同作用下,所有的"元"被归置到同一个层面——文化层面中。这样一来,男性统治岿然不动地高居繁荣的文化景观之上。

围绕女性的种种麻烦、种种生存难题,我们必须从历史的视角考察性别的建构与性别观的生成(即第一节中的阐述)。在这一考察过程中,构建论可以成为考古工作展开所需的探铲。生理性别与社会性别也并非结合在一个理论框架中的,而是结合在女性对自身的认同和生命体验中。

上述论证也进一步呈现出一种迷思:这种区分机制与语言之间是否存在构建关系?如果这种区分机制构建了语言,或与语言之间互相构建、渗透,那么作为被统治者的女性群体,在思考统治者或者自身,或更确切地说,思考自己与统治者的关系时,只拥有与统治者相同的认识工具,而这些工具不过是统治关系的被归并形式。

我们已经能够看到一些现象作为这种迷思的具体化呈现。诸如生态女权主义理论体系呈现出的总体的隐喻关系,将男性和一系列带有侵略、破坏性质的进程放在一起,诸如工业的发展,对自然资源的开发,与此同时,在这一理论范畴中,与女性归为一类的是自然、土地等存在。这个理论分支的框架显而易见来自第一次区分的区分机制。

也存在着一种超越那种区分机制的努力。诸如设想一个属于女性的,带有无政府性质的乌托邦,以及对于真正意义上的"女性的文学"的强调。

然而哪怕不考虑沉重的文学传统,不考虑"女性的文学"与其外部世界进行对话的难度以及对话过程中被收编的危险性,只就"女性的文学"本身的可行性来思考,情况也并不乐观。事实上,开创专属于女性的文学,并非进行"非逻各斯中心主义的"、挑战既定文体分类的、意识流大行其道的甚至梦呓般的文学创作,亦非在创作中处处体现女权意识或对女性的共同经验进行大书特书。显而易见的悖论在于,专属于女性的文学的前提是存在女性的语言。

现存并广泛使用的语言中鲜有真正意义上的中性的、无性别的语言。在英语中,并列成分做主语时,谓语动词的选择要以并列主语中男性或雄性的成分的单复数进行处理。在汉语普通话中,一个男女均有的集合被代词指代时,只要其中含有男性个体,便采用"他们"而不是"她们"当作第三人称代词。而法语中,词汇则被分为阳性和阴性。从语法层面,到语素的层面,处处体现着男性中心的原则。在英语中,对比 prince 和 princess 便不难看出女性的、雌性的被构词法规定为次要的、第二位的。在汉语中,造字原则中处处体现着对女性的矮化和污名化,以"女"作为部首的字中,不乏诸如"奸""奴""妒""妖"这样表达消极、负面含义的字。事实上,在一些性别平等进程推进较快的国家和地区,已经能够看到从语言、文字方面消灭性别歧视的努力。2015 年,介于"他"(han)和"她"(hon)之间的中性第三人称代词"hen"被收入新版瑞典语官方词典。

绝对的女性文学不存在,就好像绝对的黑人文学、工人文学,绝对的同性恋文学无法存在一样——尽管黑人、工人、同性恋等群体中存在很大数量的男性,可这并不说明文学是被一部分资产阶级的白人男性异性恋者垄断的。事实上这种交叉视角表明,文学带有对话的性质,不存在专属于女性的文学,但是文学却提供了一个女性可以发声、表达的空间。在这一空间中女性获得了一定程度的自由,这种自由使得文学话语较之政治和经济的发展状况而言可以出现超前、滞后或偏离。因此我们从交叉视角和文本的开放性角度思考女性文学的可能性,会发现一些契机。女性文学、女性写作和带有女性意识的作品,都不应该是故步自封的,而应该是处于对话、交往过程中的开放的文本。

在本次研究所选的小说中，存在大量文本当中的"元书写"，即在女性复仇书写当中，复仇女性角色又在复仇计划中进行写作。如《消失的爱人》中艾米的日记，艾米为了使出轨的丈夫尼克陷入不义，复仇计划酝酿伊始，便开始写一本日记。在这本日记当中，她将自己包装为一个深情款款、稍显多愁善感的好妻子，一个偶尔流露出幽默感的"酷妞"，一个对丈夫、对亲人和朋友充满关爱的女性。在艾米失踪后，这本日记为艾米博得同情，煽动警方与社会舆论把矛头指向尼克。而艾米在另一本更为隐秘的日记中，淋漓尽致地呈现了真正的自己。因此，艾米公之于众的那本日记，是一次文学行动，是一部带有虚构性质的文学作品，某种意义上，艾米是通过文学创作实现了复仇计划。

严格地讲，书信体小说《紫色》当中并没有包含阴谋或暴力的复仇情节。然而将之纳入研究范围，主要是基于对其中尖锐的矛盾冲突与主人公的成长与蜕变的考虑，使其能够成为研究其他作品时一个有意义的价值参照。《紫色》中女性主人公西丽所受到的身心创伤并不比我们所选的其他小说中的女主人公少，因此在小说的叙事中，矛盾冲突的积累、激化使得读者的期待视野中含有了对西丽复仇行为的期待。然而西丽最后并没有采取复仇行为，也没有选择宽恕或原谅。她个人成长的关键在于离家出走，出走行动代表着与过去的诀别，这是一种温和的、仪式化的反抗。而使得出走行为渐渐成行的铺垫，是西丽写给上帝的一封一封信件，以及西丽和其他几位女性之间的通信——这些信件构成了小说的主体。而西丽写信的过程不仅仅是对自身命运之悲惨的宣泄或升华过程，还是她实现成长、超越自我、获得信念和力量的过程。

另外，诸如《天衣无缝》中的莱斯莉等复仇女性角色，都拥有写日记、写信甚至进行文学创作的习惯。不难想象，日记和书信是女性作家难以靠写作养活自己甚至饱受非议时，为数不多的可以合法书写的文体,这类文体还包括账单、便条、贺卡等。这类文体尽管无法获得公开出版的机会,却也承载着女性的才思、情感、创造力,是女性写作的前史,是女性文学传统埋藏在历史地表之下的部分。这些日记、信件和文学文本,或多或少地出现在小说中。而在《狐火》和《女男人》所讲述的女性团体中,甚至存在着一名通过撰写小说来记录团体事迹的角色。这一系列"元书写"带来这样的启发:"女性的文学"并不一定需要遵循女性的语法,取材于女性专属的词库,也没必要并且不应该自绝于那个被尊为正典的、属于男性的文学传统。女性文学的根本特征与归宿指向一种对女性的述行与赋权。女性文学可以是能够给予处于边缘和低位的"她"以启发和力量的文学。

三 厌女倾向与女性复仇情节

"我会流血死掉的!"凯丽尖叫着,一只手盲目地挥舞着,结果抓到了德斯佳汀小姐的白短裤,在上面留下了一个血手印。

"我……你……"体育老师厌恶地一下子皱起眉头,她突然拖起凯丽,把她扔到一边。"到那边去!"

凯丽在莲蓬头和安着投币式卫生巾自动售货机的墙之间摇摇晃晃地站着,身体前倾,乳房垂向地面,双臂无力地晃悠着。她看上去活像一只大猩猩。她的眼睛发着光,却空洞无神。

"现在,"德斯佳汀小姐咬牙切齿地强调着,"你拿出一条卫生巾……别管投币孔,它是坏的……抽出一条……他妈的,你会不会用呀!你这样子好像从没来过月经似的。"

"月经?"凯丽说。①

---

① [美]史蒂芬·金:《凯丽》,陈体仁译,中国对外翻译出版公司1996年版,第7页。

在《凯丽》（又译作《魔女嘉莉》）中，女性主人公凯丽最初是个"受气包"，在承受了来自家庭、学校等多方面的伤害后，她潜在的超自然能力爆发，开始了一系列的复仇行动。而在小说的开头，作为导火索的事件，是凯丽的月经初潮。她并未从周围获得任何关心和帮助，取而代之的是同学的霸凌行为、老师的冷嘲热讽和母亲的毒打。

一直以来，女性的月经被认为是不洁的，并与疾病、厄运和对神的亵渎联系在一起。这些观念反映出的正是普遍存在的厌女倾向。

"厌女"是男性统治的核心溢出并弥漫在社会生活方方面面的外延。这使得"为何有些看似是对女性进行正面肯定的表述中也体现着'厌女'倾向"和"为何有些人身为女性也会做出一些'厌女'的言行"等问题的答案变得不难寻找。事实上，"厌女"倾向的核心在于"男性优于女性"的观念。所以这一倾向所体现的并非性别之间的对立或性别内部的个体对立，而是一种被构建出的优劣秩序。厌女症弥漫在这个秩序体制之中，如同物体的重力般，因为太理所当然而使人几乎意识不到它的存在。①

在社会生活中，"厌女"倾向的具体表现随处可见。在公众话语中，男性和女性两种性别并非对等的对立，而是一种男性居于上、居于优势地位而女性次之的对立。

文学创作领域曾长期被男性垄断。在男性掌握发言权的这一领域，带有"厌女"倾向的作品层出不穷。

需要厘清几个层面：在文学作品中，某个或某些角色的"厌女"言行，并不等于作者持同样或相反观点；作者本身对女性的尊重程度，也不等同于其作品中所体现的。作品是相对独立的。尤其是当考虑到作者创作时，存在诸多无意识和非理性的因素的参与，我们与其将讨论表述为"作品中如何体现出厌女倾向"，不如更确切地表

---

① ［日］上野千鹤子：《厌女》，王兰译，上海三联书店2015年版，第1页。

述为"厌女倾向以何种程度和怎样的方进入作品中"。

厌女倾向进入作品的方式表现在男性作家的作品中时,有时是直接的贬低、排斥女性的言论,或者对女性进行矮化、丑化的描写。然而还有很大一部分男性作家,对于女性所持的态度是复杂的。一方面,他的作品中存在着对于女性正面的描写和评价。然而这背后体现出的并非尊重,而是一种居高临下的爱护。事实上,从性别视角出发进行的文学研究,并非对于作者的某种苛求。作品中对于女性的肯定是阶段性的、相对的。比如在女性地位极低的时代,一部文学作品,能够为女性的智慧和能力正名,便已具备极大的进步意义。女性作家的作品中也会以相似的形式或多或少体现厌女的倾向。

在包含女性复仇情节的小说作品中,厌女倾向常常表现为对复仇女性角色进行的妖魔化。而这种妖魔化的书写,能够得到接受者接纳的大众心理基础,也即普遍存在的厌女倾向。

《凯丽》中主人公凯丽的形象塑造,即体现着这种妖魔化。凯丽从一个备受欺凌的女学生,到她体内超自然的力量苏醒、爆发,最终呈现在读者面前的是一个少女形态的克苏鲁[①]——能够被人的第六感感知到的能量、邪恶、污秽,体现着纯粹的恶。

> 当她爬上亨利·德雷恩牧场和骑士酒吧之间的路堤时,她的第一印象是凯丽已经死了。她的身体正在停车场的中央,看上去怪异地变成了萎缩的一团。苏想起了在95号公路上看见的被飞驶的卡车和客货两用轿车碾死的动物——旱獭、土拨鼠、黄鼠狼等。
>
> 但那幽灵仍在她脑中顽固地震颤着,不停地重复着凯丽·

[①] 克苏鲁是美国小说家霍华德·菲利普·洛夫克拉夫特所创造的克苏鲁神话中的一个邪恶存在,是旧日支配者之一,虽然不是地位最高的,却是最知名的,也是克苏鲁神话的形象代表。克苏鲁(Cthulhu),沉睡之神,拉莱耶之主,象征"水"的存在之一,形象为章鱼头、人身,背上有蝙蝠翅膀的巨人。

怀特的人格呼号。凯丽的本体，格式塔。它现在沉默了，不再用小号尖利地宣告自己的存在，而是稳定地抑扬起伏。

无意识的。①

苏突然被恐怖所淹没，更糟糕的是她无法找到一个词形容它：这个躺在油迹斑斑的沥青路上流血的怪人，在痛苦和死亡面前，似乎突然变得毫无意义和可怕起来。②

而与小说开头凯丽的遭遇遥相呼应的是，结尾处，苏珊·斯奈尔感到暗色的经血正在她的大腿上慢慢地往下淌。对凯丽这一形象的塑造过程中作者有意或无意的厌女倾向的体现在于，事实上凯丽所拥有的超自然的力量，以及妖魔化的形象，完全可以理解为一种隐喻，而其在现实中的本体，是女性的非理性。这种对于女性非理性的表述不仅出现在文学文本中，其效果是将女性排斥在逻各斯中心主义构建的秩序之外。

第四节　底西福涅之恋——女性复仇书写与情感叙事

一　完成血亲复仇使命的女性复仇情节

特蕾西没有答话，她的胸中充满了一种陌生的感情：仇恨。她暗中发誓：乔·罗曼诺害死了我妈妈，我决不能放过他!③

---

① ［美］史蒂芬·金：《凯丽》，陈体仁译，中国对外翻译出版公司1996年版，第172页。
② 同上书，第175页。
③ ［美］西德尼·谢尔顿：《假如明天来临》，龚人、宁翊译，译林出版社2014年版，第94页。

有必要将目光转向《哈姆雷特》,这个广为人知的故事同样是关于复仇的。父亲的鬼魂将复仇的使命传递给哈姆雷特,哈姆雷特不得不面对那个经典的"to be or not to be"的抉择——是否要继承来自父亲的这笔沉重的遗产——复仇的任务。相似的叙事不仅仅出现在西方的经典中,在中国古代也有眉间尺为其父干将复仇的故事。这种血亲复仇故事里,其实带有一种父权制家庭代际传承的色彩。被选中的后代在完成复仇之前,无权选择个人层面上的幸福生活。在《假如明天来临》中,为母复仇阶段的特蕾西,事实上也发挥着此类继承者的功能。后期的特蕾西,已经渐渐失去了曾助她一臂之力的女性特质——集中表现为她对于婚姻的拒绝——并向侠盗这一主要功能为劫富济贫的英雄模板靠拢。其命运已溢出文学传统中为女性角色量身打造的若干模式。因此在某种意义上,特蕾西经过复仇行动,已然被去性别化了。这种为长辈复仇的模式,是外指的,与被构建出的阴茎的功能在象征的层面上同构。在经典的复仇叙事中,围绕阴茎的是"置之于死地而后生"的模式,并通过这一过程创造出男性的英雄。

在文学作品中,存在着数量庞大的女性,即便担有为血亲复仇的使命,并且怀有复仇的决心,也最终未能完成复仇行动。《接骨师之女》中的宝姨便是一例。宝姨拒绝了棺材铺张老板提亲时所说的话颇具新女性的进步色彩。

> 到底是谁羞辱谁?你要我给你做妾,娶回去伺候你老婆。我可不要做这种封建婚姻的奴隶。[①]

然而这义正词严的拒绝却令张老板感觉被羞辱。于是张老板在宝姨的婚礼上大闹,在掠夺财物的同时,也夺走了宝姨的父亲与未

---

① [美]谭恩美:《接骨师之女》,张坤译,上海译文出版社2006年版,第143页。

第九章 美国现代小说女性复仇书写

婚夫的性命。悲痛欲绝的宝姨试图自杀,却被惧怕鬼魂的婆家人救活。肚子里的胎儿成了宝姨活下去唯一的指望,然而在家族中,宝姨承担着照顾后代的任务,却得不到作为生母应有的"名分",如此忍辱负重一辈子,晚景凄凉。

除此之外,在血亲关系中,女性除了可以成为女儿外,还可以成为母亲。以"母性"为核心的子宫伦理也不断得到确证或受到挑战。在"母性"的神话中,承担孕育功能的子宫的地位是高于其解剖学上的所有者的女性的地位的。这种地位差在一些极端情况下才会显示。小说情节中存在着一些矛盾,使女性角色面临伦理的抉择:要不要生育仇人的后代?要不要生育强奸犯的后代?要不要生育乱伦关系产生的孩子?

子宫伦理要求女性生育强奸犯的后代,而这种极端的矛盾冲突加诸女性之上的要求,溢出了所处语境的边界,成为对于女性群体普适、温和的规训。在这种规训之下形成的性秩序,又持续不断地生产着压迫女性的机制。

在《紫色》当中,黑人女孩西丽年少时屡次遭受继父强暴,并两度产下婴儿。而这些经历在西丽写给上帝的信件中,是轻描淡写的——这种轻描淡写或许是因为西丽的懵懂无知,或许是因为她已经麻木,如果身边随处可见这种暴行的话,耳濡目染会使人见怪不怪。

> 我妈妈死了。她呼喊着叫骂着死去了。她冲着我大声叫嚷。她咒骂我。我肚子大了。我走不快。等我从井边回到家里,我打的水都温乎了。等我把托盘拿来,饭菜都已凉了。等我把孩子一个个打发去上学,又快到吃晚饭的时候了。他别的话都不说。他只是坐在床边握着她的手哭哭啼啼地说,别离开我,别走。
>
> 生第一个的时候,她问我是谁的?我说是上帝的。我不认

识别的男人，也不知道还有什么话可说。我的肚子突然一阵疼痛，肚子动了起来，一个小娃娃从我那个地方掉了出来，啃着手指头。当时我真是吓了一大跳。

没有人来看望我们。

她病得越来越厉害。

后来她问孩子在哪儿？

我说上帝拿走了。

是他拿走的。他趁我睡觉的时候抱走的。抱到外边树林里杀了。他要是有办法的话，会把这个也杀了的。①

而正如西丽的复仇是通过反抗家暴和离家出走象征性地完成一样，很多矛盾，很多西丽受到的创伤，都并未得到严格的清算。这种温和性体现在小说安排的带有巧合意味的"大团圆"结局之中——西丽的妹妹在异国他乡遇到的牧师一家，刚好收养了西丽的继父强暴她所生下的那两个孩子。这使得西丽绕开了"杀子还是将其养大"的两难抉择，在其完成了成长与蜕变后，成长为一个新女性，得以与两个孩子团聚。

令人不寒而栗的是——我们不难想象，现实中存在的西丽们与西丽所产下的孩子们其命运走向是怎样的。

二 爱情复仇经典模式中的女性角色和男性角色

奥列佛坐在长沙发椅上，紧靠在她旁边。"莱斯莉，我想问一下，你恨我吗？"

她缓慢地摇摇头。"不。我想，我曾经恨过你。"她不自在地笑了笑。"我以为，在某种程度上，那正是促使我成功的

---

① ［美］艾丽丝·沃克:《紫色》，陶洁译，译林出版社1998年版，第4页。

原因。"

"我不明白。"

"奥列佛,我曾经想向你报仇。我买了多家报社、众多的电视台,这样好向你进攻。你是我唯一爱着的男人。当你——当你抛弃我的时候,我以为我无法忍受。"她强忍着泪水。

奥列佛搂住了她。"莱斯莉——"接着他的嘴便凑近了她的,两人热烈地吻着。①

同出自西德尼·谢尔顿之手的《天衣无缝》,其贯穿始末的情节也是女性复仇。不同的是,《假如明天来临》中的特蕾西是为被陷害致死的母亲复仇,而《天衣无缝》中的莱斯莉却是为了爱情——为了报复那个为了追求权势而背叛自己的男人。和特蕾西相似的是,莱斯莉精明、果敢、善用计谋。

前面的章节中,这种"痴情女子负心汉"的模式已经得到了简单的讨论。而那些讨论牵出的问题,将在接下来的论述中得到剖析。

宏观来看,我们不难发现"痴情女子负心汉"模式中那些不容乐观的因素:对于夫权的顺应、强化,对于婚姻之于女性的价值的高估,对于女性之间彼此嫉妒、互相中伤的行为的呈现等。并且,与"痴情女子负心汉"模式同源的另外几种叙事模式,带有更多的处于性别平等对立面的、否定女性的权利与自由的因素。如"宫斗""婚姻遭遇第三者"模式中普遍存在对男性多偶行为的认同和厌女倾向,或类似于"杜十娘怒沉百宝箱"的"弃妇自杀"模式中对女性力量的否定。

然而文学之为文学,小说之为小说,其定义与传统决定了我们不能用简单粗暴的价值判断对其进行肯定或否定。促使本次研究向

---

① [美] 西德尼·谢尔顿:《天衣无缝》,朱萍译,译林出版社1998年版,第177、178页。

前进行的，并非绝对的结论。因此下面的论述，以获得启发性的发现为导向，从微观处，比较地、批判地看待"痴情女子负心汉"模式。

这是在《天衣无缝》开头，主人公莱斯莉记日记的相关叙述：

> 莱斯莉在日记本的第一页劈头就写道：
> 心爱的日记：今天上午，我碰到了我要嫁的男人。①

而与之相呼应的是，在那个莱斯莉曾经希望与之结婚的男人，那个为了更高的社会地位和更多的社会资源而背叛爱情、将莱斯莉抛弃的奥列佛，与那个能让自己平步青云的女人的婚礼当天，莱斯莉在日记本的最后一页记下了日记：

> 牧师还在说："……如果有人知道这一对夫妇不该在一起举行神圣的婚礼，请他现在就说出来，否则就永远要……"他抬起了头，看到了莱斯莉，"永远要保持安宁。"
> 人们情不自禁地抬头转向莱斯莉，人群中开始有了窃窃耳语声。大家感觉到：他们就要目睹一场戏剧性的场面，教堂里顿时充满了紧张气氛。
> 牧师稍等了片刻，接着紧张地清了清嗓子。他说："那好，奉上帝赋予我的权力，我现在宣布：你们结为夫妇。"他如释重负地说："你可以吻新娘。"
> 牧师又抬起了头，莱斯莉已经走了。②

莱斯莉在日记本的最后一页写道：

---

① [美]西德尼·谢尔顿：《天衣无缝》，朱萍译，译林出版社1998年版，第1页。
② 同上书，第26、27页。

第九章　美国现代小说女性复仇书写

　　心爱的日记：这是一场极好的婚礼。奥列佛的新娘楚楚动人。她穿着白绸缎婚礼服，很漂亮。婚服上面是三角背心，波莱罗短上衣。奥列佛看上去比以往更英俊。他似乎很幸福。我感到高兴。

　　由于我和他一切已经结束，我要让他后悔自己来到这个世界上。①

　　这则日记是莱斯莉对爱情的告别，也是她的复仇宣言。而处在这两则日记之间的叙述中，贯穿着对莱斯莉与前未婚夫奥列佛的爱情的刻画。这些内容中呈现的对于爱情怀有美好期待的莱斯莉的形象，与后文中那个老谋深算、手段毒辣的莱斯莉的形象之间鲜明的对比，是该小说艺术魅力的一大来源。

　　在女权主义理论体系中，女性对于男性在生理上的欲望，在心理上建立亲密关系的渴望，是被漠视甚至有时被否定的。在女性解放进程的特定阶段，这种漠视和否定是必然的，在某种意义上，也是必要的。但是随着这一进程的深化，这种倾向也亟须得到修正。如果拒绝赋予上述需求以合法性，就会对很大一部分女性构成另一种压迫。毕竟，生理欲望不会凭空消失，对异性恋的女性而言，与男性之间的亲密关系也无法用姐妹情谊替代。

　　这种模式能够经久不衰，也说明它具备内在的生命力，这意味着它处于变化和成长之中。在《紫色》中，西丽对于丈夫的不忠最初是忍气吞声和逆来顺受的，在与索菲亚的友谊中，西丽获得了成长，渐渐具备了平等意识和维护尊严的意识，然而这并没有促使西丽向第三者宣战争夺丈夫。相反，对于情敌莎格，西丽充满了好奇与热情，在莎格患病、遭遇荡妇羞辱、陷入无助时伸手相救，并在莎格的进一步启发下，成长为一名初具女权意识的女性。就西丽的

---

① ［美］西德尼·谢尔顿：《天衣无缝》，朱萍译，译林出版社1998年版，第27页。

婚姻来看，其丈夫"某某先生"——那个独断专行的"负心汉"——是无足轻重的。小说浓墨重彩凸显的是西丽与耐蒂的姐妹之情，与索菲亚和莎格带有"革命友谊"性质的情谊。

《紫色》的结局既非西丽给予丈夫"某某先生"惨痛的教训，甚至将其置于死地，亦非与之再续前缘，回到婚姻中建立较曾经而言更好的家庭。西丽的出走即婚姻关系的破裂，西丽的成长集中发生在婚姻之外，西丽的回归——与"某某先生"的重逢——是以彼此平等、志同道合的朋友的身份。这一"出走—回归"的路径事实上是循环上升的。西丽的故事为"出走的娜拉应该何去何从①"这一问题提供了一个答案。

男性也会因为爱情受挫而进行复仇。然而文学传统中并不存在"痴情汉子负心女"的叙事模式。男性作为复仇主体的爱情复仇，常常表现为决斗情节。这样的决斗不仅关系到所争夺的女性的所有权，还关乎男性的尊严和荣誉、社会地位和名望。男性特质被认为是富有占有欲和攻击性的，且敢于为了自身荣誉而冒险。与此同时，在类似的情节中女性是作为战利品出现的，是被动的、被争夺的、没有主动选择权的。

小说中两个女性因为一个男性成为情敌的情况时，决斗的情节极少出现，取而代之的是女性争宠的情节。争宠行为中男性是居上的，他掌握着对于最终哪方胜利哪方失败的裁决权。决斗模式和争宠模式的对比，使我们不难发现男性和女性之间存在的不平等。

在推进女性解放和性别平等的进程中，除了将女性对于男性在生理上的欲望和在心理上建立亲密关系的渴望悬置外，还存在另外两种倾向。一种是将其他语境下被表述为爱情的东西降格为纯粹生理的甚至物理的欲望，另一种是将其神秘化、神圣化从而将其排除

---

① 《娜拉走后怎样》是鲁迅于1923年12月26日在北京女子高等师范学校文艺会上的一篇演讲稿，后收入他的杂文集《坟》，鲁迅：《坟》，万卷出版公司2014年版，第102页。

到讨论之外。如上文所言,在特定的阶段,理论构建工作中出现这些倾向是难以避免的。这些倾向甚至也不可否认地产生过积极的作用。然而女性对男性的欲望至少是普遍存在的,理论构建工作不应绕过或跳过它,也不应在遇到它时掉头返回。

对于爱情的认识既要客观,理性,又要尊重认识对象本身多样、多变的特质,将其流动性和复杂性纳入视野。而小说是呈现这一认识对象最为合适的文本装置。

三 借助于姐妹情谊完成的女性复仇情节

> 那么,什么是她们的报仇工具呢?或者说有什么东西更具意义、更能持续长久和更能具有约束力呢?——马迪听见戈尔迪和兰娜在耳语:兴许可以建立一个帮。光是帮这个字就让她热血沸腾。帮,在哈蒙德市,在下街区,在费尔法克斯大街有很多,但都是少年帮,或者青年帮,都在十八九岁或是二十出头的年龄;没有少女帮,也没有关于少女帮的任何故事或记载。哦,天哪,少女帮,这个词本身就足以让人热血沸腾呀![1]

婚姻制度普遍落实的结果是,女性个体被分隔、孤立,与之形成对比的是,男性与男性之间则跨越家庭的界限,结成共同体。在传统婚姻关系中,男性参与社会事务,并与其他男性之间形成合作、竞争等经济关系,垄断社会财富与社会资源,与此同时,婚姻中的女性在家中无偿或低偿承担家务劳动、母职劳动,其与其他男性的来往被切断,与其他女性的来往也由于有限的时间和狭窄的空间而

---

[1] [美]乔伊斯·卡罗尔·欧茨:《狐火》,闻礼华、金林鹏译,长江文艺出版社2006年版,第24页。

变得较之未婚女性大幅度缩减。

> 他一直把你的信藏了起来,莎格说。
>
> 不会的,我说。某某先生有时候是挺坏的,但还不至于这么坏。
>
> 她说,哼,他就是这么坏。
>
> 可他干吗要这样做?我问。他知道耐蒂是我的命根子。
>
> 莎格说她闹不明白,但我们两人会搞清楚的。
>
> 我们把信又黏了起来,放回到某某先生的口袋里。
>
> 整整一天他口袋里装着这封信走来走去。他压根儿不提这封信的事。光是跟格雷迪、哈波和斯温有说有笑的,还学着开莎格的汽车。
>
> 我密切注意他的行动,觉得脑子里有闪电,我不知不觉地拿了一把打开的剃刀站在他椅子后面。[①]

《紫色》当中,西丽第一次产生将丈夫"某某先生"杀死的念头,是当她确认"某某先生"藏起了出逃他乡的妹妹耐蒂寄给自己的信件。而这种将寄给妻子的信藏起来的举动,非常具象化地呈现了婚姻将女性之间的情感联系切断,使女性犹如置身孤岛的机制。

上文所述的女性被隔离的状况,经过公众话语的吸收,在意识形态层面上形成了一些进一步阻隔女性与女性缔结共同体的观念。甚至,女性本身被公众话语赋予了"占有欲""善妒""狭隘"等不利于发展的特质。

这种情况下,姐妹情谊的存在修正着同性情感方面社会对女性、女性对自身的错误观念。《紫色》中西丽与妹妹耐蒂的具备血亲关系的姐妹之情,与独立自强的儿媳索菲亚之间弥合了辈分鸿沟的彼此

[①] [美]艾丽丝·沃克:《紫色》,陶洁译,译林出版社1998年版,第92、93页。

关怀、相互启发，与本应互为情敌的奇女子莎格之间介于友情和暧昧之间的"革命之情"，都是姐妹情谊这一概念的典型蓝本。

姐妹情谊不仅是个体与个体之间的具体情感联结，还构建出一个乌托邦式的空间。这一乌托邦是开创性的，而且是专属于女性的。事实上，作为构建的姐妹情谊的产生，意味着现实中存在的种种女性与女性之间的正向的关系，都可以在姐妹情谊的话语中找到认同，并将此种关系涉及的个体纳入乌托邦成员。

在"何为姐妹情谊"这一话题之下产生的对话，会进一步丰富、深化姐妹情谊这一概念的内涵，并使其外延得到扩展。而在小说中的女性复仇情节中，尤其是在复仇过程中，女性与女性之间的合作，常常展现着女性情谊。这类小说使得笼统化、抽象化的姐妹情谊这一概念变得丰满可感。

《狐火》也是一部对于姐妹情谊进行集中书写的小说，不同于《紫色》，《狐火》中的姐妹情谊不是一对一的，而是五个少女以自信、力量与复仇为宗旨，成立了一个帮派。帮派成员丽塔生性怯懦，帮派的第一次复仇行动的导火索即丽塔的一次蒙羞。

狐火复仇！

狐火决不说抱歉！

她们用拳头重击他，撕裂他——他的衣服，他的皮肉。她们踢了他。还有一点要记下的，那就是，当马迪自己气喘吁吁，力不从心，狂乱地想将其他人的手拖出来时，突然，她担心起温陂·沃茨或许患有心脏病，或是中风什么的，可是她的狐火姐妹们根本就不理睬她，仍在那里高声地喊叫，哇哇地怪叫，爆发出一阵阵狂野的笑声。轰—轰鬣狗般嚎叫，她骑在温陂的身上，此刻温陂的裤子已经不见了，轰—轰在他那垫子般的肚皮上骑上骑下，啪啪地打它、压它、挤它，残忍极了，你这个狗日的胖家伙！你这个狗日的阴茎！长腿眼里燃烧着一股幸福的狂喜,她拽着温陂的头发,将他的头触到地板上,砰!砰!砰!那撞击的响声非常富有节奏感——温陂叔叔的头发稀薄,脑袋中间是空的,周围蓄得很长,以便用头发盖住他的头,所以他的头发长得足够让长腿去拽——①

狐火帮的行动在后期发生了偏离,第一次对性搔扰的愤怒的爆发后,她们发展到用女色勾引劣男而获取金钱来过享乐的生活。

这种组成团体或结拜为姐妹的模式,甚至可以追溯到古希腊的抒情诗人萨福。萨福在诗中提到的一些女孩子的名字,如安娜多丽雅、阿狄司、贡吉拉等,可以看作她的学生或是女伴。她们在一起弹琴,唱歌,跳舞,参加一些宗教性的活动,例如祭祀爱情和丰饶的女神阿佛洛狄忒。

> 在春天的薄暮
> 在满月盈盈的光辉下
> 女孩子们聚集在一起
> 好像环绕着祭坛
> ——《在春天的薄暮》②

在西德尼·谢尔顿的小说《假如明天来临》中,女主人公特蕾西·惠特尼的复仇过程可谓一波三折,惊心动魄。在其被不法之徒陷害而含冤入狱后,结识了狱友欧内斯廷。最初欧内斯廷和其他狱友的霸凌行为使特蕾西受伤并流产,然而随着情节铺展,这两个角色的关系向着正面发展。这种友谊的建立,并非来自特蕾西对于欧

---

① [美]乔伊斯·卡罗尔·欧茨:《狐火》,闻礼华、金林鹏译,长江文艺出版社 2006 年版,第 56—58 页。

② [古希腊]萨福:《萨福抒情诗选》,罗洛译,百花文艺出版社 1989 年版,第 3 页。

内斯廷的惧怕（因为同在服刑的伯莎也是女囚犯中的恶霸，并且希望靠近特蕾西），也并非由于特蕾西想要利用欧内斯廷，借助她的能力在监狱中生存并越狱（因为特蕾西是与欧内斯廷熟识后才真的认识到欧内斯廷的能力）。特蕾西和欧内斯廷成为朋友，更多源于一种人格上的吸引和在失去自由的境遇中的惺惺相惜。这使得看上去最不可能成为朋友的两个人成为朋友，也从侧面印证了特蕾西在并非一个睚眦必报的疯子。

特蕾西在欧内斯廷的保护和指引下，适应了监狱的生活，并成功重获自由。而在特蕾西告别监狱后，二人的友谊依然保持着。出狱后的特蕾西在惩治仇人的过程中，得到了欧内斯廷莫大的帮助和支持。

在《假如明天来临》的故事情节中，除了特蕾西和欧内斯廷这对患难之交的互相帮助外，女性情谊还体现在很多角色之间的关系上。导致特蕾西一系列复仇行为的最初原因，是因为母亲被不法之徒逼迫自杀。母亲的死亡给特蕾西带来的悲痛，源于母女之间的亲情，而对这种亲情的书写，丰富了姐妹情谊的内涵。

在精神分析的理论体系中，存在着对称于男性的俄狄浦斯情结的埃勒克特拉情结。这种情结被相关理论描述为女性对父亲潜在的依恋和与之相伴的对母亲的敌意。与这种情节相关知识的传播和普及，使得恶劣的母女关系成为某种意义上的"理所当然"，而和谐的母女关系却成了"个案"。

母女关系，以及作为其扩展的女性家庭成员之间的关系在父权制家庭中是被局限、压制的。诸如中国传统语境中的"婆媳矛盾""妯娌不和"等，被大书特书，以致成为天经地义。再加之女性的活动范围被限制在家庭中，因此与其他女性成员产生矛盾冲突的可能性更大。而《假如明天来临》对于一份良好的母女关系的叙述，构成了对于泛埃勒克特拉情结的有力反驳。

在该小说中，决定性的事件——特蕾西重获自由——事实上并不是因为她的越狱计划成功了，反而是因为她为了救她所看护的小女孩，不惜放弃了越狱计划。对于这个决定的叙述，刻画出特蕾西性格中不容忽视的善良、勇敢的正面因素，丰富了特蕾西的形象。与此同时，这一女性救女性的情节，也呈现着姐妹情谊。就传统而言，英雄的形象一直被塑造为智勇双全的男性，而相关的情节中女性常常是被动的、等待拯救的弱者。男性英雄对女性的拯救在民间故事中就存在着"王子打败恶龙拯救公主"的模式。在这一模式中，作为男性英雄行动的动力的，常常是对证明自己"男子汉气概"以及"成为英雄"的渴望，或者也源于所救女性的性吸引力。这种模式固化为某种经典后，会有越来越多的作品中呈现出相似的情节。虽然相关的作者可能并无削弱女性力量的目的，然而这种叙事的潜移默化，必然使得一部分女性对其产生认同，并且在陷入困境时，寄希望于某个男性的拯救，或在面对身处困境的他者时，不相信自己能给予帮助。而特蕾西搭救落水的小女孩这一情节，其动机并非证明自我或赢得荣誉，只是出于一种善良，不愿意眼睁睁看着她死。而在这一拯救行动中作为主导动力的情感，也是普遍意义上姐妹情谊的一部分。

　　事实上，在小说中，一个女性角色复仇行为的达成，常常有赖于其他女性个体或团体的力量。然而这一过程所体现的，未必是女性与女性之间的姐妹情谊。吉莉安·弗琳的小说《消失的爱人》中的艾米，经由该小说的畅销以及改编电影的热播，成为广为人知的当代复仇女性角色。特蕾西第一阶段的复仇是因爱（对母亲的）爱而起，按部就班铲除恶人，第二阶段的种种不法行为一方面为了满足自己物质方面的贪欲，另一方面出于一种劫富济贫的侠盗思想；与之相比，艾米第一阶段的复仇是因（对出轨丈夫的）恨而起，将其陷入不义，第二阶段则是利用甚至杀害他人，维护自己的名誉，并由此重新回到丈夫身边。特蕾西的复仇是有温度的，甚至火热的，而艾米的一步步行动却透出冷血的意味。

就细节而言，艾米在复仇行动中也曾借助女性的力量。然而她和女邻居之间的关系并非特蕾西与欧内斯廷那样惺惺相惜、肝胆相照。艾米一方面鄙视女邻居，另一方面，却清楚地知道其利用价值，所以佯装与其交好，骗取了对方的友谊和信任。在艾米出走期间，女邻居出于信任和思念，面对警方和媒体，全力保护艾米，谴责其不忠的丈夫。另外，女邻居对艾米的信任，使得艾米成功假扮怀孕，逃脱了罪责。

纵观整部小说，在艾米身上鲜有姐妹情谊的体现。艾米甚至下套陷害在学生时代和自己要好的女性好友，原因仅仅在于她无法忍受对方比她受欢迎。对艾米父母的描述中存在着与上述种种艾米的言行遥相呼应的部分。艾米对于同性的残忍和对于他人姐妹情谊的利用，根植于这个角色的早年经验，在"姐妹"这个范畴里，她得到的一直是负面的东西。

艾米的母亲曾多次流产，并为此悲痛不已。艾米一出生，就活在多个不存在的姐姐的阴影之下。悼念占据了母亲的注意力，艾米无论怎么努力，都比不上那些绝对完美的姐姐。形成艾米扭曲人格的另一原因则来自父母所进行的儿童文学创作。父母成功刻画了"小魔女艾米"这个形象，并且作为连续出版的丛书，"小魔女艾米"的成长是与艾米平行且同步的，但却总是比艾米本人更成功、更优秀，更符合父母的期待。艾米永远活在与姐妹、与自己的较量中。

艾米在姐妹情谊的建立方面表现出的消极特质来自幼年时母亲的影响，而艾米的母亲身上则体现着一种荒谬的子宫伦理：将事实上是因为身体原因造成的流产归结为自己的过错甚至罪孽，并据此将尚未出世的胎儿看得重于处于童年阶段需要被关爱的女儿。由此可见，在围绕性别麻烦的种种迷思和困惑之间，事实上存在着相互关联。

结　语

　　在小说这一文本装置中呈现、传递的价值并非变动不居的，而是不断流动、发展的。因此小说文本中还包含着时间这一维度。小说史平行于文化史，并且，单部小说中故事时间是现实中人的生命时间经过变形后的投射。小说作为对现实的模仿，其与现实之间互相指涉的关系，贯穿空间、时间两个维度。

　　然而小说文本并非以现实为所指的某种机械化的、透明的能指——小说的指涉作用是艺术的。小说是语言符号的艺术。需要注意其虚构性及与之相关的审美性——这种审美是无功利的。无功而无利，同时意味着其无过且无害，这就为小说的创作、传播、译介、接受、批评等活动实践开辟了自由的空间。

　　修辞学意义上的隐喻和反讽，是文学活动中实现自由的具体策略。而这种对自由空间的失而复得的文学实践，可以追溯至西方的文艺复兴。文艺复兴所面对的矛盾，具体而言是神权对人性的压迫，而伴随这一时期的文学实践觉醒的是与神相对的人。神权压迫之下崛起的人权话语，表现为人文主义话语。其中莎士比亚的《哈姆雷特》和塞万提斯的《堂吉诃德》是重要的人文主义作品。哈姆雷特们是自然界基本的向心力的表现，根据这种向心力，所有生物都认为自己是造物的中心，把其余的一切都看作只是为它而存在的。没有这种向心力，自然界就不能存在，同样，没有另一种力量即离心力，自然界也不能存在，而根据离心力的规律，所有存在的东西只是为其他东西而存在的。这种力量，这个奉献和做出牺牲的原则，带有滑稽可笑的色彩，为的是不刺激人，其代表就是堂吉诃德。[1]

---

[1] 屠格涅夫1860年1月10日在为清贫文学家和学者赈济会集资而举办的公开讲座上的讲演，所选部分稍有删减。［俄］屠格涅夫：《屠格涅夫全集》第11册，张健译，河北教育出版社1994年版，第200页。

根据本章的论述，我们不难发现，如果说"阁楼上的疯女人"们表现着向心力的话，与之相对、互补的离心力的代表即"复仇女神"们。作为这一对文学形象的诞生背景的社会矛盾，是男权对女性的压迫，而伴随相关的文学实践觉醒的是女性，也是被男性统治禁言的、处在阴影中的所有"他者"。

这些"他者"复仇的情节，是对现实的模仿——既是对现实中以暴抗暴的女性行为的模仿，也是对现实中一直以来存在的男性统治的模仿。这些复仇情节中"他者"对待复仇客体的方式，就是现实中权力者对待"他者"的方式。因此和文学传统中其他常见的复仇情节一样，女性复仇情节基本上也是遵循"以牙还牙，以眼还眼"的同态复仇原则展开的。

这一发现带有强烈的启发性，将文学研究外化到现实的思路需要得到纠正。正如前文论述中提及的，随着社会的发展，复仇行为的模式从扩大化复仇、"仇上加仇"，演变为同态复仇，体现出建立在理性基础上的某种共识，这种共识进一步规范复仇行为，使得支付赎金代替杀人等新的复仇形式出现，避免了暴力事件的发生。人类复仇行为的发展史，体现着"复仇之心"积极的、有建设性的一面。事实上，复仇情节能够成为审美对象，在一定程度上也来源与根植于文化传统中和人心深处的美与善统一的理念——复仇情节是美的，在于其净化作用，在于其体现的人类对于正义、对于秩序和法律的追求。

因此我们需要厄里倪厄斯的火炬和鞭子，更需要忒弥斯的天秤。宙斯吃掉了他第一个妻子墨提斯，这一暴行激起了忒弥斯的愤怒，她因此创造了婚姻的法则，发明了家庭的概念，确定了男女之间的义务，用以约束宙斯。忒弥斯的神话为现实中存在的矛盾指出了更好的出路。

参考文献

蔡丰明:《上海都市民俗》,学林出版社 2001 年版。
常彬:《中国女性文学话语流变》,人民出版社 2007 年版。
陈建宪:《神祇与英雄——中国古代神话的母题》,生活·读书·新知三联书店 1994 年版。
陈明远:《文化人与钱》,百花文艺出版社 2001 年版。
陈晓明:《表意的焦虑——历史祛魅与当代文学变革》,中央编译出版社 2003 年版。
陈晓明:《仿真的年代》,山西教育出版社 1999 年版。
陈昕:《救赎与消费——当代中国日常生活中的消费主义》,江苏人民出版社 2003 年版。
邓红梅:《女性词史》,山东教育出版社 2000 年版。
高宣扬:《流行文化社会学》,中国人民大学出版社 2006 年版。
龚维英:《原始崇拜纲要——中华图腾文化与生殖文化》,中国民间文艺出版社 1989 年版。
过伟:《中国女神》,广西教育出版社 2000 年版。
胡疆锋:《伯明翰学派青年亚文化理论研究》,中国社会科学出版社 2012 年版。
黄发有:《准个体时代的写作——20 世纪 90 年代中国小说研究》,生活·读书·新知三联书店 2002 年版。
李欧梵:《上海摩登——一种新都市文化在上海》,毛尖译,北京大学出版社 2001 年版。

李欧梵：《现代性的追求》，生活·读书·新知三联书店 2000 年版。

李天纲：《文化上海》，上海教育出版社 1998 年版。

李银河：《他们的世界——中国男同性恋群落透视》，山西人民出版社 1992 年版。

梁乙真：《中国妇女文学史纲》，开明书店 1932 年版。

林丹娅：《当代中国女性文学史论》，厦门大学出版社 1995 年版。

刘小枫：《沉重的肉身——现代性伦理的叙事纬语》，华夏出版社 2004 年版。

刘小枫：《拣尽寒枝》，华夏出版社 2007 年版。

刘小枫：《现代性社会理论绪论》，上海三联书店 1998 年版。

刘小枫：《拯救与逍遥》，生活·读书·新知三联书店 2001 年版。

罗钢、王中忱主编：《消费文化读本》，中国社会科学出版社 2003 年版。

孟悦、戴锦华：《浮出历史地表：现代妇女文学研究》，中国人民大学出版社 2004 年版。

秦晖：《天平集》，新华出版社 1997 年版。

秦晖：《田园诗与狂想——关中模式与前近代社会的再认识》，中央编译出版社 1996 年版。

盛英：《二十世纪中国女性文学史》（上下卷），天津人民出版社 1995 年版。

孙立平：《断裂——20 世纪 90 年代以来的中国社会》，社会科学文献出版社 2003 年版。

孙希旦、沈啸寰、王星贤点校：《礼记集解》，中华书局 1989 年版。

谭正璧：《中国女性文学史》，百花文艺出版社 2001 年版。

陶东风：《文化研究》，广西师范大学出版社 2009 年版。

陶东风主编：《当代文艺思潮与文化热点》，北京大学出版社 2008 年版。

汪晖:《死火重温》,人民文学出版社 2000 年版。

王逢振等编:《最新西方文论选》,漓江出版社 1991 年版。

王立、刘卫英:《传统复仇文学主题的文化阐释及中外比较研究》,北京师范大学出版社 2011 年版。

王喜绒:《20 世纪中国女性文学批评》,中国社会科学出版社 2006 年版。

王铮:《同人的世界:对一种网络小众文化的研究》,新华出版社 2008 年版。

魏绍昌:《我看鸳鸯蝴蝶派》,中华书局 1999 年版。

吴其尧:《唯美主义大师王尔德》,浙江大学出版社 2006 年版。

吴中杰:《吴中杰评点鲁迅杂文》,复旦大学出版社 2005 年版。

谢无量:《中国妇女文学史》,中州古籍出版社 1992 年版。

谢志熙:《美的偏至:中国现代唯美颓废主义文学思潮研究》,上海文艺出版社 1997 年版。

徐颖果、马红旗:《精编美国女性文学史》,南开大学出版社 2016 年版。

杨魁、董雅丽:《消费文化——从现代到后现代》,中国社会科学出版社 2003 年版。

杨利慧:《女娲的神话与信仰》,中国社会科学出版社 1997 年版。

姚玉光:《中国女性文学史》,山西高校联合出版社 1995 年版。

叶舒宪:《千面女神》,上海社会科学院出版社 2004 年版。

叶舒宪、萧兵、郑在书:《山海经的文化寻踪》,湖北人民出版社 2004 年版。

尤西林:《人文学科及其现代意义》,陕西人民教育出版社 1996 年版。

余斌:《张爱玲传》,海南国际新闻出版中心 1993 年版。

袁珂:《中国神话史》,重庆出版社 2007 年版。

袁珂校注:《山海经校注》,上海古籍出版社 1980 年版。

苑利主编：《二十世纪中国民俗学经典（神话卷）》，社会科学文献出版社 2002 年版。

张岚：《本土视域中的百年中国女性文学》，中国社会科学出版社 2007 年版。

张莲波：《中国近代妇女解放思想历程》，河南大学出版社 2006 年版。

郑也夫：《后物欲时代的来临》，上海人民出版社 2007 年版。

周宪：《文化研究关键词》，北京师范大学出版社 2007 年版。

［德］埃利希·诺伊曼：《大母神——原型分析》，李以洪译，东方出版社 1998 年版。

［德］恩斯特·卡西尔：《人论》，甘阳译，西苑出版社 2003 年版。

［德］费尔巴哈：《费尔巴哈哲学著作选集》（下卷），生活·读书·新知三联书店 1959 年版。

［德］弗里德里希·恩格斯：《家庭、私有制和国家的起源》，张仲实译，人民出版社 2018 年版。

［德］温德尔：《女性主义神学景观》，刁承俊译，生活·读书·新知三联书店 1995 年版。

［德］西美尔：《金钱、性别、现代生活风格》，顾仁明译，学林出版社 2000 年版。

［德］雅斯贝尔斯：《当代的精神处境》，黄藿译，生活·读书·新知三联书店 1992 年版。

［德］伊曼纽尔·康德：《纯粹理性批判》，邓晓芒译，人民出版社 2004 年版。

［法］波德里亚：《消费社会》，刘成富、全志钢译，南京大学出版社 2001 年版。

［法］皮埃尔·布迪厄：《男性统治》，刘晖译，中国人民大学出版社 2017 年版。

［法］热奈特：《热奈特论文选：批评译文选》，史忠义译，河南大学

出版社 2009 年版。

［荷］伊恩·布鲁玛：《面具下的日本人》，林铮顗译，金城出版社 2010 年版。

［美］艾莱恩·肖瓦尔特：《妇女·疯狂·英国文化》，陈晓兰、杨剑锋译，兰州大学出版社 1998 年版。

［美］理安·艾斯勒：《圣杯与剑》，程志民译，社会文献出版社 1993 年版。

［美］刘易斯·芒福德：《城市发展史——起源、演变和前景》，倪文彦、宋峻岭译，中国建筑工业出版社 1989 年版。

［美］陶丽·莫依：《性与文本的政治——女性主义文学理论》，林建法等译，时代文艺出版社 1992 年版。

［美］梯利著，［美］伍德增补：《西方哲学史》（增补修订版），葛力译，商务印书馆 2005 年版。

［美］姚斯等：《接受美学与接受理论》，周宁、金元浦译，辽宁人民出版社 1987 年版。

［美］伊芙·科索夫斯基·赛吉维克：《男人之间》，郭劼译，上海三联书店 2011 年版。

［美］伊莱恩·肖沃尔特：《她们自己的文学：从勃朗特到莱辛的英国女性小说家》，普林斯顿大学出版社、外语教学与研究出版社 2004 年版。

［美］约瑟芬·多诺万：《女权主义的知识分子传统》，赵育春译，江苏人民出版社 2003 年版。

［美］詹姆斯·施密特：《启蒙运动与现代性》，徐向东、卢华萍译，人民出版社 2005 年版。

［美］朱迪斯·巴特勒：《性别麻烦：女性主义与身份的颠覆》，宋素凤译，上海三联书店 2009 年版。

［日］上野千鹤子：《厌女》，王兰译，上海三联书店 2015 年版。

［日］御手洗胜等：《神与神话》，王孝廉、吴继文编，联经出版事业

公司 1988 年版。

[瑞士] 约翰·雅科多·巴霍芬:《母权论》,孜子译,生活·读书·新知三联书店 2018 年版。

[苏联] Д. Е. 海通:《图腾崇拜》,何星亮译,广西师范大学出版社 2004 年版。

[英] 迈克·费瑟斯通:《消费文化与后现代主义》,刘精明译,译林出版社 2001 年版。

[英] 齐格蒙·鲍曼:《后现代性及其缺憾》,郇建立、李建韬译,学林出版社 2002 年版。

陈飞:《二十世纪中国妇女文学史著述论》,《文学评论》2002 年第 4 期。

陈思和:《民间和现代都市文化:兼论张爱玲现象》,《上海文学》1995 年第 10 期。

郭洪雷:《面向文学史"说话"的福柯——也谈中国当代文学史研究中的知识考古学、知识谱系学问题》,《天津社会科学》2005 年第 1 期。

李玉萍:《网络同人小说的内涵、发展现状与审美分析》,《山花》2013 年第 12 期。

林幸谦:《反父权体制的祭典——张爱玲小说论》,《文学评论》1998 年第 4 期。

林幸谦:《女性焦虑与丑怪身体:论张爱玲小说中的女性文化群体》,《社会科学战线》1998 年第 2 期。

刘东、唐魁玉:《"同人女"群体中的虚拟生活行为析论》,《牡丹江大学学报》2012 年第 11 期。

唐魁玉:《虚拟空间中的心身问题》,《哲学动态》2007 年第 4 期。

陶东风:《粉丝文化研究:阅读——接受理论的新拓展》,《社会科学战线》2009 年第 7 期。

薛媛元:《视角转换:论同人小说与原著的"对话"策略》,《江汉大学学报》(人文科学版) 2012 年第 1 期。

杨雅:《同人女群体:"耽美"现象背后》,《中国青年研究》2006 年第 7 期。

柴莹:《中国大陆网络耽美文化研究》,硕士学位论文,上海师范大学,2011 年。

刘芊玥:《作为实验性文化文本的耽美小说及其女性阅读空间》,硕士学位论文,复旦大学,2012 年。

陆国静:《耽美文化及同人女群体研究》,硕士学位论文,苏州大学,2011 年。

阮瑶娜:《"同人女"群体的伦理困境研究》,硕士学位论文,浙江大学,2008 年。

郑丹丹:《女性集体行动与社会空间塑造——以耽美现象与粉丝组织为例》,载性别社会学专业委员会编《2009 年中国社会学年会"中国社会变迁与女性发展"论坛论文集》,陕西师范大学,2009 年。

Joanna Russ, *The Female Man*, Beacon Press, 2000.